EL MANIPULADOR

FRANCISCO LORENZO

EL MANIPULADOR

Rocaeditorial

Penguin
Random House
Grupo Editorial

Primera edición: enero de 2024

© 2024, Francisco Lorenzo
Autor representado por Silvia Bastos, S. L. Agencia Literaria
© 2024, Roca Editorial de Libros, S. L. U.
Travessera de Gràcia, 47-49. 08021 Barcelona

Printed in Spain – Impreso en España

ISBN: 978-84-19743-98-5
Depósito legal: B-19.424-2023

Compuesto en Mirakel Studio, S. L. U.

Impreso en Liberdúplex
Sant Llorenç d'Hortons (Barcelona)

RE43985

Dedicado a la mente humana,
que tanto nos hace disfrutar la vida
y que tan malas pasadas nos juega a veces

Prólogo

Con la mano enfundada en un guante de látex, un dedo empuja el pintalabios. Gracias a su forma cilíndrica, rueda hasta colarse debajo de la nevera. Perfecto.

Ahora mismo, hay tres objetos que le permitirán forjar los eslabones restantes para que su plan dé comienzo. Dos para llevarse, uno para dejar. El primero ya lo ha guardado en la mochila que lleva a la espalda. El pintalabios acaba de ocultarlo donde nadie lo encontrará, al menos a corto plazo. Falta robar el tercero.

Se asegura de que tiene bien sujeto el grueso cubrecalzado de polietileno. No debe quedar el menor rastro de sus pisadas. El gorro de polipropileno también está en su sitio. Tampoco se le puede caer ningún cabello. Tras las comprobaciones, se incorpora y se dirige al dormitorio. Sabe perfectamente el recorrido, lo ha analizado cientos de veces. Allí, abre el armario. Una de las prendas que ella menos utiliza son esos pantalones rojos. No los echará en falta durante los próximos días. Y, si lo hace, no importará demasiado. Como si se preguntan dónde está el otro objeto; está claro quién cargará con las culpas. Decidido. Mete los pantalones rojos en una bolsa de basura y la guarda también en su mochila.

Antes de marcharse, decide hacer una parada en el baño. Quizá haya algo en lo que no ha reparado antes, algo que también le sirva. «Vaya, ¿a cuál de los dos se le habrá olvidado tirar de la cadena?», se pregunta, aunque deduce la respuesta. La tapa del inodoro está levantada y, dentro, flota una bola de papel higiénico. Esto le recuerda a cuando, en la etapa escolar, le estampó en la cara una bola similar a aquel compañero de clase. Media sonrisa de desprecio aparece en su rostro sin que pueda ni quiera evitarlo.

No ve nada que pueda resultarle útil, así que abandona la estancia. Al salir, justo enfrente, se encuentra la puerta del cuarto que, en su primera visita al apartamento, resultaba un completo misterio. Ya ha dejado de serlo. En su incursión de hace cuatro meses, se fijó en que el pomo no se podía girar. «¿Qué escondes aquí?», se preguntó, como si estuviera hablando por telepatía con su enemigo. A pesar de que no tenía copia de esa llave, enseguida comprobó que no se trataba de una cerradura difícil de forzar. Lógico: él la instalaría para evitar que entrasen su novia o alguna visita. Jamás habría imaginado que otra persona pudiera cruzar la puerta principal de la vivienda, con lo sofisticada que sí es esa cerradura. De modo que, gracias a un juego de manos rápido, se adentró en el misterioso cuarto, descubrió lo que escondía y, antes de marcharse, dejó el pomo como estaba, sin que quedase el menor rastro visible de su paso. Nadie ha descubierto que estuvo allí, eso lo sabe con certeza.

Todo listo para la cadena de acontecimientos que está por venir. Ahora sí puede afirmar que su plan de venganza ha comenzado. Una complejísima red, una magnífica obra de arte que el mundo terminará contemplando con la boca abierta. Ese hombre se merece todo lo que le va a ocurrir, no cabe duda. Nadie puede cometer una traición semejante y salir impune de ello.

Antes de abandonar la vivienda, se asegura de no haber

dejado el menor rastro de su presencia. Cierra la puerta principal, da dos vueltas de llave y, mientras lo hace, emite un susurro, como si estuviera comenzando una partida de ajedrez:

—Te toca mover, Yoel.

1

Yoel ha hecho frente a muchos crímenes extraños. Incluso tiene un top tres propio.

En el tercer puesto y con medalla de bronce, está el caso de lo que pretendía ser un homicidio triple. Una de las víctimas logró huir del asesino, pero el *shock* le provocó una pérdida temporal de memoria. Aun así, Yoel ató los cabos para dar con el criminal, a pesar de que su único testigo no recuperó los recuerdos hasta más adelante.

La segunda posición la ocupa el asesino en serie que decapitaba a sus víctimas después de matarlas. Dejaba las cabezas mirando hacia donde vivía su siguiente objetivo. Esto no resultó difícil de descubrir. Atraparlo sí lo fue.

Y la medalla de oro se la lleva el caso en el que un gobierno extranjero le pidió ayuda. Dos hermanos traficaban con órganos extraídos de gente joven. Ninguno sabía que el otro era su principal competidor en el mercado negro. A uno lo cazaron por un descuido que tuvo; al segundo, gracias a las deducciones de Yoel.

Sin embargo, todos estos casos van a retroceder una posición. Lo que está a punto de empezar se quedará para siempre, sin lugar a dudas, en el escalón más alto del podio.

Ha tenido que salir de la cama en su día libre para atender una emergencia. No le han dado los detalles. ¿Por qué no podrá hacerse cargo otra persona? Como inspector de la Policía judicial, lo consideran el mejor, pero debe de existir algún motivo que aún desconoce. Su instinto y las palabras del comisario durante la llamada le hacen pensar que se trata de algo personal. Aunque se muere de ganas de descubrir qué es, no pisa el acelerador más de la cuenta. Las prisas no conducen a nada bueno.

Por curioso que resulte, lo único que se le ocurre para templar sus ansias es recordar lo ocurrido antes de salir de casa.

El teléfono sonó a las ocho y veinticuatro minutos. Más de una hora antes que la alarma programada. Por el tono de llamada le quedó claro, desde el primer instante, que se trataba de algo relacionado con el trabajo.

—¡Ay, Yoel! —se quejó Ángela al otro lado de la cama mientras se cubría la cabeza con su almohada.

Él cogió el móvil a tientas. Respondió con voz somnolienta:
—¿Diga?

Ni siquiera estaba seguro de haber pronunciado bien las sílabas. Teniendo en cuenta que se habían quedado despiertos hasta las tres de la madrugada viendo una película, las horas de sueño no habían resultado suficientes en absoluto. Sobre todo después de haber trabajado tan duro el resto de la semana.

—Hola, Yoel. —Era la voz del comisario Vermón—. Disculpa que te despierte así en tu día libre. Necesito que vengas, es urgente. E importante.

Poco a poco, la mente de Yoel se despejaba.

—¿Ir? ¿A dónde?

—Acabo de enviarte la ubicación. Tienes que coger un desvío que hay al sureste de Santiago, un poco más adelante del parque Eugenio Granell. Estamos en una finca de la zona.

—¿Puede adelantarme algo, al menos?

—Es mejor que no. Cuando lo veas, lo entenderás.

—De acuerdo. Llegaré en quince minutos.

Colgó la llamada, encendió la luz y separó las sábanas y la doble manta de su cuerpo. «¡Joder, qué frío!», exclamó para sus adentros. Sintió la tentación de volver a refugiarse en la cama. Tras frotarse varias veces los hombros con las manos, se dispuso a vestirse.

—¿Qué pasa? —le preguntó Ángela tras haberse quitado la almohada de encima y haberse incorporado un poco.

—Lo siento, cariño. Una llamada del trabajo.

—¿Vas a ir? —Su tono era arisco.

—Tengo que hacerlo. El comisario me ha dicho que es urgente e importante.

Ángela no respondió. Se limitó a dejar caer todo el peso de su cuerpo en el colchón y a cerrar los ojos de nuevo. Yoel resopló. Se vistió con lo primero que encontró, se peinó un poco delante del espejo para que la raya quedase a la derecha y se acercó a su novia para besarla en los labios. Ella ni se inmutó. Tuvo que contentarse con la mejilla.

—Lo siento —se disculpó antes de salir.

Tuvo el tiempo justo de escuchar cómo Ángela respondía con voz apagada:

—No te preocupes.

Por supuesto que le habría gustado disfrutar del día con ella. Levantarse tarde, desayunar y comer al mismo tiempo, ver algo en la tele, hacer el amor… No les vendría nada mal. Después de lo ocurrido en verano, la relación no pasa por su mejor momento. Y anteponer el trabajo a su pareja puede empeorar la situación. Hasta hace poco, parecía que Ángela ya había asumido que si salir con un policía conlleva, en general, este tipo de sacrificios, con Yoel exige el doble.

Muchos piensan que es un genio. Él les dice que no concede deseos, aunque por dentro sabe que tiene una inteligencia superior. En esta sociedad, si una persona presume de su físico y lo muestra en público con orgullo, se ve como algo normal; si otro hace lo mismo con su inteligencia, entonces es síntoma de vanidad. Ya de pequeño, cuando iba al colegio, destacaba entre el resto de sus compañeros. De hecho, lo adelantaron un curso cuando estaba en cuarto de primaria. Contra su voluntad, por supuesto, porque él quería seguir en la misma clase que sus amigos. En cambio, ahora agradece la decisión que tomaron sus padres, su tutora y el psicólogo del centro escolar. Es como si le hubiesen ahorrado un año de vida para invertirlo en lo que de verdad importa. Hay muchas plagas y el mundo necesita con urgencia mentes que las rocíen con insecticida.

Desde que aceptó el cargo de inspector, se siente algo presionado. Es lo normal, pero teme que acabe por afectar a su relación de pareja. Por fuera, Ángela se muestra comprensiva; por dentro, sus «no te preocupes» o sus «lo entiendo, tranquilo» esconden cierta frustración. Lo ve en sus ojos, en sus labios. Y, si bien no ocurre de manera frecuente, un solo momento puede marcar la diferencia.

De hecho, está a punto de descubrir cuánto.

Al llegar al final del camino de tierra, vislumbra los límites de la finca que le señala el GPS. Hay dos coches patrulla, previos al cordón policial. Aparca el suyo entre ambos y, con calma, detiene los limpiaparabrisas, apaga las luces y el motor, sube el freno de mano, se desabrocha el cinturón de seguridad, abre la puerta y se apea del vehículo; primero, con el pie izquierdo y, luego, con el derecho. No hay que dejarse llevar por los nervios, la inquietud o el miedo. Esas emociones son el enemigo número uno del pensamiento. Así se lo enseñaron en el curso de control de la ira que tuvo que realizar hace unos cinco años. Su desestructuración familiar empezó a afectar a su trabajo y terminó por cometer una infracción grave que casi le cuesta su puesto y algo más. Por fortuna, dados sus méritos anteriores, logró permanecer en el cuerpo. Desde entonces, ha aprendido a dominar el arte de mantener la cabeza fría. O eso cree.

Ahora mismo, la suya lo es casi tanto como la mañana; se trata de una de las más gélidas de las últimas semanas. Las nubes grises se agolpan como si quisieran volverse sólidas. Alguna suelta un par de molestas gotas que le obligan a subirse la capucha del abrigo. De noche ha helado y aún se aprecian zonas blancas sobre la hierba. La combinación de diciembre con el clima de Santiago de Compostela cumple con lo esperado.

—Yoel —lo recibe el comisario Vermón—. Gracias por venir.

Lo guía un poco más adelante, donde Quiroga, subinspectora de la Policía científica, se encuentra de rodillas en la tierra húmeda. A unos veinte metros, el oficial Ortiguera habla con un hombre que viste de faena y que parece el dueño de la finca. Yoel escucha cómo dice:

—… y me preocupa que la gente lo sepa y que afecte a mi negocio.

No necesita preguntar el motivo. Han llegado frente a un hoyo de unos quince centímetros de profundidad y cincuenta de diámetro. Se vislumbra medio fémur, un húmero y una calavera. De esta solo se ven el cráneo, con un orificio de bala, y parte de las cuencas de los ojos. Si siguen excavando, seguro que encuentran los huesos que faltan para completar el puzle.

—¿Alguna idea de cuánto tiempo lleva enterrado aquí? —pregunta Yoel. Sabe que no tiene sentido indagar aún sobre la identidad del esqueleto.

—Hola, inspector Garza —lo saluda Quiroga—. Diez meses como máximo. El señor Castro dice que estas tierras solo las utiliza para sembrar guisantes en invierno y que no viene desde febrero. Otra cosa es que muriera hace más tiempo y lo hayan enterrado aquí durante los últimos meses, las últimas semanas o, incluso, los últimos días.

Yoel desvía la mirada hacia el agricultor, que todavía está hablando con Ortiguera.

—¿Lo ha encontrado al preparar la tierra, entonces?

—No, ha sido su perro —responde Vermón—. Ha corrido como un loco hasta aquí y ha escarbado hasta verse el cráneo.

—Motivo de más para pensar que lo han enterrado hace poco.

—Sí. Por suerte, Castro ha apartado al chucho cuando aún no se distinguían las órbitas. Nos ha llamado sin tocar nada. El resto lo hemos destapado nosotros.

Yoel observa de nuevo los detalles para confirmar sus sospechas. Están tomando manifestación al testigo. Ya hay alguien de la científica analizando la escena del crimen o, al menos, la escena adonde se han trasladado los huesos. Quien lo haya hecho, si ha ocurrido hace poco, no ha dejado pisadas. Además, resulta obvio que la tierra ha sido alterada por la lluvia, las botas de Castro, el perro y el posible paso de otros animales. No parece tener mucho sentido analizarla. Entonces ¿por qué lo han llamado?

—Vaya al grano, comisario. Por mucho que me tenga en alta estima, no me necesita aquí. Podía prescindir de mí en mi día libre.

—No se te escapa una, chico —responde Vermón, aunque no sonríe como otras veces que Yoel acierta—. Tienes razón, te he llamado por algo en lo que solo tú me puedes ayudar. Junto al cadáver hemos encontrado esto.

Le entrega a Yoel una bolsa de plástico con autocierre. Él no da crédito. Muy despacio y sin permitir que la calma huya de su interior, gira el objeto varias veces sin extraerlo. Ante el silencio, el comisario pregunta:

—¿Es vuestro?

Lo es. Es el anillo con el que le pidió matrimonio a Ángela. Oro blanco, dos diamantes incrustados. En la parte interior, se lee la inscripción donde figuran sus nombres, la que él mismo mandó grabar en la joyería. Se extravió meses atrás. ¿Qué demonios pinta aquí?

—Sí, es nuestro —responde sin que le tiemble la voz. Cabeza fría siempre.

—¿Tienes idea de cómo ha acabado junto a estos huesos?

Sabe que el comisario no lo considera sospechoso. Con su pregunta, solo tiene la intención de aclarar las cosas. Ambos sienten respeto y confianza por el otro. Vermón lo conoció en una charla que fue a dar a su instituto, cuando aún cursaba bachillerato. El muchacho se interesó por lo que contó y le pidió hablar con él para saber más. En aquel momento, estaba bastante perdido y no sabía qué hacer con su vida. Salía a menudo de botellón con los amigos. Vermón le ayudó a enfocar su talento y, finalmente, entró en la Policía, donde trabaja desde hace unos dieciocho años.

—En julio, le pedí matrimonio a Ángela. Ella aceptó, pero no quería que lo contásemos. Prefería esperar hasta después del verano. Un mes más tarde, antes de que pudiéramos decírselo a nadie, lo perdió y decidió posponer la boda hasta encontrarlo. Lo consideró una señal, es muy supersticiosa.

De hecho, ahí comenzó a torcerse de verdad la relación. Arrastraban ciertos problemas, pero podría decirse que aquello fue la gota que casi colmó el vaso. No llegó a derramarse el líquido, por suerte. A Yoel le pareció mal la decisión de posponer la boda después de todo el esfuerzo que había hecho y empezó a comportarse de forma más huraña. Ángela, por su parte, respondió de la misma manera. A pesar de sus personalidades tan dispares, cuando están malhumorados son clavados. Ninguno cede y, muchas veces, la cabezonería de los dos genera problemas. Esto no se lo comenta al comisario, por supuesto.

—¿Dónde lo perdió? —pregunta Vermón.

—No lo sabe. Cree que lo llevaba puesto una mañana y, al volver del trabajo por la noche, ya no lo tenía. No está segura.

Pensé que se habría caído detrás de un mueble en casa o algo así, pero ahora está claro que no.

—A no ser que se trate de…

—¿Una réplica? —termina Yoel la frase del comisario—. Lo dudo. Solo tres personas habíamos visto este anillo: el joyero, Ángela y yo. Al menos, que yo sepa. De todas formas, podemos interrogar al joyero, claro.

La charla se ve interrumpida por Quiroga.

—Comisario, inspector, vengan a ver esto.

Los dos se acercan y echan un vistazo dentro del hoyo. El cadáver está más desenterrado y ya puede verse la calavera al completo. Por algún motivo, alguien le arrancó los dientes, no se sabe si antes o después de morir. Todos los dientes excepto uno de oro.

Yoel tiene la sensación de haber visto antes algo así. A su memoria fotográfica no le hacen falta más que un par de segundos para recordar que, en su casa, hay una novela titulada *Un diente de oro*. La portada muestra una calavera como la que tiene delante, con un agujero de bala y sin dientes salvo por un incisivo dorado que aún conserva. El mismo incisivo.

Una novela cuyo autor es un antiguo compañero de colegio. Y una novela que Ángela le ha recomendado leer en varias ocasiones.

Ángela no se ha levantado de la cama desde que la alarma de Yoel la despertó. Con el frío que hace, estaba más a gusto refugiada entre las sábanas. No volvió a dormirse, pero necesitaba descansar el cuerpo. Ha sido una semana dura en el trabajo. Uno de los ancianos a los que cuida ha estado más huraño y desobediente de lo habitual. Entre el desgaste físico y el mental, se alegró cuando la empresa le dio libre el mismo día que a Yoel. Al final, para nada. Una jornada completa en pareja podría haberlos ayudado a que la relación remontase, pero le da la impresión de que a Yoel no le importa demasiado lo que ocurra con ella.

Mira el reloj: son las diez y media. Han pasado dos horas y sigue sin recibir noticias suyas. La frustración que sentía hasta el momento se transforma en preocupación. «¿Y si ha ocurrido algo grave de verdad, algo que le afecte?». La preocupación da lugar a la culpabilidad. «Quizá me haya pasado con él». Se levanta y enciende la calefacción. El frío suele bajarle los ánimos. Si por ella fuese, mantendrían los radiadores encendidos toda la noche, pero Yoel no lo considera buena idea debido al impacto ambiental que supondría.

—¿Ni siquiera esta noche? —le preguntó Ángela en una ocasión—. ¡Estamos a dos grados! ¡Vamos a coger un resfriado!

Yoel se limitó a negar con la cabeza. Lo suyo es algo más que responsabilidad, es una obsesión. Le parece increíble cómo alguien que debe flexibilizar su pensamiento al máximo en su trabajo para resolver los crímenes tal y como lo hace se convierta en una persona tan rígida a nivel mental en otros asuntos. Ángela odia esa tozudez.

Se sorprende a sí misma. En solo un par de minutos, ha experimentado frustración, preocupación, culpabilidad y odio. Desde luego, no está en su mejor momento. Para que las emociones no se sigan apoderando de su mente, entra en el baño, dispuesta a ducharse. Sin quitarse su colgante de la suerte, por supuesto. Echa un vistazo hacia el inodoro; tiene ambas tapas levantadas. Un pañuelo de papel usado flota en el agua. «¡Otra vez se ha olvidado de tirar de la cadena, coño! Tan maniático para unas cosas y tan descuidado para otras». Baja las tapas y presiona el botón de la cisterna. A continuación, entra en la ducha y abre el grifo.

Ha vuelto a tener pesadillas. Ha soñado de nuevo con su hermano. Gabriel el Indomable, así lo conocían en el barrio. Su moto y él eran uno. Hacía piruetas que se ganaban los gritos de sus amigos y los aplausos de las chicas con las que intentaba ligar. No los de ella, no los de su hermana. Ángela le repetía una y otra vez que tuviese cuidado y que, algún día, sufriría un accidente. Se lo decía en serio, pero no esperaba que sus advertencias se hiciesen realidad.

Una tarde de verano, al salir del cine y encender el móvil, vio que tenía siete llamadas perdidas de sus padres. Tres de ella, cuatro de él. La coincidencia la cogió por sorpresa porque, por aquel entonces, ya se habían divorciado y apenas se hablaban. Como no les respondía, habían decidido enviarle un mensaje. Le pedían que los llamase en cuanto lo leyera, que era urgente. Ella lo hizo y la noticia le cayó encima como un bloque de hormigón.

Su hermano había muerto.

Se había deslizado colina abajo con la moto. No llevaba puesto el casco debido a una apuesta con sus amigos, al parecer. Perdió el control, chocó contra un tronco y salió despedido. Al aterrizar, se rompió el cuello. Es increíble que ya hayan pasado cinco años.

A partir de ese día, Ángela empezó a vigilar lo que pensaba. Quizá si no hubiera insistido tanto a su hermano con que tuviese cuidado, la desgracia no se habría hecho realidad. Ahora, cuando se cuela en su mente alguna idea vinculada a un desastre, la aparta enseguida por si acaso. Por eso se está duchando. Por eso no se ha quitado el colgante de la suerte. Quiere alejar la idea de que a Yoel lo hayan llamado por un asunto grave que le obligue a dedicar más tiempo a su trabajo y menos a su relación.

O tal vez por algo peor.

No resulta fácil ser la pareja de un policía. Cuando se conocieron, su profesión le resultó atractiva porque no sabía lo que escondía detrás. A pesar de todo, ya llevan juntos más de cuatro años y han construido una relación estable y profunda; aunque en los últimos meses han chocado más de lo habitual en temas banales. Por eso la cogió por sorpresa que Yoel le pidiese matrimonio este verano. Ella, impulsiva, le dio el «sí» sin pensarlo; pero cuando se le perdió el anillo de compromiso, lo interpretó como una señal de mal augurio y decidió posponer la boda hasta encontrarlo. El pensamiento mágico entró de nuevo en acción. Desde la muerte de su hermano, no puede evitarlo.

A Yoel no le gustó la decisión y fue entonces cuando la relación empezó a decaer de verdad. Desde entonces, las discusiones por tonterías son cada vez más habituales, al igual que el distanciamiento emocional. Y le duele. Le duele mucho, porque ahora él es su única familia. ¿Quizá por eso ella se está aferrando a esta relación como a un clavo ardiendo? ¡Como para saberlo, con lo complicados de entender que son los sentimientos! Muchas veces, más los propios que los del resto del mundo.

El padre de Ángela sigue vivo, aunque no se llevan bien. Trabaja como agente inmobiliario en una de las empresas más grandes del sector. Antes vivía en Santiago, pero se mudó a Vigo al haberse distanciado de Ángela tras diversas discusiones. En cuanto a su madre, se suicidó. No pudo soportar que su hijo, su favorito, ya no estuviese y prefirió dejar este mundo. Yoel fue uno de los policías que acudieron a la escena; la habían encontrado con las venas abiertas en la bañera. Cumplió su trabajo de forma fría, aunque amable, y consoló a Ángela.

Poco tiempo después, una noche, se encontraron por casualidad en un bar y él la invitó a una copa. Se despertaron en la misma cama a la mañana siguiente. Así comenzó su relación. Es decir, que Ángela ya conocía el trabajo de Yoel antes del primer beso. Sin embargo, no sabía todo lo que implicaba: épocas de frialdad y poca comunicación, noches en vela cuando no vuelve a la hora acordada y se olvida de avisarla, anulación de vacaciones y de días de descanso como hoy…

«Dios, ¿para qué lo habrán llamado esta vez?», se pregunta.

Cierra el grifo. Al final, el agua caliente solo ha servido para hacerle pensar más en lo que quería alejar de su mente. Se frota el pelo con una toalla mediana y se la ata alrededor de la cabeza. Usa la grande para envolverse el cuerpo. Se calza las chanclas y sale del baño.

Mientras termina de secarse, vuelve a mirar el móvil. Sigue sin haber noticias de Yoel.

Siente hambre. Cuando la gente está preocupada, no suele tener apetito. Ella funciona de otra forma. Aún con la toalla en el pelo, se viste con ropa de andar por casa y se dirige hacia la cocina. Le apetece tomate untado en pan. Mete en la tostadora un par de rebanadas de la barra que sobró ayer y saca dos tomates de la nevera. «¿Dónde habrá metido Yoel el cuchillo de cortar fruta? Siempre hace igual, los usa y no los devuelve a su sitio». Una vez, el de sierra apareció dentro de la lavadora. Debió de dejarlo en una silla junto a la ropa sucia, se caería y se enredaría en las sábanas. Por suerte, el tambor no se dañó. De hecho, no oyeron ningún ruido extraño y no lo descubrieron hasta que fueron a tender. Es increíble cómo alguien puede ser tan estricto para algunos temas como el de la calefacción nocturna y, al mismo tiempo, tan despreocupado para otros como el orden hogareño.

¡Nada, no hay manera! El pan ya ha saltado y el cuchillo sigue sin aparecer. Este tipo de tonterías, que antes no habrían supuesto ningún problema, ahora generan en ella un enfado poco conveniente. La tensión acumulada durante las dos últimas horas tampoco ayuda. Intenta controlar su rabia.

Justo en ese momento, la puerta principal se abre. ¡Al fin! Siente tal alivio ante el regreso de Yoel que se olvida del cuchillo. Ojalá pueda contarle a qué se debía tanta urgencia, aunque lo más probable es que no se lo permitan. Así funcionan las cosas en la Policía. No importa, con tal de saber que él no está en peligro, se conforma. De momento.

—¡Cariño! —grita.

No obtiene respuesta.

—¿Yoel?

Nadie contesta. Es extraño.

Pero escucha ruidos, así que hay alguien.

Sale de la cocina y atraviesa el pasillo en esa dirección. Con cuidado, por si se trata de algún intruso.

No es ningún intruso. Es Yoel, que está removiendo las estanterías del salón.

—Cariño, ¿va todo bien?

Sin mirarla, Yoel responde:

—Hola. Perdona, estoy buscando algo. Es importante. El libro del diente de oro, el de mi compañero de clase, ¿recuerdas?

—¿El de Antonio Serván?

—Sí.

Ángela se acerca a la estantería y aparta varios libros. Detrás de la primera fila hay una segunda. De ella extrae *Un diente de oro*. Yoel lo coge y lo examina. La portada es tal y como recordaba. Le da la vuelta y lee la sinopsis:

Arturo recibe una llamada. Han raptado a su padre. El secuestrador, que se hace llamar Arlequín, le da por teléfono unas instrucciones que debe seguir. Dispone de veinticuatro horas para cumplirlas.

Pero no termina ahí. Tras la primera, Arlequín tiene más demandas para Arturo y le arrancará un diente a su padre por cada orden que no cumpla. Cuando no le quede ninguno, lo matará.

La vida de Arturo se convierte en una carrera contrarreloj para obedecer las peticiones cada vez más grotescas de Arlequín. ¿Quién es en realidad? ¿Por qué ha secuestrado a su padre? Y lo más importante: ¿hasta cuándo durará esta pesadilla?

Yoel permanece con la mirada clavada en esas líneas mientras desliza la lengua por sus dientes superiores de derecha a izquierda. Es como si su subconsciente quisiera comprobar que aún los tiene todos en su sitio.

—¿Cómo termina?

Sabe que a Ángela no le gusta destripar los finales de las series, las películas o las novelas. Sin embargo, en este caso, no le queda más remedio que hacer una excepción.

—El secuestrador le arranca al padre de Arturo todos los dientes, excepto uno. Un incisivo de oro, de ahí el título. No es un spoiler porque se sabe desde el principio. La sorpresa final es que Arturo también muere al obedecer la última orden de Arlequín.

—¿En algún momento se mencionan anillos de compromiso o de cualquier otro tipo?

—No. No que yo recuerde. ¿Por qué?

Sin soltar el libro ni la calma, Yoel da el siguiente paso. Pone a Ángela al corriente de cómo y dónde han encontrado su anillo de compromiso. Vermón le ha dado permiso para ir a su casa, hablar con ella y que, después, acudan los dos a comisaría. Es algo excepcional; en otra situación, no podría contarle los detalles de un caso abierto como este.

—¿Me…? —dice Ángela con una clara expresión de pánico, aunque no tiene ocasión de terminar su pregunta.

—¡No, no te preocupes! No te consideran sospechosa; hay muchas explicaciones posibles para que el anillo haya acabado ahí —intenta calmarla Yoel, aunque no sabe si su tono ha sonado convincente—. Tenemos que ir a comisaría. Vermón me ha dicho que él mismo nos hará las preguntas pertinentes.

Eso la tranquiliza un poco. Vermón es un buen hombre y siempre la ha tratado con afecto.

—Está bien. Voy a coger las llaves, espera.

2

Coge las llaves mientras siguen esperando. Juega con ellas, inquieta, y el tintineo molesta a Yoel.

—Ángela, ¿podrías dejar de hacer eso, por favor?

Los dedos de la mujer se detienen.

—Perdona —dice mientras se guarda las llaves en el bolsillo.

Llevan cuarenta minutos solos en el despacho del comisario. Se han visto obligados a venir en coche debido al chaparrón que ha empezado a caer. A pesar de que habrían tardado unos diez minutos en llegar andando, les ha llevado más de veinte a causa del denso tráfico, típico en días como hoy, cuando no se sabe si el cielo va a estar despejado o si va a caer el diluvio universal. De modo que, sumado al trayecto con Ángela al volante, Yoel ha tenido alrededor de una hora para terminar *Un diente de oro*.

Muchos piensan que es imposible leer tan rápido. En absoluto. Si realizas el entrenamiento adecuado, puedes conseguirlo. No es tan descabellado. *Un diente de oro* tendrá alrededor de setenta mil palabras. Una hora son sesenta minutos. Setenta mil entre sesenta da como resultado una velocidad de lectura de mil doscientas palabras por minuto, más o menos.

Existen personas que alcanzan las dos mil quinientas; él, por más que lo intenta, no consigue superar su récord. Admite que le frustra, pero hay que reconocer los propios límites.

Tal y como Ángela le dijo, en la novela no se menciona ningún anillo. Tras la lectura, ha pensado en distintas posibilidades. En concreto, baraja dos hipótesis acerca de lo que podría estar ocurriendo.

Alguien entra en el despacho y ambos se vuelven hacia la puerta. No es el comisario.

—Hola, Sheila —la saluda Yoel.

La mujer permanece en el umbral, como si no se atreviera a cruzarlo. Mira primero a Yoel sin devolverle el saludo. Luego, a Ángela.

—Perdonad que haya entrado sin llamar —dice con un hilo de voz—. Como he visto fuera al comisario, pensé que no habría nadie dentro. Venía a…, bueno, a dejar esto.

Se acerca al escritorio y deposita sobre él una pila de papeles. Luego, fuerza media sonrisa mientras asiente con la cabeza y se va por donde ha venido sin pronunciar otra palabra.

Yoel observa a Ángela de reojo y ve que tiene la cabeza gacha. Se frota las manos, nerviosa. «¡Qué momento más incómodo, joder!», dice él para sus adentros. Para aliviar la tensión emocional que le ha generado el encuentro, se entretiene buscando las diferencias respecto a la última vez que pisó el despacho. Vamos a ver…

Esos libros no estaban en la estantería. Dos de psicología criminal, cuatro de derecho, cinco de protección y seguridad de altas personalidades… ¿Querrá el comisario aumentar sus conocimientos en todas estas áreas, así de repente? No, parece postureo. Seguro que la visita del director general de la Policía esta misma semana ha tenido algo que ver.

En la papelera llama su atención un pequeño cristal con una mancha de sangre. ¿Será de un vaso? No, el comisario siempre se bebe el café en uno de plástico. De una botella, parece improbable. Se percata entonces de que el escritorio tiene otro tono. Y las sillas, las paredes e incluso sus propias manos. No necesita mirar al techo para comprender que Vermón se ha pasado por fin a la luz neutra, mucho mejor que la cálida de sus adoradas bombillas incandescentes. Quien le ha hecho el cambio no debe de ser muy hábil si se le ha roto la antigua y se ha herido con ella.

Hay otra diferencia, esta en el tablero de ajedrez. El comisario está jugando por e-mail una partida con un amigo que vive en el extranjero. Lo hacen como buenos miembros de la generación de los sesenta: con un tablero físico cada uno. Nada de esas aplicaciones que hay en internet; no se fían de ellas, ni siquiera para un juego sin azar como este. El jugador blanco ha movido la torre entre la reina y el caballo de Vermón. Yoel detecta el jaque mate que se avecina en cinco turnos. La pregunta es si ellos también lo verán.

El comisario entra en el despacho. Resopla y toma asiento.

—Disculpad, he tenido que lidiar con los medios. La escena es un hervidero de periodistas. Como no los vigilemos y se cuelen, pueden contaminarla más de lo que ya está; no sería la primera vez. —Le suena el móvil—. ¿Qué pasa? No, te he dicho que nada de entrevistas por el momento. Ya les hemos dado toda la información que podíamos. Que la usen para convocar a personas con un familiar desaparecido hace tiempo, con o sin diente de oro, vivo o fallecido. Sí, que incluyan también posibles cadáveres exhumados. Limítate a decirles eso y, si quieres, les enseñas el dedo largo de mi parte. ¿Lo veis? —se dirige de nuevo a Yoel y a Ángela—. Era Gómez, también le van detrás. Parece que a estos el secreto de sumario se la trae al pairo. Más que informar y colaborar, lo único que quieren es conseguir datos para redactar titulares morbosos. ¡Puta era del *clickbait*!

A Yoel no le sorprende. Cada vez que hay un homicidio o un crimen siniestro, los medios sensacionalistas se lanzan encima a ver quién cubre primero la noticia con mayor detalle. Como si fuesen buitres. Solo se ahorran el paso de volar en círculos alrededor antes de asegurarse de que no hay peligro para aterrizar.

—Y siento también que esto haya ocurrido el día libre que ibais a pasar juntos. Antes de nada, quiero deciros que no creo que hayáis hecho nada malo, por supuesto. Hay cientos de personas, tal vez más, que pueden estar inmiscuidas en el asunto. Pero que vuestro anillo haya aparecido junto al esqueleto me obliga a haceros unas preguntas. Como Yoel ya sabe, mi deber es comunicaros que tenéis derecho a contar con la presencia de un abogado mientras habláis conmigo.

Ángela mira a Yoel y él niega con la cabeza.

—No será necesario, señor Vermón —dice la mujer.

Yoel hace un gesto que indica que está de acuerdo.

—Bien —continúa el comisario—. Ángela, creo que Yoel ya te ha puesto al corriente. ¿Tienes alguna idea de cómo ha acabado allí enterrado el anillo?

Ángela suspira antes de responder:

—Creo que lo perdí un día en el trabajo.

—¿Crees o estás segura?

—Creo. Sé que salí de casa con él por la mañana y que, por la noche, un rato después de haber vuelto, me di cuenta de que ya no lo tenía. Puede que me lo quitase al bañar a uno de los ancianos que cuido, no lo sé.

—¿Solías sacarlo en algún momento más?

—Sí. Me gustaba… Me gusta mucho ese anillo, pero cualquier cosa que lleve en las manos durante un tiempo me resulta incómoda. Tengo la piel sensible y se me irrita con facilidad. El médico me ha dicho que quizá se debe a usar tantos productos de higiene distintos en el trabajo. Recuerdo un par de ocasiones en que me lo quité porque me picaba el dedo. Cada vez lo dejaba en un sitio distinto. Puede que una de esas veces fuera en el trabajo y lo acabé perdiendo así, no lo recuerdo.

—De todas formas, eso no explica cómo ha terminado enterrado junto a un esqueleto con un agujero de bala en el cráneo. Perdona que insista y que repita mi pregunta: ¿alguna idea al respecto?

—No, no se me ocurre nada.

—Hemos barajado la posibilidad de que el anillo que hemos encontrado sea una copia. Yoel me ha dicho que cuando te lo dio, le pediste que no le contase a nadie lo de la boda. Que querías guardarlo en secreto hasta más adelante. Necesito saber si llegaste a contárselo a alguien. ¿A tu padre, a alguna amiga…?

—No, qué va. A nadie.

—Es decir, lo llevabas puesto, pero nadie sabía que era un anillo de compromiso.

—Eso es. A quien me preguntaba le decía que se trataba de un capricho, sin más.

El comisario se rasca la mejilla izquierda con la mano derecha.

—Voy a necesitar una lista de todas las personas a las que has cuidado estos últimos meses, desde que Yoel te dio el anillo. También sus direcciones y los nombres completos de sus familiares cercanos. Para ahorrarme unas llamadas y agilizar las cosas, si hablas con tu empresa y les pides que me lo envíen todo, sería de gran ayuda. Así evitamos posibles asperezas y reticencias. Una vez que te hayan dado el visto bueno, les pasaré toda la documentación necesaria por los temas de protección de datos y demás. Del papeleo no podemos escaquearnos.

—Por supuesto. ¿Le importa si salgo?

Vermón hace un gesto con la mano hacia la puerta y Ángela abandona el despacho.

—Comisario —interviene Yoel, ahora que están a solas—, ¿quién va a dirigir el caso?

Por mucho que quiera, sabe que él no va a poder hacerlo. Las conexiones personales con un caso policial impiden que el agente vinculado pueda estar al frente y, obviamente, un anillo de compromiso encaja en esa condición.

—Espinosa —responde Vermón—. Ya he hablado con ella.

De modo que la mismísima inspectora jefa de la comisaría. Es una de las pocas personas con las que tiene buena relación profesional y que incluso lo admira, así que le parece estupendo.

—Aunque yo no pueda dirigir el caso, me gustaría disponer de acceso a todo lo que vayan descubriendo. Es el anillo de compromiso de Ángela y, además, hay otro aspecto con el que estoy conectado y en el que puedo resultar útil.

Vermón le dedica una mirada interrogadora. Por toda respuesta, Yoel pone sobre la mesa su ejemplar de *Un diente de oro*. El comisario lo coge, lo examina y lee la sinopsis de la contraportada.

—¿Qué es esto?

—Un best seller de Antonio Serván. Se publicó hace dos años.

—¿Lo has leído?

—Sí, durante el trayecto en coche y mientras usted lidiaba con los medios.

Vermón no lo cuestiona. Conoce bien las habilidades de Yoel.

—¿Qué conexión tienes tú con esto?

—Serván fue conmigo al colegio. Estudiamos juntos los últimos años de primaria y la ESO.

El comisario alza las cejas en un gesto de sorpresa.

—En la novela no hay menciones a ningún anillo ni a ninguna finca —continúa Yoel—. Del esqueleto no habla de forma directa, salvo por la portada. Solo dice que entierran al padre cuando ya está muerto y con el diente de oro en su sitio. Lo matan de un disparo en la cabeza. Al final, el protagonista también muere. Siento el spoiler.

—No creo que la fuese a leer, tranquilo. O sea, que alguien ha recreado esta novela, al menos en parte. Claro, así aumentan las probabilidades de que el diente de oro de nuestro esqueleto haya sido incrustado tras la muerte para conseguir un cadáver acorde con el del libro.

—La otra posibilidad es que el criminal eligiese a una persona que ya tenía un incisivo de oro en vida. De momento no lo descartaría del todo, aunque lo veo más improbable. Y ojalá me equivoque porque, si esta segunda explicación es la correcta, facilitará la identificación.

—Dime, ¿crees que todo esto puede haberlo hecho…?

—¿… un fan perturbado? —completa Yoel la pregunta del comisario—. ¿Un lector de Serván? Es lo primero que me vino a mí también a la cabeza. No sería la primera vez que se ve algo así, desde luego. Sin embargo, veo muy bajas las probabilidades de que esa sea la explicación en este caso. Con la presencia del anillo en la escena del crimen, parece algo más personal. Yo ya lo he descartado como hipótesis válida. Usted decide si trabajamos o no sobre ella. Perdón, si trabajan o no sobre ella, quiero decir.

Vermón suspira.

—Yoel, créeme, me encantaría ponerte al frente de esto. Sabes que no puedo. Las normas son así.

—Lo sé, señor, no se preocupe. Pero hay algo que sí puede hacer y creo que todos saldríamos ganando con ello.

—¿Qué tienes en mente?

—Asígneme tareas sin importancia mientras este caso no se resuelve. Si investigo de manera extraoficial, necesitaré tiempo. Usted sabe que no dejaré que ninguna conexión personal me condicione. Y no es por restarle méritos a Espinosa, pero también es consciente de que, conmigo dentro, aumentarán las probabilidades de solucionarlo antes.

Vermón sabe que Yoel ha resuelto, con gran éxito y en un tiempo récord, muchos casos anteriores.

—Sí, yo también creo que podrías resultarnos de utilidad. Hablaré con Espinosa; no creo que tenga inconveniente.

—Se lo agradezco. Y, antes de que hable con ella, quiero comentarle las otras dos alternativas que se me han ocurrido, además de la del fan perturbado.

—Dispara.

—Es posible que el propio Serván sea el autor del crimen.

Vermón se inclina hacia delante. Yoel ha captado su total atención con un planteamiento que no se esperaba.

—Explícate.

—Como le he dicho, Serván fue conmigo al colegio. Era un niño muy raro y apenas tenía amigos. Yo me relacionaba con él casi por lástima. En alguna ocasión, lo invité a mi casa para hacer los deberes. Recuerdo una vez que salió corriendo, sin dar explicaciones, porque mi hermana y yo discutimos por una tontería. Se le daba muy mal socializar. Le hacían bullying; tuve que protegerlo en más de una ocasión. Su padre también lo maltrataba en casa. Y, curiosamente, hace veinticinco años, este padre maltratador terminó en la cárcel por matar en la orilla de un río a uno de los dos chavales que acosaban a Antonio. Se llamaba Ramón Marlanga.

—Me suena el caso del río, creo que lo seguí por las noticias. ¿Qué ha sido de ese hombre? Del padre, me refiero.

—Le pedí a Ortiguera que lo investigase mientras Ángela y yo veníamos hacia aquí. Al llegar, me ha informado de que murió asesinado en prisión cuando llevaba diez años de condena. Fue un ajuste de cuentas; no creo que tenga nada que ver con lo que nos ocupa. Ha descubierto también que la madre de Serván murió a causa de un cáncer de pulmón cuando él tenía diecinueve años y aún vivían juntos.

—Así que un niño asocial, víctima de malos tratos por parte de dos matones y de un padre que va a la cárcel por el asesinato de uno de ellos, y con una madre que fallece sin darle tiempo a independizarse. Desde luego, da para desarrollar el perfil de un criminal, pero no es…

—Ya, ya sé que no es suficiente y que hay mucha gente que

ha pasado por situaciones parecidas y que se han convertido en ciudadanos modélicos. Es solo una hipótesis a la que yo prestaría atención por si acaso.

—Tomo nota. Dime, ¿por qué perdisteis el contacto?

—Como le he dicho, si le hablaba, era más por lástima que por otra cosa. Tampoco él mostró interés en saber de mí después de salir del colegio, así que… Los de aquella clase tenemos un grupo de chat, pero Serván no está incluido. He preguntado y nadie ha vuelto a hablar con él.

Vermón entrelaza los dedos de ambas manos y apoya la barbilla en esa unión.

—Vale, resumamos. Primera hipótesis, aunque tú esta ya la hayas descartado: un fan perturbado es quien ha cometido el crimen para recrear *Un diente de oro*. Segunda hipótesis: es el propio Serván quien lo ha hecho antes de escribir la novela para que le sirviese de inspiración.

—Bueno, antes de escribirla o después.

—¿Después? ¿Quieres decir que él mismo podría haber actuado como un fan perturbado?

—Es una posibilidad. En cualquiera de los casos, de acuerdo con la novela, tanto el padre como el hijo son víctimas, así que convendría investigar las desapariciones y las muertes de padres e hijos varones que hayan ocurrido con poca diferencia de tiempo entre sí durante los últimos veinticinco años. Es decir, desde el asesinato de Ramón Marlanga. Esa muerte, que su padre fuera a la cárcel, el cáncer de su madre… Cualquiera de estos sucesos pudo suponer un punto de inflexión, un desencadenante para Serván. Es mejor no dejar ningún resquicio, aunque no creo que se convirtiese en un asesino de la noche a la mañana. Sí, sigo hablando hipotéticamente —añade al percibir la mirada de Vermón—. Señor, ya sé que muchos me llaman a mis espaldas «el borde y obseso de la comisaría» porque suelo empeñarme en defender una idea y no paro hasta demostrar si estoy o no en lo cierto. Pero usted también es consciente de que he acertado muchas más veces de las que me he equivocado, ¿correcto?

El comisario asiente. Desde luego, eso no se lo puede negar. Abre el libro y examina la solapa interior.

—Así que Antonio Serván —repite el nombre del autor—. Y, en el caso de que sea el asesino al que buscamos, ¿se te ocurre por qué querría involucrarte a ti en un crimen, usando el anillo de Ángela?

—No, ni idea. Que yo sepa, siempre lo traté bien.

—¿Ángela y él se…?

—No, no se conocen. Ella ha estado a punto de ir a alguna firma de sus libros porque le hacía ilusión que él hubiera estudiado conmigo; pero no le resultó posible.

—Así que tiene aún menos sentido que quisiera involucrarla. Y tampoco se te ocurre cómo pudo haberle robado el anillo, claro.

Yoel niega con la cabeza.

—De acuerdo —continúa el comisario—. Antes has dicho que tienes dos hipótesis aparte de la del fan perturbado. Una ya me la has contado. ¿Cuál es la otra?

—Quizá alguien que no es Serván quiere involucrarme en el crimen y lo está utilizando a él como chivo expiatorio. Ya sabe que mi lista de enemigos es larga, teniendo en cuenta mi historial de casos resueltos. Si esta es la explicación, quien lo haya hecho sabe que Serván y yo estudiamos juntos.

—¿No ves factible que os quieran involucrar a los dos a la vez?

—Lo he pensado y no me encaja. Como ya le he dicho, cuando íbamos al colegio, me enfrenté alguna vez a los dos chavales que le hacían bullying a Serván. Uno de ellos era Ramón Marlanga. El otro se llamaba Fernando Otero. Antes de salir de casa, le he pedido a Ortiguera que investigara también a Fernando. Me ha dicho que murió hace siete años en un accidente de moto. Así que los dos quedan descartados.

En cuanto a la familia de Ramón, no tiene sentido que estén implicados. Podrían querer inculpar a Serván porque su padre mató a Ramón, pero no veo por qué iban a vincularme a mí con un crimen así. Y tampoco sería lógico que buscasen venganza después de tanto tiempo.

—¿Crees que la muerte de Fernando Otero puede...?

—¿... guardar relación con todo lo demás? En absoluto. Lo suyo fue solo eso, un accidente. Y, al margen de ellos dos, Serván y yo no hemos tenido ningún enemigo común, al menos que yo sepa. Sería mucha casualidad que ambos hubiésemos fastidiado a la misma persona sin permanecer en contacto entre nosotros. Por eso me inclino más a pensar que, si Serván no es el culpable, quienquiera que lo sea quiere involucrarme solo a mí y no a los dos. En cuanto a Ángela, me cuesta creer que alguien pretenda incriminarla en nada, la verdad.

Vermón asiente de nuevo con la cabeza. Se muerde el labio inferior y mira hacia el tablero de ajedrez. Yoel se siente tentado de advertirle del jaque mate que se avecina, pero sabe que no le haría gracia. El comisario acaricia con el índice izquierdo el montón de papeles que Sheila ha traído hace nada.

—¡Qué asco, Yoel, qué asco! Lo que menos me gusta de estos casos es...

—El papeleo. Le trae de cabeza, lo sé.

—¿Algún día me dejarás terminar las puñeteras frases?

Yoel sabe que el comisario no lo ha dicho enfadado, ni siquiera molesto. Es una mala costumbre que tiene: anticiparse a los pensamientos de los demás y verbalizarlos. Está tratando de corregirlo. Con el comisario lo hace más a menudo, es una especie de broma entre ellos. En cualquier otro momento se reiría. Ahora no. Ahora hay un cadáver que puede estar relacionado de algún modo con él o con Ángela. Solo de pensarlo, una corriente eléctrica le sube desde la espalda hasta la nuca. Reprime la sensación para que no se le note desde fuera.

—Bueno —dice Vermón—, ya que quieres formar parte del caso extraoficialmente, ¿adivinas qué te voy a pedir?

—Ya le he escrito un e-mail para quedar con él —responde Yoel, refiriéndose a Serván—. Su dirección de correo electrónico está en su web.

—¿Cómo vas a abordar la conversación?

—Primero tengo que esperar a ver si responde. Y —añade rápido al ver que el comisario alza un dedo para hablar, como si fuese un alumno en un aula— Ortiguera ya ha encontrado su teléfono, por si acaso no lo hace.

El comisario baja el dedo sin decir nada.

—¿Por qué no lo has llamado directamente? Sería más rápido.

—Todo indica que quiere mantener su número en privado. Al haber contactado con él mediante un canal que ha decidido compartir en público, se pondrá menos en guardia. Eso nos conviene. Le daré hasta esta noche y, si no responde al e-mail, mañana por la mañana lo llamaré.

—Entiendo. Me parece bien.

—Hay una última cosa que debe saber —añade Yoel antes de terminar—. El criminal de la novela es un asesino en serie. La historia se centra en el padre del protagonista, pero hubo otras víctimas antes. ¿Qué cree usted? ¿Convendría esperar o encauzarán ya la investigación hacia esa posibilidad?

—Se lo comentaré a Espinosa. Por un lado, creo que sería precipitado. Sin embargo, por el otro, es cierto que hay bastantes variables que lo alejan de un crimen puntual, por no hablar de todos los parecidos con la novela. Si añadimos esto que me acabas de comentar y nos abrimos a la posibilidad del asesino en serie, entonces deberíamos…

—Sí, deberían rastrear hacia atrás hasta descubrir cuándo fue la primera vez que mató.

3

La primera vez que mató tenía doce años.

Fue una tarde de agosto. El tiempo era fresco, algo típico del clima gallego, incluso en verano. Se diría que, sentado en el sofá sin moverte, podrías necesitar una manta.

Su hombro no opinaba lo mismo. Ardía. Con la costilla flotante izquierda ocurría algo parecido. Le dolía al respirar. Cuando su padre se tomaba más cervezas de las debidas, se volvía así de violento. Su madre y él eran las zonas de aterrizaje de los cohetes que llevaba en los puños. A ella llegó a romperle el brazo en una ocasión. Tuvo que ir a urgencias, pero logró ocultar el verdadero motivo de la lesión. Desde entonces, por precaución, el padre golpeaba con menos fuerza y con menos frecuencia, pero seguía haciéndolo. Nunca atacaba a la cara. Siempre a los brazos, las piernas, las costillas, el abdomen o la espalda. La ropa cubría esas zonas. Incluso estando borracho, conservaba el suficiente juicio como para no dejar marcas visibles que delatasen sus malos tratos.

En esa fresca tarde de agosto le había tocado a él. ¿El motivo? Sencillamente, que los nervios pueden provocar que hagas justo lo que tratas de evitar. Su padre estaba en el sofá, en calzoncillos y comiendo un bollo. Le pidió una cerveza de la cocina. Se habría negado de buena gana a llevársela, pero tenía claras las consecuencias si no obedecía. Así que fue a la nevera, sacó una lata y se la llevó a su padre, rogando para que no ocurriese nada que lo enfadase.

Pero ocurrió.

Se había equivocado. Lo que le había llevado no era cerveza. Era una lata de cola.

—¡Imbécil! —gritó el borracho mientras se ponía en pie y le sacudía un puñetazo en el hombro y otro en las costillas, que le hizo caer de rodillas—. Iré yo. ¡Hay que ser inútil!

Aguantó el llanto mientras veía a su padre caminar hacia la cocina, dibujando eses con su gordo cuerpo.

A fin de cuentas, ¿qué esperaba? Cualquier excusa era buena para golpearle. No tenía claro quién odiaba más a quién. Nunca había hecho nada para que su padre le guardase tanto rencor. Nada salvo nacer. Quizá se trataba de eso. Siempre se había sentido una carga tanto para él como para su madre. No recordaba que le hubiesen dicho «te quiero» jamás. Ni que hubiesen jugado con él, a no ser que tomarlo como un saco de boxeo formase parte de un juego que no entendía. En su memoria infantil solo había gritos, golpes y llantos.

—¡Joder! Ya se están terminando otra vez las cervezas.

«Pues ve a comprar más si tanto las quieres, vago asqueroso», pensó el chaval, aún en el suelo. Ese era uno de los pocos motivos por los que su padre salía de casa: aprovisionarse de alcohol cuando se acababa. Si podía, obligaba a su mujer a hacerlo, ya que a su hijo no se lo venderían, claro. Pero si a ella no le resultaba posible debido a sus horarios de trabajo, no le quedaba más remedio que ir él mismo. Parecía costarle un esfuerzo sobrehumano, aunque la tienda más cercana estaba a menos de cinco minutos a pie.

Antes de que el borracho volviese al salón, su hijo se puso en pie y se tambaleó hacia la calle. El dolor le impedía caminar recto. Decidió poner rumbo hacia el bar en el que trabajaba su madre. En el fondo, esperaba que, al verlo dolorido, le diese algo de cariño.

No fue así, por supuesto. Nada más llegar, se la encontró sirviendo una cerveza a un hombre que ya parecía borracho. Odiaba la cerveza. Odiaba el alcohol. ¿Por qué existiría? Hizo tiempo en la puerta y, cuando por fin su madre desvió la mirada hacia él, se dirigió a la barra sin camuflar el dolor.

—Oh, hola —lo saludó ella sin mucha emoción.

La miró sin parpadear. No quería perderse ni un detalle de su reacción. Creyó ver cómo sus párpados se abrían, fruto de la sorpresa. Pero ¿cómo iba a sorprenderse si ese era el pan de cada día? ¿Se había fijado en el andar de su hijo? Sí, desde luego que sí. ¿Iba a hacer algo al respecto? En absoluto.

—¡Guapa, ponme otra caña! —gritó un viejo al otro lado de la barra.

—Enseguida.

La madre se dirigió hacia el cliente como si su hijo no existiera.

Le entraron ganas de llorar. A lo largo de los años, había aprendido a controlarlas bien, de modo que solo se le empañaron los ojos.

En ese momento, Carol apareció desde el almacén.

—¡Hola! —exclamó nada más verlo—. ¿Cómo estás?

Se volvió hacia ella y sintió un pinchazo en la costilla, en el lugar del golpe. Esta vez no pudo ocultar el dolor. Se llevó una mano a la zona.

—Con un poco de hambre —respondió, tratando de camuflar aquel gesto involuntario con otro similar.

La mirada de Carol le dio a entender que no le creía. Sin embargo, dijo:

—Siéntate, anda. Te pondré un pincho para comer.

Carol era la compañera de trabajo de su madre. Solían hacer los mismos turnos. Las veces que las visitaba, hablaba con él y lo invitaba a algún refresco sin gas. En esa ocasión, a un pincho. Hacía más de madre que la suya. A él le encantaban su media melena negra y sus ojos, tan oscuros que no permitían distinguir el iris de la pupila. Facciones suaves, sonrisa perfecta y cuerpo esbelto. Nunca había estado enamorado, pero a veces se preguntaba si la atracción que sentía hacia ella sería eso, amor. O quizá solo se trataba del sentimiento hacia alguien que se preocupa por ti.

Carol no era tonta. Sabía que no tenía hambre, que la mano había ido a cubrir el dolor provocado por un golpe; no resultaba difícil atar cabos. Estaba la baja de su madre por el brazo roto. Otras veces, las punzadas que tenía en lugares ocultos por la ropa. Pero, por mucho que quisiese, Carol no podía hacer nada. Lo había intentado en alguna ocasión. Él la había visto hablar con su madre cuando se quejaba de molestias en las costillas o en el hombro. No había oído las palabras, aunque sus gestos dejaban claro que le estaba recomendando acudir a la Policía. Su madre nunca lo había hecho. Quizá por costumbre. Quizá por miedo. Quizá por una mezcla de ambos. Desde luego, el motivo no era su hijo. Su hijo poco le importaba. Y, llegados a ese punto, a él tampoco le importaba mucho su madre. En realidad, cuando iba al bar, a quien quería ver era a Carol.

Mientras esperaba sentado en una mesa, varias moscas empezaron a revolotear alrededor de su cabeza. Jugó a coger una al vuelo. Lo hacía a menudo, así que lograrlo no le supuso mucho tiempo ni esfuerzo. Cuando la tuvo entre los dedos, la observó. Pensó que le habría gustado nacer mosca. Ellas no se enteran de lo que ocurre a su alrededor. Incluso apostaría a que ese bicho, preso entre sus dedos, ni siquiera sentía miedo. De todos modos, la soltó. No le gustaba matar animales, ni siquiera aunque fuesen molestos como aquel insecto que, tras huir del gigante que lo había privado de su libertad, volvió a revolotear a su alrededor.

—Toma.

Carol dejó un platillo con un trozo de empanada de atún sobre la mesa. Al verla, le entraron ganas de comer. No había probado bocado desde… ¿la noche anterior? ¿O hacía más de veinticuatro horas? No lo recordaba.

—Aparte del hambre, ¿qué tal estás? —le preguntó la mujer mientras se sentaba enfrente para hacerle compañía.

—Bien. —Dio el primer mordisco.

—Tu madre me ha dicho que lo has aprobado todo con muy buenas notas.

—Sí.

¡Qué respuestas más tontas le estaba dando! O quizá secas. No quería sonar seco. No con Carol. Así que también mostró interés por ella.

—¿Y tú qué tal con tu novio?

Se arrepintió enseguida. Sintió un calor que le subía desde el pecho hasta la cara. Para disimular el rubor, se llevó una mano a la frente, como cubriéndose de un sol que no llegaba hasta allí dentro.

—Bien, aunque no nos vemos mucho. Se ha ido a estudiar fuera y solo viene dos veces al mes. Y, si me toca trabajar el fin de semana, poco podemos estar juntos.

—Deberías salir con alguien que pueda compartir más tiempo contigo.

Por supuesto, pensaba en sí mismo. Sabía que, con doce años, no podía ser la pareja de una mujer de veinticuatro, pero allanaba el terreno para cuando cumpliese la mayoría de edad. Le pediría salir, ella le diría que sí, se irían muy lejos y él empezaría a trabajar de cualquier cosa que le permitiese pagar cualquier alquiler en cualquier casa, por pequeña que fuese. Deseaba huir de su vida actual y, si podía hacerlo con alguien por quien sintiese cariño, mucho mejor.

—Muchas veces no escoges a tu pareja por motivos como el tiempo que podéis estar juntos —respondió Carol, sonriendo—. Y, si estás enamorado de antes, es muy difícil dejarlo.

—¿Y tú sigues enamorada?

—Claro. Si no, habría roto con él. ¿No te parece?

De nuevo, lo dijo sonriendo. Era preciosa, carismática y muy amable.

—Sí, supongo.

—Ya lo entenderás cuando crezcas y te eches novia. Aún eres muy joven.

Odiaba que le soltara esas cosas. Daba a entender que lo veía como a un crío y que nunca había pensado en él como algo más. Y, desde una perspectiva realista, era lógico. Así que debía contentarse con el cariño que le transmitía al hablar y cuando lo invitaba a un pincho en el bar.

—¡Carol! Ven a ayudarme.

Carol se levantó.

—Tengo que irme; tu madre me llama. Ya sabes que puedes quedarte el tiempo que quieras.

Pero él no quería permanecer más tiempo allí. Si Carol no le hacía compañía, solo podía prestar atención a cómo su madre lo ignoraba a él y a sus heridas. Así que se despidió, le dio las gracias por la empanada y salió del bar.

Caminó hacia las afueras del barrio. Allí había una zona en la que le gustaba pasear. Tenía césped, árboles, río y puentes. Anduvo sin pensar en nada en concreto. O, más bien, no era consciente de qué ocupaba su mente.

Cuando se quiso dar cuenta, había llegado más lejos, a la zona del estanque. Se oía el croar de las ranas. Se acercó a la orilla y se lavó las manos. La empanada estaba buena, pero aceitosa. Mientras se frotaba los dedos, distinguió una rana fuera del agua. Se atrevió a cogerla. Jugó con ella un momento, como un gato con un ratón, examinándola.

Y, de pronto, sin previo aviso, empezó a experimentar rabia.

Furia.

Ira.

Se vio a sí mismo en la rana y, por algún extraño motivo,

se sintió como si fuera su padre. Un ser fuerte que maltrata a otro débil. Él nunca le había hecho daño a nadie, ni siquiera a los animales insignificantes y molestos como aquella mosca del bar. Con los mosquitos ocurría lo mismo. Aunque en verano le picasen y lo despertasen por la noche zumbándole en el oído, prefería taparse con la almohada, en lugar de encender la luz y echar insecticida o aplastarlos. Era el tipo de muchacho que apartaba los caracoles de la carretera para que no los pisase algún corredor despistado y que daba de comer a los gatos abandonados en la calle.

Sin embargo, en aquel momento, algo nació en su interior. Algo que sería el inicio de todo lo demás.

Recordó los golpes que le había dado su padre en el hombro y en las costillas antes de salir de casa. Los últimos de muchos que había sufrido y de otros tantos que vendrían.

Recordó a su madre ignorándolo. «Oh, hola», fue lo único que le había dicho a pesar de saber que estaba herido.

Recordó a Carol siendo amable con él, pero tratándolo como a un crío.

Una emoción desconocida brotó en su pecho. Aceleró su ritmo cardiaco y su respiración. Sintió como si el corazón le latiese en la herida del hombro. Los ojos se le empañaron y no pudo verlo, pero notó cómo la materia se deshacía entre sus dedos. Parpadeó con fuerza y observó que, sin darse cuenta, había aplastado a la rana.

Esa fue la primera vez que mató.

¿Sintió lástima? Para nada, todo lo contrario. Le inundó un gozo que no podía explicar, a pesar de lo que se le habían ensuciado las manos.

4

Se le han ensuciado las manos. Coge una servilleta del centro de la mesa y se limpia con ella. No es suficiente. Otra. «¡Puta mierda de papel! Ensucia más de lo que limpia». Intenta calmar su ira. Ahora no le conviene alterarse. Desde que descubrieron el esqueleto, se siente más tenso. Es lógico, claro, pero no quiere que regresen aquellas emociones que le enseñaron a controlar tan bien hace cinco años. Con la séptima servilleta, quita los restos de chocolate caliente que se han esparcido fuera del platillo.

Sigue haciendo frío. Ni siquiera en el interior de la cafetería, con el termostato a veinticinco grados, consigue entrar en calor. Por eso había decidido usar como calefactor su taza de chocolate recién servido. Dado lo que le temblaban las manos, no ha tardado en derramar parte del espeso líquido.

—No se preocupe —le dice el camarero—. Ahora se lo limpio.

—Gracias.

Ha quedado con Antonio Serván, tal y como acordó ayer con el comisario. No viste su uniforme, ya que no se encuentra de servicio. Es preferible así. Desconoce si Serván sabe que trabaja en la Policía y cogerlo desprevenido puede jugar a su favor. Mira de nuevo el reloj del móvil. Se retrasa veinte minutos y no responde a los mensajes del chat. Su teléfono figuraba en la firma del e-mail que ha enviado como respuesta al de Yoel. Una vez obtenido así, chatear no ha supuesto problema. «No te habrás olvidado de nuestra reunión, ¿verdad?», le ha escrito. Si no aparece en los próximos diez minutos, lo llamará.

—Permítame.

Con una bayeta, el camarero limpia el chocolate derramado.

—¿Se ha manchado usted?

—No, solo la mesa.

—Si necesita algo más, no dude en avisarme.

—Ya, gracias.

En este local, el trato es formal en extremo. No le disgusta, pero lo siente forzado. De hecho, cuando el camarero le ha dicho «ahora se lo limpio», ha notado su expresión de rechazo. «Odio a esta gente».

Antes, con los antiguos dueños, no pasaban estas cosas. La gente no la conoce por lo que es, sino por lo que fue: una de las cafeterías de referencia en la ciudad. Cerró sus puertas debido a la pandemia. Tras ella, los herederos decidieron reabrirla y aprovechar la fama que habían logrado sus dueños originales. Situada justo al lado de la plaza de Galicia, una de las más concurridas de la ciudad, su ambientación vintage le otorga glamour, un estilo gourmet y otros extranjerismos que sigue conservando.

A pesar del suelo y del techo de madera barnizada, el resto de las paredes son de piedra. Puedes contar sin problema los adoquines que las forman si tienes paciencia y tiempo. Las mesas no se apoyan sobre ninguna pata, sino que constan de unas tablas gruesas de madera fijadas a la pared. Cargando mucho el extremo opuesto, tienen toda la pinta de que se quebrarían con facilidad; aunque Yoel no ha escuchado que ninguna lo hiciese. Misterios de la física, la arquitectura o alguna otra disciplina que desconoce. Las sillas son altas, pero cómodas. Encima de cada mesa hay una especie de farol de luz tenue, que cuelga de una barra de hierro incrustada en la misma pared. Dado que queda poco más de una semana para Navidad, han decidido colocar guirnaldas en ellos. No es que Yoel adore estas festividades, pero reconoce que no le dan un mal ambiente al entorno.

La espera continúa. Mira por la ventana y ve que empieza a llover. Otra vez. Tiendas que normalmente cierran los sábados por la tarde permanecen ahora abiertas para aprovechar las ventas estacionales. La gente apura el paso para mojarse lo menos posible. Muchos de ellos van cargados con bolsas; las bolsas, cargadas de regalos. De haber sido pleno noviembre, con el cielo así de nublado y el agua amenazando con caer en cualquier momento, más de la mitad habría preferido quedarse en sus casas viendo una película o tomando un café en familia. Pero, claro, es lo malo de las convenciones sociales: hay que cumplirlas en fechas como estas y debes comprar regalos, aunque para ello acabes empapado.

A Yoel no le desagrada el clima santiagués. Excepto cuando caen impredecibles e intensos chaparrones de gota gorda sin importar que sea invierno o verano; por lo demás, le gusta la lluvia. Salir a pasear bajo ella cuando no hace frío le ayuda, en muchas ocasiones, a discurrir ideas para un caso en el que se encuentra atascado. Tiene asumido que funciona de forma distinta a la mayoría y no le importa. Como suele decirse a sí mismo: «Si no os gusta lo que tenéis aquí, largaos a otra parte y dejad que lo disfrutemos quienes nos quedamos».

Piensa en la información recabada hasta el momento sobre el caso del esqueleto. El informe que Espinosa le ha permitido leer resumía lo que se temía. La causa de la muerte, la más obvia: un disparo en la cabeza. Gracias al análisis en el laboratorio, han descubierto que el esqueleto procedía de otro lugar desconocido. Vamos, que no lo enterraron en la propiedad de Castro de primeras. Así lo revelaron las partículas de unos silicatos no presentes en la finca y adheridas a los huesos. Debía de llevar allí muy poco tiempo, aunque es imposible determinar cuánto con exactitud.

Ni el menor rastro de huellas dactilares o de contacto previo con manos humanas. Es decir, que el autor de aquel entierro ilegal tuvo sumo cuidado. Según lo que ha dicho Castro, él no tocó los huesos. Vio a su perro escarbando donde estaban y lo apartó enseguida para llamar a la Policía. Sí había restos de saliva del animal en el cráneo.

En cuanto a la identidad del cadáver, el autor del crimen (o alguien relacionado con él) sabía cómo impedir o, al menos, dificultar la identificación. El análisis de ADN solo sirve si se tiene otra fuente con la que evaluar el grado de coincidencia. Con las dentaduras ocurre lo mismo. Y, en este caso, además de no disponer de una para usar como base de una comparación, alguien se tomó la molestia de limar las zonas que un día estuvieron recubiertas por encías. El diente de oro lo incrustaron tras la descomposición, tal y como el comisario y Yoel se temían. Por ahora, no han recibido ningún aviso de exhumaciones ilícitas recientes o antiguas, de modo que tiene toda la pinta de que el esqueleto jamás llegó a pisar un cementerio.

Se lo han puesto difícil, pero ha resuelto casos peores. Por el momento, su idea de investigar las desapariciones y las muertes de padres e hijos varones ocurridas con poca diferencia de tiempo entre sí durante los últimos veinticinco años quizá ayude a obtener resultados rápidos. Recuerda la conversación telefónica que ha mantenido con Ortiguera, previa autorización por parte de Espinosa.

—Hola, inspector. He investigado lo que me ha pedido. Quitando accidentes de tráfico y similares, hay dos casos de padre e hijo que cumplen las condiciones. En el primero, murió antes el hijo. Entiendo que eso es motivo suficiente para descartarlos.

—Obvio —ha respondido Yoel, tajante. Para que encajase con *Un diente de oro*, el primero en morir tendría que haber sido el padre—. ¿Y en el otro caso?

—En el otro caso, el primero en desaparecer fue el padre, Abelardo Mayo. Ocurrió el 19 de octubre del año pasado. Tenía unos cincuenta años, igual que el esqueleto. No se encontró el cuerpo. Su hijo, Mariano Mayo, también desapareció una semana más tarde. Lo encontraron muerto varios días después en un camino rural abandonado.

Desde luego, guarda similitudes con *Un diente de oro*.

—¿Sabes si Abelardo Mayo tenía más hijos?

—Sí, la inspectora jefa Espinosa me ha pedido que lo investigase y hemos descubierto que tenía una hija. Se llama Florinda Mayo y vive a las afueras de la ciudad. Cuando hemos contactado con ella, enseguida ha mostrado interés por descubrir si son los restos de su padre y vendrá a comisaría para una extracción de saliva. Así podremos cotejar su ADN con el de los huesos y descubrir si existe una relación de parentesco.

Antes, realizar una comparativa de ADN implicaba esperar una semana, al menos. Sin embargo, gracias a la nueva tecnología y al equipamiento que llegó hace un par de meses a la comisaría, sus compañeros de la Policía científica pueden obtener resultados en cuestión de horas. En el caso de que haya coincidencia de parentesco entre Florinda Mayo y los huesos, tendrán identificado al esqueleto en un santiamén; aunque resultaría demasiado sencillo. Si Serván es el responsable, no haría las cosas para que se pudiesen rastrear de forma tan evidente. A no ser, claro, que eso es lo que pretenda por algún motivo.

—Hay algo más, inspector.

—Al grano, Ortiguera.

—Al investigar a los dos Mayo, hemos descubierto que tanto el padre como el hijo estuvieron tres años en prisión por asalto con agresión y homicidio involuntario. Acabaron con la vida del chaval al que querían robar, un tal Efrén Pregón. No sabemos todavía si es relevante para lo que nos ocupa, pero la inspectora jefa quería que usted lo supiera.

—De acuerdo. Mantenme al corriente. Gracias.

Entra una persona en la cafetería. Yoel alza la mirada, pero no se trata de Serván. Es una mujer de unos sesenta años con gorro y bufanda, aunque sin paraguas. Parece seca, de modo que el chubasco no ha sido largo. Pide un ron en la barra. «Buena forma de entrar en calor, señora». Sus pensamientos se detienen durante un segundo. «¡Oh, qué cojones! ¿Por qué no?». Se pone en pie, se acerca también y le dice a la muchacha que la atiende:

—Lo mismo que a ella, por favor. —Señala con la cabeza hacia la mujer del ron—. Pero en un *shot*.

Total, no está de servicio, tan solo a la espera de una reunión para un caso en el que no participa de forma oficial.

Una vez que tiene delante el vaso de chupito con la dosis de alcohol, lo alza hacia la señora en señal de brindis y ella le devuelve el gesto con una carcajada. Lo vacía de un trago. Debería haber empezado por ahí. Sintiéndose más tranquilo, regresa a su asiento, donde aún le espera un chocolate que ya no piensa tomarse.

Mira de nuevo el móvil. Veinticinco minutos. «Serván, me estás dando motivos para sospechar de ti». No, no tiene sentido pensar eso porque se demore o no aparezca; está claro que es un hombre ocupado. «Ni siquiera sé si sabe que soy policía. El retraso puede deberse a cualquier motivo».

Mientras continúa esperando, su cabeza le da vueltas a otra cuestión de vital importancia: el anillo de compromiso. Sus compañeros han interrogado al joyero y parece no saber nada. Espinosa cree que su declaración es sincera y Yoel duda que tenga algo que ver con el asunto. Aún lo está viendo todo desde dentro, pero cuenta con encontrar algo durante la charla que va a mantener con Serván. Algo que le permita alzar el vuelo y contemplarlo desde arriba. Los laberintos siempre son más fáciles de resolver si dispones de un plano cenital.

El autor de best sellers aparece por fin para poner orden a su caos mental. Entra en la cafetería con un gorro de lana, unas orejeras y una bufanda gruesa. El abrigo tampoco es lo que se dice fino. Debe de soportar mal el frío. Está seco; parece que ha logrado evitar el chaparrón de hace un momento. Al calor de la calefacción, se quita todas las protecciones de la cabeza y del pescuezo. El abrigo solo lo desabrocha. Yoel descubre cuánto ha cambiado desde la última vez que lo vio.

Es muy diferente del adolescente que recuerda del colegio. También parece muy distinto respecto a las fotografías que hay en la solapa de sus libros. Para empezar, su cabello, castaño como el de Yoel, está largo y descuidado. El culpable del alboroto queda claro: el gorro de lana. Siempre tuvo la frente ancha, pero ahora luce unas entradas profundas que dibujan una eme mayúscula. No es solo su pelo lo que ha cambiado. Hay algo en su cara. No, en sus ojos. Lo puede apreciar con claridad, a pesar de las gafas empañadas. Yoel recordaba una mirada ida que parecía perderse en algún lugar imaginario. Ahora lo observa mientras Serván lo busca y descubre en él unas pupilas frías y precavidas. No mueve la cabeza para localizarlo. Tampoco se muestra nervioso.

Al final, cuando lo encuentra, una sonrisa aparece en su cara. ¿Sincera o falsa? A Yoel le parece sincera, aunque estas cosas se pueden fingir, claro.

—Hola, Yoel —lo saluda y le tiende la mano.

Yoel se levanta, la estrecha y le devuelve el saludo. Se olvida de sonreír. «Bueno, no importa. Quizá sea mejor así». Vuelve a ponerse cómodo y Serván toma asiento también. Se quita las gafas de montura metálica, todavía empañadas, y las frota contra la chaqueta que viste debajo del abrigo. Sin ellas puestas, su mirada se parece más a la de las solapas de los libros.

—Tienes que perdonarme —se disculpa el recién llegado—. Una llamada de última hora de la editorial. Estamos planificando la campaña de mi próximo libro, una novela que dará mucho que hablar, y necesitábamos ultimar detalles. He tenido que parar el coche y, claro, al estar usando el teléfono, no podía llamarte.

—No te preocupes —responde Yoel, aunque en realidad le molesta esperar; es defensor acérrimo de la puntualidad. De joven le ocurría justo lo contrario, pero ha cambiado en muchos aspectos desde aquella etapa. También piensa: «Y, desde que colgaste hasta que has aparcado, ¿qué? ¿No podías llamarme?».

—Bueno, cuéntame. ¿Qué tal te va? La verdad es que me ha sorprendido recibir tu e-mail. Hace mucho tiempo asumí que no querrías saber nada más de mí, teniendo en cuenta cómo acabaron las cosas entre nosotros.

Yoel no comprende.

—¿A qué te refieres?

—¡Oh! A nada en particular. El distanciamiento, ya sabes.

No, no se refería al distanciamiento. Algo se ha activado en la mente de Yoel.

«¿Qué es esta sensación?».

Un recuerdo quiere venir a su memoria, pero no lo logra. Las siguientes palabras de Serván lo alejan todavía más.

—En cualquier caso, me alegra volver a verte. Yoel Garza, el cerebrito de la clase y el defensor de los débiles. ¡Anda que no me protegiste de los matones! Me alegra que me hayas escrito.

El e-mail. Se trata de uno de los autores de novela más vendidos de España. Su dirección de correo electrónico profesional figura en su web. Siendo así, debe de recibir cientos de mensajes al día. Sin embargo, su respuesta ha sido rápida: ha tardado menos de veinticuatro horas. ¿Eso debería aumentar las sospechas sobre él? «Seguro que está al corriente de la aparición del esqueleto y de que tenía un incisivo de oro. Los medios ya han publicado la noticia con la información que les hemos proporcionado y se ha difundido a lo bestia para acelerar la identificación». ¿Estaría esperando a que la Policía se pusiese en contacto con él? ¿Sabrá que Yoel trabaja ahí? Debe indagar sobre cuánto sabe o dice saber.

—A mí también me alegra retomar el contacto contigo. Pero me temo que, al menos en esta ocasión, no se trata de una reunión para recordar viejos tiempos.

—Entiendo.

Yoel guarda silencio. ¿Qué es lo que entiende? Lo mira a los ojos sin pestañear; espera obtener la respuesta.

—Sé que trabajas en la Policía —continúa Serván—. Y sé que habéis encontrado un esqueleto con un diente de oro. ¡Como para no enterarse! Teniendo en cuenta de qué trata mi libro, no es de extrañar que quisierais hablar conmigo, y tú eres el más indicado para una primera toma de contacto.

No lo ha ocultado.

—¿Cómo sabes que trabajo en la Policía? —indaga Yoel—. Creo que no tenemos ningún conocido en común que haya podido contártelo.

Serván ríe.

—Me temo que sí lo tenemos. Raquel Herrera.

—¿Raquel, la del colegio?

Es extraño. Raquel está en el grupo de chat y fue una de las personas que le dijo que no sabía nada de Serván.

—Lo sé —responde este a los pensamientos de Yoel—. Sé que te dijo que no sabía nada de mí. Yo se lo pedí. Nos encontramos en una fiesta hará unos cuatro o cinco años. Empezamos a hablar y, bueno, acabamos liados. No fue a más, pero hemos mantenido el contacto. Me dijo que estaba en un grupo de chat del colegio y me preguntó si quería que me añadiese. Le respondí que no. Como comprenderás, no tengo buenos recuerdos de esa época. Preferí quedarme fuera. En ese momento, mis obras ya habían cosechado cierto éxito y estaba atosigado por los mensajes de los lectores, así que le pedí que no le contase a nadie de la clase que mantenía contacto conmigo. No quería ni quiero saber de gente que me lo hizo pasar mal o que me ignoraba cuando era un crío y que busque aprovecharse ahora de la situación para presumir de que se codea con un escritor famoso. Por supuesto, no estoy hablando de ti. Creo que tú y Raquel erais los únicos que me tratabais bien.

«Entonces ¿por qué no le pediste a ella mi número?». Yoel no formula la pregunta en voz alta, claro. Tampoco siente dolor ni rechazo. Solo lo considera un dato más para investigarlo como posible culpable. Por lo que Serván le acaba de contar, cuando se encontró con Raquel, Yoel ya formaba parte de la Policía. ¿Querría evitar relaciones estrechas con él a causa de eso? Y, de ser así, ¿por qué motivo?

—Es lógico que Raquel te haya guardado el secreto —responde, sin embargo—. Y, sobre lo que has dicho del esqueleto, sí, tienes razón. Esta reunión la he acordado con mi superior. No se trata de un interrogatorio ni nada parecido; es todo extraoficial. Como podrás observar, ni voy de uniforme. De todas formas, dado que pertenezco a la Policía y vamos a hablar sobre un caso abierto vinculado con un libro tuyo, si quieres solicitar la presencia de un abogado, estás en tu derecho.

—Qué va, tranquilo. No es necesario, no tengo nada que ocultar. Puedes preguntarme lo que quieras.

—Me gustaría aclarar que no te consideramos sospechoso —miente para no poner en guardia a Serván—, pero sí creemos que una conversación contigo nos será de gran ayuda.

—Un té negro, por favor —le dice Serván al camarero, que ha vuelto para regalar otra mirada de rechazo a un nuevo cliente. Cuando se aleja, continúa—: Pues volviendo al esqueleto, me enteré del tema por una captura de pantalla que un conocido me envió por chat con el titular de la noticia, que destacaba lo del diente de oro, y un trozo del primer párrafo.

Enseguida lo relacioné con mi novela. Pensé en llamar a la Policía, pero en ese momento estaba reunido por temas de trabajo. Se prolongó durante toda la tarde de ayer. Por la noche, al terminar, leí tu correo electrónico y ya supuse a qué se debía. En vez de hacer la llamada, he esperado para hablar contigo.

Otra vez surge el tema del e-mail. Una reunión de trabajo que dura toda la tarde. Al terminar, en vez de llamar a la Policía como pensaba hacer, ve enseguida el mensaje de Yoel, cuando debe de recibir cientos al día. ¿Cómo es posible que se fijase justo en ese? ¿O quizá se dio cuenta durante la reunión, en un vistazo rápido a la pantalla, al saltarle las notificaciones emergentes? ¿Debe preguntarle o dejarlo correr de momento? Al final decide lanzarse a la piscina de cabeza, aunque con tacto.

—Pues ha sido una suerte que vieses tan rápido mi correo. Imagino que recibirás cientos al día.

—Dales las gracias a las notificaciones emergentes.

«¿Este tío me lee el pensamiento?». Yoel empieza a sentirse como el comisario cuando se anticipa a lo que va a decir, excepto porque Serván no le ha robado el turno de palabra. Parece tener una intuición similar.

—Aunque esté reunido —continúa Serván—, siempre tengo el móvil en vibración y miro la pantalla cuando me entra un correo nuevo. No creas que recibo tantos, quizá entre treinta y cuarenta al día; así que no me cuesta nada ojearlos por si hay alguno de especial interés. En general, son de lectores que me felicitan por mi obra y quieren conocerme en persona o de empresas que me proponen alguna colaboración. Ayer recibí el tuyo y me llamó la atención. Tuve que esperar a terminar la reunión para leerlo con calma, pero me picó la curiosidad desde el momento en que entró. ¿Por qué Yoel Garza querría verme después de tanto tiempo? ¿Guardaría relación con el esqueleto de la captura de pantalla que me habían enviado? Pues mira, al final resulta que sí.

—Bien, ¿y cuál es tu hipótesis?

De nuevo tiene que esperar. El camarero ha vuelto con el té negro que Serván ha pedido. No importa. No se siente nervioso ni ansioso. Se aseguraron de entrenarlo para mostrarse paciente ante este tipo de situaciones.

Cuando el camarero se marcha, Serván da un sorbo a su té caliente antes de responder. Parece que le gusta amargo, sin azúcar. Yoel recuerda su chocolate. Ha enfriado y espesado. Ya no le servirá ni siquiera para calentarse las manos. Da igual; por algún motivo, a raíz de la sensación que le ha provocado el escritor al hacer referencia a cómo acabaron las cosas entre ellos, ha dejado de sentir frío.

—Lo primero que me viene a la cabeza —comienza Serván su respuesta— imagino que será lo mismo que a vosotros: un fan loco. De estos a los que les apasiona una obra, un libro, una película y deciden llevarla a cabo en la realidad. En ese caso, deduzco que el esqueleto tendría un orificio de bala en el cráneo, como en mi novela. ¿Me equivoco?

Yoel no puede ocultárselo. Tal vez lo esté poniendo a prueba y ya haya descubierto esa información de alguna forma. Si es así y le miente, Serván se pondrá a la defensiva. No le conviene.

—Deduces bien. —Y, para no profundizar en otros detalles al respecto, le pregunta enseguida—: ¿Alguna otra idea?

—La otra opción que se me ocurre es que hayáis pensado que he sido yo, claro, y que me hayas dicho que no me consideráis sospechoso para que no me ponga en guardia.

En general, los culpables no suelen anticiparse tanto a las conclusiones de la Policía. Mucho menos las pronuncian en voz alta. Que Serván lo haya hecho ¿debería reducir las sospechas sobre él? O quizá lo ha dicho precisamente para que se reduzcan las sospechas sobre él. Ha mencionado la hipótesis del fan loco que Yoel y Vermón comentaron ayer. Yoel la ha descartado por la presencia del anillo junto al esqueleto, porque le da al asunto una implicación personal contra él o contra

Ángela. Pero lo del anillo no se ha hecho público y Serván no puede saber nada acerca de ello, así que es lógico que haya pensado en la posibilidad del fan loco. Está actuando como un perfecto inocente, aunque algo le dice a Yoel que se trata del asesino que buscan. Algo que no sabe qué es y que no estaba ahí antes de verlo en persona. ¿Intuición, quizá? ¿Hay algún detalle que delata a Serván como culpable y que se le está escapando? A fin de cuentas, el pensamiento consciente procesa muy pocas unidades de información por segundo, mientras que el subconsciente llega a los once millones. No sería la primera vez que su cerebro empieza a digerir ciertos datos antes de que él mismo se dé cuenta.

En cualquier caso, Serván es mucho más inteligente de lo que recordaba. Yoel siempre sacaba notas más altas, pero una cosa son las calificaciones escolares y otra muy distinta el nivel intelectual de una persona. No tiene sentido dar rodeos con alguien así. Quizá lo mejor sea atacar de frente.

—Bien, la pregunta que debo hacerte ahora es obvia: ¿has sido tú?

Serván da otro sorbo al té. Despacio, con calma.

—No, no he sido yo, aunque está claro que no tengo forma de demostrarlo. Ese cuerpo puede llevar meses enterrado. ¿Cuánto tarda en descomponerse por completo un cadáver? ¿Un año?

—Depende del terreno, de la profundidad a la que esté, del clima… Influyen distintos factores, pero en general podríamos poner un año, sí.

Prefiere no decirle que ya han descartado la posibilidad de que el esqueleto llevase mucho tiempo sepultado allí. Tampoco va a contarle que sospechan de quién puede tratarse. Ocultará datos y observará si a Serván se le escapa algo relacionado con ellos.

—Mi libro, *Un diente de oro*, se publicó hace poco más de dos años. Desde entonces, ha pasado el tiempo suficiente para que lo hayan leído muchísimas personas. No puedo daros mi coartada para cada uno de los días transcurridos desde ese momento, claro. Hasta que atrapéis al culpable, no existe forma de demostrar que yo no he sido. De hecho, todo lo contrario: sí habría una forma de demostrar que he sido yo y no algún lector.

Yoel lo entiende. Se refiere a lo que él mismo ha sopesado: sabiendo cuánto tiempo ha transcurrido desde la muerte de la víctima. Si fuese anterior a la publicación de la obra, todo apuntaría a que Serván es el culpable, porque ningún fan habría tenido acceso a la novela aún. Dado que Serván, en teoría, no sabe nada acerca de Abelardo y Mariano Mayo ni de su desaparición después de que se publicase *Un diente de oro*, es lógico que piense de este modo. O, más bien, que lo haya expresado en voz alta de este modo.

—Ni siquiera así —sostiene Yoel, sin embargo, dándole a entender que sabe a qué se refiere—. Supongo que tus borradores pasarán por muchos filtros y correcciones antes de publicarse. Tu editor, un miembro del equipo de corrección o alguien que haya accedido a la obra cuando aún no había salido al mercado, cualquiera de ellos podría ser el asesino. ¿Cuánto tiempo transcurre desde que entregas el primer borrador hasta que se publica? No, mejor dicho, ¿cuánto tiempo transcurre desde que empiezas a escribirla, aunque no la compartas con nadie, hasta que se publica?

El motivo de la rectificación se debe a que, desde el momento en que Serván comienza a escribir una novela en un ordenador con conexión a internet, cualquier hacker puede sustraer la información. No sería la primera vez que ocurre algo así con ciertos escritores famosos y se desvela el argumento de una obra antes de publicarse.

—Estás pensando en un hackeo, ¿no? —Serván ha vuelto a adivinar sus pensamientos—. Voy a ahorrarte tiempo. Nunca escribo desde un ordenador con conexión a internet. Y, para abrir el archivo en el que escribo, es necesario introducir una contraseña formada por trece letras mayúsculas y minúsculas, números y signos, todos elegidos al azar. Un hacker tardaría bastantes años en descubrirla. Aunque siempre hay otras vías, como utilizar un *keylogger*, pero en ese caso habrían tenido que disponer de acceso a mi ordenador. Dado que siempre ha estado desconectado de cualquier red, implicaría un plan de robo muy elaborado con acceso físico al equipo en algún momento. Y no lo he llevado a arreglar desde que lo compré. Imposible no hay nada, pero lo veo bastante improbable.

Yoel lo mira sin saber bien qué pensar. Serván está inclinando la balanza en su contra. ¿Lo hará para parecer inocente a través de la psicología inversa? En caso de que lo lleguen a incluir en la investigación como sospechoso oficial, la información que le acaba de dar no tardará en contrastarse. De este modo, ofrecer datos que podrían descubrirse en el futuro le hará parecer inocente llegado el caso. Más adelante podrá alegar: «Yo he colaborado desde el primer momento y he revelado información que desconocíais». Por otro lado, si no lo investigan de cerca, haber facilitado dicha información no le supondrá mayor problema.

—De todas formas, no has respondido a mi pregunta —insiste Yoel.

—¿La de cuánto tiempo transcurre desde que empiezo a escribir hasta la publicación? Un año, más o menos. Aunque antes de escribir la primera palabra hay un proceso creativo que también implica registros en el ordenador. En el mismo ordenador sin conexión a internet. Suelo crear varios archivos distintos para ello, todos protegidos con contraseña.

—Entiendo. —Yoel se frota el mentón con los cinco dedos de la mano antes de retomar el punto anterior—. Verás, barajamos la posibilidad de que el asunto del esqueleto no se trate de una recreación sin más, sino que estén tratando de incriminarte en el homicidio. ¿Se te ocurre alguien con motivos para hacerlo? ¿Algún enemigo?

—Hay una buena cantidad de gente a la que no le caigo bien, pero no tanto como para llegar a esos extremos.

—¿Algún fan que pueda creer que le has fallado en el sentido que sea?

—Muchos, Yoel. ¿Tú sabes la cantidad de mensajes que me envían a diario? Es obvio que no puedo responderlos todos. Cualquier loco podría tomárselo como algo personal.

—Siento sacar el tema, pero ¿qué me dices de la familia de Ramón? Tu padre lo asesinó y quizá quieran venganza.

Serván no se inmuta, ni siquiera al sacar un tema tan delicado. Responde tranquilo, como si le hubiese preguntado si prefiere los helados de nata o de vainilla:

—¿Después de tanto tiempo? No lo creo. Tú eres el experto, pero no tendría sentido esperar veinticinco años, ¿no?

—En principio, no.

Llegados a este punto, duda si arriesgarse y mencionar el anillo. Por un lado, él no dirige la investigación y no está autorizado a revelar esa información. Por otro, le gustaría ver la reacción de Serván. ¿Sería de sorpresa? Y, en ese caso, ¿de sorpresa fingida? Lo piensa un poco más y decide no contarle nada. Después de la conducta calmada que ha mostrado, lo más probable es que, tanto si es culpable como inocente, hablarle sobre el anillo dé el mismo resultado: una reacción sosegada y poco reveladora. Además, si Espinosa se entera de que ha filtrado la información, puede retirarle los privilegios de conocer los detalles del caso conforme los vayan descubriendo.

Toca poner un punto en la conversación. Pero no un punto final, sino un punto y seguido.

—De acuerdo, por el momento lo dejaremos aquí. Te agradecería que estés disponible al teléfono para cualquier cosa que necesitemos preguntarte.

—Faltaría más, no te preocupes. Cuenta con mi ayuda en todo lo que os haga falta.

—A esta ronda invito yo —añade Yoel para darle un toque de confianza y vistas de futuro a la reunión.

—Te lo agradezco.

5

—No tiene nada que agradecerme, mujer.

—¡Ay, querida! En serio, ¡es que no sé lo que haría sin ti!

Ángela sonríe mientras le entrega con cuidado la taza de leche a la señora Navarro.

—Cójala por el asa. Está caliente.

—Gracias, muchas gracias, hija. Eres un encanto.

La señora Navarro solo tiene buenas palabras para ella. Desde el día que entró a trabajar en esta casa, las dos se cayeron bien. Lo primero que dijo la señora Navarro al verla fue:

—¡Ay, qué chica más guapa me habéis traído!

A lo que Ángela respondió con una sonrisa de agradecimiento.

Congeniaron enseguida y el tiempo que pasan juntas es agradable, algo muy importante en un trabajo como este. Si no se crea un vínculo entre el cuidador y el anciano, difícilmente estará a gusto ninguno de los dos. Eso sí, siempre desde una distancia profesional. No es lo mismo que ir a visitar a tu abuela, tienes una responsabilidad que cumplir. Además, debes estar preparado para que, cualquier día, te llamen con la mala noticia de que alguno de ellos ha fallecido.

Ángela tardó en descubrir, y luego en reconocer, que eligió

este trabajo debido a su trauma familiar. Hicieron falta muchas sesiones de terapia psicológica tras las muertes de su hermano y de su madre para llegar a tal punto. Desde entonces, se ha vuelto una mujer mucho más empática. Así como le sigue costando distinguir y asumir sus propias emociones, con los demás no le ocurre lo mismo. Descubrió que existían trabajos que consistían en ayudar a la gente y cuidar de personas que no pueden valerse por sí mismas. Su corazón decidió al instante que quería dedicarse a algo así. Aunque crear lazos con alguien a quien le queda poco tiempo de vida puede resultar duro, la ayudó a reconducir los efectos de su desgracia familiar.

Cuando le comunicó la decisión a su padre, él se sintió decepcionado. Pretendía que trabajase con él, en la misma empresa. Que fuese una persona de éxito, según sus propias palabras. Fue en ese momento cuando empezaron a distanciarse. La convivencia se volvió cada vez más incómoda, hasta que Ángela decidió independizarse y mudarse con Yoel. Él la animó a perseguir su sueño y, por ese motivo, el padre de Ángela lo odia.

—¿Sabes que una vez me bebí un vaso de leche que tenía grumos de nata? —dice la señora Navarro—. Me sabía rara, pero me la tomé porque mis padres, que en paz descansen, me enseñaron que no se debe tirar la comida.

—¡Mujer! —exclama Ángela—. Claro que la comida no debe tirarse, pero tampoco es cuestión de que usted enferme o se ponga mala por tomar algo en mal estado.

—¡Ay, si ya lo sé, hija! Pero ¿qué quieres? Una recibe una educación y, al final, se te acaban metiendo en el cerebro cosas que, a edades como la mía, son difíciles de remediar. Tú, que aún eres joven, todavía puedes moldear esa cabecita tan linda. ¿Cuándo vas a tener hijos?

Ángela abre la boca sin articular palabra. En el fondo, la pregunta la incomoda, dado el momento por el que está pasando su relación con Yoel. Sin embargo, por algún motivo, le sale una carcajada nerviosa. Sabe que la anciana lo ha soltado sin mala intención y con una mentalidad basada en la época en que se crio.

—Ahora mismo, desde luego, no —se limita a responder sin dejar de sonreír.

A veces, se cuentan sus cosas. Ángela le habla de Yoel y de su trabajo, aunque sin entrar en detalles. La señora Navarro le comenta lo mucho que adora a su hijo Rodrigo y que detesta a su nuera, Maite. Tienen un hijo de siete años que la quiere un montón. Cuando la visitan, el pequeño suele venir con los padres. Alguna vez han coincidido durante el horario laboral de Ángela, que pudo ver a la anciana disfrutar de su nieto como si fuese otra niña.

No tiene más hijos y eso inquieta a Ángela. No es que Rodrigo la deje abandonada. Al contrario, la visita siempre que puede, aunque no a diario; tal vez un par de días a la semana. El resto del tiempo está sola, salvo las horas que Ángela pasa con ella. A la anciana le preocupa caerse por accidente, lesionarse y que no haya nadie para ayudarla. Aunque los vecinos conocen su situación, no están todo el día en casa, mucho menos pendientes de ruidos sospechosos. Y, como Ángela bien sabe, una caída en un mal sitio quizá suponga una situación grave. Pero Rodrigo tiene un trabajo, una familia, y no puede vivir con su madre. Bueno, a efectos prácticos sí podría, pero las cosas no son siempre tan sencillas. Que Maite no se lleve bien con su suegra también influye, claro. Y no es que la señora Navarro esté en silla de ruedas o sufra una discapacidad importante. Aunque le cueste, puede andar. Incluso a veces insiste en cocinar ella misma. La dificultad radica en que es cada vez más mayor y la edad no perdona. En algún momento tendrán que plantearse internarla en una residencia, aunque a ella no le hace gracia la idea.

—Yo estoy bien aquí contigo, cariño —le dice a Ángela cuando, por una cosa u otra, surge el tema.

A veces, siente lástima por ella, sobre todo cuando tiene un mal día y le duelen ciertas partes del cuerpo. También cuando le cuenta las pequeñas discusiones con Rodrigo por culpa de Maite. Para alejarle esas cosas de la cabeza, Ángela le cuenta las suyas y la anciana las escucha con atención. En realidad, es un poco cotilla.

Es lo que ocurrió cuando Yoel le pidió matrimonio. La señora Navarro había «discutido» con su hijo porque él le insistía en que debía comer más naranjas. El error de Rodrigo fue decirle que el consejo provenía de Maite. Aunque ambos trabajan como nutricionistas, ella tiene más experiencia, o eso dice.

—Nunca en mi vida he necesitado consejos de un *nutrólogo* y siempre he tenido buena salud, así que ahora tampoco me hacen falta —se quejaba la señora Navarro.

Como veía que estaba alterada, Ángela decidió alimentar su parte chismosa.

—Oiga, ¿quiere que le cuente un secreto?

La anciana olvidó enseguida a su hijo, a su nuera y las naranjas.

—¡Ay! Eso no se pregunta. ¡Claro que sí! Cuéntame.

Ángela se acercó y le dijo al oído:

—Yoel me ha pedido que me case con él.

Le enseñó el anillo y la mujer soltó un grito de alegría. Ángela rio. Había surtido efecto. Dejó que la anciana le agarrase la cara con las dos manos y le plantase un fuerte beso en la mejilla.

—Pero es un secreto, ¿de acuerdo? —añadió Ángela.

—¡Por supuesto, hija! Por supuesto que sí.

No se lo dijo a Yoel, desde luego. Ella misma fue quien le pidió que no contase nada sobre la boda, así que se podría enfadar si se enteraba de que la señora Navarro lo sabía. Ni siquiera se atrevió a reconocerlo cuando Vermón le preguntó ayer en comisaría. Tampoco habría ayudado en nada. ¿Cómo iba a haberle robado el anillo la anciana? Y que lo enterrase junto al esqueleto es incluso más descabellado.

Lo perdió unas semanas después de haberle revelado su secreto. Decidió no contárselo a la anciana. Por un lado, porque el tema de la boda le ayuda a alejar de su mente a su nuera y las naranjas, así que Ángela lo usa como recurso. Por otro, porque creyó que decirlo en voz alta le traería mala suerte. Sin duda, este es el motivo que más pesó de los dos. De modo que la mujer sigue pensando que van a casarse.

Hoy ha surgido de nuevo el tema.

—Leche calentita es lo que mejor me sienta, pero sin grumos de nata. Además, con el frío de estos días, me reconforta que ni te imaginas. Nada de zumo de naranja, como dice la otra. No me gusta nada, ¿eh? Ella, me refiero; el zumo, sí, a veces. ¡Y tendré que aguantarla otra vez en la cena de Nochebuena! ¿Cuánto falta para eso? ¡Ay, ya no sé en qué día vivo!

—Estamos a sábado 16. Faltan ocho días para Nochebuena.

—¡Ojalá fueses tú la mujer de mi hijo! Pero tú ya tienes prometido, claro. ¿Cómo va la boda, querida?

No es la primera vez que se lo pregunta tras el extravío del anillo. Ni siquiera la duodécima, pero Ángela mantiene la mentira.

—Bien, bien.

—¿Yoel está emocionado?

—No tanto como yo, pero sí.

—Está muy ocupado con su trabajo, ¿verdad?

—Sí, bueno, como siempre.

La anciana la mira un rato sin parpadear. Ángela no es capaz de averiguar qué significan esos ojos fijos.

—¿Estás segura? ¿No me estarás mintiendo?

¿Ha descubierto lo del anillo? ¿Se habrá enterado de la relación que guarda con el esqueleto que ha salido en las noticias? No, imposible. Ángela empieza a notar una sensación de hipo.

—¿A qué se refiere, señora Navarro?

—No soy tonta, hija. Me he fijado en que ya hace tiempo que no llevas el anillo. ¿Habéis…? ¿Cómo se dice ahora? ¿Roto?

Así que era eso. Ángela suspira, aliviada.

—¡No, no, en absoluto! Seguimos juntos. Lo que pasa es que el anillo… —No hay más remedio: toca decir la verdad, aunque no sin antes cruzar los dedos para esquivar la mala suerte—. Bueno, en resumen, lo perdí.

Si la anciana no lo sabe, no será ella quien le diga el lugar donde ha decidido aparecer. El comisario Vermón y Yoel le han pedido máxima discreción. Prefiere no comentar siquiera que lo han encontrado.

La señora Navarro se tapa la boca con las dos manos.

—¡Ay, hija! ¡No me digas eso! Es una señal de que vais a dejarlo, seguro.

—¡Señora Navarro, por favor! Tenga cuidado, que las palabras las carga el diablo.

—Perder un anillo de compromiso no es bueno. Mi madre decía que trae mala suerte. Así empezaron los divorcios. Tienes que encontrarlo.

Ángela suele preguntarse si se le habrán pegado muchas de las supersticiones de la señora Navarro. O quizá haya ocurrido al revés. O tal vez las dos se llevan tan bien porque son iguales en ese tipo de manías.

—No me meta ideas raras en la cabeza, ¿quiere? Ya bastante tengo yo con llevar el colgante las veinticuatro horas del día y con controlar los malos pensamientos cuando me vienen.

—Pero si lo digo por tu bien, cariño. No quiero que seas infeliz. Quiero que tengas una boda preciosa y una vida maravillosa como la tuve yo con Eugenio, que en paz descanse.

—Ya lo sé, señora Navarro. Ya lo sé, no se preocupe.

El problema es que ahora su cabeza ya está plagada de una serie de imágenes relacionadas con el anillo, el esqueleto enterrado, el diente de oro y Yoel. No forman una combinación agradable.

—¿Dónde lo perdiste? ¿Lo sabes?

—No. Creo que fue mientras trabajaba, porque recuerdo haber salido de casa con él por la mañana y darme cuenta de que no lo llevaba al volver por la noche.

—¿Aquí? ¿Lo perdiste en esta casa?

—Bueno, en esta casa o en alguna de las de otras personas que cuido.

—Si fue aquí, puedes olvidarte de él. La mujer que viene a limpiar los martes y los jueves tiene pinta de ratera. Si ha encontrado un anillo en un rincón, se lo ha quedado seguro. ¿Era de oro? Disculpa la memoria de esta vieja, que cada vez va peor.

—De oro blanco con dos diamantes.

—¡Ay, qué bien cobran los policías! Pues espero que lo perdieses en otra casa, porque, si fue aquí, esa ladronzuela se lo habrá llevado.

Ángela reflexiona sobre estas palabras. Pierde el anillo en una casa por la que pasa más gente que los ancianos que cuida: familiares, amigos, personal de limpieza… Alguien lo encuentra. Lo lógico es que se lo quede para revenderlo o algo así. ¿Cómo acaba involucrándose esa persona con un esqueleto que solo tiene un diente de oro? Anillo de oro, diente de oro… ¿Se tratará de una coincidencia? Le cuesta plantearse posibilidades, ella no es policía.

Quizá debería comentárselo a Yoel, aunque seguro que ya se le ha ocurrido.

Cuando regresa a casa, Yoel se encuentra en su cuarto de pensar. Así llama a la habitación que reserva para encerrarse y discurrir ideas que le permitan resolver casos abiertos. Es algo legal por completo; mientras no se lleve a casa informes, diligencias policiales o cualquier otra documentación oficial de comisaría, él puede aprovechar su tiempo libre tratando de seguir o descubrir pistas.

Hay dos normas esenciales para el cuarto de pensar. Primera: Ángela no puede interrumpir a Yoel mientras está dentro. Segunda: tampoco puede entrar bajo ningún concepto. De hecho, Yoel compró una cerradura de pomo sencillo para esa puerta, más que nada por las visitas. Aunque no guarde documentación oficial, no conviene que alguien entre a curiosear o pensando que se trata del baño y vea todo el trabajo de una investigación policial en marcha, eso Ángela lo entiende. Sin embargo, siente como si le estuvieran robando una parte de su casa. Cuando alquilaron el piso, Yoel la advirtió de que necesitaría un lugar privado, eso no se lo puede reprochar. Pero lo que tampoco puede hacer es evitar sus emociones. Y se cabrea cada vez que piensa en el maldito cuarto de pensar.

Hoy se ve obligada a saltarse la primera norma. Llama con los nudillos tres veces.

—¿Qué ocurre? —pregunta Yoel tras abrir la puerta, asustado—. ¿Va todo bien?

—Sí, sí, no te preocupes. Ya sé que no te gusta que te moleste mientras estás trabajando —añade tras ver su expresión de enfado. Era de esperar, conociendo lo estricto que es con ciertos temas como este.

—No es porque no me guste, es porque has roto toda la estructura que tenía montada en la cabeza. ¿Qué es tan importante como para hacerme perder una hora de trabajo?

Su forma de decirlo ha sido, de nuevo, borde y seca.

—Oye, ¿qué hablamos ayer acerca de ese tonito, cuando volvimos de comisaría? —se encara Ángela con él.

La expresión de Yoel cambia. La rodea con sus brazos y le dice en susurros:

—Lo siento, perdona, mi vida. No quería ser tan borde. Es que estaba en un momento crítico atando cabos sobre el tema del esqueleto y el anillo después de haberme reunido con Serván.

—No te preocupes —contesta Ángela con su «respuesta comodín», sin devolverle el abrazo—. Puedo entender que te enfades porque la norma es que no debo molestarte mientras estás ahí dentro, pero he pensado algo que quería comentarte y, como el asunto del anillo también me afecta a mí, pues...

Yoel se separa de ella y, conteniendo una vez más toda emoción, le pregunta:

—¿Qué has pensado?

—Que el diente del esqueleto era de oro, como el anillo. Quizá haya alguna conexión por el material del que están hechos, ¿no? Quería decírtelo por si te resulta de utilidad.

Yoel sonríe de forma cariñosa mientras le acaricia la mejilla.

—Ven conmigo, entra.

—¿Al cuarto de pensar?

—Sí, no te preocupes. Ahora lo tengo todo cubierto con el caso del esqueleto y el anillo. Como bien has dicho, también te afecta a ti. Pasa sin miedo.

Ángela cruza la puerta y observa la habitación.

Las paredes están cubiertas de corcho blanco, tal y como las recuerda cuando ayudó a Yoel a prepararlas. Las utiliza para clavar esquemas, mapas, dibujos, papeles escritos y recortes de periódico. También hay muchos hilos de distintos colores que, sujetos con chinchetas, unen algunos de los elementos anteriores. Varios incluso atraviesan la habitación desde una pared hasta la contraria. Moverse por este cuarto equivale a entrar en una cámara de máxima seguridad para robar una reliquia, esquivando las barreras láser conectadas a la alarma. La iluminación es artificial por completo; hay una ventana, pero siempre está con la persiana bajada. Yoel no quiere que ningún vecino cotilla husmee en su trabajo.

—Mira.

Yoel señala un hilo amarillo que cruza en vertical una parte de la pared sur y que conecta una foto del diente del esqueleto (extraída de un periódico, por supuesto) con otra del anillo. Una nota pegada a esta última muestra la palabra «oro».

—Ya se te había ocurrido —observa Ángela.

—Lo genial es que lo hayas pensado tú también. No creo que exista ninguna relación, pero no podemos descartar nada. Ángela, si se te ocurre cualquier otra cosa, puedes decírmela con total libertad. A veces se ve todo mejor desde fuera que desde dentro. Eso sí, que sea en otro momento, por favor. Prométeme que no vas a volver a llamar a esta puerta. No me puedo permitir el lujo de retrasar mi trabajo en un caso tan importante y la desconcentración lo entorpece mucho.

—Claro, te lo prometo.

—Ven aquí.

Yoel la acerca a su cuerpo y la abraza con fuerza. Ahora sí, ella le devuelve el gesto con la misma intensidad.

—Sabes lo importante que eres para mí, ¿verdad?

—Lo sé, Yoel. Y tú para mí también.

Y las palabras de ambos son sinceras. Por muy mala que sea la racha por la que pasa su relación, en ningún momento han dejado de quererse ni de preocuparse el uno por el otro.

Del abrazo pasan al beso y, del beso, a la pasión. La desconcentración ya ha hecho su trabajo. Antes de volver al suyo, Yoel decide ceder al deseo para sofocar el calor.

6

El calor era sofocante. Estaban a mediados de septiembre, en plena ola. Treinta y nueve grados de temperatura máxima, treinta y uno de mínima. Demasiado para el clima gallego. Pero no podía llevar manga corta porque se le verían los cardenales que su padre le había provocado en los brazos durante las vacaciones de verano.

La vuelta al colegio resultó extraña. El mismo centro, el mismo patio, los mismos compañeros (incluso los dos gilipollas que le hacían bullying)… Todo estaba igual. Él no. En las últimas semanas, había notado algo en su interior. Algo desagradable y que no le gustaba, pero que no podía evitar. Dicen que la adolescencia es una época de cambios en la que se define la personalidad. Quizá se tratara de eso. No lo podía saber, nunca había sido adolescente.

Al parecer, todo el mundo estrenaba mochila. Él no. Seguía cargando con la misma bolsa azul con manchas y con unos cuantos agujeros por los que, por suerte, no cabían los libros. Ah, los libros. Por el momento solo había llegado uno. El resto de lo que llevaba dentro eran hojas arrancadas de una libreta de su madre, algún bolígrafo que había cogido del bar donde ella trabajaba y un bocadillo de pan rancio con mortadela que él mismo se había preparado. Ese año contaba con disponer de los demás libros gracias a la ayuda económica que habían recibido. Si hubiera sido por su padre, el dinero habría ido a parar a cervezas. Por suerte, su madre lo había ocultado. No había resultado difícil: su padre nunca se preocupaba de los asuntos del colegio y la ayuda había venido gracias a su tutora del curso anterior.

Todo el mundo parecía feliz ante el reencuentro. Él no. Él no tenía amigos. Puede que un par de personas, por algún motivo, fingieran serlo, aunque no se fiaba. ¿Por qué alguien iba a querer ser su amigo? Lo consideraban casi un paria, el mono de feria de los matones.

Cruzó entre los demás jóvenes, procurando pasar desapercibido. Caminar lento y cabeza gacha. Sobre todo, para que nadie viese el corte que tenía en la frente a causa del empujón que le había dado su padre la noche anterior. Se había golpeado contra la esquina de la mesa. Un descuido, por supuesto, porque su padre nunca dejaba marcas visibles. La visera ayudaba a ocultarlo, aunque empezaba a quedarle pequeña y le picaba en el cuero cabelludo.

A la espera de que sonase el timbre para entrar, se sentó detrás de una columna del patio. Mantuvo la mirada fija en el suelo, esperando que nadie se acercase.

No hubo suerte.

—Hola.

Se sobresaltó. Miró a quien lo había saludado, sin identificar la voz entre el griterío. Por un segundo, creyó que sería uno de los matones, que ya se aburría incluso antes de empezar y venía a entretenerse un rato. ¡Qué tontería, ellos no lo habrían saludado! Además, era una voz femenina.

—¿Qué tal el verano? —le preguntó Raquel Herrera mientras se sentaba a su lado sin pedir permiso.

—Bien —dijo él sin más.

—Yo muy bien —respondió la muchacha con alegría a una pregunta que nadie le había hecho—. He ido a casa de mis

abuelos. Bueno, a las dos casas de mis abuelos. De mis dos abue-
las y de mi abuelo materno, quiero decir, porque ya sabes que
mi abuelo paterno murió hace dos años. Como unos viven en
la playa y la otra vive cerca de la montaña, he estado bastante
entretenida. No sé si me gusta más el mar o el río, ¿y a ti?

—No sé.

—A mí creo que el mar. El agua del río está mucho más
fría. Aunque, claro, al salir del río, no se te pega la arena ni te
pica el cuerpo por la sal. Puede que un poco de tierra, pero
como allí hay mucha hierba, salgo del agua casi sin manchar-
me. Y, además, si tragas agua de río, no sabe mal, ¿verdad?

Lo que hablaba esa chica no era normal. No le gustaba la
gente con verborrea, ni siquiera aunque fuese una de las pocas
personas que le dirigían la palabra en aquel antro.

—¿Qué te ha pasado en la frente?

¡Mierda! La visera se había movido.

—Nada. —La ajustó—. Un golpe al abrir una ventana.

—Ah, bueno. A ver quién nos toca este año de tutor. Susana me gustaba, es muy maja. Al menos, espero que nos dé
alguna asignatura. Matemáticas, si puede ser. No las llevo
muy bien, ya lo sabes. El año pasado me subió la nota para que
pudiese aprobar. Bueno, no fue en Matemáticas, sino en Lengua; pero fijo que con Matemáticas me la subiría también. ¿Tú
me echarás una mano este año?

Era muy probable que esa chica solo mostrase interés por
él debido a que la ayudaba con varias asignaturas. A veces,
incluso le había hecho los deberes. No destacaba por su inteligencia, pero en lo social se desenvolvía mucho mejor, sin
duda. En más de una ocasión, estuvo tentado de decirle que
aprendiese por su cuenta, que él no tenía por qué explicarle
nada ni resolverle ningún ejercicio. Al final, siempre cedía.
Eran dos emociones opuestas. Por un lado, la rabia que le provocaba pensar que lo utilizaban. Por otro, el pequeño soplo de
autoestima porque lo necesitasen.

El timbre sonó. Raquel se puso en pie de un salto y corrió hacia donde iban los demás mientras gritaba:

—¡Corre, a ver si podemos sentarnos juntos!

Desde fuera, quizá pareciese que él le gustaba en un sentido amoroso. No, ¿cómo iba a gustarle? Imposible. Se trataba solo de interés, estaba claro. Al cruzar la puerta del aula, ya se había olvidado de él. Hablaba y reía con otras chicas, todas sentadas unas al lado de las otras.

Mientras buscaba una mesa libre, sintió un empujón en la espalda. Ramón Marlanga, el repetidor, uno de los dos tíos que le hacían bullying, había decidido abrirse camino de esa forma. El otro, Fernando Otero, apareció justo detrás para reírle la gracia. Ambos tenían la típica pinta de macarra. Sus cortes de pelo eran de lo más hortera. Ramón, casi al cero, con una minicoleta en la nuca. Fernando, unos milímetros más largo, pero con unas finas rayas de rapado completo que dibujaban rectángulos casi uniformes a lo largo de toda su cabeza. De hecho, más que una cabeza, parecía un muro ovalado de ladrillos. Por lo demás, llevaban piercings en las orejas, pantalones con un largo de más, camisetas con dibujos de huesos y murciélagos… Y no solo vestían casi igual, sino que iban juntos a todas partes.

No dijo nada ante el empujón y esperaba que Ramón tampoco lo hiciese. En esa ocasión, tuvo suerte. Los dos pasaron de largo. Ya tendrían todo el curso para desahogarse con su cara, sus pantalones y sus apuntes.

Terminó por sentarse en una mesa rinconera con dos asientos libres a su izquierda. De un vistazo, pudo contar un total de diecinueve. Y solo había diecisiete alumnos, él incluido. ¿Quiénes faltaban? La chica pelirroja, Amanda. A finales del curso anterior, le había oído decir que sus padres se estaban divorciando y que ella se iría a vivir a otra ciudad con su madre. ¿Quién era el otro? Yoel, claro. La otra persona que le hablaba, además de Raquel. ¿Por qué no se había dado cuenta antes? Así de poco le importaba la relación con sus compañeros.

Las dos mesas a su izquierda seguían vacías cuando Susana entró en el aula. La miró mientras cerraba la puerta. Deseó no haberlo hecho. Con un gesto, Susana le indicó que se moviese dos asientos hacia la izquierda. Aprovechándose del alboroto y de que la profesora pedía silencio, hizo como que no se enteraba y continuó en la esquina.

—Hola, niños —saludó Susana—. Parece que este año me vuelve a tocar ser vuestra tutora.

El grupo de Raquel y algún otro alumno gritaron de alegría. Susana sonrió, pero volvió al ataque:

—Antonio, siéntate al lado de Lucas. No dejes esas dos mesas en medio, hombre.

—¡Mejor déjalo, que así estamos más lejos de su mal olor!

Había sido Ramón, ¡cómo no! Casi toda la clase le rio la «gracia».

—¡Ramón, fuera! Empiezas mal, ¿eh? A ver si este curso consigues terminar con menos de veinte expulsiones.

Para salir del aula, Ramón pasó por detrás de Antonio y aprovechó para darle una colleja disimulada. Él se vio obligado a hacer como si nada, como si el golpe no hubiese existido. Susana no lo vio porque estaba abriendo una ventana.

—Antonio, venga, no tenemos todo el día —insistió la tutora—. Y quítate esa visera.

No pudo evitarlo más. Se movió dos asientos a la izquierda. Mientras se sentaba, miró a Lucas a los ojos para saludarlo por educación. Lucas hizo como si no existiese. Se quitó la visera, pero mantuvo la cabeza baja para que Susana no viese la herida. Debería haberse puesto una tirita. Aunque la tirita implicaría que debajo tenía una herida. Quizá lo mejor fuese actuar con naturalidad. Si no lo ocultaba, podría responder tranquilo que había sido culpa de una ventana si le preguntaban.

—Muy bien —continuó Susana, cogiendo una tiza—. Veamos un par de normas y de cuestiones importantes para el curso. Este año voy a impartir la mitad de las…

Se interrumpió cuando alguien abrió la puerta del aula. Toda la clase miró hacia allí por si se trataba de Ramón. Pero no lo era. Era Yoel.

—Perdón por el retraso —dijo mientras pasaba al interior—. Me he quedado dormido. La costumbre.

La clase entera estalló en una carcajada colectiva. Todos menos Antonio.

—Siéntate, anda —dijo Susana con expresión resignada—. Tienes que empezar a cuidar esa puntualidad, Yoel. La de hoy no te la anoto, pero a ver si este año no te retrasas tantas veces.

—Con tanto retraso, a ver si es que está preñado.

Otra carcajada grupal. El que había hecho esta vez la gracia era Fernando, el amigo de Ramón. Pero, como no pretendía ofender, Susana no lo expulsó. De hecho, hasta Yoel se rio.

Mientras la profesora hablaba, Yoel tomó asiento a la derecha de Antonio. Este se preguntó si, de haber llegado puntual, se habría colocado a su lado por voluntad propia. No tenía ninguna queja de Yoel, al contrario. Lo trataba bien. O, al menos, no lo maltrataba. Y no hablaba tanto como Raquel ni le hacía sentirse utilizado. Era muy inteligente y no necesitaba que le explicasen nada. De hecho, había superado a Antonio en las calificaciones finales de todas las materias el curso pasado. Lo había dejado como segundo de la clase.

Yoel era el menor de todos los alumnos. En concreto, un año menor. Cuando estaba en cuarto de primaria, lo habían adelantado un curso debido a su nivel intelectual, impropio de esa edad. Existía una especie de rivalidad implícita entre ambos, pero se trataba de una rivalidad sana. Yoel solía retarlo a ver quién sacaba la nota más alta en los exámenes. Cuando salían de hacer uno, se le acercaba y le preguntaba qué había respondido en tal o cual pregunta. En realidad, a Antonio le resultaba agradable. Se trataba de un juego, una competición que impulsaba a los dos a querer superarse. Si alguien le pidiera que mencionase a un amigo, el primer nombre que le vendría a la cabeza sería el de Yoel. Le parecía lo más cercano a ese concepto, aunque no sabía si podía considerarse amistad o no. No tenía nada con qué compararlo.

—¿Qué tal el verano, tío? —le preguntó Yoel en susurros después de sentarse.

Aunque no hablaba tanto como Raquel, lo cierto era que elegía malos momentos para hacerlo. Susana estaba explicando y a Antonio no le gustaban los cuchicheos, de modo que respondió solo con un ademán de cabeza, como diciendo «bien».

—¡Ostras! ¿Qué te ha pasado en la frente?

Ahí estaba. Era el momento de actuar con naturalidad.

—Nada, un golpe al abrir una ventana.

Yoel asintió sin darle mayor importancia.

Antonio debió de ser de los pocos que prestaron atención a Susana a lo largo de la mañana. Solo diez minutos después de llegar a clase, Yoel se puso a dibujar en una libreta. Seguro que se estaba enterando de todo; era capaz de dividir su atención sin problema y de forma eficaz. A su izquierda, Lucas permanecía con la barbilla apoyada en una mano y el codo sobre la mesa. Expresión total de aburrimiento. Raquel y sus compañeras cuchicheaban tan pronto como Susana les daba la espalda. Así después tenía que recurrir a otros para que le explicasen las cosas.

—Y, antes de irnos —concluyó Susana tras varias horas interrumpidas por dos recreos que Antonio pasó solo—, os voy a pedir que me traigáis una redacción para mañana. Os servirá para entrar en calor.

La mayoría de los alumnos empezó a protestar.

—¡Venga! ¿En serio? —exclamó Fernando—. ¡Si es el primer día!

—Por eso —dijo Susana—. Os doy dos opciones: escribid un relato inventado sobre lo que queráis o, si no se os ocurre nada, hacedme un resumen de vuestras vacaciones. Necesito ir viendo qué tal se han portado los señores julio y agosto con vuestra ortografía. El año pasado dejaba bastante que desear.

Por algún motivo, y al contrario que al resto de la clase, a Antonio le gustó la idea. Tan pronto como escuchó la palabra «relato», una sensación agradable le invadió el cuerpo. No era la primera vez que ocurría. Cuando le mandaban crear una historia, se motivaba. Hasta el momento, solo había escrito relatos cuando un profesor lo ordenaba como tarea, pero enseguida experimentaría un punto de inflexión que determinaría el resto de su vida.

—Oye. —La voz de Yoel detuvo sus pensamientos—. Sé que tú haces bien estas cosas, pero a mí se me dan fatal. ¿Te apetece que hoy hagamos juntos los deberes?

Antonio no esperaba una propuesta así. Yoel era siempre muy amable, pero nunca le había planteado estudiar juntos. ¿Querría aprovecharse de él? Quizá pretendía que le escribiera su relato. Si se lo pidiese directamente, no le importaría. Lo que despreciaba era que la gente se hiciese la inocente para obtener algo de él. Podría tratarse de un buen momento para descubrir si Yoel entraba en ese grupo de personas.

—Vale.

—¿A las cinco en mi casa? Tenemos sitio de sobra en mi habitación.

Antonio se alegró de que no le pidiese quedar en la suya. Su padre no habría aprobado la idea.

A las cinco en punto, llamó al timbre en la puerta de Yoel. Desde dentro, se escuchó la voz de una mujer:

—¡Yoel, la puerta!

Yoel acudió a abrir enseguida.

—Hola —saludó con una sonrisa—. Pasa.

Nada más entrar, el aroma a galletas recién horneadas penetró en sus fosas nasales. En su casa jamás había olido nada así. Solo el humo del tabaco de su madre y el tufo de los eructos y pedos de su padre.

La madre de Yoel asomó la cabeza desde la cocina.

—Tú debes de ser Antonio —dijo—. Como si estuvieras en tu casa, ¿vale? ¿Quieres algo de beber? A las galletas creo que aún les falta un rato, ¿no, Tamara?

—No, mamá, solo cinco minutos.

Tamara era la hija mayor. Al parecer, tenía como afición preparar postres. En alguna ocasión, Yoel había llevado de merienda al colegio algún bollo cocinado por ella.

En cuanto al padre, no se encontraba en casa. Por lo que Yoel le había dicho, estaba creando una empresa y pasaba mucho tiempo fuera, fines de semana incluidos.

—Bueno, ¿quieres algo de beber mientras las galletas no están listas? —insistió la madre.

—No, estoy bien. Muchas gracias —respondió Antonio de forma educada.

Yoel lo condujo a su habitación. Había una mesa en el centro, aunque no tenía pinta de estar siempre ahí. La debían de haber colocado para hacer los deberes en grupo. Antonio se fijó en que había tres sillas. Antes de que pudiese preguntar, Yoel se lo explicó:

—Mi hermana también tiene deberes. De Matemáticas. Se le dan fatal, así que mi madre ha propuesto que los haga con nosotros para ver si le podemos echar un cable. Le he dicho que a ti se te dan tan bien como a mí. ¿Te importa?

Antonio volvió a sospechar lo mismo: que querían aprovecharse de él. No le importaba ayudar, pero no estaba dispuesto a hacer por completo los deberes de otra persona. No lo dijo, claro, pero lo mantuvo en mente todo el rato. Nadie iba a usarlo ni a manipularlo.

Empezaron ellos dos. Yoel no tenía muy claro sobre qué escribir su relato, así que Antonio le dio un par de ideas: una historia de amor entre adolescentes, un cuento breve de espada y brujería o, simplemente, sus vacaciones de verano con algún conflicto ficticio en medio. Su compañero eligió esta última porque era donde menos había que inventar. Antonio se quedó pasmado con la poca capacidad creativa de algunas personas, incluso siendo las primeras de la clase.

Estaba pensando sobre qué podría tratar el suyo cuando Tamara entró en la habitación con una bandeja de galletas humeantes.

—Cuidado, que aún queman —advirtió mientras la dejaba sobre la mesa.

Tomó asiento y sacó un libro de Matemáticas de una mochila naranja apoyada en el suelo.

—Oye, te hago los deberes si tú haces los míos —le propuso Yoel.

—¿Qué os han mandado?

—Escribir un relato. También sirve contar las vacaciones de verano. Antonio dice que, si elijo eso, debería meter al menos algún conflicto inventado para hacerlo interesante. Pero no se me ocurre nada.

—Habla sobre la mierda de burro que te comiste, aunque no sea inventado.

—¡Eh, venga! Me prometiste que quedaría entre nosotros.

—¿Sabes cómo fue? —Tamara se dirigió a Antonio—. Le metí en la hamburguesa un trozo de mierda del burro de nuestros abuelos y ni se dio cuenta. Se la comió casi enterita mientras yo me descojonaba por dentro. Solo se lo dije cuando le quedaba un poco para que pudiese comprobar que tenía algo más que carne, queso y lechuga.

—A lo mejor escribo sobre cómo le metías la lengua hasta la garganta a Eladio.

—¡Ni se te ocurra, que te mato!

—¿Tú y cuántas más?

Antonio observaba la disputa sin dar crédito. Guardó silencio hasta que la madre apareció, alarmada por el jaleo, y les pidió orden. Dejó la puerta abierta, así que Yoel solo pudo susurrar:

—Va a ayudarte con las Matemáticas tu abuela.

—Que es la misma que la tuya —respondió Tamara, también en voz baja—. Seguro que Antonio me echa una mano. ¿Podrías explicarme cómo hacer esto, por favor?

Antonio alternaba su mirada entre Yoel y la libreta que Tamara le tendía. No tenía claro qué debía hacer. Empezó a sentir calor. Mucho más que el propio en plena ola de septiembre. Las mangas largas y el cuello alto no ayudaban.

Sin decir una palabra, metió todas sus cosas en la bolsa, se levantó y salió de la habitación. Yoel corrió tras él.

—¡Antonio, perdona! No queríamos que te sintieses incómodo.

—No importa. Casi prefiero terminar los deberes en casa. No me encuentro demasiado bien.

Ni siquiera respondió a la madre cuando le preguntó si ya habían terminado. Solo abrió la puerta y, sin cerrarla, apuró el paso.

Ya a salvo en su casa, decidió escribir sobre aquel asqueroso día de agosto en el que había matado a una rana.

A raíz de ello, recordó la clásica fábula *El escorpión y la rana*. En ella, un escorpión le pide ayuda a una rana para llegar al otro lado de un estanque. La amable rana le deja subirse encima y cruza a nado. Cuando el escorpión desembarca en la orilla opuesta, le clava su aguijón. Mientras agoniza, la rana le pregunta: «¿Por qué lo has hecho si te he ayudado?». El escorpión responde: «Porque es mi naturaleza».

Bien, él iba a darle la vuelta a la fábula. Nadie conocía la vida del escorpión, ¿cómo se atrevían a juzgarlo? Cogió el bolígrafo y, en una hoja arrancada de una libreta, escribió el título: *El escorpión tenía sus motivos*.

Comenzó la narración justo donde terminaba la fábula. El primer párrafo se centró en el escorpión mientras se alejaba del cadáver de la rana. Estaba experimentando una sensación de alivio después de tanta tensión y rabia acumuladas. ¿Por qué sentía todo esto el pobre arácnido? Dedicó los párrafos siguientes a dar respuesta a esta pregunta, basándose en su propia vida.

Contó cómo el escorpión había huido de su casa después de que su padre lo hubiese golpeado con sus pinzas, después de que su madre hubiese ignorado la escena y después de que su novia hubiese roto con él. Esto último no era igual que en la realidad, pero no quería dar demasiadas pistas. ¿Debería ponerle nombre al protagonista? No podía ser el suyo, claro. Al final decidió dejarlo sin nombre. Se refirió a él como «el escorpión» en las dos carillas que ocupó la historia. Los demás personajes tenían nombres en función del papel que desempeñaban: el padre, la madre, la novia. Terminó con el protagonista pidiendo ayuda a otra rana después de que el alivio de su asesinato anterior se disipara.

La leyó entera. Corrigió un par de palabras y de oraciones; luego, la pasó a limpio. ¿Haría bien entregándole eso a Susana? ¿Se daría cuenta su tutora de que el escorpión, en realidad, era él mismo? Tenía la sensación de que algunas personas sabían que su padre lo maltrataba, pero estaba casi seguro de que, excepto Carol, ninguna era adulta.

Así que decidió arriesgarse y probar.

Dos días después, Susana se le acercó antes de que sonase el timbre de primera hora de la mañana y le dijo:

—Antonio, ¿puedes venir a mi despacho antes de entrar en clase?

«Mierda», pensó él. Seguro que había interpretado su trabajo como una llamada de socorro. ¿Querría interrogarlo? Como se enterase su padre… No era su intención que un adulto se enterase de su situación. ¿O sí lo era? ¿Y si una parte de él quería expulsar ese grito de auxilio?

—Siéntate, por favor —le dijo Susana cuando entraron en el despacho—. Y quítate la visera.

Antonio obedeció. Susana reparó entonces, por primera vez, en el corte de la frente.

—¿Qué te ha pasado?

—Ah, nada. Un golpe contra una ventana.

—Ten más cuidado la próxima vez. Y relaja esa cara, hombre, que no voy a echarte la bronca ni nada parecido.

Dijo esto último con una sonrisa. Si fuese para sacar un tema tan delicado como el del maltrato, no habría sonreído ni se habría creído lo del golpe contra la ventana, ¿no?

—He leído tu relato. Veo que, al final, elegiste una historia de ficción.

Una parte de Antonio suspiró de alivio. La otra no. Esa profesora sería muy buena educadora y filóloga, pero la psicología y el atar cabos no eran su fuerte, desde luego.

—Es muy bueno, Antonio. Admito que hay que corregir un par de cosas. Me refiero a aspectos de sintaxis, nada importante. La ortografía, impecable; y la redacción y el estilo, excelentes. Y la idea de continuar la fábula de *El escorpión y la rana* me parece brillante. ¿Cómo se te ocurrió?

Antonio se encogió de hombros.

—Tengo un libro de fábulas. Lo estaba leyendo y me vino la idea, sin más.

—A ver, no puedo negar que es un tanto oscura, pero jamás he visto una historia así creada por alguien de tu edad. ¿Alguna vez has pensado en dedicarte a la escritura cuando seas mayor?

Antonio se hizo la misma pregunta. ¿Alguna vez había pensado en ello? No, que él supiera. Lo único que tenía claro era que, nada más cumplir los dieciocho, se largaría de casa de sus padres y aceptaría el primer trabajo que le surgiera. Por mal pagado que estuviese, sería mejor que seguir soportando las palizas de uno y la resignación de la otra.

Sin embargo, ahora que Susana le había hecho esta pregunta, su cabeza le lanzó otra: ¿debía permitir que unos malos padres lo condujesen a desperdiciar su potencial?

—¿Cómo te has sentido al escribir este relato? —indagó Susana.

—Bien.

—Intenta profundizar un poco más.

No iba a decirle que se había sentido como el escorpión. Bueno, una parte de él sí quería hacerlo, pero... No, mejor estarse callado y que su padre no se enterase. Pensó en si había experimentado algo más, algo al margen del alivio temporal por haber encontrado una forma de canalizar las emociones de su cuerpo.

—Me sentí motivado. Cuando nos pediste escribir una historia, no lo vi como si fueran deberes. Lo vi como algo bueno. Pensé enseguida en cómo podría ser el protagonista, en si crear una historia de fantasía o realista, en...

—¿Te gusta leer?

—Sí. Sí, me gusta mucho.

—¿Cuántos libros has leído este verano?

—No sé, unos trece o catorce.

—¿Novelas?

—Sí, todas novelas.

—Antonio, tienes un gran talento para la escritura. Si, además, me dices que te encanta leer, no tengo ninguna duda de que llegarás a escribir una gran obra. No sé si lo recuerdas, pero yo he publicado ya tres libros de ficción. No han sido best sellers, pero se han vendido bastante bien. Si quieres, puedo enseñarte todo lo que sé.

El corazón de Antonio empezó a latir con fuerza. No estaba acostumbrado a exteriorizar sus emociones, pero esa vez una sonrisa se dibujó en su rostro mientras aceptaba la propuesta de Susana.

Acababa de decidirlo: se iba a convertir en el mayor escritor de best sellers del país.

7

Se ha convertido en el mayor escritor de best sellers del país. Sus novelas han vendido más ejemplares de los que jamás habría imaginado. Y no solo eso, sino que también está a punto de cumplir su venganza. Ambos objetivos, vender y vengarse, han ido siempre de la mano en sus planes.

Tras la reunión en la cafetería, hay una cosa que le ha quedado clara: Yoel ya sabe que él es el responsable del esqueleto enterrado. Mejor dicho, lo intuye, porque no tiene pruebas. Parece que no recuerda la última vez que se vieron en persona cuando eran adolescentes, pero sí sospecha algo. Estupendo. Es parte del plan, igual que el anillo que ambos evitaron mencionar mientras hablaban. No hay fans locos ni mentes perturbadas detrás. A menos que la suya, la del célebre Antonio Serván, pueda considerarse una mente perturbada.

¿Lo es? A menudo se lo plantea. ¿Una mente perturbada habría sido capaz de llegar hasta donde él se encuentra? Sin duda. En la sociedad actual, multitud de mentes perturbadas son objeto de admiración, incluso de adoración, por parte de muchas personas. Personas que, por cierto, tampoco deben de estar en sus cabales. Él reconoce que su objetivo tiene algo de enfermizo, es capaz de verlo. Pero no le extraña. Lo ve normal después de la infancia que tuvo. Los malos tratos de su padre, la resignación por parte de su madre, el bullying que le hacían los chavales de su edad, el desamor con Carol... y lo que le hizo Yoel tras haberlo creído su amigo. Lo raro de verdad es que aún conserve cierta cordura.

¿Todo esto justifica lo que está haciendo? Es probable que, para mucha gente, no. Para otros tantos, en cambio, seguro que sí. Al margen de lo que piensen los demás, él tiene claro que no siente ningún remordimiento ni malestar. Al contrario. Cree con firmeza que todas las personas a las que ha castigado y que han formado parte de sus obras, tanto si se han publicado como si no, lo merecían. Y Yoel, por supuesto, no es una excepción. También merece lo que le va a ocurrir. El plan está en marcha y, al igual que un misil indetectable, nadie podrá verlo venir ni detenerlo hasta que explote en su destino.

Desde su primer relato basado en hechos reales, el del escorpión, algo se abrió en su interior. No era una herida. Tampoco la manida oscuridad de la que suelen hablar las historias con un villano cruel. Él lo siente como un don. Un don que le permite predecir el futuro. No es vidente, por supuesto, pero sí puede anticiparse al pensamiento y a la conducta de los demás. Ha pasado de escribir la fantasía de un animal con sentimientos a historias reales sobre seres humanos. Casi todas sus obras han estado basadas en un plan trazado de antemano. Previendo el comportamiento de las personas, ha logrado crear una serie de novelas y relatos de ficción cimentados sobre hechos que se desencadenaron después de quedar plasmados en el papel.

No antes, como ocurre con las historias basadas en hechos reales.

Después.

La cuestión es que esto solo lo sabe él. El público ve sus libros como ficción. La Policía desconoce los crímenes que ha cometido. O al menos así era hasta que encontraron la primera excepción: el esqueleto con el diente de oro.

Eso también estaba previsto, claro.

Los medios de comunicación no han parado de publicar todo tipo de hipótesis sin contrastar sobre el caso. Como la Policía solo ha compartido con ellos la información necesaria para que les ayudasen a identificar el cadáver, se han puesto a elucubrar. Cada vez hay menos diferencias entre un periodista y un escritor de ficción. Ya previó en su momento que la prensa actuaría así. También la reunión que Yoel le propondría. En todos estos años, ha aprendido cómo funciona la Policía. Aunque se rigen por unos métodos científicos y de investigación sólidos, muchas ideas de los periódicos sensacionalistas terminan investigadas como factibles. ¿A quién se le ocurren antes? ¿Al periodista o al investigador policial? Nadie lo sabe. Ni siquiera ellos. La diferencia es que la Policía contrasta antes de difundir, mientras que el periodista dispara y luego pregunta. O ni siquiera eso. Si un artículo en internet se lee bien y genera tráfico e ingresos, ¿para qué preguntar? Mejor sacar un segundo volumen en la misma línea. Y, si vuelve a funcionar, completamos la trilogía. Algunos incluso se aventuran a crear una saga.

Hay quien dice que la realidad supera a la ficción, pero hoy en día resulta tan difícil distinguir qué es realidad y qué es ficción que uno no sabe qué pensar al respecto. Él solo tiene claro que sus obras no son por completo ni lo uno ni lo otro.

Ha ideado un método más sencillo de lo que parece. Lo primero de todo es una idea realista. Luego, la elección de una víctima. Hay que estudiarla, conocer su psicología y prever sus actos ante determinada situación. El siguiente paso: escribir la predicción de forma novelada. Para terminar, se pone a la víctima en dicha situación y se comprueba cuánto de predecibles son los seres humanos. Y, de paso, se lanza al mercado un nuevo libro con lo ya escrito.

Es verdad que, en determinadas ocasiones, se ha tomado algunas licencias creativas a la hora de preparar una novela para publicar, pero el grueso de sus planes siempre se ha cumplido. Lo ha hecho todo de una manera tan metódica que la Policía jamás ha dado con los cadáveres. Sin cadáver no hay relación con el libro, con lo cual no existe investigación, por lo que está a salvo.

La única excepción, por el momento, ha sido *Un diente de oro*. En este caso, sí ha permitido que la Policía descubriese el cadáver. No solo eso, sino que ha forzado que lo encontrasen junto al anillo de compromiso de Ángela Guzmán. ¿Por qué? La respuesta está clara.

Es una pieza vital en el plan de venganza que ha preparado contra Yoel.

Desde que se reunió con Serván, tiene claro que está involucrado en el asunto del esqueleto. No hay pruebas, pero algo se lo dice. Aunque todavía no sabe qué es ese «algo», está muy seguro de que no existe ningún fan loco ni ningún enemigo del pasado. Solo la mente perturbada de un escritor cuyas obras son el fruto de sus crímenes.

En el cuarto de pensar, Yoel vuelve a analizar, de principio a fin, todos los datos que ha recabado hasta el momento. Se encuentra solo en casa. Ángela ha quedado para comer con sus dos amigas, Bea y Natalia. Mejor, así no tiene que estar pendiente de ella. Últimamente, lo enerva más de lo habitual. «¿En qué momento se me ocurrió pedirle matrimonio?», se pregunta, teniendo en cuenta sus emociones actuales. «En el momento en que querías salvar, a toda costa, la relación con la única persona que parecía quedar en tu vida después de tu desestructuración familiar y mientras aún arrastrabas tu fama de borde y obseso peligroso en comisaría, que ni siquiera llegó a desaparecer por completo a pesar de tus esfuerzos tras realizar el curso de control de la ira», le recuerdan sus emociones pasadas de un tirón, como si se lo supieran de memoria.

El viernes, tras haber hablado los dos con Vermón y haber regresado a casa, estuvo a punto de tener otra discusión con su novia:

—¿En serio has vendido en esa web de segunda mano el resto de las novelas de Serván? —le espetó él en un tono más brusco de lo que pretendía; tenía la esperanza de leerlas todas enseguida—. ¿Solo has dejado *Un diente de oro* y *Destino aleatorio*?

—Necesitaba sitio para otros libros, Yoel.

—¡Si ni siquiera te has leído la mitad de los que tienes en esa estantería! ¿Qué pasa con *Un diente de oro*? ¿Ese por qué no lo vendiste?

—¿En serio me estás recriminando lo que decido hacer con mis cosas? ¡Y con ese tono! ¡Ni se te ocurra volver a hablarme así! ¿Me oyes?

Yoel logró calmarse a tiempo respirando hondo. Le habría venido bien un trago, pero consiguió vencer la ira sin él. Por supuesto, no quería insinuar que Ángela estuviese involucrada en el asunto del esqueleto más allá de la presencia del anillo.

—Disculpa —consiguió decir, aunque entre dientes—. Tienes razón, lo reconozco, no he usado un tono adecuado. Ya me compraré yo las novelas que faltan.

De modo que ayer recorrió varias librerías de la ciudad para hacerse con todas las obras de Serván. Ya ha leído cuatro. Por orden de publicación: *Destino aleatorio*, de 2016; *La maleta*, de 2018; *Un diente de oro*, de 2021, y *Las dos menos diez*, de 2022. Le falta una, *El zapato negro*, de 2017, así como una recopilación impresa de relatos publicados en internet hace años. Al estar agotadas por una rotura temporal de *stock* debida a las fechas navideñas, ha tenido que comprarlas a precio de oro en una web de segunda mano. Por suerte, el vendedor vive en Brión, a unos quince kilómetros de Santiago. Estará fuera todo el fin de semana, así que han quedado para ir a recogerlas allí mañana, lunes, a primera hora.

A pesar de estos dos libros que aún le faltan por leer, hay algo que ya ha captado su atención. Serván lanzó su primera novela al mercado en 2016 y, después de eso, publicó un libro al año durante los dos siguientes. Todos alrededor de febrero. Sin embargo, *Un diente de oro*, la cuarta, tardó más de tres años y medio en salir a la venta tras la tercera. Es una laguna que precede justo a la historia que ahora se convierte en realidad ante los ojos de la Policía. No puede tratarse de una coincidencia.

Y, después de *Un diente de oro*, *Las dos menos diez* tardó menos de nueve meses en ver la luz. Un parto prematuro, teniendo en cuenta los intervalos entre las tres primeras. Yoel está convencido de que estas fechas esconden algo, pero aún no sabe el qué. ¿Debería proponerle a Espinosa hablar con el editor? No, porque podría alertar a Serván sobre ello. Es mejor esperar y buscar pistas por otro lado.

Se ha planteado cuál es el hilo conector entre los escritos de Serván y el mundo real. Ve tres posibilidades que no se excluyen entre sí.

Primera: cualquiera de las novelas o relatos puede estar basado en un crimen real. El ejemplo más claro: *Un diente de oro*. De hecho, el único hasta el momento.

Segunda: algunos de los crímenes narrados en sus libros tienen que ser, por fuerza, ficción. Por ejemplo, en *Las dos menos diez*, la Policía encuentra un cadáver con unas características muy peculiares. Si Serván hubiese escrito sobre él después de haber cometido el asesinato en el mundo real y la Policía lo hubiese descubierto, tal y como ocurre en la novela, lo habrían investigado enseguida y no hay constancia de que haya ocurrido.

Tercera: está convencido de que Serván no ha plasmado en sus libros toda su trayectoria homicida. Algunos crímenes se los habrá guardado para él mismo sin publicar, puede que solo como recuerdos o quizá redactados en su disco duro. Esto daría aún más sentido a lo que le dijo ayer en la cafetería: «Nunca escribo desde un ordenador con conexión a internet. Y, para abrir el archivo en el que escribo, es necesario introducir una contraseña formada por trece letras mayúsculas y minúsculas, números y signos, todos elegidos al azar. Un hacker tardaría bastantes años en descubrirla». Así, aunque la Policía llegase a incautar su ordenador, no tendrían fácil abrir esos ficheros si el propio Serván se negase. A pesar de disponer de una orden judicial, si fingiese no recordar una contraseña (y seguramente lo haría), nadie podría probar que estaría mintiendo.

Para avanzar, Yoel ha elaborado un listado de los asesinatos narrados en las novelas de las que ya dispone y le ha pedido a Ortiguera, siempre bajo la autorización de Espinosa, que investigue casos abiertos o cerrados que coincidan con ellos. Aún espera su llamada, pero no tiene mucha esperanza. Si Serván ha basado sus historias en asesinatos que él mismo ha cometido, seguro que ha tomado todas las precauciones para que nadie pueda rastrearlo como culpable. Es decir, que esos crímenes ni siquiera habrán llegado a oídos de la Policía. Solo *Un diente de oro* ha roto con el patrón. El motivo está claro: inculpar a Yoel o a Ángela, o a los dos, mediante el anillo. Pero ¿por qué eligió *Un diente de oro* y no otra historia? Tiene que haber una razón.

La alianza enterrada junto al esqueleto no aparece en la novela. Para cualquiera que investigue, la primera hipótesis instintiva es que Ángela o el propio Yoel enterraron los huesos en la finca de Castro y se les cayó allí. El motivo: involucrar a Serván en un asesinato, por cualquier razón que habría que descubrir. Pero, al igual que pudo hacerlo alguno de ellos dos, esto se extiende a cualquier persona con acceso al anillo. Dado que Ángela no recuerda dónde lo perdió, están investigando a todas las familias con las que trabaja. Todavía hay demasiadas variables e incógnitas en el aire como para acusar a alguien de manera oficial.

Al menos, la presencia del anillo en la escena del crimen esconde una parte buena: le permite tener claro que Serván no atentará contra su vida ni contra la de Ángela. Hacerlo sería demasiado arriesgado tras haberlos involucrado. Si le ocurriese algo a alguno de los dos, la Policía no tardaría en ir tras él; pero esta vez en serio, como sospechoso principal.

Durante la reunión en la cafetería, Yoel tuvo la sensación de que Serván era consciente de sus sospechas. Vale que la calma y la firmeza que demostró habrían hecho dudar a cualquiera, pero a él no. Hay algo en su memoria que lucha por salir, algo que le dice que Serván tiene motivos para actuar así. Pero ¿qué es ese «algo» y por qué no lo recuerda, con lo importante que parece? Por más que se esfuerza, no consigue alcanzarlo. Se siente como un niño tratando de recuperar un globo que se ha ido volando hasta el techo. ¿Dónde diablos habrá una escalera?

Mientras tanto, solo puede fiarse de su intuición. La intuición es la parte inconsciente de nuestro cerebro tratando de decirnos algo. Como cuando te viene una melodía a la cabeza y no consigues ubicarla, pero sabes que la conoces. Como cuando sales de casa y tienes la sensación de que te olvidas algo, pero no sabes qué. Como cuando alguien te da mala espina, pero no eres capaz de encontrar datos objetivos que justifiquen tus sospechas.

¿Cuál será el siguiente paso de Serván? Ayer le dijo que está preparando una nueva novela, una que dará mucho que hablar. Quizá se base en un crimen ya cometido del que nadie sabe nada. Quizá los engranajes hayan empezado a moverse y puedan darle caza si analizan su vivienda. No, ese camino es inviable. En primer lugar, porque acceder a su ordenador no les revelaría nada, teniendo en cuenta el sistema de seguridad que pone a sus archivos y la posibilidad de que «olvidase» sus contraseñas en el momento oportuno. En segundo lugar, porque, con lo poco que tienen, ningún juez emitiría una orden de registro. Hay millones de personas que han podido enterrar el esqueleto, basándose en *Un diente de oro*. El libro está a la venta desde hace más de dos años y los cadáveres a los que hace referencia, si sus sospechas son ciertas, llevan muertos solo uno. Además, si atacan de forma tan agresiva, su ventaja podría esfumarse. Dada la situación, es más inteligente actuar con sigilo. Anticiparse a Serván va a suponer la clave para encontrar lo que necesitan: pruebas. Sin ellas, las sospechas no sirven de nada. Ahora, Yoel tiene que elegir muy bien sus cartas, aunque al gato y al ratón se juegue sin ellas.

Decide tomarse un descanso. Le vendrá bien un café. Entra en la cocina y, mientras lo prepara, enciende el móvil. Lo apaga siempre que necesita pensar en un caso. Tiene dos llamadas perdidas. La primera es de su padre. La otra es de Ortiguera. Está claro cuál debe atender primero.

—Ortiguera, cuéntame —ordena nada más obtener respuesta.

—Hola, inspector. Le llamaba porque ya tengo…

—Sí, sí, dímelos.

—Eh… El esqueleto pertenece a Abelardo Mayo. La comparativa con el ADN de su hija Florinda ha dado positivo. Por la edad, es imposible que los huesos sean de su hijo Mariano.

De modo que, al final, estaba en lo cierto. Sin embargo, esto habla en favor de Serván. Dado que *Un diente de oro* se publicó en 2021 y Mayo padre e hijo desaparecieron el año pasado, en 2022, queda definitivamente aceptada la posibilidad de que cualquier lector de la novela pueda ser el responsable. Es justo lo que Serván le dijo ayer en la cafetería: «Sí habría una forma de demostrar que he sido yo y no algún lector». Si la muerte de la víctima fuese anterior a la publicación de la novela, todo hablaría en su contra. Parece que no es el caso.

Pero, ojo, tampoco hay que malinterpretar esto. Que no inculpe a Serván no significa que lo exculpe. Para Yoel, sigue siendo sospechoso. Solo que, en vez de cometer el crimen y luego escribir sobre él, quizá haya escrito primero sobre el crimen para recrearlo después, como si fuese un fan perturbado. Ya le había planteado esta posibilidad a Vermón antes de la reunión con el escritor.

—¿Y sobre el listado de crímenes que te envié?

—Nada, inspector. No existen casos abiertos o cerrados que encajen con ninguno.

Sobre esto último, era lo que esperaba. Serván se ha cubierto bien las espaldas. Y lo mismo ocurrirá con los dos libros que caerán mañana en sus manos, aunque no por ello dejará de leerlos. Tocará seguir reflexionando con la información disponible. La confirmación de la identidad del esqueleto es un gran paso. Tiene que encontrar la manera de conectarlo con Serván, aunque se teme que no va a resultar fácil.

—De acuerdo, Ortiguera. Te enviaré más detalles tan pronto los tenga.

Bueno, ahora toca devolver la segunda llamada perdida. Su padre responde con un:

—Hola, hijo.

—Hola, papá. Me has llamado, ¿no?

—Sí. Era para decirte que mañana a mediodía llegaré a la ciudad.

—Lo sé. Lo he visto en los periódicos.

Su padre es el fundador de una multinacional que mueve millones de euros al año. Esta semana, va a reunirse con Santiago Colmenar, coruñés presidente de una gran empresa de la competencia, para estudiar la compra de una de sus filiales más importantes. Los medios del mundo de las finanzas comentan los efectos que dicha adquisición podría tener en la economía, al mismo tiempo que mencionan el regreso del CEO, ya apodado «la Garza trotamundos» en honor a su apellido, a la ciudad compostelana.

—Me gustaría cenar contigo. Hace casi un año que no nos vemos.

—Normal, si no haces más que ir de un sitio a otro.

—Es lo que tiene ser «la Garza trotamundos».

—Pues no sé si podré, papá. Estoy en medio de un caso importante.

—Yo también.

—Es distinto. En mi trabajo hay vidas humanas en peligro.

—Y en el mío también. ¿Sabes cuántos…?

—Vale, no me vengas con el rollo de los puestos de trabajo que generas y todas esas movidas. Trataré de buscar un hueco, pero no te puedo prometer nada.

—Hijo, ¿sabes cómo se me ocurrió la idea inicial que me trajo adonde estoy ahora? De copas con los amigos. Está bien que te centres y pienses en cómo resolver tus casos, pero la cabeza necesita desconectar para luego concentrarse mejor.

Es cierto, no se lo puede negar. Ya lo ha experimentado en más de una ocasión. Las ideas más brillantes se le han ocurrido cuando menos lo esperaba: en la cama, conduciendo, de paseo bajo la lluvia… Y más de una vida se ha podido salvar gracias a ellas. De pequeño, su pensamiento era bastante rígido. Se le daban bien las matemáticas y el razonamiento de datos objetivos, pero, cuando había que crear algo (por ejemplo, escribir un relato), se le hacía cuesta arriba. Con el tiempo, comprendió lo importante que es tener una mente flexible y creativa, más aún cuando decides trabajar como policía. Y una parte esencial de la creatividad consiste en alejar la cabeza del problema y distraerla con otros asuntos.

—Está bien, papá. Tú ganas, como siempre. ¿Mañana?

—Mañana no puedo. Tengo que arreglar unos asuntos para

la reunión sobre la fusión. Tendría que ser pasado mañana, el martes.

—De acuerdo. Si me surge cualquier cosa, te avisaré.

—Estupendo. Y oye, Yoel, prefiero que no traigas a Ángela.

¡Cómo no! Su novia no le cae bien. De hecho, no le ha caído bien ninguna de las mujeres con las que ha salido. Cree que todas lo quieren por ser hijo de quien es. También se lo aplica a sí mismo: no ha vuelto a estar con nadie desde que murió Amelia, la mujer de su vida y madre de Yoel. Este se suele preguntar si habría pensado lo mismo de ella en el caso de que su compañía hubiese tenido éxito antes de conocerla.

—Descuida, papá. Le diré a Ángela que me quedo en comisaría trabajando.

—Puedes decirle la verdad, si quieres. No me…

—Ya sé que no te importa y que te da igual lo que piensen los demás, pero yo prefiero no crear malos sentimientos si puedo evitarlo. Ya bastante mal lo paso cuando sacas el tema.

—Lo siento. Algún día me darás la razón.

—Genial, así que las mujeres solo van a quererme por interés, a no ser que renuncie a la herencia que me vas a dejar.

—Sé que te gusta ver el lado bueno de la gente para que tu trabajo tenga sentido, pero el ser humano es egoísta e interesado por naturaleza. No es bonito, es lo que hay.

Otra vez su padre con los grandes pensamientos acerca de la humanidad. Yoel tiene la sensación de que todos esos argumentos sobre cómo su compañía contribuye a crear puestos de trabajo y a mejorar la calidad de vida de la gente son solo una forma más de marketing que, de modo inconsciente, extiende hasta las conversaciones con su hijo. En realidad, no cree que a su padre le importen lo más mínimo las personas ajenas a su familia. La parte buena es que por su familia haría lo que fuese. Sobre todo, después de lo ocurrido con su esposa.

—Espero que durante la cena tengas algunas palabras más agradables que esas —dice Yoel.

—Lo intentaré, no te preocupes. ¿Sabes con quién sí me gustaría cenar al mismo tiempo que contigo?

—Con Tamara.

—¿Es tanto pedir que os reconciliéis de una vez? Han pasado más de cinco años y, por lo que me ha contado, le gustaría retomar el contacto contigo.

En alguna ocasión, Yoel ha pensado en llamarla, pero lo ha ido dejando «para después». No está seguro de si querrá hablar con él, por mucho que su padre insista en que sí.

—¿Sabes lo que le sorprendería para bien? —añade su padre—. Una carta. Adora comunicarse a la vieja usanza.

—Está bien, lo pensaré.

—Te lo agradezco. Para mí significa mucho que mis hijos se lleven bien. Ahora tengo que dejarte. Un abrazo, nos vemos el martes.

—Otro para ti, papá.

Cuelga la llamada. Deja el móvil sobre la encimera mientras se sirve el café caliente en una taza. Quizá su padre tenga razón y desconectar le ayude a discurrir algo bueno. Se aproxima a la ventana y contempla las calles vacías debido al intenso frío invernal y, sobre todo, al nuevo chaparrón que está cayendo. La lluvia le ayuda a relajarse y despejar la mente con otros asuntos viene bien, sobre todo en un trabajo donde la imaginación y la creatividad son tan importantes.

8

La imaginación y la creatividad son importantes a la hora de escribir un relato. Eso nadie lo puede discutir. Sin embargo, Antonio comenzó a descubrir que una mezcla de ficción y realidad era lo que le daba personalidad a sus historias.

Susana lo había ayudado a perfeccionar su sintaxis y a encontrar un estilo propio, aunque este dependía siempre de cada relato, claro. Tras *El escorpión tenía sus motivos*, lo siguiente que le presentó fueron siete páginas de un cuento titulado *La lata de cerveza*. Trataba de un joven que entraba en una tienda de ultramarinos y robaba una lata de cerveza. El dueño lo descubría y se iniciaba una conversación en la que, ante las amenazas de uno de llamar a la Policía, el otro contraatacaba, a su vez, con contar el secreto del tendero: los golpes que le propinaba a su mujer en las costillas.

¿Cómo se le había ocurrido la idea? Con una base de realidad. Una tarde, en una tienda de la ciudad, encontró a unos chavales que, aunque no iban a su mismo colegio, lo conocían y se metían con él por la calle. Cogió una lata de cerveza de un estante y, con sigilo, la introdujo en una de sus mochilas. Cuando se estaban yendo, le dijo al tendero que los había visto robando. El tendero corrió tras ellos y descubrió la lata que Antonio había guardado. Escuchó cómo les decía que iba a llamar a la Policía. Lo que no esperaba era que uno de los chavales amenazase al hombre con contarles a los agentes que maltrataba a su mujer. Al parecer, eran vecinos y muchas veces se escuchaban los gritos. Dejó que se marchasen, pero Antonio desarrolló más la historia. En ella el tendero terminaba por silenciar para siempre al joven al acabar con su vida. Así aprovechó para desahogarse y hablar de algo que le tocaba muy de cerca: los golpes en casa.

—Antonio, es una historia muy madura —le dijo Susana—. ¿Lees libros así?

—Me gustan todos los géneros. Entre fantasía, ciencia ficción, novela negra, romántica, de aventuras y demás, tengo muchos temas en la cabeza.

—¿Te gustaría leerla delante de tus compañeros?

Al principio no estaba seguro. Lo frenaba la idea de que se rieran de él. Sin embargo, pensó que ya lo hacían a la mínima oportunidad, así que esa podía ser una manera de que empezaran a tenerle respeto. Si quedaban tan impresionados como Susana, se ganaría la simpatía del aula.

Se equivocaba. Poco después de haber leído *La lata de cerveza* en voz alta como parte de los deberes de Lengua, Ramón y Fernando lo arrinconaron en un callejón.

—Mira a quién tenemos aquí. Si es el friki que escribe cuentitos. ¿Le haces la pelota a la profe en su despacho o es que quieres comerle el coño?

Ramón le propinó un par de bofetadas flojas mientras Fernando le quitaba la bolsa que usaba como mochila. La abrió y le dio la vuelta. El estuche, las hojas sueltas de libreta y un par de libros cayeron al suelo.

—Vamos a ver qué mierda estás escribiendo ahora —dijo Fernando con burla mientras recogía los papeles.

Antonio forcejeó para recuperarlos, pero Ramón era más fuerte y lo mantenía pegado al muro con un solo brazo. No le gustaba que nadie leyese sus historias antes de terminarlas y, menos aún, un par de cabrones como esos.

—¡Oh, qué bonito! —exclamó Fernando de forma irónica—. Si ahora está escribiendo una de amor. ¿Cómo te imaginas a esta tal Cristal? ¿Como la de Lengua?

—Oye —interrumpió Ramón—, tengo una pregunta. ¿Cuánto de buena es la memoria de un friki que escribe cuentos?

Antonio no respondió. Vio venir lo que se avecinaba. Forcejeó con mayor intensidad, en vano. Fernando sacó del bolsillo el mechero con el que encendía sus cigarros y prendió las hojas escritas.

Antonio experimentó una rabia que no recordaba haber vivido antes, ni siquiera ante su padre. Un calor le recorría el cuerpo de abajo arriba, como si él mismo fuese el papel que se consumía por el fuego. Lanzó un grito. Creyó que lo invadía una fuerza sobrehumana, producto quizá de la adrenalina. Como esas historias que cuentan de una madre que, al ver a su hijo preso bajo un coche, logra levantar la carrocería al estilo de una superheroína de película. Pero todo era fruto de su imaginación. La ira se quedó en una emoción sin más y el papel siguió ardiendo en las manos de Fernando mientras Antonio era incapaz de separarse del muro.

—¡Eh, soltadlo! —se escuchó una voz desde la entrada del callejón.

Era Yoel.

—Lárgate, Yoel —escupió Ramón.

—No, si lo digo por vuestro bien. Un poco más allá vienen Susana y Roberto. —Roberto era el profesor de Matemáticas.

Ramón soltó a Antonio, le dio un manotazo a las hojas ardiendo, que Fernando aún sostenía con la punta de los dedos, y los dos echaron a correr.

Nada más verse libre, Antonio se abalanzó sobre los papeles como un leopardo sobre su presa. Sopló y consiguió extinguir las llamas, pero el daño ya estaba hecho. Una lágrima afloró en su ojo derecho. ¿Tristeza? No, rabia.

Yoel se acuclilló junto a él.

—¿Estás bien?

Antonio levantó la mirada. Detrás de Yoel, más allá de la entrada al callejón, vio a Susana y a Roberto charlando mientras caminaban. No se fijaron en ellos.

Así que era cierto. Yoel había advertido a Ramón y a Fernando de la llegada de los profesores. Les había ayudado. La ira de Antonio se apaciguó y empezó a sentir otra cosa. Desprecio. Desprecio por quien tenía ahora delante. Al final, por muy amable que fuese, Yoel también estaba en su contra. No importaba que lo hubiese invitado de nuevo a su casa para hacer los deberes. Tampoco es que él y su hermana se hubiesen comportado mejor que durante la primera ocasión; ni siquiera le agradecieron que les ayudase con las tareas. Al final, todo el mundo abusaba de él o lo utilizaba.

—Espero que no pienses que lo he hecho por ellos —dijo Yoel, como adivinando sus pensamientos—. Fue lo primero que se me ocurrió en ese momento, viendo la situación.

—¿Y por qué no dejaste que los profesores pasaran y los viesen?

—Primero, porque no os iban a ver. Tú ya habías gritado y yo lo escuché por casualidad. Con el atasco y los cláxones que hay hoy en la carretera, cualquiera oye nada a lo lejos. Y segundo, porque supuse que, si no has dicho nada hasta ahora sobre lo que te hacen esos tíos, tus motivos tendrás. Preferí quitarte del apuro, en lugar de escoger por ti. Debes ser tú quien decida si quiere hablar o no con algún profesor. ¿Lo harás?

Antonio recogió lo que quedaba de su obra, guardó los restos dentro de la bolsa sin preocuparse demasiado de si las cenizas la ensuciaban y se marchó. No respondió a la pregunta ni se despidió de Yoel.

Todo era una mierda. Cada vez que conseguía experimentar algo cercano a la alegría, esta se convertía en el típico caramelo que se le pone a un niño delante de la boca para luego retirárselo. No recordaba haberla saboreado ni disfrutado nunca. Ni siquiera en los momentos en que escribía o cuando Susana lo felicitaba por su trabajo. Incluso esos instantes, que para él eran lo más cercano a la felicidad, estaban contaminados por toda la carga emocional que llevaba dentro. Un padre borracho y maltratador. Una madre que lo ignoraba. Unos matones que hacían su vida más amarga de lo que ya era. Y una mujer que jamás correspondería a su amor.

Le entraron ganas de ver a Carol, así que cambió de rumbo y se dirigió al bar. Ya hacía un par de semanas que no iba por allí. Había estado evitando a su madre, así como a su padre, todo ese tiempo. Ni siquiera coincidía con ellos a la hora de la comida o de la cena. Cuando ella no trabajaba, se pasaba el tiempo metida en la cama. No tenía amigas con las que salir ni nada parecido. Y su padre… Bueno, su padre otro tanto de lo mismo, solo que en el sofá. Siempre con una lata de cerveza como extensión de su brazo. La televisión, encendida las veinticuatro horas. Al menos, eso daba algo de vida a la casa; el silencio sería mucho peor.

A veces, muy de vez en cuando, su madre preparaba algo de comer para los tres, pero cada uno comía a una hora diferente: el padre, cuando no estaba bebiendo o durmiendo; la madre, cuando su marido se dormía, y Antonio, cuando había menos riesgo de toparse con cualquiera de los dos. La cocina estaba justo debajo de su dormitorio (aunque su casa tuviera dos plantas, era muy pequeña: sesenta metros cuadrados para una sala, la cocina y un baño en la planta inferior y dos dormitorios enanos, uno con baño, en la superior). Se guiaba por el ruido de los pasos que le llegaba a través del suelo, aunque a veces era difícil debido al volumen del televisor. Cronometraba cinco minutos desde que se habían escuchado los últimos, tiempo más que suficiente para que su padre se volviese a dormir mientras masticaba o para que su madre se encerrase en su habitación. Entonces bajaba, se servía algo rápido en un plato (si es que quedaba alguno limpio; si no, fregaba uno en un tiempo récord) y corría a encerrarse de nuevo en su cuarto con la comida. Incluso a veces, cuando se sentía temerario, se atrevía a freírse él mismo un par de huevos o a meter en el horno algún plato precocinado.

Sabía que su madre y Carol tenían turnos distintos esa semana. A su madre le tocaba turno de mañana, de modo que iba a encontrar sola a Carol. Lo que no esperaba era cruzarse con ella en la puerta.

—¡Vaya, Antonio! Casi te atropello.

No iba vestida con ropa de trabajo, así que no se dirigía a comprar ni a tirar la basura. A Antonio no le salían los cálculos. Si su madre no estaba trabajando y Carol tampoco, ¿quién se quedaba en el bar?

—La nueva camarera —respondió ella a su pregunta—. Hoy ha sido mi último día de trabajo aquí.

¿Qué había pensado sobre su carga emocional hacía unos minutos? Todo lo que sentía a diario le pareció insignificante en ese momento. Un tren acababa de arrollar su corazón. Como este estaba dentro del cuerpo y no podía salir volando, se tuvo que contentar con rebotar por todo su tórax como si fuese una pelota de pinball.

—Pero… ¿No vas a…? —A Antonio no le salían las palabras—. Es decir, ¿no voy a poder venir a verte más?

—Me temo que no —dijo Carol con una expresión de lástima sincera.

Sus ojos debieron de empañarse, porque la muchacha se apresuró a añadir:

—¡No, no te preocupes! No me voy a vivir a ningún otro sitio. De hecho, creo que mi nuevo trabajo está más cerca de tu casa.

El corazón de Antonio entró por fin en uno de los agujeros de la mesa de pinball. No le preocupó si era el que daba más puntos o no.

—¿Dónde es?

—¿Sabes la floristería que hay detrás del cine?

—Sí. ¿Vas a trabajar allí?

Carol sonrió de modo afirmativo. Entonces él se dio cuenta de que había sido un egoísta y de que no se había preocupado por disimularlo. Esa sonrisa, tan bella e inspiradora, que Carol esbozaba ahora en su rostro y que no se esfumaba, demostraba lo contenta que estaba con el cambio. Era de dominio público que las condiciones en el bar que acababa de abandonar no eran las mejores ni de lejos. Había aguantado tanto tiempo allí porque no tenía otra opción. Y él comportándose como un niñato egoísta y llorón. ¿Así pretendía conquistarla?

—Me alegro mucho por ti, Carol —continuó antes de que el silencio empeorase aún más las cosas, aunque eso no quitaba que lo dijese de forma sincera.

—Yo también —respondió Carol, con esa sonrisa que no quería desaparecer. «Y, por favor, que no desaparezca», pensó Antonio, embriagado por ella.

—Entonces ¿podré ir a visitarte como aquí? ¿A tus nuevos jefes les parecerá bien?

—Bueno, no tendremos una mesa para sentarnos, pero siempre será agradable verte. Y ahora tengo que dejarte, que mi novio está esperándome.

En esa ocasión, a Antonio no le importó que le hablase de él. El alivio de saber que seguiría viendo a Carol aún le duraba. Era una emoción capaz de anular todas las demás juntas. No quería perder la única cosa buena de su vida. Aunque sería más correcto decir «una de las dos cosas buenas de su vida», ahora que había descubierto su faceta de escritor.

Entonces se le ocurrió algo. ¿Por qué no juntaba esas dos cosas buenas? ¿Por qué no le dedicaba a Carol un relato? Algo que la conmoviese, que los acercase en lo sentimental. Algo que la marcase, que le hiciera acordarse de él varias veces al día. Cuando una persona experimenta una emoción fuerte, su memoria se activa más de lo habitual y el recuerdo permanece con mayor firmeza. Es cierto que esto ocurre más con las emociones dolorosas que con las placenteras, pero no quería que Carol sufriese. O quizá…

Por un momento, una idea le vino a la cabeza sin comprobar primero si tenía vía libre. Una idea prohibida que cruzó la calle con el semáforo en rojo. Por suerte, Antonio pisó el freno a tiempo y la dejó continuar hasta que llegó a la acera de enfrente y desapareció. No, quitar de en medio al novio de Carol no era en absoluto una buena idea. Eso la destrozaría y por nada del mundo quería que ella sufriese.

Sin embargo, la idea debía de haber cruzado con los bolsillos abiertos, porque de ellos cayó algo que Antonio identificó de inmediato. El fragmento de «quitar a alguien de en medio», ese era el residuo que la idea había dejado. Varios pensamientos más se empeñaron en cruzar la misma calle, aunque el semáforo seguía en rojo.

Su pasión por escribir historias.

Cómo las basaba en acontecimientos reales.

Cómo él, a veces, era quien provocaba esos acontecimientos sin saber muy bien adónde irían a parar, igual que había hecho con *La lata de cerveza*.

¿Y si probaba a controlarlos por completo? ¿Y si escribía primero la historia y luego conseguía que se hiciese realidad? Su corazón volvió a saltar a la mesa de pinball y empezó a rebotar incluso más deprisa que antes. Más deprisa que teniendo a Carol delante, ¿quién lo iba a decir?

Pensó en el final de una historia y una mezcla entre miedo y alivio, entre rabia y euforia, con un toque de nudo en el estómago, se apoderó de él.

Y la luz del semáforo se puso por fin en verde.

9

La luz del semáforo se pone por fin en verde. Mete primera y avanza hasta el final del camino. Aparca y se apea. El resto del recorrido, casi un kilómetro entero, debe hacerlo andando para dejar el menor rastro posible de su presencia. Por suerte, ha dejado de llover. Espera que el cielo nublado aguante así hasta que termine su tarea. Diez minutos después, llega al lugar indicado.

Mira el reloj. Son casi las ocho de la tarde y todo está en penumbra. Sobre todo, en esta zona. Calles desiertas, farolas estropeadas y, como único sonido, los ladridos lejanos de los perros. No hay ningún negocio abierto y casi nadie vive por aquí. Las paredes de las antiguas viviendas han quedado devoradas por la humedad, recubiertas por el musgo y las hiedras, cambiando cada vez más el gris de la piedra por el verde oscuro. Los cristales de las ventanas están rotos en su mayoría. Las puertas, cerradas, medio tronzadas en vertical. Un gato delgado podría colarse entre la zona baja de la madera y el suelo para convertir una casa de dos plantas en su hogar, sin humanos que lo molesten. Apenas se distingue dónde termina la acera y dónde empieza la carretera. Los baches creados por la lluvia se han ido comiendo el asfalto y han vuelto la vía intransitable para cualquier vehículo. Aunque, claro, es una zona sin salida, así que ¿para qué iba a querer entrar alguien con el coche?

El invierno es mágico. Ofrece escondite y oscuridad a la gente como él a una hora muy temprana. Espera detrás de una farola. De una apagada, por supuesto. Estaría más cómodo apoyado en ella, pero no quiere arriesgarse a dejar ni una sola señal de su paso por allí. Tiene las manos enfundadas en sendos guantes y metidas en los bolsillos de la gruesa gabardina. Sabe que ella suele recorrer la calle contigua al salir de trabajar. Se dedica a hacer las tareas de limpieza en dos viviendas de la zona muy próximas entre sí. No será muy difícil cogerla por sorpresa y arrastrarla hasta este callejón sin salida. Una vez allí, podrá concluir el plan. El guion.

Permanece atento y la ve aparecer. Camina rápido, así que debe darse prisa. Lleva puesta la ropa de faena; acaba de salir de trabajar, como había calculado. Corre hacia ella y, cuando se encuentra a menos de diez metros, le grita:

—¡Ayuda, por favor!

La mujer se detiene. Se vuelve hacia donde ha sonado la voz. Aunque distingue una silueta, no le ve la cara. La zona es oscura y la iluminación, casi nula. Solo llegan los rayos de luz procedentes de las farolas que hay en la calle que está a punto de abandonar.

—¿Qué ocurre? —pregunta, asustada.

—¡Mi hijo! ¡Le ha caído un muro encima! ¡Ayúdeme, por favor, no puedo levantarlo yo solo y no tengo móvil para llamar a la Policía!

Ella saca el suyo del bolso, pero la urgencia y la prisa del hombre surten efecto. Mientras marca, se adentra en la penumbra.

En lo que será su final.

No tiene tiempo de reaccionar. Una vez que llega junto al hombre, este le arrebata el teléfono con una mano mientras le agarra la garganta con la otra. Los guantes impedirán que sus huellas queden impresas en la piel de la mujer. Ella sujeta con las suyas el antebrazo que le está cortando la respiración. Tampoco debería suponer peligro: la gabardina está recién lavada en un lugar alejado de su vivienda y libre de restos que generen un vínculo con él. La empuja contra un muro. Le da un golpe que la aturde, aunque no le dejará marca. No puede quedar ninguna; el guion dice que la víctima no las tiene y así será. Con la mujer inconsciente, le resulta más fácil arrastrarla hasta el callejón sin salida donde le arrebatará la vida.

Antes de hacerlo, mira el reloj. Las ocho en punto. No son las dos menos diez, pero el ángulo que forman las agujas es el mismo. Coincidencias de la vida. Y de la muerte.

—… y los mandé a la mierda. A veces me obligan a ser maleducada.

Aunque intenta reprimirla, Ángela no puede ocultar una sonrisa. La señora Navarro tiene una forma muy natural de expresarse y resulta tan divertida como tierna. Sentada en un sillón de la cocina, le está contando lo borde que ha sido con su nuera, Maite, después de que esta intentase convencer de nuevo a su hijo para internarla en una residencia.

—Las residencias no son salas de tortura, señora Navarro. Son como hoteles. ¿Nunca ha estado en uno?

—Quieren deshacerse de mí —continúa la anciana sin responder—. Soy un trasto viejo que ya no sirve y que hay que meter en el garaje.

—Vamos, mujer, no dramatice. —Ángela intenta quitarle hierro al asunto mientras le prepara la cena. Hoy hay patatas cocidas con acelgas.

—¿Cómo te sentirías tú si tu hijo quisiera internarte en un antro de esos?

—Ya sabe que no tengo hijos. Espero tenerlos algún día e imagino que, llegado el momento, si toman esa decisión, será por mi bien y no por egoísmo. ¿Es que acaso cree haber educado tan mal a Rodrigo?

—No, querida, yo a mi hijo sé que lo eduqué bien. Y mi marido, que en paz descanse, también le dio cariño e hizo todo lo que estaba en su mano para que fuese una buena persona. Pero a veces las buenas personas cometen errores y el de mi hijo fue juntarse con esa bruja. ¡Ay! Mira que le tengo ojeriza, ¿eh?

—No me diga —bromea Ángela con una nueva sonrisa mientras remueve la verdura en la olla.

—No te rías, no es gracioso. Esa mujer solo quiere que me muera para quedarse con la atención de mi hijo para ella sola. ¡Ay, cariño! Casi me olvido otra vez de decírtelo. Esta memoria mía ya no es lo que era.

—¿El qué, señora Navarro?

—Es sobre esa arpía. El otro día, cuando estuvimos hablando de tu anillo, no me acordé. Pero después, cuando te fuiste y me quedé sola, me puse a pensar en mis cosas y me vino a la memoria. Y ahora casi me vuelvo a olvidar.

—A ver, no se líe —dice Ángela, nerviosa tras haber oído la alusión al anillo—. ¿Qué pasa con Maite y con mi anillo?

—La escuché hablando un día con mi hijo. No me preguntes cuándo, de tanto no me acuerdo. Ella le decía que había cogido un anillo y que tenían que entregarlo.

El corazón de Ángela empieza a latir más rápido y fuerte. Apaga el fuego de la cocina y pone toda su atención en la anciana.

—¿Entregarlo? ¿A quién? ¿Dónde?

—¡Ay, hija, tanto no sé! No escuché mucho.

—¿Está usted segura de lo que oyó?

—Segurísima.

Aunque la señora Navarro sigue hablando, Ángela ya no la escucha. Su cabeza empieza a lanzarle preguntas como si fuesen dardos y ella, el centro de la diana. ¿Se referirían a su anillo? ¿Se lo robaron ellos? Y, si es así, ¿qué significaba aquella entrega? ¿Tendrá algo que ver con el esqueleto junto al que ha aparecido?

—… y yo ya sabía que no era de fiar, pero mi hijo se ha contaminado con ella y ahora se dedican a robar entre los dos.

—Señora Navarro, por favor, necesito que me diga qué es lo que oyó exactamente.

—Ay, hija, pues lo que te he dicho.

—Pero ¿con qué palabras?

—Le estás pidiendo mucho a la memoria de esta anciana. Ya bastante me ha costado acordarme de decírtelo, casi se me olvida otra vez.

—Haga un esfuerzo, se lo suplico.

—Pues… Ella le dijo a mi hijo: «Ya tengo el anillo». Y él le contestó: «Ahora tenemos que ir a entregarlo». O algo así.

—¿Y cómo sabe usted que hablaban de mi anillo?

—Pues… No sé, déjame pensar. Creo que lo dijo ella.

—¿Cree?

—Sí, ella lo dijo. Dijo: «Ya tengo el anillo de oro blanco con dos diamantes». El tuyo era así, ¿no?

Ángela empieza a sospechar. Esa forma de decirlo no suena natural en absoluto. ¿Se lo habrá imaginado la señora Navarro? ¿Tal vez se lo ha inventado para llamar la atención? Además, aunque resulte cierto que escuchó, fuera con las palabras que fuese, que el anillo del que hablaban era de oro blanco y que lucía dos diamantes, no tiene por qué tratarse del suyo. Habrá más así en el mundo.

¿Y lo de entregarlo? Bueno, tampoco es que pueda fiarse de eso. Quizá la anciana se ha montado una película en su cabeza y se lo ha imaginado todo después de haberle dicho el sábado que había perdido el anillo.

Aun así, debe contárselo a Yoel por si considera oportuno investigarlo.

Yoel mira hacia una de las paredes. Desvía la mirada hacia la opuesta. Una nota con el nombre de Tomás Castro. Otra, con el de Antonio Serván. ¿Cómo puede unirlos? Lleva haciéndose esta pregunta alrededor de dos horas. Por más que piensa, no se le ocurre ninguna respuesta. No logra establecer una conexión entre ambos. ¿Por qué motivo elegiría Serván la finca de ese hombre para enterrar los huesos de Abelardo Mayo y no otra cualquiera? ¿Habrá sido por azar o existe alguna razón concreta? Tal y como esperaba, los dos libros que ha ido a recoger a Brión esta mañana, *El zapato negro* y la recopilación de relatos, no le han revelado nada nuevo. Se siente atascado y no le gusta nada.

Su intuición le grita cada vez más fuerte que no debe bajar la guardia. Ángela no perdió el anillo, eso está claro. Alguien se lo robó. Del quién no duda: fue Serván. Pero ¿cómo, dónde y cuándo? Si Ángela fuese menos despistada, podría resultar útil. No es el caso.

Las emociones tampoco ayudan. Tras la última conversación con su padre, han regresado ciertos sentimientos de culpabilidad que creía enterrados. Guardan relación con su hermana. Lleva cinco años sin contactar con ella, a pesar de los esfuerzos de su padre por reconciliarlos.

Tamara vive en el otro extremo del país, en Murcia, casi a mil kilómetros de distancia. Hace varios años discutieron a causa de su actual exmarido. Él le puso los cuernos con una de las amigas comunes que les había presentado Yoel y este lo descubrió. Tomó la decisión de no contárselo a su hermana. Solo había ocurrido una vez o, al menos, eso decía el que, por entonces, aún era su cuñado. No merecía la pena estropear un matrimonio feliz por un desliz puntual. Así que guardó silencio para que Tamara no sufriese. Total, para nada, porque un día, durante una discusión, su cuñado lo soltó todo: que le había puesto los cuernos, que Yoel lo sabía todo y que no le había dicho nada. El divorcio fue inevitable y Tamara culpó a Yoel por no haberle contado lo que sabía. Le retiró la palabra.

Él trató de disculparse en varias ocasiones, hasta que lo dio por imposible. En la última conversación que tuvieron, Tamara le dijo cosas horribles. Entre ellas, que la muerte de su madre había sido culpa suya. Sostuvo que su elección de trabajar como policía la estresó hasta tal punto que su ya de por sí frágil corazón sufrió un infarto fatal. Ahí Yoel se enfadó de verdad y decidió también dejar de hablarle.

Los recuerdos de su infancia se quebraron. Hubo una vez una familia feliz y unida que salía a comer a la montaña algunos domingos; otros iba a la aldea para visitar a los abuelos; disfrutaba en parques de atracciones durante los periodos vacacionales… Yoel guardaba como un tesoro todas esas vivencias. Hasta que un buen día… no, un mal día, a su padre se le ocurrió la idea de crear una empresa. Fue el inicio del fin de todos aquellos preciosos momentos. Empezó a llegar a casa cuando sus hijos ya estaban durmiendo y se marchaba antes de que se despertasen. Sábados, domingos y festivos incluidos. Se perdió el decimotercer cumpleaños de Yoel. Y también el decimocuarto, aunque en ese, al menos, se acordó de llamarlo por teléfono para felicitarlo. Su madre también sufría la distancia con su marido. Es cierto que la empresa tuvo éxito y pudieron ascender en lo que respecta a nivel de vida, pero ¿a qué precio? Yoel habría preferido, sin duda, crecer estando los cuatro juntos.

Su madre enfermó del corazón. Ningún médico supo identificar una causa concreta, solo descartaron las posibles herencias genéticas. Cuando Yoel tenía diecinueve años y ya había entrado en la Academia de Policía, la ingresaron a causa de un infarto. Él y Tamara permanecieron a su lado los tres días que estuvo en el hospital.

No logró salir de allí.

Su marido ni siquiera apareció mientras aún estaba con vida. Solo acudió al funeral, cuando ya no había nada que hacer. Eso les dolió mucho a los dos hermanos. Durante un año largo, le retiraron la palabra a su padre. Yoel dejó de pensar en los recuerdos felices de su infancia porque, en lugar de alegría, empezaron a generarle tristeza. A pesar de que guardaba buena relación con su hermana y de que logró recuperar la relación con su padre, quien se disculpó en persona con ambos entre lágrimas sinceras, comenzó a sentir un vacío que lo absorbía. Se centró en el trabajo y dejó que todos sus pensamientos se volcaran en él. Al menos, contaba con el apoyo cercano de su hermana… hasta que conoció a un hombre en un viaje a Murcia, se enamoraron y ella decidió mudarse allí.

Yoel se quedó solo.

Solo podía hablar por teléfono o videollamada con lo que quedaba de su familia. Sin embargo, su padre no aprendió la lección y se distanció de sus hijos. Otra vez. Si lograban mantener una conversación de quince minutos con él una vez al mes era un milagro. Por otro lado, Yoel sí se comunicaba con Tamara a menudo, un par de veces por semana.

Entonces ocurrió aquello. La maldita infidelidad que puso fin no solo a un matrimonio, sino a la estrecha relación de dos hermanos que se dijeron cosas horribles.

A partir de aquel momento, la soledad y la tristeza de Yoel se transformaron en algo mucho más peligroso: ira. Primero, se distanció de la gente que le rodeaba e intentaba trabajar solo siempre que podía. Su forma de hablar se volvió más arisca. El comisario Vermón, que estaba al corriente de su situación personal, le preguntó si necesitaba ayuda psicológica. Yoel se negó en redondo a recibirla. Sin embargo, cuando agredió durante un interrogatorio a un hombre que había asesinado a sangre fría a un anciano inocente, no tuvo más remedio que realizar un curso de control de la ira. Por suerte, el asunto no trascendió y pudo conservar su puesto en la Policía. Sobre todo, gracias a sus anteriores méritos. Le enseñaron a gestionar sus emociones y eso le resultó de gran ayuda. Sin embargo, últimamente, a raíz del asunto de Serván, ha vuelto a aflorar una parte de él que creía ya bien enterrada.

En cuanto a Tamara, no ha vuelto a hablar con ella desde la gran discusión. Todo lo que sabe de su vida le llega a través de su padre. Es consciente de que una de las cosas más importantes para él es que se reconcilien, así que se está planteando si hacerle caso y escribirle una carta postal. Aunque quizá este no sea el mejor momento, teniendo en cuenta su estado emocional actual. «No, se la enviaré cuando el caso de Serván se haya resuelto».

El timbre interrumpe sus pensamientos. Sacude la cabeza y lo ignora. No puede descentrarse más. No quiere echar por tierra las dos horas que ha invertido en recorrer el mismo hilo de pensamiento, algo que sus recuerdos casi le hacen perder. Está a punto de recuperarlo, pero el timbre tiene otros planes. Como si fuese una parca arrebatando la vida de una persona, vuelve a sonar y corta el hilo por completo.

Enfurecido, sale del cuarto de pensar y se dirige a zancadas hacia la entrada. ¿Quién demonios será? Como se hayan equivocado, va a armarles una buena.

—¡Si no respondo a la primera, será por algo, joder! —le ruge al joven que está al otro lado de la puerta. Su traje está mojado; debe de haber empezado a llover otra vez.

—Disculpe, amigo, yo solo hago mi trabajo. Traigo un paquete para Ángela Guzmán, ¿es aquí?

—Si no llega a ser aquí, habríamos tenido más que palabras —responde Yoel entre dientes—. ¿Qué coño de horas son estas para entregar paquetes? Son las ocho de la tarde.

—Es cuando la señorita Guzmán ha pedido que viniéramos. Ya bastante justo es el horario. Firme aquí.

Yoel firma con el dedo en la pantalla táctil y recoge la entrega.

—Gracias por su amabilidad —se despide el repartidor.

No tiene tiempo para sarcasmos. Cierra la puerta de un golpe, lanza el paquete al suelo sin preocuparse de si el contenido puede romperse o no y regresa con pasos largos al cuarto de pensar. No, antes hace una parada en la cocina. Necesita un trago con urgencia. Ni siquiera se molesta en coger un vaso: bebe un sorbo directamente de la botella de ron. La deja en su sitio y, ahora sí, regresa al cuarto de pensar.

—¿Dónde estaba, dónde estaba? —susurra mientras se aprieta las sienes.

Odia las interrupciones. Ya no basta con apagar el móvil ni descolgar el auricular del interfono. Ahora se cuelan hasta llegar a la puerta. Y el timbre no lo puede desconectar, claro. No sin armar un buen estropicio.

—Venga, pues a recuperarlo todo —le dice a su cabeza, aunque en realidad se siente como un ordenador al que le han cortado la corriente sin haberle dado antes al botón de guardar todos los archivos abiertos.

Poco a poco, consigue crear de nuevo el mismo recorrido, paso a paso. Es la única opción que le queda, pero resulta tan frustrante como volver a escribir veinte páginas que acabas de redactar hace nada. Tiene que invertir bastante tiempo en recordarlo todo. Quizá debería empezar a tomar notas en mitad del proceso. No, otras veces ya ha comprobado que eso también interfiere en su flujo de pensamiento. Solo puede escribir cuando la idea ha terminado de forjarse.

La puerta de entrada se abre. Es Ángela. Escucha cómo cierra el paraguas y lo deja en el rellano. También cómo se quita el impermeable y lo cuelga en el perchero. «¡Ya podía haber llegado unos minutos antes! No, no te descentres. Estás recuperándolo, ánimo».

Lo que no esperaba era que Ángela fuese a llamar otra vez al cuarto de pensar. Su rabia estalla por dentro como una bomba de clavos. Siente punzadas por todo el cuerpo. Se da la vuelta, abre de sopetón y ve a su novia con el flequillo y medio pantalón mojados y goteando sobre el suelo. Tampoco se ha quitado las botas de calle, de modo que debe de tener prisa por hablar con él. Yoel le espeta:

—¡Ya está bien! ¡Bonita costumbre has cogido!

Ángela se asusta. Nunca lo ha visto tan enfadado. ¿Qué les ha pasado a los capilares de sus globos oculares? ¿Han reventado? Sin embargo, enseguida el susto se transforma en enfado. ¿Quién se cree que es para hablarle así?

—¿Qué mierda te pasa? —le pregunta con un tono nada agradable. El agua de su flequillo lo salpica al dar un desafiante paso al frente.

—¿Que qué pasa? ¡Te he dicho cientos…, no, miles de veces que bajo ningún concepto me interrumpas mientras estoy aquí dentro! ¡Ya bastante me ha tocado los huevos el repartidor que traía tu puto paquete!

Ángela cierra una mano alrededor del colgante de la suerte que rodea su cuello. Pero no con intención de que la proteja, sino con rabia. Trata de contenerla. Si Yoel no es capaz de hacerlo, debe poner de su parte para evitar otra discusión de la que después ambos se arrepientan.

—Les dije que pasasen a esta hora porque creí que yo estaría ya en casa, pero me he…

—¿Qué quieres?

—Es por el caso…

—¿El caso? ¿Qué caso? ¡Oh! ¿Ese caso del que ya me has descentrado tres veces?

Está claro que cuenta como si la llamada del repartidor hubiese sido ella. «Ángela, por Dios, contrólate», dice la mujer para sus adentros. Aprieta el colgante con más fuerza. La forma debe de estar grabándose en la palma de su mano como un tatuaje.

—Es la señora Navarro. Cree que oyó a su nuera decirle a su hijo que ya tenía el anillo y que debían entregarlo.

Por supuesto, no le dice que le contó hace tiempo lo de la boda. Ha intentado hacerlo varias veces, pero ninguna de ellas era el momento adecuado. Y esta, mucho menos, teniendo en cuenta cómo está de enfadado.

Ante sus palabras, Yoel muestra interés. Por un instante, sus globos oculares regresan al color blanco.

—¿Qué anillo?

—Oyó que hablaban de un anillo de oro blanco con dos diamantes. He pensado que quizá te ayudaría.

Yoel resopla.

—¿Que me ayudarían las suposiciones de una vieja a la que le falla la memoria minuto sí, minuto también, que tiene el oído atrofiado y que se inventa historias cada dos por tres? O sea, su nuera habla de un anillo de oro blanco con dos diamantes justo cuando estamos enfrascados en esto. ¿No será que tú te has ido de la lengua y le hablaste de él y de la boda después de haberme pedido a mí que guardase el secreto?

Lo ha descubierto. Ya no tiene sentido ocultarlo. Negarlo sería aún peor.

—Sí, se lo conté.

—¡Hay que joderse! ¡Todo este tiempo has estado mintiéndome a la cara! Y no solo a mí, ¡también al comisario el otro día! ¿Te das cuenta de que eso...?

—¡Pues sí! —estalla Ángela, sin poder aguantar más la rabia que ha estado acumulando—. ¡Joder! Te he estado mintiendo porque sabía que te lo tomarías a la tremenda y que me echarías la culpa. Igual que has hecho con casi todo desde que perdí el anillo. ¡Como si lo hubiera hecho a propósito! Pero se acabó. A partir de ahora, mejor que no necesites nada de mí.

Y se aleja corriendo a zancadas, sin preocuparse por dejar el suelo aún más mojado con las suelas de sus botas recién llegadas de la calle.

Yoel siente una punzada en el corazón. Pero no una como las de la bomba de clavos de hace un momento. Esta es distinta. ¿Culpabilidad? ¿Se ha pasado con Ángela? A fin de cuentas, solo quería ayudar.

Bueno, casi mejor así. No debe acostumbrarse a interrumpirlo mientras piensa. Mientras hace su trabajo. Mientras trata de evitar que los involucren a ambos en un crimen. Mientras...

10

«… mientras él gritaba que se equivocaban. Esa fue la última vez en su vida que lo vio y se sintió agradecido por ello».

Punto final.

Así concluía el relato que había estado escribiendo durante las últimas semanas y que pronto se convertiría en realidad. No tenía título, pero no lo necesitaba. Aunque Susana siempre le decía que un buen título es como una onza de chocolate (hace que el cuerpo te pida más), esa historia no se la iba a enseñar a nadie. De hecho, pronto iba a desaparecer. Quemaría las hojas antes de poner todo el plan en marcha. El plan que comenzaba con un desafío temerario. Luego, la nevera. El encuentro casual, que no sería tan casual. La llamada de teléfono. El cuchillo. La ropa. El asesinato. Y el final.

Con todo bien ordenado en su cabeza, prendió los papeles con un mechero y dejó que el viento se llevara sus cenizas. Entonces ¿por qué lo había escrito? Por dos motivos. Primero: si escribes un plan, detectas errores que no ves si solo lo imaginas. De hecho, tuvo que tachar varios puntos hasta lograr encajarlo todo a la perfección. Segundo: cuando escribes algo, todo permanece mejor en tu memoria. Así podía estar convencido de que no se le olvidaría ningún detalle y que no se saltaría ninguno de los pasos.

Primer paso: el desafío temerario.

Terminó de vestirse con uno de sus chándales habituales, se cargó la bolsa al hombro y bajó las escaleras sin preocuparse por no hacer ruido. Su madre estaba trabajando y a su padre se le oía roncar en el sofá desde el otro vecindario. Apuró el paso, no quería llegar tarde al colegio. No ese día.

De hecho, estaba en la puerta quince minutos antes de que sonara el timbre. Ninguno de sus compañeros había llegado aún. Varios de otras clases sí, pero no los conocía.

Permaneció atento al portalón del patio exterior, donde la mayoría de los alumnos esperaba los minutos previos a la hora de entrada. Primero vio aparecer a Raquel, acompañada de dos de sus amigas. No le interesaban. Luego, a Lucas. Tampoco le interesaba. Marcos, Mónica, Yoel… y, por fin, Ramón.

Tomó aire y caminó directo hacia él. Procuró que las piernas no le temblasen al decir:

—Estoy de ti hasta los huevos.

Ramón, que hasta el momento no había reparado en su presencia, lo miró sin dar crédito.

—Mira, mierdas —le espetó—. No sé qué coño te pasa, pero hoy no tengo el día.

—Mejor —respondió Antonio, incapaz de evitar que su garganta tragase saliva sin pedirle permiso—. Mejor. Tengas como tengas el día, a mí no me vas a volver a tocar.

Por toda respuesta, Ramón le empujó los hombros con ambas manos.

—¿Estás buscando bronca?

—Eso es. —Antonio sentía cómo la furia ardía en su interior; quería calcinar con ella a ese abusón—. Estoy buscando bronca y te he encontrado a ti.

Ramón le dio un puñetazo en el hombro, justo donde, pocos días antes, su padre le había vuelto a pegar. Golpe sobre magulladura, trató de no acobardarse, a pesar de que una lágrima afloraba en su ojo.

—¿Vas a llorar ahora, gilipollas? ¿Quieres más o ya te llega con eso?

—No voy a ponerme a pelear donde los profesores puedan pararnos —respondió Antonio—. Ven a las seis a la tienda de Ordóñez y te partiré la cara con gusto.

Ramón no estaba dispuesto a esperar. Le dio otro empujón y se preparó para un segundo golpe, pero alguien lo detuvo antes de que bajase el puño.

—¡Ramón! Ya vale, ¿no? Al final te vas a acabar metiendo en un lío.

Los dos miraron hacia allí.

«¿Qué coño haces, Yoel?», dijo Antonio para sus adentros. «No te metas en lo que no te incumbe».

Ramón se encaró con él.

—¿Quieres tú también una somanta de hostias, Yoelito?

—No, gracias. Ya sabes que no tengo ningún problema contigo, pero, en serio, déjalo.

Ramón frunció el labio superior en una expresión de asco.

—Paso de vosotros.

Y se alejó a zancadas.

—¿Estás bien? —le preguntó Yoel a Antonio.

Pero Antonio no se sentía agradecido, sino todo lo contrario. Lo apartó con una mano y se largó mientras le decía:

—Déjame en paz, Yoel.

Hora doble de Matemáticas. Tocaba seguir con álgebra. Roberto explicaba más aburrido de lo habitual. Por suerte, Antonio ya sabía resolver todos los problemas del libro. Aprovechó el tiempo para pensar en cómo volver a atacar a Ramón después de que Yoel hubiese estropeado su plan inicial.

Hacer realidad una historia de ficción era más difícil de lo que parecía. El primer paso no había salido como lo había escrito. Tocaba improvisar. Quizá debería ser más drástico. Más ofensivo. Tomó la decisión, levantó la mano y dijo:

—¿Puedo ir al baño?

Roberto le dio permiso y allí se dirigió. Desde luego, no lo hizo con la idea de que Ramón lo siguiese para ir a atacarle, aprovechando que no había nadie en los pasillos. No, si quería ir al baño, era para otra cosa.

Cogió un rollo de papel higiénico, arrancó varias capas y las metió en uno de los inodoros, en el más sucio que encontró. Hizo una bola, pero no apretó demasiado. Quería mantener la consistencia blanda y asquerosa. El olor ayudaba.

Con la bola en las manos, volvió por el desierto pasillo hasta el aula, dejando un reguero de manchas en el suelo tras sus pasos. Abrió la puerta con el codo y entró. Roberto desvió la mirada hacia allí y vio lo que había traído.

—Antonio, ¿qué…?

Su pregunta quedó interrumpida por la sorpresa. Antes de que pudiera terminarla, Antonio se acercó a Ramón y le aplastó la bola contra la cara.

La mitad del aula estalló en una carcajada. La otra miraba de forma alterna a Ramón y al profesor, sin saber cuál de los dos iba a dar el mejor espectáculo.

—¡Hijo de puta! —gritó Ramón mientras se levantaba y se quitaba el papel higiénico de la cara.

Intentó agarrar a Antonio, pero este aprovechó que tenía los ojos cerrados y se apartó. Roberto corrió hacia allí y detuvo a Ramón antes de que hiciese un nuevo intento.

—¡Antonio, al despacho del director enseguida! —gritó el profesor.

Eso sí resultaba previsible. Había sido un giro de guion, pero esperaba retomar el camino escrito a partir de ahí.

Debido a su buen comportamiento en general, no lo expulsaron, pero sí le entregaron una nota para sus padres. El director le advirtió de que, si al día siguiente no tenía noticias de ellos, los llamaría él mismo. También le dijo que no esperaba esa clase de comportamiento de él y lo interrogó para saber si tenía problemas, aunque era obvio que sí y que lo preguntaba por cumplir. En realidad, le traía sin cuidado que sus padres fuesen a verlo y a Antonio también. No dudó ni un segundo en romper la nota y tirar los trozos a una papelera. Debía centrarse en lo importante. En su historia.

Regresó al aula quince minutos antes de que terminase la hora doble de Matemáticas.

—Espero que ahora te comportes como se espera de ti —le dijo Roberto mientras se sentaba.

Nada más darse la vuelta el profesor, desvió la mirada hacia Ramón. Ya se había limpiado, aunque seguía llevando la misma ropa y todavía le quedaba algún que otro trozo de papel seco adherido. Ramón también lo miró y le dedicó el típico gesto del índice deslizándose por la garganta. Por toda respuesta, Antonio le levantó el dedo corazón. Ya lo tenía a punto de caramelo. Arrancó un trozo de papel y escribió en mayúsculas: A LAS SEIS EN LA TIENDA DE ORDÓÑEZ.

Lo dobló y le pidió a Eva, que se sentaba durante esas semanas a su derecha, que lo pasase y se lo hiciese llegar a Ramón. No le quitó el ojo de encima. El abusón lo desdobló, lo leyó, miró hacia él y asintió.

Perfecto. Primer paso de su plan, completado.

Segundo paso: la nevera.

Nada más dar el reloj las seis menos diez, llamó al timbre de su propia casa. Su padre estaba durmiendo en el sofá tras una ingesta masiva de alcohol, como de costumbre. ¿Lograría despertarlo en esos diez minutos que tenía de margen? Por el bien de su plan, esperaba que sí. Pero no fue a la primera ni a la segunda. Tuvo que insistir y llamar al timbre una tercera vez; mantuvo el botón pulsado durante varios segundos. Retiró el dedo cuando, por encima del zumbido, lo escuchó gritar:

—¡Ya va, joder!

Corrió a esconderse tras una esquina. Mientras se agazapaba, comprobó que ningún vecino curioso se hubiese asomado a la ventana al escuchar tanto timbre y griterío. No le convenía. Su padre abrió la puerta, vio que no había nadie y la cerró con furia. Lo siguiente que iba a hacer estaba claro: beberse un trago de cerveza. Así de predecible era.

Pero ya no quedaba. Antes de llamar al timbre, Antonio se había tomado cinco minutos de margen para hacer algo que, hasta el momento, no se había atrevido: vaciar de alcohol la nevera. El impulso de ver su plan cumplido le dio las fuerzas y el valor necesarios.

—¡Antonio! —Escuchó los gritos de su padre a través de la ventana abierta de la cocina—. ¿Qué cojones has hecho con la cerveza?

Como no obtuvo respuesta, volvió a llamarlo varias veces. Incluso puede que subiese las escaleras hasta su habitación para darle un buen golpe. No lo encontró, claro. Antonio siguió escondido fuera de la casa, vigilando la puerta. Si todo se desarrollaba como esperaba, su padre iría de inmediato a comprar cerveza él mismo. A pesar de que salía pocas veces, su sed de alcohol era lo único más fuerte que su pereza.

Antonio miró su reloj de pulsera. Faltaban cinco minutos para las seis. Si su padre no se marchaba ya, su plan se detendría ahí mismo.

Cuatro minutos. Y aún debía contar con el tiempo de ida hasta la tienda.

Tres minutos. «Vamos, hijo de puta, sal de una vez».

Dos minutos. Su padre apareció, dando un portazo tras él,

y enfiló el camino de la derecha. El camino que llevaba a la tienda de Ordóñez.

El corazón de Antonio se llenó de orgullo durante unos instantes, pero pronto se dio cuenta de que predecir ese segundo paso no había tenido mérito. Estaba claro que su padre iba a actuar así ante la falta de cerveza y que iría a la tienda más cercana, como ya había hecho alguna que otra vez en el pasado.

Disponía de un minuto y medio para llegar hasta el lugar de la cita. Confiaba en que Ramón fuese puntual.

Tercer paso: el encuentro casual no tan casual.

Ramón estaba allí. Antonio había cogido un atajo corriendo, de forma que había llegado antes que su padre, que no es que caminara lo que se dice deprisa. Entre su peso y el efecto del alcohol que había tomado antes de quedarse dormido, si apareció a las seis y un minuto, fue gracias a una intervención divina o algo así. Tan pronto como entró en la tienda de Ordóñez, Antonio salió de su escondite y caminó hacia donde estaba Ramón. Ramón con Fernando, claro. Rara vez iba solo. No le importaba. No para lo que se traía entre manos.

Cuando lo vio aparecer en la distancia, Ramón le dio con furia a Fernando el cigarro que sostenía en la mano. Necesitaba las dos libres para cobrarse el ridículo del papel higiénico en la cara. Por suerte, no avanzó. Al ver que Antonio se acercaba, se mantuvo en su sitio, como si estuviera esperando para impulsarse en el momento oportuno y cargar contra él. Antonio aprovechó esto para calcular.

Desde allí, podía ver a su padre a través de la puerta abierta de la tienda. Todavía estaba pagando. Redujo un poco la velocidad. El problema fue que Ramón lo interpretó como un gesto de duda o cobardía y decidió abalanzarse sobre él antes de tiempo. Dio varias zancadas y le asestó un puñetazo en el pómulo izquierdo con la fuerza de Hércules y todos los dioses del Olimpo juntos.

Antonio no se preocupó por esquivarlo. Recibirlo formaba parte de su plan. Cayó de espaldas y, con los ojos cerrados por el dolor, sintió que Ramón se colocaba sobre él, clavándole la rodilla en el abdomen y presionando su garganta contra el suelo. Se preparaba para darle el segundo puñetazo cuando ocurrió lo que Antonio esperaba.

—¡Suelta a mi hijo, cabrón!

Era su padre. Al salir de la tienda, vio la escena y decidió interponerse, tal y como Antonio había calculado. Para ser sinceros, le había entrado la duda por un momento. ¿Intervendría su padre u observaría y pasaría de largo? A esa distancia, lo reconocería seguro, a pesar de estar tirado en el suelo. Sin embargo, podría ignorarlo y continuar su camino de vuelta a casa. Entonces ¿por qué lo detuvo? Muy sencillo: Ramón lo había golpeado en la cara y se preparaba para hacerlo de nuevo. La cara era un templo sagrado que no se podía tocar, lo único que salvaba a su padre de las preguntas y sospechas de la gente y, sobre todo, de la Policía. Durante todos esos años, se había preocupado de pegar solo en lugares que la ropa podía ocultar y no iba a permitir que un capullo sacase a la luz su secreto.

Ante el grito, Ramón se puso en pie enseguida. Retrocedió, le hizo una seña a Fernando para que corriese y los dos huyeron tan rápido como una estrella fugaz que tiene que conceder deseos en los siete continentes.

—¡Como vuelvas a tocar a mi hijo, te mataré! ¿Me oyes?

El padre llegó hasta Antonio, pero no le ayudó a levantarse. Tenía las manos ocupadas con las latas de cerveza que había comprado. Lo miró y, con desprecio, se marchó por donde había venido.

Cuarto paso: la llamada de teléfono.

Antonio había elegido ese día para llevar a cabo su plan por dos motivos. El primero: su madre no estaba en casa. Trabajaba desde primera hora de la tarde hasta la medianoche. Eso le permitió hacer tiempo en la calle tras el encuentro con Ramón, volver sobre las nueve y cuarto y encontrar a su padre dormido de nuevo en el sofá con varias latas de cerveza ya estrenadas. Ese cabrón era el elemento más predecible de todos.

El segundo motivo por el que eligió ese día fue porque sabía que Ramón estaría solo en casa. Había investigado acerca del trabajo de sus padres. Él comenzó su jornada como guardia de seguridad a las ocho y no regresaría hasta la madrugada. Ella, despachadora de gasolina, finalizaría la suya a las once. Y Ramón, a partir de las nueve, solía estar en casa jugando con su videoconsola de bolsillo en lugar de estudiar.

De modo que Antonio cogió el teléfono, marcó el número de la casa de Ramón y rezó para que respondiese. No lo hizo a la primera ni a la segunda, pero sí a la tercera, de muy malos modos, con un:

—¡¿Qué?!

—Soy yo. Antes mi viejo no nos dejó zanjar las cosas. Si no eres un cobarde de mierda, ven a las diez a la roca con forma de lagarto que hay en el río. Y ven solo, si tienes huevos.

Colgó sin permitirle rebatir.

Quinto paso: el cuchillo.

Descalzo y procurando no hacer ruido, entró en la sala, donde su padre aún dormía en el sofá. La televisión estaba a todo volumen, así que, seguramente, no habría pasado nada ni aunque hubiese ido corriendo. De todas formas, prefirió no arriesgarse. Con mucho cuidado, se acercó al borracho y cogió uno de sus asquerosos calcetines. Estaba sucio y olía fatal, pero no le importó. Metió la mano en él, como si fuese un guante, y se dirigió a la cocina. Así, sin dejar su rastro, abrió el cajón y sacó uno de los cuchillos más grandes. Limpió cualquier huella dactilar que pudiese haber en el mango. Con él bien sujeto, regresó al salón.

Se aproximó a su padre y, por un momento, pensó en cambiar el plan. Le entraron unas ganas viscerales de clavarle el cuchillo en pleno estómago. Por fortuna, supo mantener la cabeza fría. Además, seguro que la grasa de su tripa le habría impedido alcanzar un punto vital.

Se concentró. Muy despacio, cogió la mano derecha del cabrón con la suya libre. Le abrió los dedos, introdujo el mango del cuchillo en la zona de la palma y presionó para formar un puño alrededor de la futura arma homicida. Así, sus huellas quedarían grabadas en ella.

Ningún imprevisto. Se retiró, sujetando de nuevo el cuchillo con el calcetín, pero esta vez por la hoja. No convenía borrar las huellas que habían llevado su corazón de viaje por todo el cuerpo.

Sexto paso: la ropa.

Se trataba de un paso que, en principio, no entrañaba ningún riesgo. Con los ronquidos de fondo, fue al armario de su padre y eligió varias prendas. Una camiseta de manga larga, unos pantalones, unos calcetines y unos tenis serían suficientes.

Antonio ya iba vestido con su propia ropa recién lavada. Encima de su camiseta azul se puso la camiseta blanca y sucia de su padre. Las mangas le sobresalían unos diez centímetros de las manos, lo cual era perfecto. Por si acaso, se había preocupado de ponerse unos guantes para no dejar restos de su piel en esas prendas que no le pertenecían. También una bolsa en la cabeza para que su cara no rozase contra la camiseta al ponérsela. Toda precaución era poca.

A continuación, tras quitarse la bolsa, les tocaba el turno a los calcetines blancos por encima de los suyos rojos. Grandes pero cómodos.

Ahora, unos pantalones de chándal sobre los suyos de pana gris. También le llegaban más allá de los pies. Pero, como llevaba los calcetines puestos, pudo doblarlos sin miedo para reducir esa tela de más.

Por último, los tenis. En este caso, no llevaba un calzado equivalente, claro. No iba a ponérselos sobre unas zapatillas, de modo que los tenis entraban en contacto directo con los calcetines de su padre. El problema era que le quedaban grandes y sus pisadas no se corresponderían al cien por cien con las de alguien a quien sí perteneciera ese calzado. Investigando en la biblioteca, descubrió una forma de evitarlo: poniendo una placa de metal gruesa, más o menos del tamaño del pie de su padre, dentro de cada uno de los tenis, sobre la plantilla. Cuando pisase para dejar huellas, debería hacerlo de una manera muy específica para que surtiese efecto. No era una solución perfecta, pero serviría para que la Policía concluyese que el rastro pertenecería a alguien con la talla de pie de su padre. De todas formas, apretó los cordones a conciencia para caminar con ellos sin que los tenis se le descalzaran.

Se disponía a salir de la habitación cuando escuchó unos pasos que se dirigían hacia allí.

¡Mierda! Su padre se había despertado.

No tuvo tiempo de esconderse. El cerdo abrió la puerta y él no pudo hacer más que ocultarse tras ella. Vio cómo su cuerpo gordo se tambaleaba hacia la cama, dándole la espalda. Rezó para que no mirase hacia atrás.

Pero lo hizo. Miró hacia atrás.

Por suerte, las luces estaban apagadas y no lo vio. Sobrio lo habría detectado enseguida. Antonio dio gracias por primera vez al alcohol por haber hecho efecto en su padre.

Mientras este cambiaba de dirección hacia la izquierda y buscaba a tientas el interruptor del baño, Antonio salió de detrás de la puerta, procurando hacer el menor ruido posible. Caminar con esos tenis tuneados no le facilitó la tarea. Ya fuera, tragó saliva a gusto, pero no se limpió el sudor de la frente. No quería dejar su rastro en la ropa.

De este modo, disfrazado sin ser carnaval, abandonó la casa y caminó en dirección al río. Por supuesto, sin olvidarse del cuchillo, que llevó escondido dentro de una pequeña caja de cartón.

Séptimo paso: el asesinato.

Ramón iba a morir y culparían a su padre. Así debía ser el final de su plan.

A las diez de la noche ya se encontraba agazapado tras unos troncos desde los que se veía la piedra con forma de lagarto. Estaba oscuro. Muy oscuro. Por un lado, porque en esa zona no había farolas. Por otro, porque en esa época del año a las diez ya era noche cerrada. Si había conseguido llegar hasta allí, había sido gracias a la luz de la luna y a los residuos lumínicos del paseo que se extendía a doscientos metros.

Su corazón iba a mil, a dos mil, a tres mil, a cuatro mil, a cinco mil por hora y acelerando. A pesar de ser noviembre y de que las dos capas de ropa no lo abrigaban demasiado, no tenía nada de frío. Todo lo contrario: sentía calor. ¿Y si Ramón se rajaba? Entonces no podría rajarlo él. Se rio de ese juego de palabras tan ridículo que le había venido a la cabeza. No se asustó por encontrar algo gracioso en quitarle la vida a otra persona. Porque esa persona no merecía vivir. El mundo sería un lugar mejor sin él.

Esperó. Esperó más de quince minutos. Sus pupilas ya se habían dilatado y acostumbrado a la oscuridad. El frío empezó a penetrar en su cuerpo. No iba a aparecer. Todo lo que había guionizado se iría a la mierda en el último momento. Quizá debería haber esperado su confirmación cuando lo había llamado. De todas formas, no pensaba retirarse. Todavía no. Tenía la esperanza de que, tarde o temprano, llegase.

Dieron las diez y media. Una emoción a caballo entre la tristeza y la frustración empezó a apoderarse de él. Ese sentimiento lo empujó a marcharse. Estaba a punto de hacerlo cuando escuchó voces. Volvió a agazaparse y distinguió a dos personas yendo hacia allí, hacia la roca con forma de lagarto. Los identificó enseguida.

—El hijo puta no ha venido, estaba claro. —Era Ramón.

—Bueno, mañana podrás darle lo suyo después de salir de clase —Era Fernando.

¡Puto cobarde! Y eso que le había dicho que fuese solo. Incluso para enfrentarse a alguien tan débil como Antonio, necesitaba el respaldo de su matón adjunto.

¿Qué podía hacer? Era inviable continuar con el plan. La presencia de Fernando lo echaba todo a perder. De hecho, que Ramón lo hubiese puesto al corriente de la reunión también mandaba el plan a la mierda. Antonio apretó más fuerte contra su cuerpo la caja de cartón, conteniéndose para no abalanzarse sobre ellos y clavarles el cuchillo a ambos entre ceja y ceja.

—¿Y si ha venido y ya se ha largado? —preguntó Fernando—. Ya pasan treinta minutos de la hora que te dijo.

—Pues que se joda. Bastante me ha costado levantarme del sofá después de las hostias que me dieron ayer mis viejos.

¿Los padres de Ramón también lo maltrataban? ¿Los dos? Era la primera noticia que Antonio tenía al respecto, aunque sabía, por experiencia propia, que no es el tipo de asunto que se va comentando con el resto del mundo. La película del cine sí. La cena de ayer también. Incluso el último sueño erótico se puede compartir. Pero no los maltratos sufridos en casa.

¿Cambiaba eso las cosas? Acababa de encontrarle una explicación a la conducta violenta de Ramón. Pero era solo eso, una explicación. Y una explicación no es una justificación. Él también sufría los golpes de su padre y no por eso iba repartiéndolos de vuelta a otras personas.

Recordó la rana. La rana que había aplastado con sus propias manos. Si tuviera más fuerza física, como Ramón, ¿podría haber sido una persona? ¿Habría liberado su sufrimiento al provocárselo a otro ser humano? En realidad, estaba a punto de hacerlo, ¿no?

No, para nada. Lo que estaba haciendo era defenderse. Defenderse de Ramón y de su padre. Eso justificaba el asesinato planeado. Ramón repartía golpes, pero no por protegerse de algo. Por eso, aunque bullying y asesinato no podían equipararse, Antonio lo veía razón suficiente para concluir su plan. Si pudiera, por supuesto, porque con Fernando ahí tenía que abortar.

O eso pensaba. Algo o alguien intervino desde el cielo y apartó a Fernando de en medio.

—Bueno, pues me piro. Mañana ya nos divertiremos con él.

—Venga, tío —dijo Ramón—. Yo voy a aprovechar que estoy aquí para fumarme un cigarro, que buena falta me hace.

Fernando se marchaba. ¡Era su oportunidad!

Ramón se quedó solo y exhaló el humo de un pitillo. Su último pitillo.

Algo que debía de ser la conciencia de Antonio estuvo a punto de detenerlo. Sonó en su cabeza como una voz que le decía: «¿Estás seguro de que lo que vas a hacer es justificable?». Por un momento dudó, pero la moral dejó de importarle cuando la rabia hizo arder la herida aún abierta en su cara. Los cardenales provocados por los puños de su padre también palpitaron.

Avanzó despacio, aunque no era necesario preocuparse por el ruido. Al estar al lado del río, el sonido de la corriente ocultaba el crujido de cualquier hoja seca quebrándose bajo la suela de los tenis de su padre y de las placas de metal que llevaban dentro. Mientras caminaba procurando dejar huellas completas, sacó el cuchillo de la caja de cartón. Lo sujetó con las mangas, que le quedaban grandes. No lo rodeó por completo, claro, sino solo una parte. No podía tocar la zona en la que habían quedado grabadas las huellas dactilares de su padre.

Llegó a la altura de Ramón y, sin darle tiempo siquiera a volverse, ladeó el cuchillo y se lo clavó en la espalda a la altura de las costillas izquierdas.

Penetró entre dos de ellas y le agujereó el pulmón.

El cigarro que tenía en la boca cayó al suelo. Daba igual si prendía en las hojas secas. Lo único que importaba era que el metal llegase más adentro y asegurarse de que el corazón no quedaba intacto.

Se oyó un sonido gutural y pronto Ramón se convirtió en cadáver, en un cuerpo que se desplomó sin vida.

A Antonio lo invadió una euforia como jamás había sentido. Su corazón latía incluso más rápido que durante la espera, pero esta vez la sensación que llenaba su cuerpo era muy placentera. Una risa involuntaria escapó de sus pulmones, como si llevase castigada varios años sin salir. Esa risa se convirtió en carcajada, una carcajada histérica y descontrolada. Se dejó invadir por la emoción hasta que desapareció por su propia cuenta.

Entonces recuperó la cabeza fría y comprendió que, antes de llegar al final de su plan, debía improvisar un paso adicional que no había contemplado en su guion.

Séptimo paso (bis): el papel.

Tenía el tiempo contado antes de que encontrasen el cadáver de Ramón. Por esa zona del río pasaba poca gente, pero todo era cuestión de horas. De modo que, al día siguiente, nada más llegar al colegio, localizó a Fernando.

Cuando este no miraba, introdujo en su mochila un papel escrito con una letra fingida que no era la suya. Había leído sobre grafología y sabía trazar palabras sin que se detectase que las había redactado él. La nota ponía: «Como digas una palabra, acabarás como Ramón». Si lo leía antes de que el asesinato saliese a la luz, no lo entendería; pero en tal situación no había peligro de que delatase a Antonio. Y, si lo leía después, contaba con que el miedo le impidiese revelar que había sido él quien se había citado con Ramón a la hora de su muerte.

Octavo paso: el final.

No tardaron en descubrir el cadáver de Ramón. Antonio sabía eso que se dice de que el asesino siempre vuelve a la escena del crimen. Por tal motivo, trató de evitarlo. Permaneció a la espera, una espera que se le hizo eterna pero que, en realidad, no duró más de doce horas.

Una pareja que paseaba por la orilla del río descubrió el cuerpo y llamó de inmediato a la Policía. La noticia salió enseguida en los programas matinales de televisión autonómica y todo el colegio hablaba de ella. Por otro lado, el paso improvisado de su plan surtió efecto: cada vez que cruzaba la mirada con Fernando, este la retiraba con una expresión de miedo. ¡Estupendo!

Ahora solo faltaba que la Policía hiciese su trabajo. Les había dejado todas las pistas y no podían tardar mucho. En efecto, se presentaron en su casa la noche siguiente. Su madre les abrió la puerta.

—¿Ocurre algo? —preguntó, sorprendida.

—¿Está su marido en casa? —respondió uno de los agentes.

—Sí, sí que está.

—Dígale que venga, por favor.

La mujer se adentró en la vivienda y, poco después, reapareció con su marido.

—Señor Serván —dijo uno de los agentes—, debo pedirle que nos acompañe a comisaría. Tiene derecho a llamar a un abogado si lo desea.

—¿Qué coño es esto? —gruñó el padre de Antonio—. ¿Me están deteniendo?

—Le pedimos que nos acompañe a comisaría para tomarle declaración acerca de un homicidio ocurrido ayer.

—Déjenme en paz. Yo no he hecho nada.

—Señor Serván, si no nos acompaña, tendremos que esposarlo y llevarlo por la fuerza.

—¡Y una mierda!

El padre de Antonio se puso violento y los agentes no tuvieron más remedio que inmovilizarlo. Su hijo observaba desde la distancia, asomado tras la esquina del pasillo.

Con satisfacción, contempló cómo le ponían las esposas a su padre y se lo llevaban «mientras él gritaba que se equivocaban. Esa fue la última vez en su vida que lo vio y se sintió agradecido por ello».

11

Agradecido es poco. Se siente afortunado, bienaventurado, dichoso. Todo está saliendo tal y como ha planeado. Y eso que Yoel, su adversario en este juego, es un hombre con una inteligencia fuera de lo normal. Está claro que la suya, la de Antonio Serván, autor de novelas basadas en hechos reales que aún no han ocurrido, lo es incluso más.

Ya han pasado veinticinco años desde que envió a su padre a prisión por un crimen que él mismo cometió. Una jugada maestra que le ayudó a librarse de dos grandes estorbos para su vida. Nunca han sospechado de él.

Desde aquel momento, todo ha ido a pedir de boca. Bueno, no todo. Casi todo. Ha habido algún que otro detalle que desearía cambiar. Aunque si «eso» no hubiese ocurrido, no se encontraría donde está ahora mismo. No estaría a punto de ver su mayor sueño hecho realidad: ser reconocido como el primer escritor «vidente» del mundo. No predice el futuro, claro está. Pero sí es capaz de anticiparlo, manipulando a la gente para que recorra un camino diseñado por él.

Ya es hora de que se conozca su don. Antes de que su novela final llegue a ojos del público, tendrá que desaparecer. Le da igual. El legado que va a dejar es lo más importante. No quiere hacer una historia, sino hacer historia. Será fruto de inspiración para muchos. Los libros de literatura hablarán de él. Quizá hasta produzcan un documental. O una película. O las dos cosas. Pensar en ello le provoca una sensación que invade sus pulmones con un aire mágico y embriagador.

Aunque no todo será bueno. Los psicólogos tratarán de analizarlo con lupa y lo pondrán como ejemplo de psicópata narcisista. Las academias de Policía hablarán de su caso como algo trascendental y quizá, solo quizá, tengan que perseguir a algún imitador que no le llegará ni a la suela de los zapatos. Tampoco le importa. Le trae sin cuidado lo que diga la gente. Lo único que quiere es pasar a la posteridad gracias a su obra, a cualquier precio.

Será su última novela. Pero no es la que está preparando con su editor. Esa se trata solo de una tapadera que jamás finalizará, una forma de mantener ocupada a la gente que trabaja con él. La verdadera trama ya está escrita por completo. Los primeros capítulos se han desarrollado tal y como los ha redactado. Al igual que con el plan para asesinar a Ramón, puede que algún detalle haya salido diferente. Sin embargo, el grueso se está cumpliendo.

En cuanto a la publicación, será muy distinta de todas las anteriores. No cobrará por ella y no le importa. Ya tiene ahorrado lo suficiente para vivir bien el resto de sus días en un lugar muy lejano. Nadie sabrá jamás lo que le habrá ocurrido a Antonio Serván, aunque su legado perdurará durante generaciones.

Por supuesto que todo va de venganza, ¿para qué negarlo? Una vez que el plan alcance su punto álgido, habrá ajustado cuentas con Yoel por lo que le hizo. Sin embargo, no puede dejar de plantearse una pregunta. ¿Qué fue antes: el plan de venganza o el plan para dejar su legado? ¿Qué fue antes: el huevo o la gallina? Difícil respuesta. Cree que ambos planes se nutren entre sí, formando al final uno solo.

El anillo de compromiso enterrado junto al esqueleto ya ha surtido efecto. Yoel está furioso. Gracias a las cámaras y a los micrófonos que tiene instalados en su vivienda, ha podido comprobar cómo estallaba contra Ángela. Eso también estaba previsto. Conociéndolos a los dos y teniendo en cuenta que su relación está cayendo en picado, quedaba claro que chocarían, dada la situación. Ella, despistada, supersticiosa y emocional. Él, centrado, estricto y racional… salvo por su ira. Una combinación explosiva cuando la situación se vuelve tensa. Bien, pues el horno está a punto de recibir más leña.

Lleva veinte años deseando que Yoel pague por su afrenta. Para ello, primero necesitaba que sus libros ganasen fama. El germen de la idea estaba ahí, pero la base sobre la que se desarrollan los acontecimientos actuales se le ocurrió mientras diseñaba la estructura de *Un diente de oro*. En cambio, su siguiente novela la escribió por completo dentro del plan. Una historia que serviría para aumentar su fama, sí; pero, sobre todo, para cumplir un papel crucial en su venganza.

Y así es como la Policía está a punto de entrar en contacto con *Las dos menos diez*.

Acude a la llamada enseguida. Ha aparecido otro cadáver. En este caso, la muerte es mucho más reciente que la anterior. Apenas doce horas. ¿Tendrá algo que ver con las novelas de Serván? Bueno, aunque así sea, seguirán sin poder tratarlo como sospechoso oficial. Ya le gustaría a Yoel, pero ha quedado claro que un homicidio basado en un libro que han leído millones de personas no es suficiente como para pasar a la fase de interrogatorio. De arresto, mucho menos.

La escena del crimen está a las afueras, en un trayecto transitable que apenas recorre nadie de noche. En cambio, de día, lo utiliza bastante gente. A fin de cuentas, se trata de un paso casi obligado si quieres llegar a pie desde Santiago a Milladoiro o viceversa. Una zona que podría calificarse entre urbana y rural, dada la proximidad de los dos núcleos de población por un lado y de las fincas del suroeste por otro. También se alzan algunas viviendas ocupadas que parecen confortables, pero se encuentran un poco más lejos. En los alrededores del crimen solo hay media docena de casas deshabitadas. Llevan años así y no tiene pinta de que vayan a molestarse en derruirlas para construir otras nuevas. A fin de cuentas, ¿quién querría vivir ahí? Un lugar aislado, descuidado, rodeado de matorrales que no dejan de crecer porque nadie se lo impide… Medio kilómetro cuadrado que parece…, ¿cómo decirlo? Maldito. Sí, esa quizá sea la palabra.

Y más lo será a partir de hoy.

Cuando vislumbra los otros dos coches de la Policía, detiene el suyo junto a ellos. La escena del crimen se encuentra un poco más allá, pero no se puede alcanzar si no es a pie. Apaga el motor, sube el freno de mano, se desabrocha el cinturón de seguridad, abre la puerta y se apea del vehículo; primero, con el pie izquierdo y, luego, con el derecho. Siempre lo hace igual; es una especie de ritual que le ayuda a permanecer calmado. En el curso para controlar la ira, le enseñaron que los movimientos lentos del cuerpo contribuyen a relajar las emociones intensas de la mente. Al principio no se lo creyó, pero ha comprobado que, en efecto, funciona. Incluso mide el ritmo de sus pasos mientras camina, a pesar de que se muere de ganas de ver lo que le han adelantado por teléfono.

Alcanza por fin el callejón donde han encontrado el cadáver. Con calma, se salta el cordón policial y a la gente que dos de sus compañeros intentan dispersar. Lo dicho: de día, el trayecto sí se encuentra frecuentado. Hoy, más que nunca, con lo que se ha debido de correr la voz tras el descubrimiento. Lógico, teniendo en cuenta que Santiago de Compostela es una ciudad donde casi nunca ocurre nada. Un lugar tranquilo, calmado, seguro, pacífico. Tras el caso del esqueleto, este ya es el segundo crimen cometido en la zona y la gente está tan asustada como ansiosa de obtener respuestas. Muchos de ellos temerán incluso por sus propias vidas. Los periodistas no han faltado a la reunión, por supuesto.

El callejón no debe de medir más de veinte metros de largo. A medio camino entre la entrada y el otro extremo, sin salida, Espinosa permanece de pie con los brazos cruzados. También están Sheila, cumpliendo su labor como inspectora de la Policía científica en el cuerpo, y un forense, en cuclillas junto al cadáver.

Yoel detiene sus pasos a una distancia suficiente para contemplar lo que el asesino ha dejado tras de sí. Una mujer joven, de unos veinticinco años, tumbada bocarriba con los ojos y la boca abiertos, como si tuviese delante al mismísimo ángel de la muerte. Viste una chaqueta, una camisa, una camiseta y un abdomen rajados en vertical. Enseguida lo reconoce. Sabe que lo que va a expresar en voz alta lo mantendrá apartado también de esta investigación, pero no tiene alternativa. Espinosa y Sheila lo miran justo cuando dice, a modo de saludo:

—Esto es de *Las dos menos diez.*

—¿Qué? —pregunta Espinosa.

—Es una de las novelas de Antonio Serván —aclara Yoel—. Una víctima femenina, de veinticinco años. Descubren su cadáver con una herida de arma blanca en el abdomen, tumbada bocarriba en el suelo de un callejón sin salida. Con las manos cerradas en un puño, solo tiene un dedo levantado, como si fuesen las agujas de un reloj. Fijaos en los brazos. El izquierdo apunta hacia la posición del dos en un reloj, y el derecho, hacia el diez. El brazo izquierdo, además, está doblado. Por ese motivo, el título de la novela es *Las dos menos diez* y no *Las diez y diez.*

—No pinta nada bien para Serván —observa Sheila.

—Para nada, querida —dice Espinosa—. Esto no lo incrimina en absoluto. Sus novelas están disponibles en todas las librerías. Las han leído millones de personas en este país.

Cualquiera podría disponer de una hoja de ruta que le dijese qué hacer y cómo hacerlo si lo que quiere es llevar a la realidad una historia de ficción. ¿Me equivoco? —añade en dirección a Yoel, ya que ella no ha leído el libro.

En un primer momento, Yoel niega con la cabeza. Sin embargo, no deja escapar la oportunidad de añadir:

—A no ser que Sheila tenga razón y el asesino sea el propio Serván.

Espinosa lo mira de frente.

—Yoel, deberías plantearte ya la posibilidad de que Serván sea inocente. Te veo demasiado obcecado con la idea de que él es nuestro hombre.

Yoel no responde. Espinosa no lo entiende. No tiene esa convicción que le grita que todo acabará si detienen a Serván. Necesita encontrar pruebas contra él cuanto antes.

—Investigad cualquier rastro que pueda haber sobre el cadáver —se dirige a Sheila—. Huellas, pieles, pelos, sangre… Lo que sea.

—Claro, porque no lo habríamos hecho si tú no nos lo llegas a pedir —responde ella, sarcástica—. Es nuestro trabajo, inspector.

Ha pronunciado esta última palabra con mayor énfasis para que Yoel no olvide que, aunque sus unidades son distintas, ambos tienen el mismo rango dentro del cuerpo.

—¿Hay algo que se pueda apreciar a simple vista? —pregunta Yoel, ignorando la provocación.

—Sí, parece que el asesino tiene problemas de descamación de piel y se le han caído algunos restos dentro de la herida de la víctima. Siempre y cuando no pertenezcan a ella. Inspector.

¿Qué le ocurre? ¿Todavía está resentida por el lío que tuvieron hace… cuánto? ¿Cinco años? Sí, debió de ser más o menos por ahí, porque Yoel acababa de terminar el curso de control de la ira.

El acercamiento lo inició él con una amable propuesta para tomar café una mañana que los dos libraban. Su intención era congeniar, poco a poco, con sus compañeros de trabajo, que en aquel momento pensaban que era un borde. Con razón, conociendo la conducta por la que se dejó arrastrar a raíz de sus problemas familiares. Algunos incluso le tenían miedo debido a la agresión a aquel detenido por la que sus superiores lo obligaron a realizar el curso. Sheila, en cambio, parecía verlo con otros ojos. Así que decidió comenzar por mostrarle a ella que no era el monstruo que todos creían. El resultado no fue el que esperaba: terminaron en la cama.

La siguiente vez que se vieron fue en comisaría. Ella estaba rara. Evitaba su mirada y hablar con él cuando había gente alrededor. «Quizá le dé vergüenza que los demás intuyan que se ha liado con el borde y obseso de la comisaría», pensó Yoel. A pesar de todo, lo repitieron un par de veces más a lo largo de los dos meses siguientes. Tras la última, Yoel vio a Sheila tan incómoda en el entorno laboral que le dijo que quizá fuera mejor distanciarse y no seguir acostándose con alguien del trabajo. Ella le retiró la palabra incluso cuando estaban a solas. Se lo tomó aún peor cuando se enteró de que había empezado a salir con alguien poco después. Durante meses se comportó de forma borde, seca y cortante. Con el tiempo, volvieron a tener una relación cordial. No cercana, pero sí profesional.

Y ahora, por algún motivo, ha vuelto a aquel tono tan mordaz. ¿Qué ha podido cambiar? Yoel lo analiza y enseguida lo comprende: el esqueleto de la finca de Castro. O, más bien, el anillo. En comisaría ya todos saben que pertenecía a Ángela y que él se lo regaló cuando le pidió matrimonio. Es lógico que se conozca, dado que forma parte de un caso criminal abierto. Sin embargo, hasta la semana pasada se trataba de un secreto de su vida personal. Nadie sabía que el compromiso no siguió adelante debido a la superstición de Ángela. Ahora que su vida privada es de dominio público, ha debido de afectar al ego y al orgullo de Sheila de alguna manera.

—Creemos que el asesino quería que encontrásemos el cadáver cuanto antes —interrumpe Espinosa sus pensamientos—. De lo contrario…

—… lo habría internado más en el callejón, sí —completa Yoel la frase—. Quienquiera que haya matado a esta mujer sabe que por aquí pasa bastante gente a lo largo del día. Y desde la entrada puede verse el cuerpo fácilmente, por mucho que camines mirando hacia otro lado. El asesino tenía claro que alguien lo encontraría por la mañana.

—Eso parece —concuerda Espinosa—. Y un homicidio premeditado explica por qué ha dejado el cadáver con la postura de reloj de *Las dos menos diez*. Se ha tomado muchas molestias para dejarlo así. ¿Qué motivo dan en la novela para esto?

Yoel no quiere pronunciar en voz alta lo que sabe, pero no tiene alternativa. No puede ocultar información. Además, leerán la novela y lo descubrirán. No resulta difícil prever que, tras conocer estos datos, la Policía centrará sus esfuerzos en algo que no conviene y se alejará todavía más de Serván. ¿Era esto lo que el cabrón pretendía?

—Es la forma en que el asesino se comunica con otro —dice Yoel, intentando que no se perciba su frustración—. En resumen, la novela trata de dos criminales que se retan mutuamente a cometer homicidios. Las reglas de su juego consisten en que, al matar a alguien, dejan indicaciones a su rival para que sepa dónde, cómo o cuándo debe ejecutar a la siguiente víctima. La forma de transmitir el mensaje depende por completo de cada uno de ellos. El otro debe descodificarlo mediante un sistema que ambos usan. Pierde el primero al que capturen, ya que la Policía les sigue el rastro, claro.

—Y supongo que el primer cadáver de la novela será como el que tenemos delante. ¿Por qué está colocado así?

—El asesino le está indicando al segundo que debe cometer su siguiente crimen a las dos menos diez exactamente. En este caso, la única indicación es el cuándo. En otras, se dejan señales que ordenan al otro matar con un destornillador o hacerlo en un barrio concreto, por ejemplo.

—O sea —concluye Espinosa—, que ahora es posible que nos enfrentemos a dos asesinos que están jugando mientras recrean la obra de Serván. ¿Cómo y cuándo se desarrolla el segundo homicidio?

«Ya está», gruñe Yoel para sus adentros. Justo lo que se temía.

—Si me lo permite, no creo que vaya a haber un segundo homicidio. Eso es lo que Ser... lo que el asesino debe de querer —se corrige a tiempo, aunque la inspectora jefa sabe lo que iba a decir—. Quiere mantenernos entretenidos con algo que no va a suceder mientras sigue con su plan real, sea el que sea.

—Lo siento, Yoel, pero no puedo hacer caso omiso de esta información.

«¡Joder!», continúa maldiciendo Yoel en su interior. «¡No seáis tan cortos de miras, coño!».

—Déjeme al menos continuar investigando por mi cuenta la posibilidad de que Serván esté implicado. Proporcióneme toda la información de lo que descubran y permita que Ortiguera siga realizando ciertas consultas para mí.

Espinosa suspira. Tras esa espiración se esconden, obviamente, unas palabras que jamás expresaría en voz alta: «Yoel, no te obsesiones tanto con Serván y analiza otras opciones».

—De acuerdo —responde, en cambio—, se lo comunicaré al comisario. De todas formas, tú no estás trabajando oficialmente en este caso; así que, si Vermón quiere seguir manteniéndote ocupado con tareas de poca monta para que tengas tiempo de investigar a Serván, no hay problema por mi parte. Ya sabes que confío en tu intuición, pero yo debo seguir el protocolo.

Un alivio recorre el interior de Yoel. Por un momento, había pensado que Espinosa le diría que olvidase a Serván de una vez por todas y que se centrase en otros casos. Incluso, que le asignase alguno que le restase tiempo de verdad y le impidiese continuar tras la pista del autor de best sellers. No sería conveniente, ahora que ha descubierto un nuevo hilo del que tirar gracias a este cadáver relacionado con *Las dos menos diez*.

Las hipótesis principales con las que ha trabajado hasta el momento han barajado dos posibilidades en lo que respecta al orden crimen-novela.

Primera posibilidad: antes es el crimen; luego, la novela. Es decir, que Serván escribe sobre crímenes que comete de forma previa. Primero asesina para inspirarse y luego lo plasma sobre el papel. Así logra que sus novelas estén narradas de una forma tan realista, detallada e inmersiva. Yoel sospecha que ha actuado así con la mayoría de sus escritos. Ha matado a gente y ocultado su rastro, de forma que, a ojos de la Policía, solo se trata de desapariciones. Quizá ni siquiera eso. *Un diente de oro* quebraría esta hipótesis, claro, ya que Abelardo y Mariano Mayo desaparecieron después de que se publicase el libro. Hasta ahora, Yoel lo había creído una excepción pensada para involucrarlos a él o a Ángela en un crimen. Sin embargo, lo que tiene ahora delante también rompe con la regla. Según esta primera posibilidad (antes el crimen, luego la novela), *Las dos menos diez* tendría que haber sido una novela de pura ficción. ¿Por qué? Sencillamente, porque la historia comienza con un asesinato en un lugar público y la Policía lo descubre. Esto no podría haberlo llevado a cabo en el mundo real antes de escribirlo ni haberlo hecho pasar por una desaparición. La Policía tendría constancia de ello y, tal y como le confirmó Ortiguera, hasta ahora no había ningún caso abierto o cerrado que encajase con *Las dos menos diez*. Lo que acaba de ocurrir, sumado a *Un diente de oro*, echa por tierra esta primera posibilidad. Una excepción vale. Dos ya invalidan la regla. Esto es lo que diría el sentido común, pero Yoel tiene la sensación de que no es así exactamente. Cree que puede haber otros crímenes que sí encajen con esta primera posibilidad y no debe ignorarlo. De ninguna manera.

Segunda posibilidad: antes es la novela; luego, el crimen. ¿Y si algunos de los asesinatos sobre los que Serván escribe aún no han ocurrido? Esto implicaría que, al matar, está recreando su propia ficción, como si fuese un fan perturbado. Encaja a la perfección con lo que tiene ahora delante. Y también explicaría por qué, entre las publicaciones de *Un diente de oro* y *Las dos menos diez*, transcurrió un tiempo inferior a nueve meses, bastante menor que el ritmo que llevaba con las anteriores. Como no necesitaba llevar a cabo antes el crimen, necesitó menos para escribir la novela. A ojos de cualquiera que sospeche de Serván, esta segunda posibilidad sería la ganadora.

De todas formas, lo más probable es que, entre ambas posibilidades, no haya una correcta y otra incorrecta. Para unas novelas resultará válida la primera y para otras, la segunda.

—Voy a quedar otra vez para tomar un café con Serván —anuncia Yoel—. Esta vez le diré que es urgente y que no puede esperar a mañana. Si está involucrado de alguna manera, vendrá. Sheila, da prioridad al análisis de cualquier resto que pueda haber sobre el cadáver. Ya, ya me has dicho que es tu trabajo, por eso recalco lo de la prioridad. Si la inspectora jefa está de acuerdo, claro. Serván es meticuloso, pero humano, al fin y al cabo. Puede haber cometido un error sin darse cuenta y, si ha sido así, lo destaparemos.

Espinosa resopla. No parece estar de acuerdo con la idea, pero tampoco se lo va a impedir. No necesita a Sheila hasta que se descubra el siguiente asesinato, si ocurre como en la novela, así que no pone ninguna objeción.

—¿Qué le vas a decir cuando te reúnas con él? —pregunta, sin embargo.

—No lo tengo claro todavía. Improvisaré.

Es mentira. Lo que vaya a decirle da igual. Lo importante es lo que le robará.

Sin perder un segundo más, saca el móvil del bolsillo para hacer la llamada.

12

Nadie responde. Han quedado en la misma cafetería y ya hace tres minutos que debería haber llegado. Y eso que le ha pedido, por favor, que no se retrasara. ¡Maldito impuntual! Si fuese una cita personal, ya se habría marchado. Pero no lo es, así que debe esperar. Esta vez más que ninguna otra.

Las últimas noticias respecto al cadáver del callejón indican que los restos de piel hallados en la herida mortal de la víctima no pertenecen a ella. Así lo ha demostrado el análisis de ADN que Sheila ha llevado a cabo en el laboratorio. Si no fuera por el nuevo instrumental de última tecnología, habría tardado una semana, y eso a Yoel no le conviene. Ahora solo falta un sospechoso y una muestra de su saliva. Está claro a quién tiene en mente.

—¿Qué desea el señor? —dice una voz plana.

Le ha tocado el mismo camarero de la otra vez. Pasa de su actitud por completo. No se siente nervioso, pero sí debe estar preparado y centrado al cien por cien. No puede dejar pasar la oportunidad ni permitirse distracciones.

—Un café solo y un té negro, por favor. Estoy esperando a una persona —añade al percibir la mirada del camarero, que debe de ser tan imbécil como para no entender que, si un cliente pide dos consumiciones tan dispares, una no la va a tomar él.

Así, al anticiparse a lo que escogerá Serván, evita que el tipo los moleste como la vez anterior. Debe recuperar estos minutos que le está haciendo perder. No le importa si no quiere el té. No lo va a rechazar una vez que lo tenga delante. Sin embargo, justo cuando el camarero regresa con ambas bebidas, lo piensa mejor y le dice:

—Retire el té negro. Cóbrelo igual, pero cuando venga mi acompañante no nos interrumpa si él no lo llama.

El camarero deja el café sobre la mesa y se marcha con el té y con una expresión de antipatía. «Yoel, céntrate», se reprende. Si Serván llega y ve que ya tiene el té servido, lo pondría en alerta y dirigiría sus pensamientos hacia donde no conviene. Sí, mejor que lo pida él, si es que lo hace. Que lo haga o no también podrá proporcionarle información. Ahora tiene tres planes: el A, el B y el C. Sin embargo, aún no sabe si todos serán necesarios. Por si acaso, tras la intervención del camarero, vuelve a limpiar la mesa usando una servilleta humedecida con gel hidroalcohólico y, luego, otra seca.

Mientras espera, recuerda la conversación telefónica que ha mantenido con su padre tras descubrirse el cadáver del callejón. No ha terminado bien.

—Hola, dime —respondió su padre a la llamada.

—Hola, papá. Lo siento, pero te llamo para cancelar nuestra cena de hoy.

—¿Y eso? —Su padre sonó preocupado—. ¿Ha pasado algo?

—Sí y no. Es decir, no ha pasado nada grave, pero han surgido nuevas pistas en el caso que estoy investigando y necesito pensar en él.

—Bien, ya veo lo que te importa tu familia.

«Tiene huevos que digas eso precisamente tú», piensa Yoel, aunque se cuida mucho de no pronunciarlo en voz alta. En su lugar, responde:

—No empieces, anda.

—Deberías aprender a dejar de lado el trabajo.

Esta vez, Yoel no puede aguantarse y le suelta:

—Me lo dices tú, que no... pudiste cenar ayer conmigo por culpa de la fusión. —Ha estado a punto de recriminarle no haber estado con su esposa moribunda en el hospital, pero ha logrado corregirse a tiempo.

—Lo que tú digas, Yoel. Ya eres mayor para saber las decisiones que tomas.

—No me hagas sentir peor de lo que ya me siento, por favor.

—Si te sintieras tan mal, no creo que cancelases nada. Ya hace mucho tiempo que no nos vemos.

—¿Y es culpa mía? ¡Si te pasas la vida fuera de la ciudad! ¡Fuera del país!

—No quiero discutir. Mejor hablamos en otro momento. Y escríbele la carta a tu hermana, anda.

—Vale, papá. Un abrazo, te quiero.

Su padre colgó sin responder. Es algo habitual en él: cuando las cosas no salen como quiere, se comporta como un niño pequeño con un berrinche. En el plano profesional, se esfuerza en disimularlo, pero con la familia es distinto. Con la familia, hace cuanto está en su mano para que sepan que está enfadado. Ni siquiera se ha esforzado por cambiar ese odioso aspecto de su personalidad desde que murió su esposa. «Bueno, ya se le pasará. Le durará unos días, como siempre».

Sin embargo, Yoel se sintió culpable y decidió escribirle y enviarle a su hermana la carta que su padre le había estado implorando. A pesar de todo lo que han vivido, nunca ha dejado de querer a ninguno de los dos. El problema: que no se le da bien lidiar con situaciones conflictivas en el ámbito personal. Resulta más sencillo guardar rencor o estallar de rabia. Antes no era así. Antes era un muchacho amable, sociable, empático. Cambió por completo tras la muerte de su madre y, más aún, tras su desestructuración familiar. Es increíble cómo un solo acontecimiento puede transformar a alguien hasta tal punto a partir de un remolino de emociones del que cada vez es más difícil salir.

Mientras su mente permanece ocupada con estos pensamientos, el autor de best sellers entra por fin en el local. Va vestido igual que la vez anterior. Yoel se pone en guardia. Pega su cuerpo al respaldo e intenta que parezca una postura natural. Debe mantenerse lo más alejado posible de la mesa.

—Hola, Antonio —lo saluda, procurando que no se note su enfado por los diez minutos de espera—. Gracias por haber venido.

—De nada —responde Serván mientras toma asiento—. Cuéntame, ¿qué es eso tan urgente y que no me podías contar por teléfono?

—¿No quieres pedir nada antes?

—No, estoy bien. Dime.

¡Huy! No quiere pedir nada. ¿Significa que sospecha de las intenciones de Yoel? Bueno, plan A descartado. Debe ejecutar con cuidado la jugada inicial del plan B.

—Esto no puede salir de aquí, ¿de acuerdo? Te lo voy a contar porque no tengo más remedio. Te afecta directamente. Lo digo porque, después de nuestra reunión del otro día, he leído todas tus novelas y relatos.

—Ah, ¿y qué te han parecido?

—Demasiado reales, quizá. Me refiero a lo que pasó con *Un diente de oro* y el esqueleto, ya sabes. Bien, ahora ha ocurrido algo similar con *Las dos menos diez*. Ha aparecido el cadáver de una mujer en un callejón. Quizá lo has visto en las noticias, pero los medios no conocen aún los detalles sobre su postura. Era la misma que tú describes en el libro.

Serván adopta una expresión de sorpresa. ¿Natural o forzada? Resulta imposible saberlo. Puede que este hombre sea tan buen actor como escritor.

—No sé qué quieres que te diga, Yoel. Si hay alguien que

está convirtiendo en realidad mis historias de ficción, no puedo hacer nada. No voy a dejar mi trabajo porque a un loco le dé por recrear lo que sale en mis libros como si fuesen la Biblia. Y ya sé que, a estas alturas, seré uno de los principales sospechosos. O quizá el único si no tenéis a nadie más. ¿Por eso querías reunirte conmigo?

Serván se ha vuelto a referir a sí mismo como sospechoso, anticipándose de nuevo. De modo que ha decidido recorrer el camino de la acusación directa. «Perfecto, vamos con ello».

—Pues sí, dada la situación, es lógico que te consideremos el sospechoso principal a falta de algo más, como tú bien has dicho. No tenemos pruebas suficientes para detenerte ni para interrogarte, pero confío en que nos eches una mano si de verdad eres inocente.

—Lo entiendo. ¿Y qué puedo hacer para demostrarte que lo soy?

Aquí llega la jugada clave del plan B de Yoel. Va a llevarla a cabo de forma directa y descubierta. Sin rodeos. A la cara. Saca de su bolsillo un tubo que contiene un hisopo, un pequeño bastoncillo de algodón. Quita la tapa, lo extrae y, agarrándolo por el palo, se lo tiende a Serván. Pero no se inclina hacia delante, por si acaso tiene que recurrir al plan C, sino que extiende el brazo mientras mantiene la espalda pegada al asiento. No parece que Serván lo aprecie como una postura forzada.

—Vale, deja que adivine. Queréis comparar mi ADN con cualquier resto que haya podido quedar sobre el cadáver de la mujer de la que me has hablado.

El silencio es la respuesta afirmativa de Yoel. Ahora le toca a Serván mover ficha. Hay dos posibilidades.

Primera posibilidad: que no acepte. En ese caso, las sospechas sobre él se multiplicarán. Significará, con toda probabilidad, que oculta o quiere ocultar algo. Aun así, sin ninguna prueba tangible, será difícil obtener una orden judicial que le obligue a cederles una muestra de su ADN.

Segunda posibilidad: que sí acepte. En este otro caso, puede significar dos cosas. Por un lado, que está tranquilo porque no tiene nada que ver con los crímenes. Por otro, que a pesar de guardar relación con ellos, está convencido de no haber dejado el menor rastro. En ese tipo de situaciones cualquier persona podría dudar de sí misma. «¿La víctima me habrá tocado o, peor aún, arañado sin que me diese cuenta? ¿Habré dejado alguna huella a pesar de llevar guantes? ¿Y si se me ha escapado algo de saliva o me ha arrancado un cabello al forcejear?». Nadie puede tener controlada ninguna situación al cien por cien. Ni siquiera Antonio Serván, por inteligente que sea.

—Me pones en una situación complicada, Yoel.

—No es complicada en absoluto. Si no tienes nada que ocultar, métete el bastoncillo en la boca.

—No se trata de eso. No tengo ningún motivo para darte una muestra de mi saliva. ¿Tienes una orden judicial? No, ¿verdad? Entonces vas a tener que llevarme a comisaría si quieres que te la dé. Y no creo que lo tengas fácil si quedas conmigo en esta cafetería en lugar de hacerlo en una sala de interrogatorios, como tú mismo has dicho.

Bueno, parece que Serván quiere ocultar algo. ¿O está haciendo teatrillo? Fingir que le supone un problema darle una muestra de saliva puede ser una artimaña para confundirlo. Primero le hace pensar a la Policía que quiere ocultar algo. La Policía consigue una orden judicial para exigirle esa muestra. La analizan y no coincide con ninguno de los restos encontrados en la escena del crimen. Conclusión: Serván, que parecía culpable, en realidad no quería contribuir porque no lo veía ético, por motivos religiosos o por lo que fuese. Y, cuando desconfías de una persona que luego demuestra ser inocente, es como si tuvieses una deuda implícita. No puedes volver a desconfiar de ella, se lo debes. La psicología humana a veces es así de compleja. Pero Yoel la conoce y no va a caer en este tipo de tretas. Si consigue la muestra de ADN de Serván y esta no coincide con los restos de las escenas del crimen, no dejará de sospechar de él. Y, aunque sus sospechas no aumenten, tampoco se reducirán. No debe olvidar que existen maestros del crimen que no dejan la menor huella.

—Solo te estoy pidiendo que colabores por las buenas —le insiste—. No me gustaría llegar al punto de solicitar una orden. Eso nos haría perder tiempo y hay vidas humanas en juego. Desconozco los motivos por los que no quieres contribuir ahora, pero ¿de verdad son más importantes que salvar a otras personas?

—Lo siento, Yoel. Es mi decisión y debes respetarla.

—Con lo que voy a decir no quiero echarte la culpa de nada, ¿de acuerdo? —Mentira—. Antonio, alguien está matando gente, basándose en lo que has escrito. —Mentira también—. Llámalo fan loco o como prefieras, pero tu trabajo está dejando un reguero de sangre y muertes. Y no tiene pinta de que vaya a detenerse. ¿Has pensado en cómo puede afectar esto a tu reputación? ¿Cómo te verán los lectores cuando se descubra la relación entre un nuevo asesinato y tu novela? Como te comentaba, la prensa por ahora no conoce los detalles del crimen basado en *Las dos menos diez*, pero lo hará. E imagino que la forma en que los periódicos sensacionalistas tratan la relación entre el esqueleto y *Un diente de oro* te estará afectando.

Serván permanece en silencio con los brazos cruzados. Desvía la mirada hacia la ventana.

—Espera —continúa Yoel y, dado que nada de lo anterior ha funcionado, ve la oportunidad de poner en marcha el plan C; no importa si acierta o no con lo que está a punto de decir—. Es lo que quieres, ¿verdad? Ahora que ya se van destapando todos los detalles acerca del esqueleto con el diente de oro, piensas que el morbo de saber que una novela ha sido fruto de inspiración para un asesinato real aumentará el interés de los lectores. Y confías en que ocurra lo mismo con este otro caso que te he contado. Eso haría crecer de nuevo las ventas de los títulos antiguos, que ya deben de haber empezado a caer.

Serván se vuelve hacia él con una mirada que Yoel no ha visto desde hace… ¿cuánto? ¿Cuándo fue? No lo recuerda, pero conoce esos ojos. Es una mirada que podría asustar a cualquiera. Los iris se ven por completo, ni el menor resquicio queda oculto tras los párpados. Las cejas se inclinan de forma asimétrica, sin seguir una dirección fija. El labio superior ha ascendido y las fosas nasales se le han hinchado.

¿Dónde, dónde ha visto antes esta expresión?

Cuando Serván habla, lo hace casi gritando:

—¡No tienes ni idea de lo que quiero! ¿Me oyes? ¡Ni idea! Pero ¿sabes qué? Lo que más me repatea es que ni siquiera recuerdas por qué quiero lo que quiero.

Yoel acaba de percibir una especie de declaración en sus palabras.

—¿Qué significa eso?

Serván permanece unos segundos con la mirada fija en él. No parpadea. Yoel tampoco. El escritor toma aire por la nariz, lo expulsa muy despacio por la boca y responde:

—Significa que no voy a darte lo que me pides. Sospecha de mí todo lo que quieras, no tengo nada que ocultar. Consigue una orden si te da la gana, ven con ella y entonces no tendré más remedio que proporcionarte una muestra de mi saliva. Pero no voy a hacerlo porque tú me lo pidas con esos aires de superioridad.

—¿Es que no quieres ayudar en algo que afecta a las vidas de otras personas?

—Si ahora creyera que puedo ayudar a alguien, lo haría. Pero solo quieres mi saliva porque sospechas de mí. Yo sé que no he hecho nada y que no estoy involucrado en esos asesinatos. Que te dé o no la muestra no va a cambiar nada, ni pasado ni futuro. Si queréis perder el tiempo buscando la manera de obtener mi ADN, allá vosotros. No me voy a sentir responsable de nada de lo que ocurra porque estés empecinado en que yo soy el autor de los crímenes. ¡Como si no tuviera nada mejor que hacer que estar aquí! A partir de ahora, si quieres algo de mí, ven de manera oficial y con toda la documentación necesaria. Y, por supuesto, mi abogado estará presente. Ya me he cansado de perder el tiempo y de aguantarte.

Sin despedirse, Serván abandona el local.

Bueno, al menos uno de los planes ha surtido efecto.

El plan A era el más obvio y el que seguro que Serván se ha olido: cuando se marchase, confiscar el vaso o la taza de la que habría bebido, si hubiese pedido algo, y analizar el ADN a partir de la saliva que habría dejado en la superficie. Pero no ha tomado nada, así que Yoel se ha visto obligado a pasar al siguiente.

El plan B era el más directo de todos: pedirle que entregase voluntariamente una muestra de su saliva. Tampoco ha funcionado.

Sin embargo, el plan C sí lo ha hecho. El objetivo consistía en provocar el enfado en Serván, fuese real o fingido. Cuando nos enfadamos y gritamos, hay más probabilidades de que nuestra boca expulse algo más que palabras de las que después nos podemos arrepentir. El escritor no ha tocado nada de la superficie a su alrededor, pero sí ha dejado algo sobre la mesa: una gran gota de saliva. Yoel no tiene claro si se le escapó al elevar la voz o al realizar su espiración profunda para calmarse. No le importa. Ha conseguido lo que venía a buscar. Ya puede separar el cuerpo del respaldo. No es necesario guardar más la distancia para evitar que una gota de su propia saliva caiga sobre la mesa y se mezcle con la que necesita.

Recoge la de Serván con el hisopo y lo guarda en el tubo antes de dejar un billete de cinco euros sobre la mesa y marcharse sin haber probado tampoco su consumición.

En el camino de vuelta a casa, Serván aprovecha para disfrutar del ambiente navideño que puebla las calles. La gente lleva ropa de abrigo y gorros de lana. Algunos, de color rojo, como si quisieran imitar a Papá Noel. A varios metros de altura, luces con distintas formas y colores se extienden desde la fachada de un edificio hasta el opuesto. Se pueden distinguir copos de nieve azules, estrellas amarillas, lazos verdes y otras figuras abstractas que dejan lugar a la imaginación de cada cual. Son bastantes las tiendas que han decidido colocar un pequeño árbol de Navidad en sus escaparates o junto a la puerta de entrada.

Por algún motivo, le gustan estas fechas. Quizá porque no pudo disfrutarlas siendo niño. Lo único que le preocupaba era que su padre no vaciase él solo una botella de alcohol y le pegase una paliza sin motivo. Se refugiaba en su dormitorio y rara vez lo abandonaba hasta que volvía a empezar el colegio en enero. Ahora mismo, mientras contempla todo lo que le rodea, en lugar de revivir traumas pasados, su mente hace que se sienta como un niño sin miedo.

Quizá su estado de ánimo también guarde relación con lo que acaba de ocurrir. Aprieta los labios para no dibujar una sonrisa, por si alguien lo sigue, y se dedica un aplauso interno.

«Has estado bien, Yoel, pero no lo suficiente —habla consigo mismo—. Cualquier otro habría perdido los estribos, pero yo no. De hecho, no he sentido ni la menor sensación de rabia. Ha sido todo fingido. ¿Por qué querías cabrearme? Seguro que para ver si se me escapaba algo que me conectase con los crímenes, ¿no? Eso jamás ocurrirá. No soy tan imbécil. Es cierto que me muero de ganas de decirte a la cara el motivo por el que estoy haciendo todo esto, pero me temo que no va a poder ser así. Debes recordarlo tú mismo. Y lo harás, de eso ya me encargo yo. Aunque tenga que dártelo todo mascado, lo recordarás».

Las palabras que Serván ha pronunciado en su momento de rabia fingida ante Yoel estaban preparadas. Solo esperaba el momento idóneo para soltarlas. Ya que lo que dijo para activar la memoria de su enemigo en su primer encuentro en la misma cafetería no funcionó, ha tenido que probar de otra manera. Ahora solo queda esperar a ver si surte efecto.

«Hace mucho tiempo asumí que no querrías saber nada más de mí, teniendo en cuenta cómo acabaron las cosas entre nosotros». Eso fue lo que le dijo la primera vez.

«Lo que más me repatea es que ni siquiera recuerdas por qué quiero lo que quiero». Eso es lo que le ha dicho en esta segunda reunión.

Gracias a estas pequeñas ayudas, la memoria de Yoel se despertará en algún momento. Debe hacerlo. Es parte del plan.

¿Cómo sabe Serván que Yoel tiene bloqueados esos recuerdos? Sencillo: gracias a las cámaras y los micrófonos con los que lo vigila. No ha anotado nada al respecto en su cuarto de pensar, lo que significa que todavía no se ha acordado. Quizá se deba al efecto del alcohol. Aquel día estaba borracho. A pesar de haber transcurrido veinte años, una mente como la de Yoel ya habría rescatado esa información como relevante para la investigación si no la tuviese bloqueada.

«En algún momento lo recordará, seguro. Y, en ese momento, se encontrará en un callejón sin salida. Se verá acorralado y actuará tal y como está escrito. Conociéndolo, así va a suceder».

Entra en su portal y se encamina hacia las escaleras. No le apetece usar el ascensor. Además, vive en el cuarto; no se va a herniar por subir setenta y cinco peldaños. Mientras los va contando de uno en uno, su mente se relaja. A veces es bueno despejar la cabeza con tareas insignificantes como esta.

Se dirige hacia su ordenador. Hacia uno de los dos con conexión a internet. De hecho, sin ella sería imposible espiar a Yoel. Aún no ha regresado. No le ha dado tiempo, vive más lejos. Debe permanecer atento a las cámaras ocultas en su cuarto de pensar. Quizá ahora decida añadir, en algún rincón, información que explique por qué quería enfadarlo. Todo el hilo de pensamiento de su adversario está ahí, a su disposición. Por eso Yoel nunca va a ser capaz de anticiparse a él. Los dispositivos que tiene instalados en la vivienda del policía le ayudarán a alcanzar la victoria. Son tan minúsculos que, a no ser que sepas lo que estás buscando, es imposible que los encuentres.

En otro cuadrante, ve a Ángela. Esa hermosa mujer que, haciendo honor a su nombre, bajó del cielo como una bendición cuando estaba trazando el plan de venganza. Serván acerca tres dedos a sus labios, los besa y toca la zona de la pantalla en la que ella se encuentra.

—Gracias, preciosa.

Porque, si no fuese por esa mujer, jamás habría podido colocar las cámaras y los micrófonos que le están revelando tantas cosas. Ángela es una pieza clave en el plan, y en varios sentidos. Permanece atento a la pantalla y ve que está triste. Se está poniendo el pijama para meterse en la cama. Son las tres de la tarde, pero siempre se echa una siesta sobre esta hora, antes de ir a casa de la señora Navarro. En el fondo, siente lástima por ella. No resulta agradable ver sufrir a gente inocente. Le gustaría no tener que involucrarla, pero es la pareja de Yoel y no hay alternativa.

Solo le hace falta un empujoncito más y él sabe cómo dárselo. O, más bien, cómo hacer que Yoel se lo dé. Vendrá solo, gracias al asesinato basado en *Las dos menos diez*. Conoce a Yoel y tiene claro que lo ocurrido lo obsesionará más aún. Y la obsesión, unida a la personalidad de Ángela, provocará otra explosión que, con un poco de suerte, hará avanzar el plan de venganza hacia su siguiente paso.

—Adelante —responde Sheila. Alguien acaba de llamar a la puerta del laboratorio con los nudillos.

Es Yoel. Sheila devuelve su atención a las muestras que tiene que seleccionar. Si es posible, prefiere no hablar con él a solas. En ocasiones, tiene que telefonearlo por trabajo y no le supone problema, pero el contacto cara a cara es mejor evitarlo.

No hará ni tres horas que lo llamó para comentarle que la víctima ya ha sido identificada. Irene Escudero, veinticinco años, viuda, madre de dos niños, denunciada por sus vecinos por malos tratos físicos y psicológicos hacia los pequeños. A pesar de ello, por falta de evidencias tangibles, aún residían con ella, bajo su custodia. Trabajaba realizando tareas de limpieza en dos viviendas cercanas a la zona donde la asesinaron. Regresaba a su casa cuando la atacaron.

—Me temo que tengo que interrumpirte —dice Yoel.

Sheila resopla y levanta la cabeza.

—¿Qué pasa?

Por toda respuesta, Yoel saca un tubo del bolsillo interior de su chaqueta. Dentro hay un bastoncillo.

—Necesito que analices el ADN de la gota de saliva que hay en el hisopo, en la parte superior, y lo compares con los restos que has encontrado en el cadáver de Escudero.

—¿Perdona? ¿Has dicho «la gota de saliva»?

—Sí, ya sé que es pedir demasiado y que sería mejor tener una mayor cantidad de muestra.

—¿Cómo que «una mayor cantidad de muestra»? ¡Una gota de saliva no llega a nada, Yoel!

—Era bastante gorda.

—Tienes que estar de coña. Es eso, ¿verdad?

—Sheila, lo siento, pero es todo lo que he podido conseguir. Y lo mío me ha costado.

Sheila lo escudriña con los ojos entrecerrados. Los párpados superior e inferior casi cubren por completo sus iris verdes.

—No me jodas —dice sin mucho entusiasmo—. ¿Has...?

—¿Puedes hacerlo? —la interrumpe Yoel—. Por favor.

—Puedo intentarlo. No te prometo nada, pero con el nuevo instrumental es posible que logre sacar algo. Me preocupa más si debería hacerlo.

—Vamos, Sheila. Odias la burocracia tanto como yo. Si esperamos a tener una orden judicial que autorice la comparativa…

—… que es lo que deberíamos hacer…

—… nos pueden dar las uvas del próximo siglo. Sí, vale, ya sé que es lo que deberíamos hacer, pero ¿qué problema puede suponer? No he allanado una propiedad privada para conseguirla ni nada parecido. Es como aquel detenido que escupió a los pies de uno de nuestros agentes. Nadie necesitó una orden judicial para recoger la saliva del suelo.

—Pero a ti no te han escupido.

—No. Digamos que he estado hablando con una persona que, cuando se cabrea, recuerda a un aspersor.

Al oír esto, Sheila no puede evitar sonreír. Yoel hace lo mismo. A pesar de la tensión que hay entre ambos desde que su historia terminó, Sheila sigue sintiendo admiración por él. Igual que él por ella.

—Has quedado con Antonio Serván y lo has cabreado para que te escupiese —resume la mujer.

—He quedado con Antonio Serván y lo he cabreado para no tener que contratar a un sicario que le rompiese el labio y le sacase una muestra de sangre.

—Ya, ya, muy gracioso. Parece que tu sentido del humor te ha hecho olvidar la cadena de custodia y que debemos avisar a Serván o a su abogado de que vamos a analizar una muestra de su ADN independientemente de cómo la hayas obtenido. ¡Ah!, y que no estás al frente del caso, por lo que también deberíamos comunicárselo a Espinosa.

—Sé que te pido demasiado, pero es para acelerar un poco las cosas. No quieres que haya más víctimas y yo tampoco. Si el ADN de Serván no coincide con el de la piel que había en la herida de Escudero, ya está. Asunto zanjado sin que nadie se entere.

—¿Y si coincide?

Yoel deja el tubo con el hisopo al lado del microscopio.

—En ese caso, ya nos preocuparemos después de encontrar la manera de hacer las cosas según la ley. Lo importante será que habremos atrapado al malo.

13

Atraparon al malo. No al culpable, pero sí al malo.

No se lo podía creer. Su plan se había cumplido. Algunos detalles no habían salido tal y como pensaba, pero el resultado fue el esperado: Ramón, muerto y su padre, en prisión sin opción a fianza.

Todo encajaba a ojos de la Policía. El padre de Antonio amenazó en público a Ramón cuando lo descubrió pegándole a su hijo. Esa misma noche, lo llamó desde su casa para decirle que acudiese al río, donde cumplió su amenaza y lo asesinó. Tras haber emitido el juez la orden de registro oportuna, encontraron la camiseta con sangre en la vivienda del sospechoso, los tenis con la misma tierra de la escena del crimen y el arma homicida con sus huellas dactilares, sin ninguna otra. Además, junto al cadáver se hallaron sus pisadas, restos de fibras de su ropa y, para sorpresa de Antonio, algún cabello de su mugrienta cabeza. Había pasado por alto ese detalle; quizá las prendas tenían alguno que, por pura fortuna, se adhirió a las de Ramón debido al contacto.

Por si no fuera bastante con todo eso, la convincente puesta en escena de un Antonio afligido ayudó a confirmar la historia ficticia. Al principio fingió que se resistía, pero terminó por colar una mentira: a pesar de que apenas salía de casa, su padre se había ausentado alrededor de una hora la noche en que Ramón murió. Cuando le preguntaron por qué le había costado tanto contarlo, vio el momento ideal para sacar a la luz el maltrato que sufría a manos de su alcohólico progenitor. Reveló que su madre también era víctima de lo mismo. Ella no solo lo confirmó, sino que mostró los lugares ocultos donde había recibido los golpes. Así todo cobró aún más sentido: el maltratador no quería dejar marcas visibles para que nadie sospechase que pegaba a su familia. Cuando Ramón le dio un puñetazo en la cara a su hijo, corría el riesgo de que este fuese al hospital y los médicos descubriesen el resto de las magulladuras. No lo podía permitir, así que amenazó a Ramón, se citó con él para meterle miedo y, debido a los efectos del alcohol, la situación se le fue de las manos y terminó asesinándolo. Fin de la historia.

Antonio se sentía como nunca. No solo por haberse quitado de encima a esos dos estorbos, sino por haber predicho el futuro. ¿Eso había hecho? A fin de cuentas, casi todo lo escrito se había cumplido. ¿Así se sentían los dioses que no dotaban de libre albedrío a sus creaciones? Él no era un dios, claro, pero sí un genio de la psicología. «Si sabes cómo analizarlo, el ser humano es un animal muy predecible», se decía a sí mismo. Esa no sería la última vez que lo pondría a prueba.

Cuatro días después, salió de casa. No había ido al colegio desde que detuvieron a su padre. Aunque se negó a ver a un psicólogo y su madre tampoco lo obligó, fingió que toda aquella situación le había afectado. En ningún momento negó ante la Policía la mala relación que tenía con su padre y con Ramón. Dejó claro que una cosa es tener problemas con alguien y otra que no te afecte algo así cuando estás acostumbrado a ver a esas personas a diario. Reconoció en voz alta que sentía cierto alivio de que ya no formasen parte de su vida porque los dos abusaban de él, pero que el impacto emocional no lo podía controlar. Un impacto emocional fingido, por supuesto.

Estaba deseando pisar la calle. Llenó los pulmones y no le importó que un turismo gris liberase en su cara una nube de humo como si fuese una fábrica del infierno. Ya disfrutaría en otro momento del aire limpio en la zona del estanque. Ahora quería ir a ver a alguien.

Detrás del cine había una floristería que nunca había llamado su atención. Sabía de su existencia, pero no le apasionaban los geranios ni las amapolas. Sin embargo, ahora trabajaba en ella una flor que sí le interesaba. Durante esos días se había preguntado cuál sería la reacción de Carol al verlo tras lo ocurrido. ¿Le daría un fuerte abrazo? ¿Sería el primer acercamiento de todos cuantos él deseaba? No podía esperar más para comprobarlo. Apuró el paso y vislumbró la tienda. Estaba a pocos metros de la puerta cuando alguien la abrió desde dentro.

—Gracias, Carol, hasta luego.

Era Yoel.

—¡Antonio! —exclamó al detectar su presencia.

Llevaba una rosa en la mano. ¿Para quién sería?

—¿Conoces a Carol? —fue la respuesta de Antonio.

—¿Eh? ¡Ah, sí! Bueno, en realidad la conocí ayer. Vine a comprar unas flores y me atendió muy bien.

—¿Y has vuelto hoy a comprar otra?

Yoel se encogió de hombros.

—Las de ayer han tenido mal desenlace. Mejor te lo cuento otro día. Oye, siento lo ocurrido con tu padre. ¿Cómo estás?

—Aún intentando asimilarlo. ¿Qué tal en clase? —Le importaba un comino, pero debía guardar las apariencias.

—Bueno, hay bastante gente que está de los nervios. Los profesores, sobre todo. Tendrías que haber visto a Susana, casi llora delante de nosotros. Bueno, y Fernando también está muy afectado.

—¿Ah, sí? ¿Qué le pasa?

Después de la nota amenazante que había colado en su mochila, Fernando le interesaba sobre todos los demás, pero no quería que se le notase. Por suerte, Yoel acababa de sacar su nombre sin necesidad de preguntarle.

—Bueno, se lo ve mucho más callado de lo habitual. No ha hecho bromas desde lo que ocurrió. Aunque es lógico, claro. Se llevaba muy bien con Ramón. Que asesinen a un amigo no...

Se interrumpió. Acababa de darse cuenta de que estaba hablando con el hijo del asesino oficial de Ramón.

—Lo siento, no quería...

—No te preocupes —lo cortó Antonio—. No me llevaba demasiado bien con mi padre. Si estoy afectado, es por la impresión, no por otra cosa.

—Ah, bueno. Si necesitas hablar de lo que sea...

—No, pero gracias.

—Vale. Ahora tengo que irme, que mi madre necesita la rosa. Para cualquier cosa, llámame, ¿de acuerdo?

Antonio asintió con desgana. Vio cómo Yoel se alejaba corriendo y desaparecía tras el cine. No estaba acostumbrado a que la gente se preocupase por él. ¿Podría decirse que Yoel era su amigo? No tenía tiempo para esas preguntas. Sacudió la cabeza y entró en la tienda.

Un olor muy agradable penetró en sus fosas nasales. Desde luego, mucho más agradable que el del gas del tubo de escape que aún permanecía en ellas. No sabía mucho de flores, pero allí debían de tener cualquiera que quisieses: lirios, rosas, margaritas, girasoles, tulipanes, orquídeas, claveles...

El olfato no era el único sentido que se avivaba. Los colores de los pétalos parecían una macedonia de arcoíris. El espacio era muy amplio y, miraras donde mirases, podías encontrar azules, rojos, amarillos, verdes... El banquete a la vista estaba servido.

El siguiente sentido en avivarse fue el oído. Una voz femenina sonó a un lado:

—¿Antonio?

Se dio la vuelta. Era ella. Carol. Nunca pensó que podría enamorarse más, pero verla así, rodeada de todas aquellas flores y vestida con su uniforme blanco y limpio, todo lo contrario al del bar, renovó su corazón. Aunque no fue nada comparado con el vuelco que dio cuando se acercó a zancadas y lo rodeó con ambos brazos. Lo apretó contra su cuerpo. Antonio tardó en reaccionar. Cuando lo hizo, sus palmas se posaron en la espalda de la mujer. Nunca la había tenido tan cerca. Nunca la había tocado tan fuerte. El tacto, ese sentido olvidado y que Carol también consiguió despertar como si llevase dormido veinte siglos.

¿Qué no daría por compartir con ella el quinto sentido, el del gusto, al besar sus labios?

—Corazón, ¿cómo estás? —le preguntó sin dejar de abrazarlo.

Antonio iba a responder, pero su garganta decidió convertirse en desierto en ese momento. Se forzó a tragar y después dijo en un susurro:

—Bien.

Carol se separó de él, aunque no lo soltó. Sus manos seguían tocándolo. La derecha, en el hombro; la izquierda, en la mejilla. Si no supiera que era imposible, juraría que iba a cumplir su deseo de darle un beso en la boca.

—¿Y qué ibas a decir tú, cariño? ¡Eres tan bueno! Tu madre ya me ha contado que no has salido de casa estos días. No puedes encerrarte, ¿vale? Tienes que apoyarte en la gente que te quiere: tu madre, tus amigos y yo, por supuesto.

A Antonio le entraron ganas de reír. ¿Su madre, quererlo? ¿Desde cuándo? ¡Si tuvo que quitarle él de encima la carga que suponía su marido! En ningún momento se mostró agradecida por ello. Aunque, claro, no sabía que el asesino había sido su hijo. Seguía ignorándolo y preocupándose solo por sí misma. Estaba más que comprobado: Antonio le importaba una mierda.

¿Sus amigos? ¿Qué amigos? No tenía ninguno. Quizá Yoel. Aunque, viendo cómo era la gente, la amistad le interesaba cada vez menos.

Pero que Carol dijese que lo quería… Eso sí lo renovaba por dentro, más incluso que el abrazo. No era tan ingenuo como para creer que se refería al amor romántico, pero lo pensó de todos modos.

—Cuando necesites cualquier cosa —continuó Carol—, puedes venir aquí y hablar conmigo. O si quieres un abrazo, lo que sea.

—La verdad es que el de ahora me ha sentado genial, gracias. Otro no me vendría nada mal.

Carol sonrió y lo abrazó otra vez. «¿Me he atrevido a pedírselo?», pensó. Ese ímpetu y ese coraje solo podían proceder del amor. Quizá empezaba a confiar más en sí mismo después de haber logrado ejecutar con éxito aquel plan tan complicado. O tal vez fuera el ambiente, ese paraíso floral embriagador que invitaba a perderse en el deseo y gritar a viva voz cuánto la amaba. Fuera lo que fuera, no se arrepintió. Carol lo apretaba contra su cuerpo. Cerró los ojos. Sintió sus pechos en contacto con el suyo. Un mareo se apoderó de él y, para no desplomarse en el suelo, se agarró con fuerza a la espalda de la mujer que se lo había provocado. No quería que aquel momento terminase nunca, pero un cliente inoportuno entró en el local y Carol se separó al instante.

—Buenas tardes, ¿puedo ayudarle en algo?

Por fortuna, Antonio se había girado. Si no, con toda probabilidad, habrían visto su cara, roja como los pétalos de las amapolas que tenía a la espalda. No había ningún espejo donde mirarse, aunque no le hacía falta. El ardor que sentía en las mejillas era suficiente para saber que se le habían puesto como después de tomar el sol durante varias horas seguidas sin protección.

Mientras Carol atendía a aquel viejo impertinente, analizó de nuevo su entorno. No quería olvidar lo que acababa de pasar. Su ropa olería a ella durante varias horas, pero buscaba algo más duradero. Se hizo con varias flores y fue a dejarlas en el mostrador. Tras cobrarle al otro cliente, Carol lo miró y sonrió con el ceño fruncido mientras decía:

—No sabía esto de ti. ¿Te gustan las flores?

—A partir de hoy, sí.

La vuelta al colegio resultó más extraña que tras el verano. Aunque aquellos días no habían sido unas vacaciones, claro, pero le habían ayudado a descansar mucho más que los meses de julio y agosto. En realidad, no se había sentido tan calmado en la vida.

Sus compañeros lo miraban y, cuando pasaba de largo, cuchicheaban en grupitos. Aparte de los profesores, pocas personas le dieron ánimos. Raquel fue una de ellas.

—Si necesitas hablar, puedes contar conmigo —le dijo, pero Antonio no lo haría ni loco; sabía que sería ella la que le diese a la lengua y él quien escuchara.

Otra persona que le preguntó qué tal estaba fue Lucas. Nunca había hablado con él, salvo el típico saludo o lo habitual en los trabajos en grupo. Le sorprendió y, por un instante, pensó que aún quedaba gente que merecía la pena. ¿Llegaría algún día a considerarlos sus amigos? La respuesta solo la tenían dos íntimos suyos: el reloj y el calendario. ¿Cuántas veces los había consultado para saber en qué momento terminarían tal o cual tortura, siempre relativa a su situación hogareña? El tiempo que tardaría en hacer efecto el alcohol hasta que su padre se durmiese y dejase de pegarle. La llegada de septiembre para poder pasar más tiempo fuera de casa sin excusas. Situaciones que, por suerte, se habían acabado.

Al dirigirse hacia el aula para la primera hora de clase, se cruzó con Fernando. Caminaba cabizbajo y deprisa, como si quisiera llegar pronto a algún lugar sin que nadie se enterase. Vio a Antonio por el rabillo del ojo. En el momento en que descubrió su presencia, las piernas se le detuvieron como si se hubiesen congelado. Antonio le sostuvo la mirada y le espetó:

—¿Algún problema?

Nunca se había enfrentado a Fernando. Ahora que Ramón estaba fuera de juego y tras haber recibido su amenaza escrita, ¿cambiaría su actitud con él?

No tardó mucho en descubrirlo. Sin responder a la pregunta, el efecto del hielo se disipó y dio paso al de un fantasma. O, al menos, esa fue la sensación que tuvo Antonio: que Fernando huía de él como si hubiese visto un espectro.

En ese momento, supo con toda seguridad que jamás abriría la boca.

14

Su boca se abre sin permiso. Bosteza como si fuese un hipopótamo aburrido y con hambre. Quizá debería dormir algo. Se siente agotado, tenso e irritado. Las últimas noches solo ha abandonado la vigilia un par de horas. Sus arterias llevan ahora mismo más cafeína que sangre. Además, la última conversación con su padre no se le va de la cabeza. Ha intentado llamarlo un par de veces más. No ha respondido. Puede que esté ocupado o tal vez siga enfadado.

A pesar del cansancio y del malestar, ayer consiguió engañar a Serván para robarle una muestra de saliva y convencer a Sheila para que realizase la comparativa de ADN. Este ha sido, sin duda, su mayor logro en todo el enfrentamiento. Porque eso considera que es: un enfrentamiento. Antes se sentía como un alumno de ajedrez en su primera clase jugando contra el campeón del mundo. Ahora ha recuperado algo de terreno, aunque no el suficiente. El cadáver de *Las dos menos diez*, el de Irene Escudero, ha permitido a Serván colocarse muchos pasos por delante. Si la saliva que le ha robado no coincide con el ADN de la piel hallada en la herida del cadáver, retrocederá hasta la posición anterior. Está a la espera de que Sheila lo llame, pero tenía bastante trabajo y le advirtió de que, con toda probabilidad, no tendría nada hasta hoy por la tarde.

Entra en su portal y ve dos sobres a través de la puertecilla medio transparente del buzón. La respuesta de su hermana no puede haber llegado aún. El correo postal ordinario no viaja tan deprisa como para que la carta llegue y vuelva con tanta rapidez. Si a eso le añade el tiempo que Tamara tarde en escribir una respuesta, si es que se digna a devolverle el gesto, calcula que aún deberá esperar una semana al menos. Sobre todo en estas fechas, con tantos festivos de por medio.

Recoge los sobres y sube las escaleras mientras los abre. Ambos van dirigidos a él. Rasga el lateral corto, sopla para separar ambas láminas y extrae los papeles del interior. Uno de ellos contiene una factura. El otro, publicidad. Nada interesante. Mejor. Su vida personal y la profesional ya tienen suficiente tensión como para sumarle mensajes inesperados.

Introduce la llave en la cerradura de la puerta. No hay doble vuelta. Eso significa que Ángela está en casa. Claro, ahora lo recuerda. Ha empezado a cuidar a un nuevo anciano hasta las dos y, por las tardes, entra otra vez a las cinco. Dentro de media hora. Así que sí ha salido de casa. Sin embargo, no ha recogido las cartas del buzón, como suele hacer, lo que quiere decir que no se encuentra bien. Sus emociones se transforman en cuestión de segundos como un hombre lobo ante la luna llena. No ha vuelto a hablar con ella desde que discutieron por la interrupción. Quizá debería hacerlo.

Cuelga la chaqueta y se dirige hacia el dormitorio, donde Ángela duerme una siesta después de su jornada matutina. Se descalza con cuidado, se acuesta en la cama. La abraza por la espalda y su novia se despierta.

—Hola —la saluda.

Ella tarda unos segundos en reaccionar. Cuando lo hace, no se mueve. Yoel no puede verle los ojos, pero sabe que continúan cerrados.

—Hola —responde.

Ha susurrado, pero su tono es, con toda claridad, seco y apagado. Yoel debe empezar su disculpa.

—Siento lo del otro día. No debería haberte gritado, pero me molesta que me interrumpan. Ya lo sabes de otras veces.

Ángela se da la vuelta por fin. Lo mira con el ceño fruncido.

—¿De otras veces? Yoel, nunca me has hablado así. Jamás. Puede que te hayas alterado en alguna ocasión si te interrumpía, pero… En serio, ¿no te das cuenta del extremo al que has llegado? ¿Te parecen normales los gritos que me pegaste y todo lo que me dijiste?

Yoel puede presumir de tener una memoria excelente en todo lo referente a los casos policiales, pero en lo relativo a su vida personal es más complicado. Un sentimiento no se puede medir de forma exacta ni traducir en números de manera que signifique lo mismo para todo el mundo. ¿Cuánto le han afectado a Ángela sus gritos? No pensaba que fuera para tanto. Ni siquiera recuerda qué le dijo. En aquel momento, estaba tan frustrado y furioso que la lengua fue más rápida que el cerebro. Por eso siempre dice que preferiría no experimentar emociones, ni agradables ni desagradables. Hay momentos en los que se siente más identificado con las máquinas que con las personas.

—Lo lamento —se disculpa de nuevo—. No sabía que te iba a afectar así.

—No se trata de eso, Yoel. El caso del esqueleto y del anillo te tiene absorbido. Desde que lo desenterraron, estás obsesionado.

Yoel siente una punzada de rabia.

—Oye, estoy tratando de disculparme, ¿vale?

—Sí, y ya veo lo mucho que te ha durado. Mira qué tono tan bonito acabas de sacar otra vez.

Yoel la suelta, golpea la pared con la palma abierta y se pone en pie.

—¡Joder! ¿Es que no te vale nada? Bastante tengo yo encima con desenmascarar al que quiere involucrarnos en este asunto como para que ahora te pongas toda digna cuando estoy intentando disculparme por haber metido la pata. Te recuerdo que fuiste tú quien perdió el anillo que nos metió en toda esta mierda.

Le vibra el bolsillo. El teléfono ha decidido sonar justo ahora. No quiere dejar la conversación así, pero ¿y si son novedades respecto al caso? Ángela le sostiene la mirada. Quiere ver si es más importante ella o atender la llamada. Yoel intenta resistirse. No lo consigue.

—Tengo que contestar.

Mientras sale y cierra la puerta del dormitorio desde fuera, escucha cómo Ángela empieza a llorar. De nuevo, aparece la punzada de culpabilidad, pero no tiene tiempo para hacerle caso. Saca el móvil del bolsillo y mira la pantalla. Se trata de Sheila.

—¿Tienes ya los resultados? —Son sus primeras palabras al descolgar.

—Sí, por eso te llamaba. Me lo has puesto difícil, casi no consigo sacar nada de ese hisopo. La próxima vez intenta traerme algo más…

—¿Vas a decirme qué has descubierto?

—Me temo que te has equivocado.

—¡¿Qué?! —exclama, sorprendido.

—No coinciden. Parece que Serván no es el asesino. Habrá que seguir investigando sin robarle fluidos a la gente.

Yoel cuelga sin responder a la provocación. No puede creerlo. Estaba convencido de que la saliva de Serván, esa que consiguió de primera mano, coincidiría con el ADN de los restos de piel ajena encontrados en la herida mortal de Irene Escudero. ¿Significa que Serván es inocente? Su intuición le dice que no. Es una intuición que rara vez le ha fallado y que le grita a pleno pulmón que el epicentro del terremoto está en el escritor. No piensa ignorarla.

El asesino se sirve vino en una copa de vidrio. Deposita con cuidado la botella en la estantería de caoba y da el primer trago. Le gusta paladearlo, sentir el sabor envolviendo su lengua. No se considera un borracho, pero le encanta la buena bebida. Y esta es de las de mayor calidad.

Le dan pena esos adictos a la cerveza que se beben varios litros al día por pura rutina y por puro vicio. Y eso que él era un claro candidato a convertirse en alcohólico. Pero no lo hizo. Sabía que a ella no le gustaría verlo en tal estado. Si algo ha aprendido en los últimos años es que las soluciones vienen por otro camino. Eso siempre y cuando entiendas como «solución» acabar con la vida de quien arruinó la tuya, claro.

Sí, así fue. Ver muerto a aquel hijo de puta lo liberó por dentro. ¡Que les den a todos los que dicen que la venganza no te ayuda a superar las cosas! Lo hace, ¡y de qué manera! Pero no fue él quien lo mató. Alguien apareció en su vida y le propuso un trato que no pudo rechazar.

La historia comienza en el momento en que la conoció. Ella era una mujer joven, muy atractiva y carismática. Lo conquistó desde el primer momento. Trabajaba en un pub nocturno de camarera. Él solía frecuentarlo con un grupo de amigos. Esa noche observó que el chaval de siempre no atendía la barra, sino que lo habían despedido y sustituido por aquella belleza. En un primer momento solo le atrajo su físico. De melena larga y rubia, ojos azules, piel morena, cuerpo estilizado… Se acercó, pidió una consumición para él y para sus amigos y entabló conversación. Solo hicieron falta dos visitas más al local para que ella aceptase su invitación a tomar algo.

A partir de ahí, todo resultó bastante sencillo. Él también es muy atractivo y nunca le ha costado ligar. Aunque, en este caso, la edad supuso un freno para ella al principio. Le llevaba doce años y lo veía demasiado mayor. Volcó todos sus esfuerzos en conseguir que la muchacha sintiese lo mismo. Al cabo de pocos meses, se fueron a vivir juntos. Transcurrieron dos años y todo marchaba a la perfección. Él incluso pensaba pedirle matrimonio.

Entonces ocurrió lo que despedazó su vida.

Ella seguía trabajando en el ambiente nocturno, aunque en otro local. Regresaba a casa sobre las cinco de la madrugada y tomaba un atajo por la zona antigua de la ciudad, por unas calles desiertas a esas horas. Una noche, durante el recorrido, un desalmado la abordó y la violó. No contento con eso, le arrebató la vida por si lo delataba. Cuando él recibió la noticia, todo su cuerpo se petrificó y, desde entonces, su corazón ha seguido siendo de piedra.

A pesar de que localizaron al violador, salió impune gracias a un buen abogado. Su familia era rica y pudieron pagar a uno de los mejores. En el momento en el que se dictó la sentencia, tuvo claro lo que debía hacer: acabar con la vida de aquel asesino. Se decía a sí mismo que así protegería a otras mujeres, aunque su motivación real era la venganza.

Antes de poder hacerlo, recibió una extraña carta por correo postal. Sin remitente, solo con destinatario. El sobre llevaba una pegatina impresa en lugar de la dirección escrita a mano. El contenido, también mecanografiado. Estaba claro que quienquiera que se lo hubiese enviado se había cuidado mucho de que no lo descubrieran en caso de que la carta fuese interceptada o de que él decidiese acudir a las autoridades.

Porque se trataba de un contenido peliagudo.

Comenzaba con unas palabras que le provocaron un escalofrío: «Sé que has tomado la decisión de matar al asesino de tu pareja». ¿Cómo puede alguien meterse así en la mente de otra persona? Aunque lo hubiese espiado, ¿tan claras se le veían las intenciones? ¿Qué lo había delatado? Siguió leyendo. Le decía que, si asesinaba a quien había arruinado su vida, enseguida lo descubrirían. «¿Para qué arriesgarse a ir a prisión cuando podemos hacer un trato, que ese cabrón muera y tú quedes impune?», continuaba.

El trato consistía en lo siguiente. El desconocido remitente se encargaría de todo. Prepararía un plan y acabaría con la vida del violador que mató a su pareja, dejándole muy claro que actuaba en nombre del hombre al que había hundido. A cambio, cuando llegase el momento, él tendría que matar a otra persona. A otra mala persona. Parecía un buen trato: ambos cumplirían sus objetivos sin verse involucrados ante la ley y, de paso, limpiarían de escoria el mundo, aunque fuese un poco. No habría móvil y, si lo hacían bien y se comunicaban sin dejar rastro, tampoco quedarían pistas que condujesen a la Policía hasta ellos.

Si aceptaba el trato, debía publicar en internet un mensaje en un foro de ajedrez, bajo el seudónimo Muchacho34, preguntando acerca de la estrategia del hipopótamo jugando con blancas. Así lo hizo. Dos semanas después se enteró por las noticias de que el violador y asesino de su pareja estaba muerto por fin.

Ha transcurrido medio año desde entonces y, hasta hace unos días, no ha recibido más información. Durante un tiempo creyó que nunca le llegaría esa petición de asesinato de vuelta; sin embargo, si haces un pacto con el diablo, este vendrá a cobrarlo tarde o temprano. El desconocido contactó de nuevo a través del correo postal con una carta como la anterior, que no dejaba rastro que seguir. En ella figuraban las instrucciones: asesinar a una mujer que maltrataba a sus hijos, una tal Irene Escudero. Al principio le tembló el pulso, pero luego recordó lo que el desconocido le había dicho en su primera carta: «La persona a la que deberás asesinar no es mejor que el violador que arruinó tu vida». Desde luego, si maltrataba a unos críos, estaría mejor muerta. Ese pensamiento le dio fuerzas para llevar a cabo la petición y pagar su deuda. No quería pensar en las consecuencias si ahora se echaba atrás. No disponer de información sobre el desconocido lo hacía más temible.

Se ha preocupado de seguir bien las instrucciones y de no dejar ningún rastro. Sin embargo, no para de preguntarse por qué era necesario colocar el cadáver en aquella posición, como si sus brazos fuesen las agujas de un reloj.

—Bueno, tú te has limitado a cumplir con tu parte del trato y ya está —se dice mientras se rasca una zona de piel descamada en la nariz, se acerca la copa a los labios y apura el último sorbo.

15

Yoel apura el último sorbo de ron y deja el vaso vacío sobre la barra.

—¡Otro, este sin cola! —le grita al camarero.

El alcohol empieza a hacerle efecto. Después de una cerveza, dos chupitos de tequila y un vaso de ron con cola, era inevitable. Y sin haber comido nada desde el mediodía.

Se pregunta si, en el fondo, quería dejarse poseer por el veneno y así despejar la cabeza de todo y de todos. De su padre, que parece haberse pillado un berrinche por no haber ido a cenar con él y no responde a sus llamadas. De Ángela, que lo tiene bastante enfadado, igual que él a ella. Y, por supuesto, del puto Antonio Serván. No, del puto Antonio Serván no logra desconectar ni un segundo. Lo tiene absorbido, ofuscado, atormentado... ¿Cómo dijo Ángela? Obsesionado. Sí, en ese momento, con las funciones superiores de su cerebro inhibidas por el alcohol, es capaz de reconocerlo. Pero harán falta más copas para que lo admita en voz alta.

¿Hasta qué punto es normal esta obsesión? Recapitulemos. Todo empezó con un esqueleto enterrado junto al anillo de compromiso que le había regalado a Ángela y que ella había perdido. En la misma escena del crimen, recordó la portada de

Un diente de oro. La conexión resultaba inevitable. ¿Es posible que crease una intuición errónea a raíz de ello? ¿Una intuición que hacía culpable a Serván sin serlo de verdad? Cuando se reunió con él en la cafetería por primera vez, su percepción pudo verse alterada de antemano por ese presentimiento falso e infundado.

No, no fue así. Su intuición se encendió en esa reunión a raíz de algo que Serván dijo. ¿Cómo era? «Hace mucho tiempo asumí que no querrías saber nada más de mí, teniendo en cuenta cómo acabaron las cosas entre nosotros». Sí, fue en ese momento cuando empezó a sospechar en serio de él. Ni antes ni después.

Recuerda también el segundo encuentro en el mismo local, el de ayer. Cuando Serván cedió ante sus provocaciones y le dedicó otras palabras que avivaron su corazonada. «Lo que más me repatea es que ni siquiera recuerdas por qué quiero lo que quiero». Es cierto que Yoel pretendía obtener una reacción de rabia, pero no esperaba esas palabras y parecen muy significativas. Encajan a la perfección con sus hipótesis.

Pero, claro, también tenemos el nuevo cadáver, el de *Las dos menos diez.* Los restos de piel que había en la herida mortal no encajan con el ADN de Serván. «No, Yoel, no dudes. Tiene que haber algo que se te escapa. Sabes que Serván es el culpable. Hay algo que te lo dice». Pero ¿qué es ese «algo»? «Maldita sea, ¿qué es?».

—¿Alguna vez ha tenido que romperse la cabeza en su trabajo, amigo? —le pregunta al camarero mientras le rellena con ron el vaso.

—Por suerte, soy empleado. Me limito a hacer lo que los clientes me piden, reponer como los jefes me mandan y limpiar cuando me lo ordenan.

—Pues tiene suerte. —Da un sorbo—. Los trabajos como el mío te abotargan, aunque tengas una inteligencia fuera de lo normal. Sí, soy un engreído, pero este engreído ha resuelto casos que otros no han sido capaces. Y voy ahora y me encuentro con el de este…

—Sírvame a mí lo mismo, por favor.

Yoel desvía la mirada hacia la voz femenina que ha interrumpido sus palabras. Es Sheila. Apenas recordaba que este también es uno de los locales favoritos de ella.

—Gracias —le dice esta al camarero—. Discúlpenos, el caballero y yo tenemos que hablar.

El hombre se retira.

—Sheila, bonito vestido. Aunque un poco fresco para esta época, ¿no?

Yoel la analiza de arriba abajo. Nuevo corte de pelo, le queda bien. Maquillada. Labios pintados de rojo, igual que la ropa que lleva puesta. Ese color contrasta con sus preciosos ojos verdes. Un vestido de amplio escote, sin mangas y de una sola pieza, que la cubre hasta debajo de las caderas sin llegar a las rodillas. Al final de todo, zapatos de tacón negros.

—¿Una cita? —se atreve a preguntar.

—No, en realidad no. Me apetecía arreglarme y salir. Y suerte que lo he hecho. Si no llego a aparecer, te habrías ido de la lengua.

Yoel mira su vaso de ron. Los párpados empiezan a pesarle.

—Es posible.

—¿Qué te ocurre, Yoel? No recuerdo haberte visto nunca así.

—Estoy bien, ¿vale? No vengas tú ahora a darme la tabarra también.

—¿«También»? ¿Problemas con Ángela?

Yoel niega con la cabeza. Pero no con la intención de decir que no, sino para suplicar que no pregunte.

—Necesitas un café. Por favor, traiga uno bien cargado.

—Sheila, ¿quieres hacer el favor de dejarme en paz? No necesito un puto café.

—Claro que lo necesitas. Te lo meteré por la garganta, aunque sea con un embudo. No voy a permitir que te metas en un apuro y le cuentes los detalles de un caso abierto al primero que venga y se siente contigo a charlar.

—Como si lo fuese a recordar. Aquí están todos borrachos, incluido el barman. Mira el panorama.

No se trata de una discoteca ni de un pub, pero sí hay gente bailando como si se encontrasen en uno. Jóvenes, sobre todo, aunque alguno puede que pase de los treinta. Raro es el caso de una mano sin copa. La música no está demasiado alta y permite hablar en un tono más o menos normal.

El camarero sirve el café. Yoel lo mira con asco. Sheila le aparta el ron de delante y le acerca la taza con el líquido negro.

—Adentro.

Yoel se resigna, agarra la taza por el asa y le da un gran sorbo. Pronto se arrepiente. Traga, pero la lengua y la garganta le arden. Sheila suelta una carcajada.

—Sí, campeón, los cafés suelen servirse calientes.

—¡Me cago en la puta! ¡Por favor, traiga un cubito de hielo!

Una vez que el hielo se ha deshecho, puede beberse el café sin problema. Enseguida nota cómo hace efecto y se le despeja un poco la cabeza, aunque empieza a sentir dolor en las sienes.

—Vamos, te vendrá bien que te dé el aire —dice Sheila.

Ella paga y abandonan juntos el local. Ahora que tiene la cabeza menos cargada, le da la sensación de que la música estaba a un volumen mayor del que pensaba. Lo nota porque, incluso fuera, se sigue oyendo. También porque invade sus tímpanos un zumbido que no procede de ninguna parte. Quizá lo que habló con el camarero fue gritando. Sheila tenía razón: cualquiera podría haberlo escuchado.

—Gracias. Si no llegas a pararme, me habría ido de la lengua.

—Sí, Yoel, suelo tener razón más veces de las que eres capaz de aceptar. Mira, ya sé que las cosas entre nosotros se complicaron hace tiempo y que…, bueno, digamos que te he estado guardando cierto rencor, lo admito. Pero aún te admiro como profesional, en serio. A pesar de ser un borde y un imbécil en muchas ocasiones, reconozco que la forma en que has resuelto casos del pasado aún me deja atónita cuando pienso en ello. Por eso no comprendo qué te ocurre últimamente. Si de verdad estás agradecido por haberte salvado ahora el culo, dime qué coño te pasa, por favor. Quiero ayudarte.

Yoel resopla.

—Es complicado.

—Me considero una mujer inteligente. Prueba a explicármelo y seguro que lo entiendo.

Yoel le cuenta con todo lujo de detalles las dos reuniones que ha tenido con Antonio Serván. Le explica que su intuición lo considera el culpable de todo y la conexión que ve entre sus novelas y los crímenes. También le comenta que todo el asunto está afectando a su relación con Ángela. Nada más revelar esto, percibe un brillo en los ojos de Sheila. Sus párpados maquillados se han abierto y sus pupilas se han dilatado. Sin embargo, al hablar, no hace referencia a ello.

—¿Y solo por tu intuición estás tan empecinado en que Serván es quien ha cometido los crímenes? Yo también lo creía, pero cambié de idea después de haber dado negativa la coincidencia entre el ADN que le robaste y los restos de piel que encontramos en la herida de Escudero. Hay que saber cuándo rendirse ante la evidencia, Yoel.

—Sheila, no es solo una intuición. No sé cómo explicarlo. Hay algo, algo que no consigo encajar y que está ahí diciéndome, insistiéndome en que Serván tiene algo que ver. La última conversación con él me lo ha reafirmado. No sé si es quien ha cometido los crímenes o no, pero está involucrado de alguna manera.

—¿Recuerdas lo que nos enseñaron en la academia? Es muy distinto tener primero las piezas y trazar una hipótesis a partir de ellas...

—... que tener primero una hipótesis y hacer que las piezas encajen en ella por la fuerza. Sí, lo recuerdo.

—¿Y no es posible que te hayas obcecado tanto en la idea de que Serván está involucrado que ahora todo lo nuevo que descubrimos lo rediriges hacia esa hipótesis?

No, no lo es. No se lo dice en voz alta porque no lo entendería. Ya se ha encontrado ante otros casos en los que ha caído en la trampa mental de forzar las piezas y, hoy en día, sabe cómo identificarla y manejarla. Esta vez es distinto. A pesar de la mezcla de alcohol y cafeína que lleva en el cuerpo, sigue convencido de que no está encajando ninguna pieza a la fuerza.

—Creo que necesitas desconectar —continúa Sheila—. Desconectar de verdad. No ir a un bar a hincharte de alcohol ni dar un paseo mientras piensas en ello. Necesitas que tu cabeza se centre solo en una cosa.

Sin darle ocasión de responder, le agarra la cara con las dos manos y lo besa en los labios. Le introduce la lengua hasta el fondo y, por un segundo, Yoel deja de pensar en todo lo relativo a Serván. No sabe cómo, pero consigue reunir el impulso necesario para separarse de ella. Su corazón late desbocado; no se lo esperaba.

—Sheila, por favor…

—Vamos. —La mujer se acerca de nuevo a él muy despacio—. No te alejes.

Pega su cuerpo contra el de Yoel. Primero los pechos, luego el abdomen y, para terminar, la cintura. Sube la rodilla hasta acariciar con ella la sagrada zona que hay bajo el ombligo. Los labios de la mujer se cierran alrededor del pescuezo del hombre. Una cálida lengua lo acaricia. La rodilla sigue rozando algo que ha aumentado de dureza y tamaño, así que aprieta más. Él cierra los ojos y se deja llevar. Le devuelve el beso mientras la empuja contra la pared contraria. Están en un callejón por el que no pasa nadie. Podrían hacerlo aquí mismo, pero Sheila tiene otros planes.

Sin dejar de excitar sus zonas erógenas, lo conduce hasta su portal, dos calles más abajo. Abre a tientas la puerta mientras su cara apunta al cielo, con los dientes de Yoel cerrándose muy suavemente en su oreja. Se meten en el ascensor. Mientras suben hasta el quinto piso, Sheila introduce una mano por debajo de los pantalones de Yoel. Acaricia su miembro piel contra piel mientras él hace lo mismo con sus pechos.

Entran en la casa, cierran con un portazo sin importarles despertar a los vecinos. Ha llegado el momento de quitar de en medio ese estorbo que supone la ropa. Ella lo agarra de una mano y lo conduce hasta el dormitorio. Allí las prendas van cayendo poco a poco: los zapatos de tacón, la camisa de rayas, el vestido rojo, los pantalones, la camiseta negra y, por fin, la ropa interior.

Tumbados en la cama, Yoel le da la vuelta al cuerpo de la mujer. Pecho contra espalda, entra en ella. Sheila no reprime sus gemidos de placer. Jamás lo ha hecho así con él. Piel contra piel. Pero no por fuera, sino por dentro. A él tampoco le parece mala idea. Su mente por fin se ha liberado de todo y solo piensa en disfrutar de este sexo tan maravilloso.

Y, justo en ese momento, lo recuerda.

Quizá por la euforia, quizá porque su mente por fin ha desconectado, quizá por los efectos del alcohol mezclado con la cafeína, quizá por todo esto a la vez, lo recuerda.

Recuerda que Serván le dijo hace muchos años que pagaría por haberlo traicionado. A eso debía de referirse en su primera reunión en la cafetería. «Hace mucho tiempo asumí que no querrías saber nada más de mí, teniendo en cuenta cómo acabaron las cosas entre nosotros». Ahora encaja. También con lo que le dijo ayer: «Lo que más me repatea es que ni siquiera recuerdas por qué quiero lo que quiero».

Quiere venganza.

Se detiene en seco. Sheila no parece percibirlo en un primer momento, porque sigue moviendo las caderas al mismo ritmo. Solo cuando siente la reducción de tamaño se da cuenta de que algo no va bien.

—¿Yoel?

Yoel no la escucha. Su cuerpo permanece inmóvil, pero su mente trabaja a la velocidad del rayo. Serván se lo dijo mirándolo a los ojos y está cumpliendo su amenaza. ¿Por qué no lo recordaba, a pesar de tener una memoria excelente? ¿Por qué no ha logrado encajar hasta ahora esa pieza tan clara y vital?

La respuesta está en el alcohol.

Cuando Serván lo amenazó, Yoel llevaba un par de copas encima. Bastantes más, de hecho. Justo como ahora. Quizá su memoria ha conseguido reactivarse por esta conexión. Como cuando no recuerdas los detalles de un sueño hasta quedarte casi dormido. Putos misterios de la mente. Lo que tiene claro es que debe atar cabos ahora que su memoria está fresca.

—Lo siento —dice mientras se separa por completo de Sheila, se levanta de la cama y se viste—. Tengo que irme.

—¡¿Qué cojones dices?! —Sheila se incorpora.

—Lo… lo siento, de verdad.

Y, sin dar explicaciones, la abandona.

Antonio Serván analiza una vez más lo que captan las cámaras instaladas en el cuarto de pensar de Yoel. A no ser que, en los rincones que las lentes no alcanzan, haya algún detalle comprometedor (lo cual sería muy mala suerte), todo sigue en orden. Estaba previsto que Yoel encajase las piezas, aunque aún le faltan algunas importantes.

Hace un par de horas, durante la discusión con Ángela, alguien lo llamó por teléfono. Quienquiera que fuese debió de comunicarle algo que no resultó de su agrado, dada la forma en la que reaccionó. Hablaban de unos resultados. La cara de Yoel, captada por las cámaras, y su voz, captada por los micrófonos, fueron todo un poema. Lástima no haber podido escuchar ambos lados de la conversación. En cualquier caso, Yoel no recibió las noticias con alegría y se marchó de casa al instante con aire de rabia.

Pendiente como está de la pantalla, Serván capta el momento de su regreso. Aparece alterado y desaliñado, con el pelo revuelto y la camisa medio por fuera de los pantalones. Y con una marca de pintalabios en el cuello. Es obvio que se ha acostado, o al menos liado, con alguien. Esta infidelidad hacia Ángela no se la esperaba, pero le viene que ni pintada.

A Yoel no parece importarle. Se dirige hacia la pared norte del cuarto de pensar. Luego, recorre con el dedo varias anotaciones que hay en la oeste. Coge un papel sin estrenar del taco y, apoyado en la pared, escribe algo en mayúsculas, algo que el espía puede leer sin problema gracias al zoom de la cámara: AMENAZA DE SERVÁN.

—¡Vaya, Yoel, por fin lo has recordado!

Temía que no lo hiciese. Es consciente de que, cuando lo amenazó mirándolo a los ojos, hace tantos años, Yoel estaba borracho. Parece lógico que sus palabras cayesen en el olvido. Pero listo, problema arreglado. Lo ha recordado. Lo que le ha dicho en la cafetería en ambos encuentros ha surtido efecto. Así se cumplen, una vez más, sus previsiones.

«Lo siguiente que hará será… Veamos… Sí, contactar con Carol y reunirse con ella. Es lógica pura y dura».

Por lo demás, está tranquilo. No hay constancia de aquella amenaza, salvo la palabra de Yoel. Y, teniendo en cuenta las anotaciones que ha hecho sobre lo comentado con sus superiores y compañeros, su credibilidad al respecto está decayendo. Les parece obsesionado. Yoel lo sabe, así que no revelará nada sobre el tema hasta encajarlo mejor en la trama de los crímenes. Por eso la ha anotado en un papel, aunque aún no tiene claro dónde clavarlo.

16

¿Dónde clavarlo? Yoel sostiene en sus manos el papel en el que ha escrito las palabras AMENAZA DE SERVÁN. Ha pensado en conectarlo con el anillo de compromiso enterrado junto al esqueleto. ¿La venganza consistiría en involucrarlo de esa manera? Su intuición le ha hablado de nuevo y le dice que no es tan sencillo. Si no, ¿qué pinta el cadáver de Irene Escudero? No consigue relacionar el anillo con ella ni con la posición de su cuerpo. El arranque de ira y las palabras de Serván en su última reunión pueden esconder la clave, pero tampoco tiene claro desde qué lado vincularlos.

Se está quedando sin espacio en las paredes. A causa de ello, hay algunos datos, como los relativos al robo y al análisis de la saliva de Serván, que no ha anotado por aportar poca o nula información y por ser obvio dónde y cómo encajan. Sin embargo, a pesar de tener cosas tan claras como esas, por ahora todo son hipótesis fruto de su imaginación. La imaginación resulta esencial para desentrañar un misterio así, pero no puede dejarse arrastrar por ella y crear historias posibles y no probables. «Vamos, piensa». Por más que lo intenta, no consigue avanzar. Y es que, así como ha conseguido recordar que Serván lo amenazó, no es capaz de recuperar el motivo por el que lo hizo. Está claro que la memoria y el alcohol no se llevan nada bien.

Cierra los ojos y se pregunta si su obstrucción se debe a que ha engañado a Ángela. Y con Sheila, nada menos. Se siente culpable, ¿cómo no? Pero lo que más le preocupa no es la culpabilidad en sí misma, sino que este sentimiento le impide pensar con claridad. Está consumiendo gran parte de sus recursos mentales y no se lo puede permitir. Así que toma una decisión. Abandona el cuarto de pensar y se dirige al dormitorio.

Ángela todavía duerme. Son las cuatro y media de la madrugada. El tiempo ha pasado volando. Para no despertarla de forma brusca, enciende la luz del pasillo. Bajo esa tenue iluminación, se adentra en el cuarto. Se sienta en el lado de la cama de Ángela. Ella entreabre los ojos.

—Ángela, tengo que hablar contigo.

Si la mujer aún tenía los párpados medio cerrados, los termina de abrir por completo al escuchar estas palabras.

—¿Qué pasa? —exclama, asustada—. ¿Qué hora es?

Yoel no responde a la segunda pregunta. En cuanto a la primera, la cuestión es cómo contestarla. Se toma unos segundos para decidir que lo mejor es decirlo de forma clara y directa, sin rodeos.

—Me he acostado con otra. —Prefiere no revelar con quién, ya que ella conoce su historia con Sheila.

La expresión de Ángela oscila entre el asombro, la rabia y la tristeza. Tres emociones que, en cuestión de un instante, viajan por su rostro como si estuvieran dando la vuelta al mundo en ochenta milésimas.

—Claro. —Es su respuesta, oculta tras un susurro—. Tendría que haberlo visto venir.

—¿Qué quieres decir con eso? —Esta vez, Yoel no logra anticiparse a sus pensamientos.

—Eres un cabrón y un cobarde. Me tratas como el culo para

ver si te dejo y, como no lo hago, das el paso que te estabas aguantando.

—¡¿Qué?! ¿Qué dices? No, no es cierto. No quería…

Antes de que pueda terminar, Ángela le pega una bofetada en la cara que lo deja inmóvil. La mujer se levanta y se dirige al armario, del que saca una maleta. Entonces Yoel reacciona y se aproxima a ella.

—Espera, ¿qué haces?

—Lo que querías, ¿no? —le responde Ángela mientras guarda su ropa dentro de la maleta, sin doblarla siquiera—. Me largo. No puedo más. ¿Dónde coño están mis pantalones rojos? ¿Los has visto?

—¿Qué? No, no los he visto. Y no, no es esto lo que quiero. Espera un…

—¡Estoy harta, Yoel! —Ángela lanza unos vaqueros al suelo y pasa a los gritos sin importarle despertar a los vecinos—. Cuando en agosto te propuse posponer la boda, después de haber perdido el anillo, dejaste de tratarme como siempre. Estabas enfadado y, hasta cierto punto, era comprensible. Pero estos últimos días, desde que desenterrasteis el puto esqueleto, me has tratado como el culo y eso sí que no lo tolero. Esto que me acabas de contar es una…

—¡No, no empieces! No me vengas con que es una señal de que no debemos estar juntos.

—¡Lo es! Primero, pierdo el anillo. Luego, lo encuentran junto a un muerto. Tú te encierras en un caso que no diriges, en el que ni siquiera participas de forma oficial, y me tratas así. Y ahora me pones los cuernos. Si esto no son señales de que debemos dejarlo, dime de qué se trata entonces.

A veces se pregunta cómo puede estar con alguien tan irracional como Ángela. Con alguien que hace caso omiso de la ley de causa y efecto y se guía por señales divinas, supersticiones y otras estupideces.

—Ángela, por favor…

—Estaba dispuesta a aguantar porque no ha pasado ni una semana y porque pensaba que sería el estrés del trabajo. Un estrés exagerado que todo el mundo tiene derecho a sufrir. Pero no. Lo tuyo no es estrés, es obsesión. Y no estoy dispuesta a aguantar a un obseso que, además, se va follando a otras.

Ha vuelto a hacerlo. Le ha llamado obseso de nuevo. Yoel empieza a sentir rabia, pero se fuerza a controlarla para no empeorar la situación. Ángela regresa a lo que estaba haciendo y recoge los vaqueros del suelo para lanzarlos dentro de la maleta.

—Estaba borracho, ¿vale? Había bebido un par de copas de más.

—¿Y crees que eso es justificación? Lo raro es que no haya pasado antes.

Yoel se lleva las manos a la cabeza. Estrés, alcohol, cafeína, sexo interrumpido, falta de sueño… Todo este mejunje está a punto de estallar. Es normal que Ángela se enfade, pero no ha ido a despertarla para que se largue.

¿O sí lo ha hecho?

Se para a pensarlo por un momento mientras ella coge otra maleta del armario y empieza a llenarla con lo que hay en los cajones de su mesilla de noche. Es cierto que, en los últimos días, lo ha interrumpido dos veces y él se ha alterado. ¿Resulta un estorbo en estos momentos? Si no lo fuese, ni siquiera bajo los efectos del alcohol le habría sido infiel. No le cabe la menor duda de que quiere a Ángela. La quiere de verdad, pero quizá ahora es mejor que no se vean.

—¿Sabes? —dice, tratando de medir muy bien sus palabras—. Puede que tengas razón. Es posible que nos venga bien estar separados una temporada. Por lo menos, mientras estoy inmerso en este caso.

Ángela lo fulmina con la mirada.

—No, Yoel, no me vengas con esas. No le eches la culpa al trabajo. Si me quisieras de verdad, no te habrías follado a otra.

Quizá todo lo que está pasando sea una señal de que no debemos estar juntos nunca más.

—Oye, intento arreglarlo, ¿vale?

—¡Pues no quiero que lo arregles! Lárgate a tu puto cuarto de pegatinas y déjame en paz.

—De acuerdo.

Y, dando un portazo tras de sí, la abandona en el dormitorio para que termine de recoger sus cosas. A medio camino, se detiene, relaja los hombros, cierra los párpados y suspira. Se contiene para no volver. Es mejor dejar que esta mierda termine y, después, hablar con calma.

Debe dar caza a Serván.

Han transcurrido dos días desde que Ángela se marchó. No ha vuelto a tener noticias suyas. Tampoco la ha llamado ni le ha escrito. Ha podido mantener la cabeza despejada y eso le ha permitido contextualizar algo mejor el papel de la AMENAZA DE SERVÁN. Al principio, cuando su cabeza hizo clic mientras estaba con Sheila en la cama, su memoria solo recuperó las palabras del escritor, no el motivo. Le ha resultado algo complicado, ya que los recuerdos bloqueados por el alcohol son muy difíciles de rescatar. Para algunas personas, se volvería algo imposible. Pero su cabeza funciona de otra forma.

Carol podría tener la clave para descubrir algo nuevo, así que han quedado hoy en una cafetería, otra distinta a aquella en la que se reunió con Serván. No lo han hecho antes porque Yoel quiere mantener una conversación cara a cara y ella ha estado fuera. Trabaja en otra ciudad y no ha vuelto hasta esta mañana, para acompañar a su familia durante las Navidades. ¡Cómo pasa el tiempo! Mañana es Nochebuena y Yoel no tiene con quién estar. Ángela lo ha dejado, su padre sigue sin responder a sus llamadas, Sheila no querrá verlo ni en pintura… No le importa. Desde la muerte de su madre, han dejado de gustarle estas fechas. Prefiere seguir investigando el caso.

Por la ventana, observa que chispea. No se ha traído el impermeable, pero no le preocupa. Si le toca mojarse un poco al regresar a casa, que así sea. Le gusta el contacto con la lluvia, lo despeja. Al llegar, una ducha de agua caliente lo arreglará todo. No es propenso a resfriarse. De hecho, hace muchos años que ni siquiera coge un mísero catarro, a pesar de haber tenido que patrullar y realizar misiones con bastante frío de por medio. Será que, con los años, se ha hecho fuerte no solo en mente y cuerpo, sino también en inmunidad. En la época de la pandemia y de las mascarillas obligatorias, toda la comisaría excepto él acabó contrayendo la enfermedad. No tiene ni idea de a qué se deberá, pero tanto mejor así.

Desvía la mirada hacia la puerta y ve entrar a Carol con ropa de invierno. Ella sí va bien abrigada. Cierra su paraguas rojo y lo deja junto a otra docena de ellos, que se encuentran apelotonados en la entrada, dentro de lo que parece más una papelera que un paragüero. Es tan guapa como la recordaba. Ya hace casi quince años que perdieron el contacto. Cuando la llamó anteayer, no lo reconoció por su voz. Lo ubicó cuando le dijo su nombre. Se asustó al decirle que necesitaba hablar con ella por un asunto policial. Sin embargo, tras aclararle los motivos, se mostró muy atenta y aceptó quedar en persona.

Yoel levanta el brazo para que lo vea. Sin desabrocharse el abrigo, la mujer se acerca con una sonrisa preciosa, aunque ahora con arrugas, víctima de los casi cincuenta.

—Yoel —pronuncia su nombre mientras le da dos besos en ambas mejillas—. ¿Qué tal, cómo estás? ¡Cuánto tiempo!

—Hola, Carol. Todo estupendo. Gracias por haber venido.

—De nada. —Carol deja el bolso sobre la mesa y toma asiento—. Al principio me asusté un poco, cuando me comentaste por qué me llamabas, me refiero.

—Sí, perdona, no quería asustarte. Insisto en que no tiene nada que ver contigo. Bueno, en realidad sí, pero…

—Ya, ya me lo explicaste, no te preocupes. Quieres hablar sobre Antonio. Dime, ¿en qué te puedo ayudar?

A pesar de la aparente impaciencia de la mujer, Yoel no responde al momento. Guarda silencio debido a que el camarero se acerca para preguntar qué quiere tomar Carol. «¿Por qué sigo quedando en cafeterías?», se pregunta. Ha elegido una mesa alejada del resto de los clientes para poder hablar sin que nadie los escuche, igual que hizo con Serván; pero da la impresión de que uno de los requisitos para trabajar como camarero es ser inoportuno. Desvía la conversación hacia lo personal hasta que el hombre regresa con el café con leche de Carol. Espera a que se largue y entonces lanza la primera pregunta clave:

—¿Sigues teniendo relación con Serván? Con Antonio, me refiero.

—¡Uy, qué va! Ya hace muchísimo que no sé nada de él. Recuerdo que, cuando trabajaba en el mismo bar que su madre, y luego en la floristería, venía a menudo a hacerme visitas. Yo le tenía mucho cariño y creo que él a mí también. Pero dejó de venir, así sin más. Ni siquiera nos cruzábamos por la calle. Coincidí un par de veces con su madre y me habló de él muy por encima cuando le pregunté.

—¿Y no sabes por qué dejó de visitarte?

—No, ni idea. —Carol da el primer sorbo a su café caliente—. Pensé que tú sabrías más de él que yo. Ibais al mismo colegio, ¿no?

—Sí, así es.

Así que Carol ni siquiera sospecha por qué Serván se distanció de ella. ¿Estará siendo sincera? No hay nada que indique lo contrario. Yoel pensaba que habrían mantenido el contacto. Ahora que ha descubierto que no es así, ve el daño que «aquello» le hizo a Serván. Y esto, por supuesto, refuerza el motivo de la venganza. Solo queda averiguar algo que permita demostrar la conexión con los crímenes actuales.

—¿Cómo describirías tú a Antonio? —le pregunta—. Sé que han pasado muchos años, pero lo que recuerdes estará bien.

—Bueno, yo lo guardo en mi memoria como un niño callado, tranquilo, algo reservado... También cariñoso. Después de lo de su padre, venía a menudo a la floristería y me pedía un abrazo. Imagino que lo recordarás.

—¿Lo del padre de Antonio? Sí, claro. Asesinó a uno de nuestros compañeros de clase. Los profesores y los alumnos estuvimos conmocionados un buen tiempo, ¡como para no recordarlo!

—Claro, y al pobre Antonio le impactaría incluso más. No podría quitárselo de la cabeza ni siquiera en casa. Su madre era muy buena persona, pero no demasiado afectuosa. No sé si sabes que falleció de un cáncer cuando Antonio aún vivía con ella.

—Sí, me he enterado.

—Y su padre murió asesinado en prisión. Pobre Antonio... Convivir de niño con un padre maltratador y asesino debió de hacerle pasar un infierno. Y su madre, como te decía, creo que no le demostraba el suficiente cariño. Si no, no habría venido a desahogarse conmigo.

—¿Llegó a llorar alguna vez delante de ti?

—No, creo que no. ¿Por qué eso es importante?

—Bueno, solo por curiosidad.

En realidad, lo ha preguntado por algo más que por curiosidad. Que Serván no llorase en esos momentos ante la persona a la que iba a pedir cariño y comprensión, sobre todo después de lo de su padre, resulta bastante significativo. Es un perfil habitual en un psicópata. Claro que hay personas que, sin ser psicópatas, mantendrían la misma conducta; pero la psicología criminal requiere ir tomando retazos para juntarlos y formar un perfil completo. Y este dato que le acaba de proporcionar Carol puede resultar útil.

—¿Estás enterada de su trayectoria profesional?

—Sí, por supuesto. Es muy famoso. He leído algunos de sus libros y me han gustado, aunque no he considerado oportuno contactar con él. Si se alejó, sus motivos tendría.

—¿Y has oído hablar en las noticias de algo relacionado con sus libros?

A lo largo de estos dos días, algunos de los periodistas más tenaces han logrado publicar artículos sobre la posición del cadáver de Irene Escudero, a pesar de los intentos de la Policía por mantenerlo en secreto. Y sobre el esqueleto de Abelardo Mayo, salvo su identidad, todos los detalles son ya *vox populi*.

—Te refieres a lo de los crímenes, ¿no? Los que están cometiendo, basándose en las novelas de Antonio. Cuando me llamaste y me contaste que ahora trabajas en la Policía y que querías hablar de él, ya me imaginé que sería por eso. No sé más de lo que cuentan en la televisión o de lo que he leído en internet. Aunque ¡como para fiarse de internet hoy en día! Supongo que este tema estará afectando a Antonio. Ya has hablado con él, ¿no?

—Sí, pero no puedo darte información al ser un caso abierto.

—Claro, lo entiendo. Es lógico, no te preocupes.

—Disculpa si esta pregunta te hace sentir incómoda, pero tengo que hacértela. ¿Alguna vez te dio la sensación de que Antonio sentía algo por ti? En el sentido romántico, me refiero.

—¿Antonio? ¡Qué va! Si era un chiquillo. Aunque, bueno, los adolescentes pueden enamorarse de gente mayor. Tú bien lo sabes. Pero no, nunca me dio esa sensación. Sí es cierto que me pedía cariño. Yo lo interpretaba como una necesidad de afecto que no recibía en su casa. Que me veía más como a una madre o a una hermana mayor, vamos.

«Claro que eso no significa nada», piensa Yoel. Por lo que conoce del Serván niño y por lo que ha podido comprobar hace poco, es de esas personas que ocultan muy bien sus sentimientos. Salvo cuando los profesa de forma clara y directa, como con el arrebato de ira en su última reunión, que le permitió hacerse con una muestra de saliva. Aun así, sigue dudando de la autenticidad de dicho arrebato.

—Esta otra pregunta puede que también te desconcierte un poco. Después de haber perdido el contacto con él, ¿recibiste algún mensaje anónimo, alguna amenaza o algo así?

—¡Qué dices! No, nunca. ¿Por qué? ¿Qué tiene que ver eso con Antonio?

Desde luego, esta chica es tan pura como ingenua. Yoel ve adecuado responder con una mentira:

—No tiene nada que ver con él, pero a veces, en este tipo de situaciones, hay algún desquiciado que hace uso de los anónimos. Era solo por descartarlo, no es importante. Y cuéntame, ¿él nunca te dijo nada que te sonase extraño? Algo que te diese pie a pensar que algo no marchaba bien en su vida. Al margen de los maltratos que sufría en su casa, me refiero.

Ahora quiere saber si Carol estaba al corriente del bullying que le hacían en el colegio. Quizá le contase algo al respecto que resulte útil.

—Bueno, ahora que lo dices… Recuerdo que una vez presencié una escena que me pareció rara, aunque no estoy segura de haberla interpretado bien. Estábamos en la floristería. Antonio había venido a hacerme una de sus visitas habituales y yo tuve que ir un momento al almacén cuando mi jefe me llamó. Desde allí escuché que alguien entraba; teníamos uno de esos aparatos que pitan al abrir la puerta, ya sabes. Fui a atender y, al llegar, vi a un chico en el umbral. Ni siquiera había soltado el pomo. Antonio estaba cerca del mostrador. Miraba hacia él y tenía el índice en los labios, como si le estuviera pidiendo silencio. Antes de que yo pudiera saludar, el chico se marchó corriendo. Supongo que tendrían sus secretos, como todos los chavales.

Yoel separa la espalda del respaldo y se inclina hacia delante. Lo que acaba de decir Carol es interesante. Muy interesante.

—¿Antonio le pedía silencio, dices?

—Bueno, es como lo interpreté. Estaba de espaldas a mí, así que tampoco puedo asegurarte si eso es lo que estaba haciendo.

—¿No sabes quién era el otro chico?

—No, ni idea. Nunca lo volví a ver por allí.

—¿Y recuerdas algo de él? No sé, cualquier cosa que te llamase la atención.

—Bueno, ya hace mucho de eso, pero… Iba vestido con la típica pinta de macarra: camiseta negra con una calavera dibujada, pantalones que parecían dos tallas más grandes que la suya, un piercing en la oreja… Y tenía un corte de pelo rarísimo, como si le hubieran dibujado ladrillos por toda la cabeza, ¿sabes?

¡No puede ser! ¿No estará describiendo a…?

Yoel saca el móvil sin perder un segundo. Entra en el grupo de chat de antiguos compañeros de clase. Recuerda que, no hace mucho, alguien envió una foto de aquella época, sacada el año en que murió Ramón, antes de la tragedia. «Por favor, que aún se pueda descargar». Encontrarla de forma manual es imposible, habrá cientos de mensajes de por medio. Sin embargo, aunque él no participó en la conversación cuando la enviaron, sí leyó algo que los demás escribieron. Alguien había puesto: «¡Qué caretos teníamos!». ¡Bendita sea su memoria! Abre el buscador interno del chat y teclea la palabra «caretos». ¡Bingo! Ahí está la foto, varios mensajes por encima. Siente un profundo alivio cuando comprueba que aún se puede descargar. La abre, busca a Fernando y amplía esa parte de la imagen. No tiene muy buena calidad, pero espera que sirva.

—¿Era este? —le pregunta a Carol, mostrándole la pantalla del móvil.

Ella lo observa con expresión dubitativa. Un segundo después, su rostro se ilumina.

—Por los ladrillos de la cabeza, yo diría que sí. Y su cara también se parece. Sí, sí que lo es, sin duda.

¡Qué cabrón!

Yoel entiende enseguida todo lo que esto implica. No esperaba tal revelación. Recuerdos que tenía abandonados, experiencias a las que no había dado gran importancia o que había interpretado de otra forma empiezan a prender en su memoria y en su comprensión.

Después de la muerte de Ramón, Fernando cambió mucho de actitud. Yoel lo achacó a la amistad que los unía. Siempre estaban juntos. Pero, al desaparecer Ramón de la vida de todos, Fernando se volvió mucho más pacífico, sobre todo con Serván. Ahora lo ve. No es que Ramón fuese el matón cabecilla ni que Fernando se sintiese tan afligido por la muerte de su amigo como para anular sus afanes de superioridad física. ¡Tenía miedo de Serván! Solo así se explica lo que acaba de contarle Carol. ¿Y por qué motivo Fernando temería a Serván si siempre había sido al revés? Debió de presenciar una muestra de fuerza superior en el joven Antonio, no hay otra explicación. Por eso huyó de la floristería cuando él le recordó que guardara silencio. ¿Silencio sobre qué? ¿Qué habría descubierto Fernando? Tuvo que ser algo grave. Algo muy grave. Algo como un asesinato. Si alguien sabe que has matado o te ve matar a otra persona, empezará a tenerte, como mínimo, respeto. Sobre todo, si es un crío o un adolescente, como ellos por aquel entonces. Así es evidente que encajan las piezas: Serván mató a Ramón y le cargó el muerto a su padre, quitándose de encima a dos personas que abusaban de él. Fernando lo descubrió de algún modo, tras lo cual Serván pasó a subyugarlo con amenazas de muerte, algo muy superior a los abusos de un matón adolescente en secundaria.

Se acuerda de que Fernando murió hace siete años en un accidente de moto. Cuando se enteró y se lo comentó al comisario la semana pasada, él le preguntó si podría guardar relación con el esqueleto que acababan de encontrar. Le había pedido a Ortiguera que buscase información. Todo parecía indicar que no fue nada más que eso, un accidente. A no ser, claro, que Serván pueda controlar los baches que se ponen ante una moto que va a ciento cuarenta kilómetros por hora en una zona de cincuenta. No es imposible, pero duda mucho que tuviese algo que ver en la muerte de Fernando. Ahora bien, en la de Ramón todo parece indicar que jugó un papel crucial. ¡Y tanto, si fue el asesino!

La verdad, jamás habría imaginado algo así. Ni siquiera sospechando de él de forma tan abierta se ha planteado que aquel asunto de la etapa escolar pudiese llegar a tales extremos. Era algo de un pasado tan remoto…

«No, Yoel, esa no es excusa. Eres estúpido, ¿cómo no se te ha ocurrido analizarlo por esa vía?». Por lo que sabe, en aquel momento la Policía lo investigó a fondo y determinó, sin lugar a dudas, que el asesino había sido el padre. Había un móvil, pruebas, restos, de todo. Pero, sospechando como sospecha ahora, tendría que haber deducido la realidad si hubiera prestado atención suficiente a esos acontecimientos. Debería haberlo visto, en ese contexto del pasado, como posible culpable. Solo lo ha enfocado como víctima de un padre maltratador y de unos compañeros abusones. Alguien que, debido a su dolorosa infancia, tenía todas las papeletas para convertirse en un asesino de adulto.

¡Qué imbécil ha sido! Imbécil, imbécil, imbécil. No, no puede permitirse el lujo de flagelarse. Si Serván logró engañar a la Policía de esa manera siendo un crío, ¿qué no podrá hacer ahora?

Debe dar enseguida el próximo paso.

17

El próximo paso estaba claro: debía ser persistente, permanecer a su lado, no dejar que se olvidase de él en ningún momento y, cuando por fin cumpliese los dieciocho, confesarle sus sentimientos. ¿Cuánto de probable es que una mujer de veinticinco años se enamore de un chaval de trece? Además, una como ella: hermosa, amable, de buen corazón... Estaba dispuesto a jugárselo todo para averiguarlo.

No se trataba de un plan como el del asesinato de Ramón, claro. Aunque la conducta humana es predecible hasta cierto punto, todo cambia desde el momento en que el amor entra en juego. Puedes condicionar a alguien para que acuda a un sitio a la hora que quieres. También puedes organizar bien las cosas para que, a ojos de la justicia, una persona resulte culpable de un crimen que no ha cometido. Incluso puedes provocar que alguien sienta miedo hacia algo que tú quieres que tema. Lo que no puedes hacer es controlar quién se enamora de ti. Antonio tenía esto muy claro, pero se dispuso a hacer todo cuanto estuviese en sus manos para lograrlo.

Empezó a acudir más a menudo a la floristería. El contacto frecuente aporta uno de los ingredientes esenciales de esa mezcla química tan incontrolable que es el amor. No estaba dispuesto a desaprovechar la oferta de abrazos de Carol. Estudió sus turnos y los de su jefe, así como los momentos en los que había más y menos clientela. Esto le permitió estructurar un horario de visitas idóneo en el que, con mucha probabilidad, se encontrarían ellos dos solos.

Un día, se presentó a las cuatro de la tarde. Era martes y Carol acababa de abrir.

—¡Hola, Antonio! —lo saludó con la misma alegría de siempre—. ¿Hoy vienes a comprar o solo a hacerme compañía?

Ese «solo» no le gustó demasiado, aunque sabía que Carol no lo había dicho con intención de menospreciar sus visitas. Todo lo contrario: en otras ocasiones, le había comentado que agradecía tenerlo allí. Hablaban de distintos temas y a ella se le hacía más llevadero el turno que estando sola. El trabajo de almacén era muy limitado y Carol debía encargarse, sobre todo, de atender a los clientes. En ese local no entraba una cantidad excesiva de gente y quienes iban solían hacerlo a partir de las cinco y media.

—Lo que tú prefieras —respondió Antonio con una sonrisa amable, aunque con el objetivo de ponerla a prueba.

—Me quedo con tu compañía —dijo Carol, guiñándole un ojo.

Ese gesto lo volvía loco. ¿Qué había detrás? ¿Objetivos seductores? ¿De complicidad? Y, en este último caso, ¿qué tipo de complicidad? Solía dormirse por las noches imaginando que Carol sabía que la amaba y que ella se enamoraba también de él.

¡Qué ganas de cumplir los dieciocho!

Una tarde, también sobre las cuatro, ocurrió algo que Antonio no se esperaba. Ese día, además de Carol, estaba su jefe en la tienda. Él lo conocía y su presencia no le estorbaba mientras su empleada no desatendiese sus obligaciones. Quizá ella le había contado su historia y el hombre, de buen corazón, le permitía quedarse allí sin comprar nada como caso excepcional.

Pocos minutos después de abrir, Carol acudió al almacén ante una llamada del jefe. Antonio se quedó solo y se dedicó a contemplar las flores. Desde que frecuentaba el lugar, se había instruido sobre ellas. Ya conocía la diferencia entre las azucenas y los lirios blancos. Incluso había aprendido a identificar otras variedades que antes ni siquiera sabía que existían, como la equinácea o la lantana. A veces, le contaba a Carol curiosidades sobre alguno de los especímenes que poblaban la tienda y ella lo escuchaba con atención e interés.

Mientras observaba unos gladiolos, sonó el pitido del detector colgado en la puerta. Alguien había entrado. Antonio estaba cerca del mostrador y se volvió hacia allí.

Era Fernando.

Nada más reconocerlo, este detuvo sus pasos. Permaneció inmóvil unos segundos, con la vista clavada en Antonio. Él le dedicó un gesto: se llevó el índice a los labios para recordarle que debía guardar silencio y, con la mirada, le dejó claro que seguía siendo quien mandaba. Carol apareció justo en ese momento. Fernando dio media vuelta y huyó como un antílope de un león.

—¿Qué ha pasado? —preguntó la mujer, extrañada.

—Ni idea —respondió Antonio, tratando de aparentar el mayor desconcierto posible—. Quizá quería entrar a robar. Tenía toda la pinta.

—Pues menos mal que estabas tú aquí.

Carol le revolvió el pelo con la mano. Antonio se derretía cada vez que hacía eso. Sentía un calor recorriéndolo de abajo arriba por toda la espalda. No era la única sensación placentera que le quedaba por descubrir.

Su cuerpo empezó a reaccionar de otra forma.

Otra tarde, estando los dos solos y sin clientes a la vista, Antonio le pidió un abrazo nada más llegar. Ese día se sentía raro y lo necesitaba de verdad. Mientras sus cuerpos permanecían pegados desde el mentón hasta las rodillas, notó que su pene reaccionaba y empezaba a crecer. Se asustó y se apartó. No quería que Carol lo percibiese. Si se sentía incómoda por ello, los abrazos podrían terminarse.

¿Qué estaba ocurriendo? Nunca le había pasado. ¿Era su primera erección? Cuando habían explicado el tema de la reproducción en clase, y también cuando unos jóvenes habían ido a impartir una charla sobre educación sexual, él apenas había prestado atención. Sabía cómo se reproducía el ser humano, por supuesto. También era consciente de la actividad del sexo como placer, pero nunca la había analizado hacia sí mismo. Estaba tan preocupado por Ramón en el colegio y por su padre en casa que no había dedicado atención en ningún momento a su desarrollo y madurez sexual. Con trece años, no recordaba haber tenido una polución nocturna. Por lo visto era normal; hay quienes no experimentan la primera hasta los catorce. Sin embargo, también se preguntó si, de haber crecido en unos ambientes escolar y hogareño sanos, habría tenido ya alguna.

Fuera cual fuese el caso, empezó a preocuparse. Los abrazos podrían volverse tensos tanto para él, por estar preocupado de sus reacciones físicas involuntarias, como para Carol si lo notaba. Así se adentró en el terreno de la masturbación.

Esa misma noche, decidió ponerse a prueba. Cubierto con las sábanas en su cama, empezó a acariciarse los genitales. La imagen de Carol vino a su mente. Se la imaginó sin ropa y, más deprisa de lo que esperaba, eyaculó. Jamás habría sospechado que se podía sentir algo así. Y había sido maravilloso. Estaba deseando vivirlo con ella de cuerpo presente, acariciando su figura mientras esa placentera sensación volvía a recorrer sus piernas y lo liberaba de cualquier tensión y estrés acumulados.

«Paciencia, Antonio. Faltan menos de cinco años».

A partir de aquel día, empezó a masturbarse justo antes de visitar a Carol, siempre pensando en ella. Así reducía el riesgo de que su pene reaccionase ante el contacto físico. Además, según había leído, los hombres que suelen tener sexo frecuente liberan unas feromonas que atraen más a las mujeres. No sabía cuánto de cierto había en esto, pero quizá con la masturbación ocurriese lo mismo.

Una tarde en la que también estaban solos, entró en la tienda otro de sus compañeros de clase. En esta ocasión no se trataba de Fernando, sino de Yoel. Los cazó en pleno abrazo. Nada más identificarlo, Antonio se separó de Carol a toda velocidad y se volvió para que Yoel no viese sus mejillas coloradas. Carol lo atendió con toda naturalidad. Al cabo de unos minutos, el joven cliente se marchó con su ramo de media docena de rosas blancas.

El interrogatorio fue inevitable al día siguiente. En ese momento, se sentaban de nuevo uno al lado del otro. En medio de la hora de Matemáticas, Yoel susurró la primera pregunta:

—Tío, ¿estás liado con Carol?

Antonio sintió cómo se ruborizaba sin poder evitarlo.

—¿Qué dices? ¡Claro que no!

—Pero te mola, ¿eh? Te has puesto rojo como un tomate.

Por un lado, Antonio se sentía incómodo. Por otro, quería hablar con alguien de sus emociones románticas. No podía hacerlo con Carol, claro. Tampoco con su madre. Y no tenía amigos. Así que empezó a ver a Yoel como su primer confidente. Admitió que llevaba mucho tiempo enamorado de Carol y que estaba esperando a cumplir los dieciocho para decirle lo que sentía. También le comentó cómo intimaba con ella, tanto en el plano físico como en el emocional. Yoel aplaudió su determinación. La verdad, fue liberador. Poder expresar en voz alta esas emociones lo hizo sentirse mejor. Volvió a pensar en Yoel como su amigo. Su único amigo.

No esperaba que lo fuese a traicionar de un modo tan rastrero.

18

Las traiciones se pagan caras, sobre todo si son tan rastreras como la de Yoel.

Serván continúa sentado frente al ordenador, viendo lo que recogen las cámaras que instaló en casa de su enemigo. Pasillos, despejados. Dormitorio, despejado. Cocina, despejada. Salón, despejado. Baño, despejado, aunque es la estancia en donde menos cámaras instaló, dado que se suelen limpiar todos los rincones y podrían encontrar alguna con mayor facilidad que en los puntos estratégicos que eligió en el resto de la vivienda. Y cuarto de pensar, despejado.

Yoel debe de estar preparando su próximo movimiento. Por lo que ha podido deducir de sus conversaciones con él en la cafetería, es más que probable que no esté al frente de los casos. Tendría todo el sentido, dado que los vínculos personales son el primer motivo por el que apartan a un policía de una investigación. Y el anillo de compromiso hallado junto al esqueleto es, sin duda, uno muy personal. Por extensión, el asesinato de Irene Escudero habrá ido a parar a la misma unidad. Claro que eso no impide que Yoel pueda mantener charlas extraoficiales con un antiguo compañero de colegio. Se habrá camelado a sus superiores y estos le habrán dado cierta manga ancha para investigar el caso por su cuenta. Así tiene más sentido todo lo que ha montado en su cuarto de pensar. De todos modos, es casi seguro que ahora no se encuentre en comisaría hablando acerca de cómo evitar un nuevo asesinato derivado del cadáver de Irene Escudero. Si Serván escribió sobre ello en *Las dos menos diez* fue, precisamente, para mantener a la Policía entretenida llegado este momento.

Gracias al sistema de espionaje que montó en la vivienda de Yoel, sabe que se reunió ayer con Carol. Al regresar, escribió algo nuevo en sus notas: «Asesinato de Ramón». Lo unió con un hilo al nombre de Serván. De modo que la charla con Carol le permitió descubrir ese secreto tan bien guardado. No importa. Al igual que con todo lo demás, no tiene forma de probarlo. Y, por otra parte, el crimen ya ha prescrito.

En cuanto a Ángela, la madrugada del jueves, después de recoger sus cosas, se marchó para no volver. Todo ha salido según lo planeado. Cada vez está más claro: el ser humano es muy fácil de manipular si sabes cómo hacerlo. El primer paso consistió en colocar el anillo de compromiso enterrado junto al esqueleto. Esta jugada inicial tenía un triple objetivo. Primero: involucrar a Yoel en el caso de forma personal. Segundo: ponerlo tras la pista de Serván. Tercero: allanar el terreno para que, a través de emociones nocivas como el estrés o la rabia, se quedase solo. No sabía muy bien cómo ni cuándo iba a ocurrir, pero tenía claro que pasaría.

Ángela perdió el anillo en agosto y aún no sabe cómo. Además de todas las discusiones que han tenido desde entonces, la forma en la que Yoel ha escrito en sus notas «anillo perdido» deja claro su enfado con ella por ese tema. Por ese tema y por sus interrupciones continuas, que conociéndola, serían obvias. Si a esto se le suma lo supersticiosa que es y cómo interpreta las «señales», la ruptura resultaba tan predecible como inevitable. Además, Serván ya estaba al corriente del motivo por el que Yoel se había visto obligado a hacer el curso para el control de la ira y sabe, por propia experiencia, que esas emociones no se evaporan ni desaparecen por completo. Un carácter así de furibundo provocaría que el choque entre la pareja aumentase su intensidad. Que Yoel se acostase con otra no entraba en sus previsiones, pero ha sido un buen catalizador.

El plan sigue en marcha. Yoel se encuentra solo, se siente frustrado y no sabe qué más hacer para dar caza a Serván. Se ha quedado sin cartas que jugar. Pero no va a esperar sentado, eso seguro.

Serván mira el reloj. Dentro de cuarenta minutos tiene que estar en el plató de uno de los mayores canales de internet en materia de literatura para una entrevista. Es obvio que quieren hablar de los crímenes basados en sus novelas. Le trae sin cuidado mientras le den voz.

Yoel tiene su propio plan y se prepara para ponerlo en marcha.

Como no ha descubierto nada tangible sobre el asesinato de Ramón y al ser un crimen prescrito, ha llegado a la conclusión de que no llevará a ninguna parte revelarle a Espinosa lo que ha averiguado al respecto. Al contrario, solo reafirmaría lo que muchos ya piensan: que está obsesionado con Serván. Ese crimen es un caso cerrado desde hace mucho tiempo y sacarlo ahora a colación puede parecerles muy conveniente a quienes piensan así. A pesar del testimonio de Carol, que ni siquiera se consideraría como tal, no tomarían en serio estas nuevas acusaciones después de haberles insistido tanto en que Serván es el culpable de los crímenes recientes.

Contarle a Espinosa o a Vermón la amenaza que Serván le hizo hace veinte años tampoco serviría de nada. No existen pruebas. Y, aunque las hubiese, ocurrió hace muchísimo tiempo. Entiende que a Serván le doliera descubrir su relación con Carol. Aunque, para ser sincero consigo mismo, no contaba con que se enterase. Hasta hace muy poco, no recordaba que sí lo había descubierto y que se lo había hecho saber mediante una amenaza. Carol empezó a salir con Yoel cuando solo tenía diecisiete años, de modo que al principio lo intentaron mantener en secreto. Cuando él cumplió la mayoría de edad, dejó de importarles. En aquel momento, llevaba casi tres años sin saber nada de Serván; desde que terminaron la ESO no habían vuelto a hablar ni a cruzarse por la calle. Y, a pesar de que Yoel prefería que no lo averiguase, tampoco le importaba demasiado si lo hacía. A fin de cuentas, por muy enamorado que estés, las personas no son propiedad de nadie. Carol no era propiedad de Serván. Pensar que él creía lo contrario cabrea todavía más a Yoel.

Por otro lado, en comisaría están muy ocupados analizando *Las dos menos diez* para impedir un próximo asesinato que no ocurrirá. ¡Serán idiotas…! ¡Menuda forma de malgastar tiempo y recursos! ¿Por qué nadie le hace caso? ¡Ah, claro! Porque es el obseso de la comisaría. Debe hacer algo de inmediato, antes de que la cosa empeore. El problema de su plan radica en que tendrá que saltarse alguna ley y, como lo descubran, puede que no solo lo expulsen de la Policía, sino que supondrá consecuencias a nivel penal. Quizá se esté dejando guiar por la rabia, pero se ha quedado sin alternativas.

Ha descubierto que Serván tendrá hoy una entrevista para uno de los mayores canales de internet en materia de literatura. Según han anticipado en su blog y en sus redes sociales, hablarán de la obra del autor, pero entre líneas han dejado caer que comentarán algo sobre los crímenes de los que todos los noticiarios se están haciendo eco. El momento de llevar a cabo el plan es ahora. Son las doce del mediodía y su éxito va a depender de dos factores.

Primer factor: los vecinos de Serván. O más bien, la vecina. Tras investigar la dirección y la referencia catastral de la vivienda, ha descubierto que se ubica en el cuarto piso de un edificio estrecho que solo tiene dos puertas por planta: derecha e izquierda. Una frente a la otra. Por lo tanto, lo primero es comprobar que la mujer que vive en el cuarto izquierda tampoco esté en casa. Ha podido averiguar que trabaja en una residencia de ancianos. Su horario de los domingos es desde las ocho de la mañana hasta las tres de la tarde, pero no está de más confirmar que hoy no ha faltado por el motivo que sea. Sobre todo porque ya es Nochebuena. Llama al interfono. Espera. Nadie responde. Insiste. Sigue sin responder. Bien. Pulsa el botón de otros pisos para que le abran y les dice que la llave del portal no le funciona. Enseguida se planta frente a la puerta de Serván. Antes de hacer nada, llama al timbre del cuarto izquierda para una nueva confirmación. Ser precavido resulta esencial. En efecto, parece que no hay nadie. Estupendo.

Segundo factor: la cerradura de la puerta de Serván. Ayer, tras la reunión con Carol, se las ingenió para colarse en este mismo edificio con el objetivo de analizarla. Enseguida comprobó que disponía de protección *antibumping*, de modo que tuvo que pensar en otra forma de allanamiento. Existe un método del que ha oído hablar mucho, pero que nunca ha usado por sí mismo. Se trata del *impressioning*. Ayer, en su fugaz visita, introdujo una fina lámina de aluminio en la cerradura de la puerta de Serván, por donde se inserta la llave. Más tarde, al entrar haciendo uso de la suya, Serván dejó grabadas las marcas en dicha lámina sin darse cuenta. Ahora, Yoel solo debe extraerla con cuidado, adherirla a una llave plana y listo: ya tiene una copia que le permite entrar en la vivienda.

Cierra la puerta tras de sí y llega el momento del disfraz. No podía ponérselo antes por si se cruzaba con algún vecino. La ventaja de saber cómo analiza la Policía la escena de un crimen es que puede tomar medidas preventivas y así evitar dejar un rastro que lo delate. Por eso, antes de dar un paso más, se pone un cubrecalzado desechable y grueso de polietileno, unos guantes de látex y un gorro de polipropileno. Acto seguido, limpia con cuidado el lugar sobre el que ha pisado al entrar. Nadie sabrá nunca que ha estado allí. Ni siquiera le hará falta simular un robo.

Ya puede indagar con tranquilidad. De acuerdo con la programación de la entrevista, dispone de más de una hora antes de que Serván finalice, sin contar el tiempo que le llevará regresar. Es más que suficiente. Durante los primeros treinta minutos, abre cajones, armarios, puertas… Busca cualquier indicio que le permita deducir algo sobre la implicación de Serván en los crímenes. Detrás de una estantería del dormitorio, se oculta una caja fuerte empotrada en la pared. ¿Qué habrá dentro? Imposible descubrirlo sin la combinación que la abre.

Al llegar a lo que parece su despacho y lugar de trabajo, ve que el escritorio de caoba está patas arriba (no literalmente). No esperaba que fuese tan desordenado. Pilas de folios desperdigadas, lápices y bolígrafos dispersos, dos vasos vacíos con posos de té en el fondo, envoltorios de bollería, notas adhesivas que recubren la madera sin seguir ningún orden aparente…

Un folio impreso en el suelo llama su atención. Es lógico que se haya caído, teniendo en cuenta el caos sobre la mesa. Lo recoge y le echa un vistazo. Le da la vuelta a la hoja, pero la otra cara está en blanco. Parece el final de un relato y, gracias a las primeras palabras, que forman parte de una oración ya comenzada, es fácil deducir que existe un texto previo.

Esto es lo que se puede leer:

una persona importante. Y, como persona importante que es, muchos harían cualquier cosa para preservar su vida. El problema: que su vida ahora pende de un hilo.

Se gira para actuar antes de que sea demasiado tarde. Tropieza y cae al suelo. Ha leído sobre este veneno, vaya si ha leído. Sabe que solo tarda unos segundos en afectar a los músculos de las extremidades. Aún puede reunir fuerzas. Tiene un par de latidos antes de que empiece a hacer efecto en las cuerdas vocales.

El corazón de Yoel da un vuelco. ¿Es posible que...?

Desbloquea el móvil y marca el número de emergencias. Suenan tres señales antes de la respuesta. Tres señales que marcan la diferencia entre la vida y la muerte.
—Teléfono de emergencias, dígame.

Yoel también coge su móvil. Un calor desagradable le recorre el cuerpo a raíz de la ansiedad que le ha provocado esa idea. Le viene a la cabeza lo que Serván le dijo en su primera reunión, que está preparando «una novela que dará mucho que hablar».

¿Y si esto que tiene delante no es ningún relato de ficción, sino algo que está ocurriendo de verdad? ¿Y si se trata del final de un crimen que Serván ha cometido, está cometiendo o va a cometer? ¿Y si la «persona importante» de la que habla es el fundador de una multinacional que mueve millones de euros al año? Desde luego, eso daría mucho que hablar y encajaría con el *modus operandi* del escritor.

¿Y si esta es la venganza que Serván ha planificado contra Yoel?

Marca el número de su padre.

Intenta hablar, pero no lo consigue. Solo es capaz de emitir un gemido sordo.
—Teléfono de emergencias, dígame —insiste la mujer al otro lado de la línea.

Vuelve a gemir. El dolor se ha abierto paso por sus piernas, sus brazos, su garganta.

Es el turno de los ojos. Las lágrimas afloran. Empieza a ver borroso. La ceguera se hace cada vez mayor. Al otro lado de la línea, la mujer cuelga, quizá pensando que se trata de una broma.

Su padre no responde. Yoel creía que, durante estos días, no le había contestado debido a un supuesto berrinche, que le duraba desde su última conversación. Pero ¿y si esta «persona importante» sobre la que ha escrito Serván es él?

¿Qué le ha ocurrido? ¿Qué le ocurrirá?

Los dedos ya no responden. Se aflojan, pierden toda la fuerza. El móvil cae al suelo. El sudor empapa su frente. Pinchazos en el cuello. No quiere morir. No ahora, no todavía.

Sabe que no puede hacer nada. Si tuviese compañía, podrían llamar a una ambulancia en su nombre. Pero no hay nadie. Tardará unos cinco minutos en exhalar su último aliento. Mientras tanto, la parálisis completa ha llegado. Lo único que puede hacer es pensar.

—¡Joder! —grita Yoel, a quien ha dejado de preocuparle que algún vecino pueda oírlo.

Vuelve a marcar. De nuevo, sin respuesta.

—¡Mierda, papá, coge el teléfono! ¡Déjate de berrinches!

Pasa a escribirle un mensaje de chat. Quizá no lo lea pronto; su última conexión ha sido hace tres horas.

Le habría gustado terminar de otra forma. Hay tantas cosas que no ha hecho… La vida es corta, cariño; y la tuya, ahora mismo, más que ninguna otra.

«Por favor, llámame en cuanto veas esto. Es urgente», le ha escrito. No solo por chat, sino también por SMS, por si tiene los datos móviles desconectados.

No se le ocurre a quién más llamar. No dispone del número de nadie con quien trabaja. Todas son «personas importantes» y deben cuidar su privacidad al máximo. Su padre vive solo, sin ninguna relación romántica y, si tiene amigos, Yoel lo desconoce. Se pregunta cómo puede saber tan poco sobre él. La respuesta no es complicada teniendo en cuenta su historia familiar.

Su cuerpo yace en el suelo, inmóvil. Aún siente, pero cada vez menos. Nota la presión de las baldosas contra el abdomen. Las piernas las tiene dobladas. Respira a duras penas, lo suficiente para que el oxígeno llegue hasta sus pulmones moribundos y para que el dióxido de carbono de sus órganos intoxicados pueda abandonar su cuerpo.
Igual que lo está haciendo su vida.

Yoel no quiere seguir leyendo, pero una fuerza extraña impide que sus ojos se separen del papel. Se mueven solos mientras sobrevuelan las palabras. Además, a una velocidad de vértigo, como es habitual en él, lo que le hace más difícil frenar.

La espuma empieza a llegarle a la boca. La puede saborear. Es un regusto ácido. Varias burbujas blancas manchan el suelo. Si alguien entrase, si alguien viniese, podría sobrevivir. Pero nadie va a aparecer. Esto es la vida real, no una película ni una novela de suspense. No hará acto de presencia el personaje más inesperado en el último momento.
Lo asume: va a morir. Dentro de cinco segundos.
Invoca en su mente la última imagen.

—¡Joder!
Vuelve a llamar; obtiene el mismo resultado.

Cuatro.
Recuerda todos los momentos que ha vivido. Es tal y como dicen, como una proyección de diapositivas.

—¡No, no, no!

Tres.
¿Y la luz blanca? Esa de la que siempre recomiendan huir, ¿dónde está?

Vuelve a marcar.

Dos.
Si consigue verla, quizá pueda escapar de ella.

La llamada se cuelga sola.

Uno.
No hay rastro de ninguna luz. Solo la oscuridad, que se abre paso y es cada vez mayor.

—¡Papá!

Muere.

El cuerpo de Yoel cae al suelo sin que pueda evitarlo. Tras hiperventilar un par de veces, reúne la calma suficiente para analizar lo que tiene delante.

No hay el menor rastro de la página o páginas anteriores. Su parte optimista decide aflorar y creer, porque lo necesita, que el relato no habla de su padre. Puede que solo se trate de ficción. O, si no, quizá Serván aún no ha tenido ocasión de llevarlo a cabo en el mundo real. En el mejor de los casos, puede que forme parte de algún crimen habido o por haber que marca como objetivo a otra persona.

Sea como sea, no puede llamar a comisaría. Ha obtenido esta información mediante un registro ilegal. Además, ¿qué prueba supone contra Serván? La Policía no podría hacer nada aunque quisiese, al menos hasta descubrir el cadáver, fallecido a causa de un veneno como el descrito. Para entonces, ya sería demasiado tarde.

Tampoco tiene motivos de peso para hacer un despliegue de unidades y localizar con él a su padre. Al menos, no sin revelar que ha allanado la vivienda de Serván, lo cual bloquearía precisamente cualquier despliegue que quisiera hacer. ¿E inventarse una amenaza de muerte contra su padre por tratarse de una persona importante? No, tendría que dar información que lo sostuviese y ni cuenta con ella ni se la puede inventar. Además, no sería la primera vez que le envían mensajes similares por redes sociales, por lo que le ha contado en alguna de las pocas ocasiones que han podido hablar con calma. Las personas poderosas despiertan ese tipo de reacciones en otras muchas.

«Yoel, tranquilízate». Esta no es la primera vez que su padre pasa una semana, o incluso más, sin contestar a sus llamadas. No puede dejar que esto eche a perder su caza contra Serván. Su padre responderá a lo largo del día al recibir el mensaje y leer que se trata de algo urgente. Sus berrinches no llegan al punto de ignorar algo así. Mientras tanto, debe calmarse para no dejar nada que delate que ha estado en la vivienda de Serván.

Se siente tentado de doblar el papel y guardárselo en un bolsillo, pero sabe que no es buena idea. Todo tiene que quedar tal y como estaba. De modo que lo sujeta con firmeza, le saca una foto con el móvil y lo deposita de nuevo en el suelo. Ya lo volverá a leer luego con más calma.

Centra su atención en los dos ordenadores de Serván. Uno, portátil; otro, con CPU independiente. Parecen apagados. Si Serván los hubiese dejado en modo reposo y sin clave de acceso, sería excelente. Pulsa el botón de encendido del portátil. Demasiado pedir. Pocos segundos después de la pantalla de carga, aparece la caja blanca que pide la contraseña de inicio.

No tiene tiempo suficiente para averiguarla; ni siquiera dispone de los conocimientos informáticos necesarios. Debe de ser el ordenador sin conexión a internet del que Serván le habló en su primera reunión, en el que escribe sus novelas. Lo apaga y se dirige hacia el otro, a ver si hay más suerte. Para su sorpresa, este sí responde tras pulsar una tecla.

Pero esa sorpresa inicial no es nada comparada con la que invade su cuerpo al reconocer lo que muestra la pantalla.

—¡Hijo de la gran puta!

El monitor se divide en cuatro cuadrantes. En ellos, puede ver cuatro lugares de su propia casa, incluido el cuarto de pensar. Tras pulsar un botón, descubre que las imágenes varían y pasan por todas las estancias de la vivienda.

Una corriente eléctrica recorre su abdomen y le provoca un nudo en el estómago. ¡Serván ha estado espiándolo desde el principio! Pero ¿cómo? ¿Cómo ha logrado instalar cámaras en su casa? De pronto, una desagradable idea cruza su mente. ¿Ángela? No, no es posible que esté confabulada con Serván. De ninguna manera. Y tampoco ha podido forzar la cerradura para entrar; Yoel es muy precavido y la suya no se puede forzar sin dejar rastro, ni siquiera usando el *bumping* o el *impressioning*. Vale que el pomo del cuarto de pensar no es tan sofisticado, debido a que Ángela insistió en ello. «¿Tan poco confías en mí que crees que voy a usar una horquilla para entrar en tu cuartito?», le había dicho. «Ya me parece que soy bastante flexible al permitirte poner una cerradura, aunque sea de las básicas». Esto ocurrió poco después de mudarse a vivir juntos. Como no quería que Ángela creyese que desconfiaba de ella, hicieron un trato: Yoel instalaría un cerrojo, para asegurarse de que cualquier posible visita no fisgonease en un momento de despiste, pero sería uno de los básicos para demostrarle a Ángela que confiaba en ella. Total, con la de la puerta principal no habría riesgo de que nadie entrase sin permiso en la vivienda. Ahora ve cuánto se equivocaba.

Agita la cabeza. No tiene sentido buscarle una explicación ahora. Dispone del tiempo justo para estudiar las imágenes y descubrir la posición de las cámaras. Se dirigirá allí enseguida y las quitará.

O quizá…

«No, espera». Puede beneficiarse de esto. Algo nace y toma forma en su mente. Se le acaba de ocurrir una idea para cazar a Serván.

Suena el timbre.

Su corazón da un vuelco. Aguanta la respiración. Se dirige muy despacio hacia la puerta. El cubrecalzado le permite andar sin hacer ruido.

—¿Don Serván?

Echa un vistazo a través de la mirilla y ve a una mujer de unos cincuenta años vestida con ropa de calle. La vecina. Mira el reloj del móvil. Es la una menos cuarto. Parece que hoy ha salido antes de trabajar.

Sigue aguantando la respiración. La mujer vuelve a llamar al timbre. «Joder, lárgate ya». Mira el reloj de nuevo. Tiene el tiempo justo para marcharse antes de que Serván regrese.

La mujer se da por vencida y se dirige hacia la puerta del cuarto izquierda. Entra en su casa. Cuando cierra tras ella, Yoel libera todo el aire que sus pulmones han retenido hasta entonces.

No puede perder ni un segundo más. Echa un último vistazo para comprobar que todo está como al principio y, procurando no hacer ruido, sale de la vivienda allanada.

Serván regresa a casa. La entrevista ha ido bien, pero no es eso lo que más le preocupa ahora mismo.

Se dirige hacia su despacho, donde se encuentran dos de sus tres ordenadores. Uno, portátil, el que usa para sus labores cotidianas y para algo más que nadie salvo él conoce. El otro, de sobremesa, desde donde espía a su enemigo. En cuanto al tercero, está bien oculto en la caja fuerte de su dormitorio.

Pulsa el botón de encendido del portátil. Introduce la contraseña y abre la aplicación de videovigilancia. No la de casa de Yoel, sino la de la suya propia. Elige la cámara que apunta hacia la entrada. Genera el vídeo con la grabación de las últimas tres horas y lo reproduce a una velocidad varias veces mayor a la estándar. En el minuto cuarenta y siete, percibe movimiento. Recupera la velocidad original y ve a Yoel. Ahí está, dispuesto a vestirse para no dejar rastro de su incursión. ¡Benditas cámaras en miniatura! Lo han filmado sin que se percatase.

Sonríe. En el fondo, pensaba que Yoel no se atrevería a dar este paso por sí solo. Necesitaba que lo hiciese, pero creyó que, para obligarlo, tendría que recurrir a una de las artimañas guardadas en la recámara. Hay que ver lo que hacen las personas cuando se dejan llevar por sus emociones. Esto le facilita más las cosas. La grabación que tiene ante sus ojos es más que suficiente para dejar a Yoel fuera de la Policía y con su credibilidad por los suelos.

Sin embargo, antes de ir a comisaría y denunciarlo, tiene un asunto que atender. Regresa al coche y, mediante un detector de frecuencias, comprueba si Yoel ha enganchado algún GPS a la carrocería. Tras confirmar que no hay ninguno, arranca y realiza varios recorridos circulares para asegurarse de que no lo siguen. Hecha esta segunda comprobación, se convence de que tiene vía libre.

¿Vía libre para qué? Para arrebatar una vida, tal y como figura en su plan.

Han transcurrido varias horas. Yoel ha vuelto a llamar a su padre dos veces más, ambas sin respuesta. Continúa nervioso, pero ha logrado reunir la suficiente tranquilidad para poner en marcha la idea que le permitirá aprovecharse de la vigilancia estrecha de Serván.

Está terminando de atar los cabos sueltos cuando recibe una llamada del comisario. Es extraño. Vermón no trabaja los domingos. Con un tono seco, exige verlo en su despacho a la mayor brevedad. ¿Sabrá que ha allanado la casa del escritor? No, imposible.

Pronto descubre que no lo es tanto. Ya en el despacho de Vermón, ambos sentados, este lo mira con cara de pocos amigos y le espeta:

—¿Qué cojones haces entrando en la vivienda de Serván?

¿Cómo se ha enterado? Quizá solo lo sospeche. Lo mejor por el momento es hacerse el loco.

—No sé de qué me está…

—¿No sabes de qué te estoy hablando? Antonio Serván ha venido a poner una denuncia contra ti. Te acusa de allanamiento de morada y nos ha traído pruebas.

El comisario pulsa una tecla de su ordenador portátil y orienta la pantalla hacia Yoel, quien se ve a sí mismo entrando por la puerta de Serván. «¡Mierda, había una cámara filmando!». Debería haberlo imaginado, sobre todo después de descubrir las de su casa. ¿Significa esto que Serván se lo esperaba? Claro, ¿cómo no? Viendo cuánto se ha anticipado hasta ahora, era de suponer. Yoel se recrimina la estupidez e ingenuidad en las que cae cuando es presa de las emociones. Debe calmarse para no cometer más errores bobos. Y dormir al menos ocho horas seguidas.

—¿Me vas a decir que este no eres tú? —insiste Vermón.

—Comisario, estamos estancados. Yo solo quería…

—No, no me vengas con que querías saltarte el procedimiento para ahorrar tiempo. —Ahora es el comisario quien se está anticipando a sus palabras—. ¡Joder, Yoel! Se te puede caer el pelo por esto. ¿Qué cojones te pasa? ¿Por qué estás tan obsesionado con este hombre?

Otra vez lo tachan de obseso. ¡Cómo lo odia!

—Vale que sospeches de él —continúa el comisario—, pero somos la Policía y tenemos que seguir unas normas. ¡Y tú más aún, que ni siquiera estás oficialmente en el caso, coño!

—¡Ese es el puto problema, comisario! Mientras nosotros seguimos las normas, ese tío hace lo que le viene en gana. ¿Sabe que ha instalado cámaras en mi casa?

—¿Que ha instalado cámaras en tu…?

—Lo he visto en su ordenador. Me tiene vigilado a saber desde hace cuánto tiempo.

—¿Y tienes pruebas?

Yoel no responde al instante. Está tentado de decir que sí, que tiene las cámaras en su casa. No tarda en darse cuenta de que eso no es una prueba ni es nada. Seguro que están libres de huellas. A ojos del comisario y de cualquier otro, podría haberlas colocado él mismo para tratar de incriminar a Serván. Después de haber irrumpido en una propiedad privada, su credibilidad será nula. Y, por supuesto, antes de poner la denuncia, Serván habrá borrado cualquier conexión rastreable, cualquier huella digital, entre su ordenador y las cámaras espía. ¿Cómo? Ni idea, Yoel no es experto en informática, pero fijo que hay alguna manera o, de lo contrario, el cabrón no habría actuado así. También habrá desinstalado de su equipo todo lo que lo vincule con esta videovigilancia furtiva. O esto quizá no, dado que no hay motivos para que la Policía registre su vivienda. Solo la palabra de Yoel, que ahora mismo no vale nada. ¿Es lo que Serván quería?

—No, no tengo pruebas, comisario.

Vermón resopla. Yoel no necesita que diga nada: van a abrirle un expediente disciplinario y lo más probable es que lo expulsen de la Policía. Mientras la investigación al respecto no finalice, la suspensión temporal se vuelve inevitable. Entrega su placa y su arma sin necesidad de que el comisario se lo pida.

—Lo siento, chico —dice Vermón, y se lo ve apenado de verdad—. Te vendrá bien desconectar de todo. No sé por qué te has obsesionado tanto con Serván, pero lo último que necesitamos es a alguien así en medio de un caso como este, ya sea actuando oficial o extraoficialmente.

—¡No estoy obsesionado!

—Explícame entonces por qué has entrado en su casa de forma ilegal. Y por qué engañas a Sheila para que analice una muestra de su saliva. Sí, me lo ha contado. Vino a decírmelo ayer justo antes de que me marchase, nada más enterarse de que te habías saltado la cadena de custodia, falsificando los precintos y la documentación. Le pedí que guardase silencio hasta que yo hablase contigo. Iba a hacerlo hoy, aunque fuese domingo, pero Ortiguera me ha llamado para ponerme al corriente de la denuncia de Serván y ya te he hecho venir por eso.

«¡¿Qué?!». Yoel no esperaba que Sheila llegase a esos extremos. Y, conociéndola, seguro que ha falsificado ella misma todo lo necesario para que pareciese que no sabía nada y así evitar un expediente disciplinario. Por eso habrá tardado casi tres días en contárselo a Vermón.

—¿No niegas estas acusaciones, entonces? —insiste el comisario ante su silencio.

Yoel comprende que no tiene salida.

—No, señor. No las niego.

—Por cierto, he coincidido con Ángela en la sala de espera del ambulatorio. Mientras esperábamos, hemos hablado de cosas triviales y, cuando te he mencionado, le ha cambiado la cara por completo. Incluso me pareció que estaba a punto de llorar. Le he preguntado si había algún problema y me ha dicho que lo habéis dejado. Adivina cuál cree ella que es la causa: tu obsesión con Serván.

¡A la mierda! Ya se ha cansado de que lo tachen de obseso. Reúne valor y suelta lo que había preferido mantener oculto hasta el momento:

—Comisario, Serván se está vengando de mí. Hace veinte años me amenazó y ahora lo está cumpliendo. Tengo sospechas de que quiere atentar contra la vida de mi padre, si es que no lo ha hecho ya, porque no responde a mis llamadas desde hace días.

—Por lo que me has contado en otras ocasiones, es algo habitual en él. Sobre todo, teniendo en cuenta quién es. Ayer mismo lo vi en las noticias de la noche, en directo, así que no deberías preocuparte.

Por una parte, esto tranquiliza un poco a Yoel. Por otra, no es suficiente. Se pueden hacer muchas cosas en veinte horas, sobre todo si eres Antonio Serván.

—También he descubierto que fue Serván quien mató a Ramón Marlanga, nuestro compañero de clase, y que le cargó el muerto a su padre.

—¿Y por qué me cuentas todo esto ahora que estás contra las cuerdas, en lugar de haberlo hecho antes?

—Quería terminar de atar todos los cabos precisamente para que no pensase que eran elucubraciones mías debidas a esa supuesta obsesión que todos están empeñados en achacarme.

—Suponiendo que sea cierto lo que dices, eso ocurrió hace más de veinte años. Ya ha prescrito.

—Sí, pero al menos servirá para demostrar que no estoy loco y que hay motivos para sospechar de él.

—¡Joder, Yoel! Te recuerdo que Serván ha presentado un vídeo en el que se ve tu careto con su casa de fondo. Y ha ocurrido hoy, no hace veinte años. ¡Eres tú el que está en problemas! ¿Lo entiendes?

No sabe qué más argumentar. Serván se la ha jugado bien. Comprendiendo que no hay nada que pueda hacer, se levanta de la silla. Camina abatido hacia la puerta del despacho.

—Yoel —lo detiene el comisario—, lo lamento de verdad. Pero míralo desde otro punto de vista. Tómatelo como un descanso merecido y necesario, haz las paces con Ángela y seguro que conseguiremos arreglar lo demás. Tu trabajo hasta ahora en la Policía ha sido encomiable y haré cuanto esté en mi mano para ayudarte.

Yoel no responde. Cruza el umbral y cierra la puerta tras de sí. Bajo la mirada de sus compañeros más cotillas, se promete que no descansará hasta derrotar a Serván. Ahora que ya no trabaja como policía, podrá cargar contra él con todas sus fuerzas. ¡A la mierda las normas y las leyes! Ese cabrón se va a enterar de lo que es bueno.

Antes de tener ocasión de estallar delante de todo el mundo, abre con fuerza la puerta principal y el gélido sol de un ocaso de diciembre impacta contra su cara.

19

Abrió con energía la ventana y el cálido sol de un amanecer de junio bañó su cara. Ese día se levantó con fuerzas. Ya faltaba poco, muy poco.

Habían transcurrido casi cinco años desde la muerte de Ramón y el ingreso de su padre en prisión. Nada parecía indicar que fuese a salir a corto plazo, ni siquiera a medio. Cada día que pasaba, se sentía mejor consigo mismo y con el mundo. Seguía siendo un joven introvertido y poco sociable, pero al menos nadie se había vuelto a meter con él.

Fernando se había mudado a otra ciudad a finales del mismo curso en que había ocurrido todo aquello. Confiaba en que el miedo que le había infundido siguiese surtiendo efecto, a pesar de la distancia. Además, se había encargado de decirle que, al no haberlo denunciado al momento, lo tomarían como encubridor del asesinato. No tenía claro si esto era así o no a nivel legal, pero funcionó de todas formas.

En cuanto al resto de sus compañeros, no mantenía contacto con ninguno. Tras finalizar la ESO, cada uno había tomado su propio rumbo. Antonio había decidido cursar bachillerato en un instituto público. Aunque coincidía con dos chicas de su antigua clase, no compartían aula. No le importaba; no echaba de menos a nadie. Ni siquiera a Yoel, con quien había hablado a menudo durante los últimos cursos en el colegio. Alguna que otra vez, su compañero le había preguntado cómo se sentía respecto a Carol y habían conversado acerca del tema. También llegaron a estudiar juntos alguna tarde. Fue lo más cercano a un amigo que había tenido nunca, pero su naturaleza desconfiada no le permitió abrirse lo suficiente como para estrechar más los lazos.

E hizo bien, teniendo en cuenta lo que ocurrió después.

Se acercó al calendario y tachó el día actual. Faltaban exactamente tres meses y cuatro días para su cumpleaños. Para la mayoría de edad. Nada más alcanzarla, pensaba sincerarse con Carol sobre sus sentimientos. Y, si su intuición no le fallaba, ella aceptaría ser su pareja. Había roto con su antiguo novio poco después de empezar a trabajar en la floristería, donde continuaba como empleada, y no había más competidores a la vista. Antonio rezaba para que no apareciese ninguno en esas fatídicas semanas.

Se había planteado adelantarse y confesarle todo antes de tiempo, pero siempre se frenaba. Que un menor se le declarase podría ponerla en un compromiso y el efecto sería contraproducente. Merecía la pena esperar, aunque tuviese que dejarse las uñas de tanto mordérselas. ¿Por qué no habría nacido unos meses antes? Raquel y Yoel, sin ir más lejos, llegaron al mundo en marzo. Aunque, claro, Yoel era un año menor, ya que lo habían adelantado de curso en cuarto de primaria. Todo lo contrario a Ramón, que, a pesar de que creía recordar que era de enero, había repetido. ¿Por qué él no había tenido esa suerte de nacer antes de verano? En fin, no servía de nada darle vueltas. No podía cambiarlo. Debía centrarse en lo que sí estaba bajo su control.

Mientras transcurrían esos tres meses y cuatro días, continuó con sus visitas a la floristería. De vez en cuando, aún recibía afectuosos abrazos de Carol. Incluso en alguna ocasión fue ella quien se los pidió. Su abuelo había fallecido y estaban muy unidos, así que Antonio le prestó a gusto su hombro para llorar. Durante ese abrazo sintió una especie de magnetismo entre sus labios y los de la mujer. No se rozaron, ni siquiera se aproximaron más de lo habitual. Sin embargo, al separarse, hubo un instante, quizá un segundo, en el que ambos frenaron el retroceso de sus cabezas. Carol se retiró por completo sin mirarle a los ojos, pero Antonio sintió que deseaba besarlo. No necesitó más que eso para que el resto de su semana fuese perfecto.

No iba a visitarla todos los días, ya que una parte importante del cortejo se basa en la distancia. Un equilibrio entre proximidad y lejanía. Cuando estaba cerca de ella, se entregaba todo lo que podía. Cuando se encontraba lejos, confiaba en que Carol lo extrañase. Incluso se atrevió a seguir esta misma estrategia cuando aún no había transcurrido una semana desde la muerte de su abuelo. Después de haberla consolado un par de días seguidos, dejó de aparecer por allí durante los cinco siguientes. Se preguntó si debería sentirse culpable por ello, pero no experimentó nada similar. Se convenció de que era por una buena causa: que pudiesen estar juntos llegado el momento.

Todo se torció cuando solo faltaban cinco semanas. Fue una tarde de mediados de agosto. Después de dos días seguidos sin aparecer por la floristería, confiaba en que Carol tuviese ganas de verlo. Así que esperó a las ocho y media, hora en la que ella salía de trabajar. Quería sorprenderla y acompañarla hasta su casa. Ya lo había hecho en alguna ocasión y había sido genial.

Pero esa vez no. Esa vez resultó horrible.

Decidió aguardar en la acera de enfrente, medio oculto para darle una sorpresa. Lo que no esperaba era que saliese con alguien. Enseguida reconoció al otro: Yoel. ¿Qué hacía allí? Pronto lo descubrió.

Tras cerrar la tienda, Yoel atrajo hacia sí el cuerpo de Carol agarrándola por la cintura. Le dio un beso en los labios y ella se lo devolvió.

Antonio no sabía mucho de besos, pero estaba claro que ese no era el primero que intercambiaban. ¡¿Estaba liada con un chaval de diecisiete años?! ¿Para eso había tenido él tanta paciencia? Vale que nadie le había obligado a esperar. Vale que la hipótesis de que Carol jamás besaría a un menor de edad nació y creció solo en su cabeza. Se había equivocado por completo. Si se hubiese lanzado, ¿qué habría ocurrido? Ya era demasiado tarde para descubrirlo.

La comida empezó a golpearle las paredes del estómago, pidiendo paso para salir. Sus pulmones le exigían oxígeno. No podía dárselo; estaba demasiado ocupado observando la escena. Las manos y los pies comenzaron a pesarle, como si se hubiesen vuelto de granito. Era pleno verano, aunque el calor que sentía no procedía del exterior. Su cuerpo quería correr hacia allí para partirle la boca a Yoel de un puñetazo. Era cierto que llevaban mucho tiempo sin tener contacto, pero no debería haberse atrevido a tocar a Carol sin haberlo consultado antes con él. No después de que Antonio le hubiese abierto su corazón y confesado sus sentimientos. Jamás lo había hecho con otra persona. Jamás. Por despreciable que pudiera sonar en su cabeza, mientras contemplaba el beso, se dijo a sí mismo que Carol le pertenecía y que Yoel no tenía ningún derecho a robársela. No tenía ningún derecho a traicionarlo así. ¿Y ella? Después de todos los abrazos que habían compartido, después del apoyo mutuo que se habían ofrecido, ¿así se lo devolvía? ¿Liándose con otro?

En ese momento lo confirmó: trazar planes cuando hay sentimientos de amor de por medio es mucho menos exacto que hacerlo cuando se trabaja con la rabia o con el miedo.

Las semanas siguientes fueron muy duras. No lloró, pero sí sintió una fuerza intensa brotando desde el corazón hasta sus puños. Todo el día, desde la mañana hasta la noche, los mantenía apretados sin poder evitarlo. ¿Era desamor? No, no lo era. Era rabia. Enfado. Ira. No tuvo que analizarlo mucho para darse cuenta de que no se intensificaba al pensar en Carol, sino al pensar en Yoel. En la traición de Yoel.

La siguiente vez que lo vio fue durante una fiesta al aire libre en un parque de la ciudad. Por supuesto, Antonio no estaba invitado ni quería estarlo. Allí se habían reunido antiguos compañeros de colegio y también gente de distintos institutos y facultades. Los jóvenes, de edades similares, se ponían hasta arriba de alcohol. Lo que se suele llamar botellón, vamos. Antonio odiaba el alcohol y a la gente, así que pasaba de esos eventos. Sin embargo, aquella noche, se metió en medio de uno.

No conseguía dormir debido al calor. Abrió la ventana. No soplaba aire suficiente y no tenía ventilador. Estaba tan incómodo que decidió vestirse y salir a dar un paseo. Eran las dos de la madrugada, pero sabía que su madre no se lo impediría. Le daba igual lo que hiciese su hijo y así lo había demostrado durante todos aquellos años.

Empezó la caminata para dirigirse al lugar en el que, varios años atrás, había matado por primera vez. Se frotó los dedos contra la palma como si acabara de aplastar a la rana. Escuchó cómo otras croaban sin sospechar que el asesino de su antigua compañera estaba cerca.

Dio toda la vuelta alrededor de su estanque preferido y descendió por el sendero del sur. Desde él llegó al río donde había matado por segunda vez. Esta vez sí, a un ser humano. No había vuelto a pisar la misma tierra sobre la que se había desplomado el cuerpo de Ramón. No quedaba el menor rastro de sangre, claro, pero le olió como si hubiese un charco fresco cerca. Dicen que el asesino siempre vuelve al lugar del crimen.

Aunque tardó casi cinco años, cumplió con el dicho. A modo de conmemoración por todo lo que aquel abusón le había hecho sufrir, clavó el tacón en el mismo lugar en donde había quedado el cadáver y lo restregó como si estuviera aplastando un escarabajo. Nunca supo si los padres de Ramón habían lamentado o no la muerte de su hijo, pero tampoco le importaba. Quienes hacen sufrir a otros merecen la muerte.

Con esta idea en mente, continuó el trayecto. Al llegar adonde el río caía en cascada, se desvió y subió por una cuesta llena de árboles de hoja caduca. Aún tendría que transcurrir un tiempo para que sus ramas se viesen desnudas. Concluyó el ascenso y llegó a un parque que, al atravesarlo, conectaba directo con el centro de la ciudad.

Se empezaba a oír griterío. No tardó en descubrir la fiesta que aquellos jóvenes alcohólicos habían organizado. En un primer momento, pensó en evitarla. Caminó, guardando las distancias a más de veinte metros del tumulto. Hasta que, durante una mirada general de desaprobación, vislumbró a Yoel.

Volvió a sentir lo mismo. Golpe en el estómago, pulmones sin aire, manos y pies de granito y calor, mucho calor. Primero, un susto. Luego, una rabia ardiente.

No pudo aguantarse. Cambió de dirección y se dirigió a zancadas hacia aquel traidor hijo de puta. Un grupo de tres chavales, que se sujetaban por los hombros los unos a los otros, lo ocultó de su campo de visión. Al desaparecer estos, Yoel ya no estaba.

Antonio se paró. Mantuvo el cuerpo inmóvil y lo buscó con la mirada.

—Da la cara, cobarde.

Lo dijo en voz alta, aunque nadie lo escuchó debido a los gritos que ahogaban el ambiente. Como no lo localizaba, se internó entre la multitud. Tres empujones y una salpicadura de vómito después, lo vio sentado en una valla de madera que separaba el parque de los matorrales. Estaba acompañado por otros dos amigos, pero no le importó. Caminó hacia él y, esta vez sí, alcanzó su objetivo.

Yoel alzó la mirada al ver unos pies detenerse justo enfrente.

—¡Antonio! —exclamó con voz oscilante tras reconocerlo. Estaba borracho—. ¿Cómo tú por aquí? Tíos, este chaval estudió conmigo en el colegio. Estaba pillado de mi churri.

Otro golpe más en el interior de Antonio. Estómago, pulmones, manos y pies, calor. Pero enseguida comprendió que no serviría de nada hundirle el puño en la cara a ese cabrón. La espera para poder confesarle a Carol lo que sentía le había enseñado algo muy importante: a ser paciente. Y vio aquel momento como el mejor para empezar a utilizar esa virtud que había estado entrenando.

Se acercó a Yoel, lo miró a los ojos y le dijo, de forma que solo él pudiera oírlo:

—Pagarás por haberme robado a Carol a traición.

Sin esperar a ver su reacción, dio media vuelta y se marchó por donde había llegado. Ese fue el momento en el que empezó su plan de venganza.

20

No quiere llevar a cabo un plan de venganza, pero sí que Serván sea descubierto ante la justicia y pague por lo que ha hecho.

Tras despedirse de su puesto en la Policía, vuelve a su casa y localiza las cámaras. Ahora que Serván lo ha denunciado, ya no tiene sentido mantener el plan que había ideado. Su buena memoria le permite recordar los lugares donde están, gracias a haber visto la pantalla del escritor. Introduce la mano en el rincón correspondiente, extrae el aparato, lo lanza al suelo y lo aplasta con el pie. Repite el proceso con todos. Por si acaso, al terminar, realiza un análisis exhaustivo de toda la vivienda con ayuda de un detector de frecuencias que también le permite descubrir micrófonos en lámparas, puertas, estanterías, mesas, sillas… No deja un palmo sin comprobar.

Una vez convencido de que ya no queda ningún dispositivo de vídeo ni escucha, da el próximo paso: cambiar la cerradura. Dado que es Nochebuena, las tiendas cierran antes de lo habitual. Por suerte, ha logrado llegar a tiempo a una ferretería para comprar una nueva, la más segura que tenían: *antibumping*, *antimpressioning* y antitodo. No puede permitir que Serván vuelva a acceder a su casa.

Al terminar, se sienta en el sofá. Toca enviarle un mensaje de chat a Ángela. Prefiere eso en lugar de llamarla. Le escribe: «Sé que quieres tu espacio, pero necesito que me digas si has dejado entrar a alguien en el piso en las últimas semanas. Es importante». En función de la respuesta que le dé, podrá averiguar algo más acerca de cómo Serván ha podido instalar las cámaras. Permanece un rato mirando la pantalla. Son solo las nueve y media de la noche y ya hay acumulados varios mensajes de «feliz Navidad». Aunque de feliz no va a tener nada.

No le apetece responder a ninguno. Se siente agotado. Tan agotado que se queda dormido ahí mismo, sin importarle estar vestido con ropa de calle.

Se despierta a las seis de la mañana en el mismo sofá. Es bastante más cómodo de lo que parece. Ha dormido casi nueve horas seguidas. Le hacían falta, mucha falta. Se siente más despejado.

Recoge el móvil del asiento para ver si Ángela ha respondido. Sin embargo, lo que primero capta su atención al desbloquear la pantalla es una llamada perdida y un SMS de su padre. Se lo envió a las once de la noche, cuando ya estaba dormido. Como le había bajado el volumen al aparato, no lo escuchó, aunque en la vigilia sí lo habría oído sin problema. Clara señal de que se encontraba realmente exhausto. El SMS dice: «Acabo de ver tu mensaje. ¿Ha pasado algo? Espero que todo vaya bien. Perdona por no haberte respondido estos días. Te deseo una feliz Navidad, hijo. Hablamos pronto». Bueno, una preocupación menos. Siente un enorme alivio al saber que su padre se encuentra a salvo. Quiere devolverle la llamada, pero primero debe comprobar si tiene también respuesta por parte de Ángela.

Negativo. De hecho, sigue con un solo tic, lo que implica que se ha enviado, pero que ella no lo ha recibido. ¿Está tan cabreada con él que lo ha bloqueado? Abre la agenda, marca su número y se lleva el móvil a la oreja. Al instante suena una voz que le dice:

—El número que ha marcado no existe.

—¿Qué cojones…? —reacciona, más para sí mismo que para la máquina.

Esperaba una señal de apagado o fuera de cobertura. Eso diría el mensaje automático si Ángela lo hubiese metido en su lista negra. Lo sabe porque una vez hicieron una prueba al bloquear a un tío que andaba detrás de ella y que la atosigaba con llamadas. Que el número no exista es muy distinto.

Algo no marcha bien. Nada bien. Temiéndose lo peor, insiste. Una llamada. Otra. Otra más. Ya van siete en total, todas con el mismo resultado. Lo lógico sería pensar que ha cambiado de número para evitar que Yoel pueda localizarla, pero él tiene otra hipótesis.

Y no le gusta nada.

—Joder, joder, joder.

Una idea horrible toma forma en su cabeza.

Abre la galería de imágenes en el móvil y carga la fotografía que sacó en el piso de Serván. Aquella hoja mecanografiada, que podía ser tanto un relato de ficción como un crimen cometido o por cometer, y que Yoel había enfocado hacia su padre. Amplía la zona superior y lee en voz alta las dos primeras líneas:

—«una persona importante. Y, como persona importante que es, muchos harían cualquier cosa para preservar su vida. El problema: que su vida ahora pende de un hilo».

Una persona importante… ¡No puede ser! ¿Y si con «persona importante» no se refería a alguien socialmente relevante, sino a alguien importante para aquel a quien iba destinado el texto? Alguien importante para Yoel. Si Serván sabía de antemano que iba a allanar su vivienda, no es descabellado pensar así.

Termina de leer el texto y observa algo en lo que no había reparado antes. En ningún momento se indica que la persona de la que habla sea un hombre. Yoel lo pensó porque le vino de inmediato la imagen de su padre a la cabeza, pero podría referirse perfectamente a una mujer.

Sale de la galería y abre la agenda para volver a llamar a Ángela.

—El número que ha marcado no existe.

—¡Vete a tomar por culo!

Sin poder controlar el pulso, hace un breve repaso mental de las personas con las que ella podría estar. ¿Su padre? Con lo mal que se llevan, lo duda mucho. Es más probable que, tras abandonar a Yoel, se haya ido a casa de una de sus amigas. Intenta contactar con Bea.

Mientras suenan los interminables pitidos, reza para que sus sospechas sean fruto de la obsesión. ¡Cómo desea ahora que los demás tengan razón! Que, en realidad, sí esté obsesionado y que Serván sea un ciudadano modélico, incapaz de hacer daño a nadie. Aunque a un ciudadano modélico no se le habría ocurrido instalar cámaras y micrófonos en casas ajenas.

La llamada se corta. Bea no ha respondido.

—Mierda, mierda, mierda.

Marca el número de la otra amiga de Ángela, Natalia. «Una persona importante». El teléfono da señal. «Una persona importante». La voz adormilada de una mujer responde:

—¿Diga?

—¿Hola? Natalia, soy Yoel. El novio de Ángela.

—Tío, ¿qué horas de llamar son estas? ¡Que es festivo, joder! Y he salido de noche.

—Lo siento, es importante. Necesito saber si Ángela está contigo.

—¿Ángela? No, ya hace tiempo que no hablo con ella.

—Si te ha pedido que mientas, por favor, dímelo. Es un asunto de vida o muerte.

—Oye, pavo, te he dicho que no sé nada de ella.

—No me jodas. Sé que quedasteis el domingo pasado para tomar algo.

—Mira, paso de ti, mamón.

Y cuelga.

—Será hija de…

Vuelve a llamarla, pero no responde. Lógico.

Solo le queda una carta por jugar: la de su suegro. Las probabilidades de éxito son muy bajas, pero se trata de la última bala en el cartucho. Sabe que no le hará gracia la llamada. Si bien Ángela se lleva mal con él, Yoel podría figurar en el top tres de sus enemigos acérrimos. Le da al botón de llamada y espera nueve tonos hasta que alguien descuelga.

—¿Sí? —dice el hombre al otro lado de la línea, tan sorprendido como cortante.

—Buenos días, Horacio. Soy Yoel, el novio de…

—Sí, ya sé quién eres. ¿Qué quieres?

—¿No estará Ángela con usted, por casualidad?

—¿Por qué iba a estar conmigo? ¿Qué pasa, te ha dejado? ¡Ya era hora, joder!

Yoel reprime una contestación maleducada.

—¿Debo entender que no está con usted, entonces?

—No, no está conmigo. Y, si por un milagro hablo con ella, no le diré que la estás buscando.

Esta vez es Yoel el primero en colgar.

No hay más gente a la que acudir. Ángela guarda relación esporádica con unos tíos lejanos, pero Yoel nunca ha tenido su número de teléfono ni ninguna forma de contactar con ellos. Ni siquiera sabe sus apellidos, solo que él se llama Juan. Un nombre de lo más «exótico». Y ahora ya no puede contar con los recursos de la Policía para localizarlo ni a él ni a Ángela.

Se plantea así los hechos: Serván sospechaba que él iba a allanar su vivienda, así que dejó a propósito ese folio en el suelo para que llamase su atención. Al leerlo, Yoel pensaría que hablaba de: a) un texto de ficción, b) un crimen ajeno a él, o c) su propio padre. Esta última opción era la más probable. ¿Por qué? Porque, gracias a las cámaras y a los micrófonos, Serván sabía que no respondía a sus llamadas. Obviamente, ese paso tuvo que improvisarlo sobre la marcha, ya que, antes de enterrar el anillo junto al esqueleto de Abelardo Mayo, era imposible que supiese que su padre se comportaría así. «¿Hasta qué punto será flexible el plan de venganza de este enfermo?». La respuesta a la pregunta le hace sentir temor.

Lo siguiente era previsible: Yoel se obsesionaría con que el escrito trataba de su padre y, cegado por la preocupación, obviaría otras posibilidades. Esto implicaría un tiempo durante el cual Serván podría ir a por Ángela. Más tarde, Yoel acabaría por llamarla, descubriría el extraño mensaje de respuesta y ataría cabos. Quizá no la primera semana ni la segunda. Pero, cuando resultase sospechoso que hubiera cambiado de número y que nadie supiese nada de ella, las piezas encajarían.

En resumen, esa «persona importante» de la que hablaba el texto solo lo era para el lector a quien iba dirigido: Yoel. Y Serván pretende arrebatarle lo mismo que él le quitó hace veinte años. No quiere ni imaginarse hasta qué punto habrá llegado ya. Tiene que apresurarse, por si todavía hay posibilidades de salvarla. Como se le haya ocurrido matarla, él mismo lo estrangulará con sus propias manos sin importarle las consecuencias.

Por un momento, se siente tentado de llamar a Vermón. Ayer, antes de despedirse, le dijo que había hablado con Ángela. Se muere por saber a qué día y a qué hora se refería, pero si alerta al comisario, puede tener problemas cuando haga lo que está pensando: ir directamente a por Serván.

Espera con el coche frente a la vivienda que allanó ayer mismo, a unos cien metros y detrás de otros vehículos para que no se le distinga. Se ha cubierto hasta los hombros con una manta de algodón. El termómetro de la farmacia más cercana marca tres grados. El frío le provoca temblores, pero no puede encender la calefacción con el motor apagado. Y no va a encenderlo, claro. No quiere alertar a Serván de su presencia cuando por fin decida pisar la calle. Las ventanillas y las lunas se empañan cada cierto tiempo por su aliento. Las limpia con la manta para poder ver el exterior con claridad. No puede perderse ningún detalle.

Serván saldrá en algún momento. Hoy, mañana, cuando sea. Tiene vehículo y sabe que se mueve con él incluso para trayectos cortos, como reveló la primera vez que se reunieron. Claro, un autor de best sellers con un segundo empleo como asesino en serie no puede perder el tiempo caminando.

Cuando Yoel aún formaba parte de la Policía, investigó la matrícula. Parece que no dispone de plaza de garaje porque su turismo gris está aparcado en plena calle. Eso le ha puesto más fácil la tarea de incrustar un GPS en la parte interior del paso de rueda. De este modo, podrá seguirlo a cierta distancia sin correr el riesgo de que lo vea.

El objetivo sale por fin del portal. Entre la impaciencia y el frío, Yoel tamborilea con los dedos sobre el volante. Serván rasca la fina capa de hielo que se ha acumulado en el parabrisas, se sube al vehículo y arranca. Sin perder un segundo, Yoel abre la aplicación de seguimiento en el móvil. Cuando los separan más de quinientos metros, gira la llave y se pone en marcha. Aparta la manta de algodón a un lado y se dispone, por fin, a encender la calefacción. Sin embargo, descubre que ya no tiene frío. ¿Tanto se le ha calentado el cuerpo con solo ver a Serván? ¿Pueden las emociones llegar hasta ese punto? Bueno, quizá otras no, pero la ira de Yoel desde luego que sí.

¿Adónde se dirigirá el cabrón? Hoy es festivo, día de Navidad, así que no irá a hablar con su editor. Los medios no han comunicado ninguna entrevista especial. Ojalá acuda a algún lugar donde lo pueda arrinconar y sacarle la verdad, aunque sea a hostias. No le importa si después lo detienen. Necesita saber que Ángela está a salvo.

Revisa el GPS cada medio kilómetro. Serván acaba de tomar una de las salidas al noroeste de la ciudad. Se dirige hacia el polígono industrial. ¿Qué irá a hacer allí en un día como hoy? Conforme avanzan, se aproximan a una de las zonas más abandonadas. Estupendo. Podrá recurrir a la violencia si es necesario.

El GPS pita. Serván ha detenido el vehículo. Yoel reduce la velocidad hasta comprobar que no se trata de una parada puntual. No retoma el rumbo, así que pisa el acelerador.

Ahí está. Ve su coche. ¿Sigue dentro? Sí. Lo está. Aparca casi al lado. Esta vez, no apaga el motor. Tampoco sube el freno de mano. Se percata de que ni siquiera llevaba puesto el cinturón de seguridad. Abre la puerta y se apea del vehículo, pero con los dos pies al mismo tiempo. En un par de zancadas, llega a la altura de ese puto perturbado. Serván, entretenido con el móvil, lo ve a través de la ventanilla cerrada. Frunce el ceño. Yoel le hace una señal para que salga. El escritor abre la puerta y baja.

—¡Yoel! ¿Qué...?

Antes de que pueda terminar la pregunta, Yoel lo agarra por el cuello de la chaqueta y, sin soltarlo, lo empuja con todas sus fuerzas hacia atrás. La puerta se cierra a causa del impacto. Sus gafas caen al suelo. Yoel echa un vistazo rápido alrededor. No hay cámaras de seguridad a la vista ni nadie que pueda intervenir.

—¡¿Dónde está?! —ruge hacia Serván.

—¿Qué? ¿Dónde está el qué? ¿De qué me hablas?

—¡Ángela! ¿Dónde está, qué has hecho con ella?

—Yoel, te juro que no sé de qué me estás hablando.

Con el cabrón bien sujeto, Yoel analiza la situación en voz alta, tratando de mantener la calma:

—Ibas hacia esa zona, ¿no? Hacia uno de esos almacenes. ¿La tienes ahí retenida?

Agarra el antebrazo derecho de Serván para obligarlo a darse la vuelta y pegar su pecho contra el coche. Retuerce hasta que la muñeca entra en contacto con las cervicales. Serván grita de dolor. Yoel sabe que eso no dejará marca ni rastro de la agresión. Lo cachea con la mano libre. No tiene micrófonos ni cámaras, aunque quizá dentro del coche sí los haya. No le importa, ahora lo único que quiere es comprobar que Ángela está bien. Le da igual si lo vuelve a filmar.

Dentro del bolsillo de la chaqueta de Serván, encuentra una llave de un tamaño mayor de lo normal.

—¿De dónde es esta llave? —le pregunta sin soltarle el brazo.

No obtiene respuesta. Hace más fuerza y Serván grita de dolor.

—¡De ese almacén! ¡Del amarillo!

Yoel lo libera y señala la nave con la cabeza. No piensa darle la espalda a su enemigo. Serván pide permiso para recoger las gafas del suelo. Una vez que se las ha puesto, echa a andar hacia allí. Yoel lo sigue de cerca. La puerta es una hoja grande de aluminio que se desliza en vertical.

—Ni se te ocurra moverte —advierte Yoel—. Como trates de huir, te alcanzaré y te romperé el brazo.

Introduce la llave y se abre paso hacia el interior. Tan pronto como los rayos del sol penetran en la estancia, descubre el cuerpo de una mujer que yace inerte en el suelo, de espaldas a él.

Su corazón da un vuelco. Ese pelo, esa figura, esa ropa…

—¡Ángela!

Corre hacia allí. Serván aprovecha la ocasión para dar media vuelta y huir. A Yoel no le importa. Lo único que necesita ahora es comprobar que ella está viva. Escucha el coche de Serván al arrancar mientras él se arrodilla y pone en su regazo, con mucho cuidado, la cabeza de la mujer. La vuelve hacia sí y contempla sus ojos abiertos, sin vida. Aunque su reacción no es la esperada.

Siente alivio.

No es Ángela. Sea quien sea, ha muerto por una herida de arma blanca. Aún tiene el cuchillo clavado en el vientre y rodeado de sangre seca. Un momento, este cuchillo... Lo reconoce.

Es suyo, es el de su cocina.

¿Y estos pantalones rojos no son los que Ángela buscaba cuando se puso a preparar la maleta la noche que se marchó?

La peluca que lleva el cadáver se desprende y entonces Yoel lo comprende todo. Demasiado tarde, al parecer.

—¡Hijo de puta!

Ha caído de lleno en la trampa. Otra vez.

Ahora está claro. Justo antes de salir del coche, Serván tenía el móvil en la mano. Estaba llamando a la Policía de forma anónima para avisar acerca del cadáver en esta dirección. Este cadáver que Yoel ha tocado y cuya cabeza ha puesto en su regazo. En un almacén donde acaba de pisar y en cuya llave ha dejado sus huellas dactilares. Es lo último que necesita el autor de best sellers para que sus crímenes recaigan definitivamente sobre él.

Lo ha tenido todo planificado desde el primer instante.

El anillo de compromiso enterrado junto al esqueleto fue el paso inicial. A raíz del hallazgo, estaba claro que, debido a su pasado común, sería Yoel y no otro policía quien llamaría a Serván para concertar una reunión extraoficial. El escritor aprovechó ese momento para plantar una semilla esencial: «Hace mucho tiempo asumí que no querrías saber nada más de mí, teniendo en cuenta cómo acabaron las cosas entre nosotros». Y, durante su segunda reunión en la misma cafetería, le dijo otra cosa: «Lo que más me repatea es que ni siquiera recuerdas por qué quiero lo que quiero». Esas fueron sus palabras. Las palabras clave para que, antes o después, Yoel recordase la amenaza verbal de hace tantos años en aquel botellón.

De hecho, al principio no era un recuerdo sólido. Su cerebro empezó a trabajar en ello tras la primera reunión, lanzándole a su subconsciente el mensaje de que Serván estaba involucrado de alguna manera, aunque aún no supiese cómo. Así funciona la intuición. Igual que cuando alguien te da mala espina y no sabes por qué. O como cuando estás seguro de que te olvidas de algo al salir de casa, pero no tienes claro qué es. En ese momento, surgió una tensión que fue aumentando a pasos de gigante y que hizo que Yoel pareciera obsesionado frente a la gente de su entorno. Si ya lo tenían por el obseso de la comisaría, desde entonces todos los que pensaban así lo habían reafirmado. ¡Si hasta provocó que Ángela lo abandonase!

Tras eso y con la obsesión creciendo, que Yoel allanase la vivienda de Serván era bastante predecible. Por eso, el escritor, además de grabarlo, le dejó una hoja impresa en el suelo. Está claro cómo ese texto lo ha condicionado para acabar donde se encuentra ahora, junto a una mujer asesinada con un cuchillo de su propia cocina. Serván debió de robarlo, junto con la ropa de Ángela, cuando instaló las cámaras y los micrófonos que le han permitido confirmar, en todo momento, que Yoel recorría el camino previsto.

Sus restos ya están por todo el cuerpo y por el suelo del almacén. Los papeles se han invertido: considerarán que Yoel es un asesino en serie obsesionado con Antonio Serván y que ha cometido todos los crímenes recientes para involucrarlo en ellos. De hecho, pensarán que dejó a propósito el anillo junto al esqueleto para así poder alegar que Serván trataba de incriminarlo.

Asqueado por esta ironía, extrae el cuchillo del cadáver. Ya tiene sus huellas de antes, claro, así que tanto da que lo vuelva a agarrar con las manos descubiertas. Ante la llamada de Serván, la Policía ya habrá enviado un coche patrulla que puede llegar en cualquier momento, así que corre hacia su vehículo y arranca sin demora.

No puede permitir que lo detengan ahora. Todavía hay muchas preguntas sin respuesta.

21

Muchas preguntas sin respuesta y dos días a la intemperie. Eso es lo que ha sufrido Yoel desde que cayó en la trampa de Serván.

Tras huir del polígono industrial, dejó su coche aparcado en el otro extremo de la ciudad. No podía usarlo más, en comisaría tienen fichada su matrícula. La parte buena era que no había cámaras de seguridad en la zona del almacén. No pudieron filmarlo y eso ponía el reloj a su favor. ¿Y la parte mala? Precisamente, la misma: que no había cámaras de seguridad en la zona del almacén. Una grabación con la llegada de Serván y su huida habría facilitado las cosas para Yoel. Seguro que el escritor eligió aquel lugar debido a ello.

Tras abandonar el coche, dado que no podría volver a usar su tarjeta de débito en bastante tiempo sin ser rastreado, acudió a un cajero y sacó mil euros, el máximo permitido por su banco. Lo primero que compró fue una tablet. Traspasó a ella todo el contenido de su móvil y luego lo destruyó. También se hizo con algo de comida no perecedera (galletas, pan tostado, algunas conservas…), varias mantas, ropa de abrigo y una bolsa de viaje en la que guardarlo todo.

El siguiente paso consistió en alejarse caminando hacia las afueras, dejando el menor rastro posible y evitando cualquier cámara urbana de seguridad. Eligió una carretera secundaria en dirección a la zona de San Marcos, al nordeste de Santiago. A partir de ese punto, el entorno se vuelve más agreste al mismo tiempo que aumentan las zonas poco transitadas y transitables. A pesar de estar en pleno invierno, lo mejor sería prescindir de albergues, hostales, moteles de carretera y demás. Conocía un puente abandonado bajo el que podría resguardarse de la lluvia y, si llegaba, de la nieve.

Es 27 de diciembre. Graniza. Tapado por dos mantas y con las manos cubiertas por sendos guantes, intenta abrir una lata de atún. El pulso le tiembla debido al frío. Cuando la tapa está medio levantada, se le resbala y se le cae encima. La manta exterior se impregna de aceite. También los guantes cuando, por acto reflejo, intenta recuperar el atún, que parece haber cobrado vida propia. Maldice para sus adentros. Hacerlo en voz alta resulta imposible ahora mismo, con lo aterido que está. Si no se ha constipado, ha sido gracias a su férreo sistema inmunitario. Apenas ha dormido y le estalla la cabeza. Eso provoca que no pueda controlar bien el miedo al pensar que Ángela quizá no esté a salvo, ni la incertidumbre sobre si lo encontrarán a pesar de su escondite.

Debe descansar en condiciones para que sus emociones no interfieran de nuevo. Si Serván ha logrado tenderle esa trampa, ha sido porque se ha dejado llevar por ellas. Nada habría ocurrido si hubiese actuado con cabeza fría desde el principio. Si hubiera hecho caso de lo que le enseñaron en el puto curso para controlar la ira. No habría parecido un obseso ante todo el mundo. Ángela no lo habría abandonado. No habría seguido a Serván hasta aquel almacén. Puede que hasta hubiese averiguado sus planes reales. No volverá a cometer el mismo error. Se considera capaz de demostrar su inocencia e inculpar a Serván.

No tiene manera de saberlo a ciencia cierta, pero debe suponer que la Policía ya habrá analizado los restos hallados en la escena del crimen y que habrá enviado las diligencias al juzgado. Desde allí, habrán dictado una orden de busca y captura. Cuando hizo la llamada anónima, seguro que Serván se ocupó de ofrecer una descripción de Yoel de forma que no cupiese duda de que se trataba de él. No en vano las de sus novelas son tan precisas y evocadoras. Y, por descontado, les facilitaría también la matrícula de su coche. Además, Yoel ha dejado sus huellas dactilares en la llave del almacén, que olvidó quitar de la cerradura debido a la tensión del momento, así como en la ropa que la víctima llevaba puesta. Tampoco habría podido limpiarlas correctamente si quería huir a tiempo. Al sospechar de él, debido a la telaraña que Serván ha tejido, la Policía podrá consultar el fichero ADDNIFIL (una base de datos que contiene, entre otras cosas, la huella dactilar de todas las personas con DNI) y descubrir que las encontradas en la escena le pertenecen. Debe ponerse en lo peor y suponer que, a estas alturas, ya es un fugitivo de la ley. Y, cuanto más tiempo transcurra, peor.

Toca ponerse en marcha.

Sheila se despierta empapada en sudor. Ha tenido una de las peores pesadillas que recuerda. Su padre, que en paz descanse, volvía a la vida y le contaba que no había fallecido debido a una sobredosis de heroína, sino que lo habían matado. El asesino era Yoel. Se quita las sábanas de encima y apura el paso hacia el baño para lavarse la cara y olvidarse de esa imagen tan perturbadora. La vivencia ha sido tan intensa que incluso siente calor, a pesar de que se trata de uno de los días más fríos del año.

Los sueños, así como las pesadillas, son el trabajo de nuestro cerebro tratando de ordenar los recuerdos y estímulos experimentados durante la vigilia. Sheila piensa a menudo en su padre, por eso sueña tanto con él. Se ve a sí misma de niña, en su chabola de los barrios bajos, pasando frío en invierno y hambre casi todo el año. Rara vez desayunaban o cenaban. Por suerte, en el comedor del colegio le llenaban bastante el plato.

Su madre murió al dar a luz en su primer y único parto. A pesar de que cualquier mente racional sabe que, en aquel momento, Sheila era una recién nacida, su padre la culpaba de lo ocurrido. Jamás lo superó. Empezó con el alcohol y terminó enganchándose a la heroína. Se la compraba a un hombre del barrio cuyos hijos jugaban con Sheila a menudo. Por supuesto, ella no sabía nada. No conocía los motivos por los que su padre parecía un muerto en vida. Estuvo enganchado durante dos años antes de fallecer. Sheila solo tenía nueve cuando ocurrió.

Los servicios sociales se encargaron de ella hasta que un matrimonio pudiente la acogió. Nunca congenió con ellos. Ni siquiera mantienen el contacto en la actualidad. Cuando cumplió la mayoría de edad, abandonó aquella casa y se preparó para ingresar en el cuerpo de Policía. Sin embargo, nunca olvidó sus raíces. Mantuvo el contacto con personas de su antiguo barrio e incluso ahora, de adulta, ha ayudado a más de uno a salir de ciertos apuros. Por supuesto, se trata de un completo secreto. Si se descubriese, podrían destituirla. Algunos de los «favores» que ha hecho no fueron graves, pero sí ilegales.

Recoge agua entre las manos y se moja la cara. Espera que el frío la ayude a olvidar la pesadilla y a rebajar un poco su temperatura corporal. De la misma forma que piensa en su padre, Yoel también suele acudir a su mente durante la vigilia y durante el sueño. Aunque desde anteayer lo hace de forma muy distinta.

La semana pasada, cuando se largó en medio del sexo sin dar explicaciones, sintió un arranque de ira. ¡Otra vez la abandonaba! Dos días después, la emoción no se había apaciguado y eso la empujó a hablar con Vermón. Le reveló que Yoel le había pedido analizar una muestra de saliva. Mintió cuando le dijo que, hasta después del análisis, no supo que su compañero se había saltado la cadena de custodia, que había falsificado los precintos y la documentación y que la saliva pertenecía a Antonio Serván. Se cubrió las espaldas al máximo de forma inteligente, por supuesto. Más tarde, se sosegó y la asaltó la culpabilidad. Por muy mal que le sentase la conducta de Yoel, su confesión y su mentira podrían crearle serios problemas. Se estaba planteando si contarle la verdad al comisario cuando recibió dos noticias juntas.

Primera: Yoel tenía un expediente disciplinario en marcha y lo habían suspendido temporalmente.

Segunda: Yoel era sospechoso de un asesinato cometido en el polígono industrial.

¡Un día de descanso y mira la que se monta!

Por suerte, nadie en comisaría parece estar al tanto del lío que tuvieron hace años. Quizá se equivocó en su momento, cuando… Bueno, el caso es que, de conocer su aventura semiamorosa, Vermón la apartaría de la investigación por las implicaciones personales y eso no le interesa. Quiere descubrir por ella misma lo que hay detrás. Puede que Yoel sea un capullo, pero no un asesino. Está convencida, dado que ha tratado de cerca tanto con gente de esa calaña como con Yoel. Existe una diferencia abismal entre ambos perfiles. A no ser que su obsesión con Serván lo haya llevado a este punto de locura, claro. No, no es posible. Algo le dice que hay más de lo que parece a simple vista.

Sacude la cabeza delante del espejo, sobre la pileta. Salpica unas gotas de agua al suelo. Dentro de una hora y media debe ir a comisaría para comenzar su jornada y continuar con lo que sus compañeros de laboratorio han avanzado durante la noche. Un trabajo que consistirá en analizar más restos que permitan confirmar si Yoel es o no el responsable definitivo de los crímenes.

Le sigue dando vueltas a la cabeza mientras va a la cocina e introduce dos rebanadas de pan de molde en la tostadora. Aún no están hechas cuando unos nudillos llaman a su puerta. Son las seis y media de la mañana. Nadie llama a la puerta a las seis y media de la mañana.

Esto no huele nada bien.

Coge el móvil con una mano y, con la otra, el primer cuchillo afilado que alcanza. Descalza, camina hacia la entrada sin hacer ruido. La calefacción de los vecinos del piso inferior llega al punto de calentar las baldosas de su suelo, de modo que no las nota frías. Echa un vistazo por la mirilla. Al otro lado no hay nadie, aunque la luz de las escaleras está encendida. No por mucho tiempo. Enseguida se va. Los sensores están configurados para mantenerla prendida durante veinte segundos, más o menos, desde que se percibe el último movimiento. Luego, las bombillas se apagan solas. Espera un poco y comprueba que todo continúa a oscuras.

Traga saliva. «¿Llamo a la Policía?», se pregunta. ¡Qué tontería, si ella es policía! Aunque no está armada. No en condiciones. ¿Debería ir a por su pistola particular? La tiene guardada en el armario. Decide ignorarlo y regresar sobre sus pasos, pero los nudillos insisten.

El corazón le da un vuelco. Vuelve a pegar el ojo a la mirilla. De nuevo, las luces se han encendido. Y, de nuevo, comprueba que no hay nadie. Toma una decisión, aunque sabe que lo va a lamentar. Abre la puerta, no sin antes sujetar el mango del cuchillo con firmeza.

En efecto, enseguida lo lamenta.

Desde un lateral, un encapuchado se abalanza sobre ella. Le bloquea el cuchillo con una mano y le cubre la boca con la otra mientras la empuja hacia dentro. Cierra la puerta tras de sí con ayuda del pie.

Sheila intenta gritar, pero el hombre la ha aprisionado contra la pared y le aprieta el tórax. Entre esa presión y la mano en la boca, ahoga sus gritos sin problema. La mujer se resiste, hace fuerza y trata de patalear, pero sea quien sea sabe cómo defenderse y cómo contener a sus víctimas. Solo se detiene cuando el desconocido le dice al oído:

—Sheila, cálmate.

Reconoce la voz.

Sus ojos se abren como dos platillos volantes abduciendo ganado. En la cocina suena la tostadora. El pan ya está listo. Relaja las piernas primero. Luego, los brazos. Al ver que ha dejado de resistirse, su captor la suelta despacio, muy despacio.

Yoel la mira a los ojos mientras se quita la capucha.

—¡¿Qué cojones haces tú aquí?! —le espeta Sheila tras transformarse su miedo en una sorpresa mezclada con rabia.

—Necesito tu ayuda —responde Yoel sin más.

Sheila lo empuja y se separa de la pared. Lo mira de arriba abajo. Tiene una pinta horrible. Las ojeras le dan aspecto de pez abisal. Su pelo ha decidido ir por libre. La barba incipiente le queda rara en un rostro por lo habitual afeitado.

—¿Mi ayuda? ¿Sabes que te buscan por asesinato?

—Lo suponía. Imagino que ya tendréis una orden de busca y captura. Y que una llamada anónima ha revelado mi matrícula en la escena del crimen. Habrá jugado un papel importante junto a mis huellas dactilares en la ropa de la víctima y en la llave del almacén. ¿Me equivoco?

El silencio de Sheila es suficiente para comprender que ha acertado en todo.

—No he sido yo —le jura Yoel—. Tienes que creerme.

—Dame un motivo.

—Sé que te parecerá repetitivo, pero fue Serván. Él hizo esa llamada anónima. Estaba conmigo cuando encontré el cadáver de la mujer. Ya estaba muerta. Me manipuló para que pensase que se trataba de Ángela. Por eso mis huellas estaban en la ropa, porque la agarré, creyendo que era ella y que aún podía salvarla. Los pantalones que llevaba puestos eran de Ángela.

Serván los robó cuando entró en nuestra casa para instalar unas cámaras y unos micrófonos con los que tenerme vigilado. Así ha sido capaz de anticiparse a todos mis movimientos.

Sheila niega con la cabeza.

—Quiero creerte, Yoel. De verdad que quiero. Pero hay muchas cosas que no encajan. O, mejor dicho, que encajan muy bien señalándote como culpable.

—Dame cinco minutos. Solo cinco minutos, por favor. Te lo contaré todo con pelos y señales. Verás que no hay ningún resquicio en mi historia.

Sheila lo medita durante unos instantes. Recuerda que, en parte debido a su chivatazo y a sus mentiras, el comisario le abrió a Yoel un expediente disciplinario. La culpabilidad la empuja a concederle el tiempo que implora. Por supuesto, no suelta el móvil, en el que ya ha marcado el número de emergencias por si fuese necesario.

Yoel le cuenta que Serván lo planificó todo para que sus acciones desembocasen en el momento en el que se encuentran: el anillo de compromiso junto al esqueleto, las conversaciones con él en la cafetería, el recuerdo de la amenaza de hace veinte años, el abandono de Ángela, la doble trampa durante el allanamiento de morada, la manipulación para ir hasta el almacén…

—Tenía toda la información organizada y conectada en mi casa, en un cuarto que habilité para ello. Pero, claro, ahora la Policía ya lo habrá descubierto y pensará que, en lugar de ser el estudio de una investigación, se trataba de un plan para inculpar a Serván.

—Entiendo. Si todo esto que me has contado es cierto, tiene sentido que hayas huido. Pero todavía no estoy segura de si puedo confiar en ti.

—¡Sheila, por favor, me conoces! Puede que en las relaciones personales me haya vuelto un capullo, pero sabes bien que no soy un asesino ni un criminal.

—Vale, vale, de acuerdo. Si quieres que te crea, dejarás que haga un par de llamadas a comisaría. No son para delatarte. ¿Tienes algún problema con ello?

Yoel se encoge de hombros.

—No me dejas alternativa.

Sin apartarlo de su campo de visión, Sheila marca los números de algunos compañeros de trabajo que hoy tienen turno de noche. Tras hacerles un par de preguntas, ve que todo lo que le revelan encaja con lo que Yoel acaba de contarle. Entre las respuestas que obtiene y su firme convicción de que Yoel no es un asesino, decide darle su confianza.

Bueno, seguir enamorada de él quizá también influya.

—Vale, Yoel, de momento parece que todo coincide con lo que me has dicho. Pero sigo sin saber por qué has acudido a mí en vez de a otra persona, sobre todo después de lo que pasó la última vez que nos vimos.

Una parte de ella quiere oírle pronunciar una disculpa, pero no es lo que obtiene.

—Porque eres la única que me puede ayudar y en quien puedo confiar. Ocurra lo que ocurra entre nosotros en lo personal, sé que tienes integridad suficiente como para no dejar que eso influya a la hora de hacer lo correcto. Obviando que le dijiste al comisario lo de la saliva y que le contaste que, hasta después de haberme dado los resultados del análisis, no sabías que había falsificado los precintos y unas cuantas milongas más.

El corazón de Sheila da un vuelco.

—Yoel…

—Tranquila, no te culpo. Es más, me lo merezco. Me porté como un capullo contigo y estabas cabreada. Yo, cuando estoy cabreado, también hago cosas que no están del todo bien. Así he acabado. De hecho, agradezco que le mintieses a Vermón. Si te hubieran abierto a ti también un expediente disciplinario, ahora no tendría apoyos con los que contar.

Sheila suspira. Yoel la considera un apoyo. Ojalá la viera como algo más.

—¿Y en qué se supone que te puedo ayudar? —le pregunta.

—Primero, necesito que averigües si Ángela se encuentra a salvo. Por muy enfadada que esté conmigo, no lo veo motivo suficiente para cambiar de número de teléfono y dar de baja la línea antigua. Temo que Serván le haya hecho algo.

¡Ángela, cómo no! Al final, Yoel sigue preocupado por ella. Aunque, bueno, tiene sentido. Se trata de una persona importante en su vida. «No, Sheila, no dejes que los celos te condicionen. Si ayudas a Yoel, que sea de forma desinteresada y porque confías en que no es un asesino».

—De acuerdo —responde—. Necesitaré su número.

—Te lo anotaré. ¿Tienes papel y boli?

Sheila le da una pequeña libreta, en la que Yoel escribe el teléfono de Ángela. Arranca la hoja y se la entrega.

—Segunda cuestión —continúa Yoel—. Tengo motivos para sospechar que una clave para demostrar mi inocencia está en una de las familias con las que Ángela trabaja. Tanto si la encuentras a ella como si no, necesito que investigues a la empresa y a una anciana de apellido Navarro. No sé su nombre, solo que está jubilada. Tiene un único hijo, así que trata de cotejarla con varones que tengan Navarro como segundo apellido. El día en que encontraron el esqueleto, Vermón le pidió a Ángela una lista de las personas a las que ha cuidado últimamente. Quizá se te ocurra la forma de pedírsela sin levantar sospechas y así ahorrar tiempo.

—¿Por qué crees que esa familia tiene algo que ver?

—Ya sabes que, junto al esqueleto, estaba enterrado el anillo con el que le pedí matrimonio a Ángela en verano. Hace unos días, ella me dijo que esta señora Navarro escuchó a su hijo y a su nuera hablar sobre entregar un anillo de oro blanco con dos diamantes. El anillo de compromiso que le di a Ángela era de oro blanco con dos diamantes. En ese momento no le hice caso, me pilló cabreado y la anciana chochea bastante. No es la primera vez que le suelta cosas que, al final, terminan por no ser nada. Pensé que quizá había hilado las historias que le contaba Ángela sobre el anillo con cualquier conversación al azar que había escuchado a su hijo y su nuera. Además, yo aún no sabía que Serván había instalado cámaras y micrófonos en mi casa. Ahora que lo sé, lo que esa anciana le dijo a Ángela encaja a la perfección: no solo le robaron el anillo, sino que también le sustrajeron las llaves, sacaron una copia y luego se las devolvieron sin que ella lo notase.

—Y le dieron tanto el anillo como la copia de la llave a Serván —concluye Sheila.

—Eso es lo que creo. Ángela pasa varias horas al día en cada casa, suficientes para que alguien hurgue en sus cosas, coja las llaves, vaya a sacar una copia y las devuelva a su sitio.

Sheila resopla en un primer momento, pero termina por asentir con la cabeza.

—Ya analicé la saliva que le robaste a Serván, así que supongo que también podré ayudarte con esto en secreto. Vale, entonces trato de localizar a Ángela e investigo a esa familia. ¿Necesitas algo más?

—Sí, toda la información que puedas conseguir sobre la mujer asesinada en el almacén. Imagino que eso no te supondrá mayor problema.

—No. De hecho, tengo que continuar analizando los restos que encontramos allí. Huellas, pelos, rastros del arma homicida...

—Sobre el arma, voy a ahorrarte trabajo. Fue con un cuchillo de cocina. De mi cocina. Serván debió de robarlo cuando instaló las cámaras o en alguna otra incursión que hiciera en mi casa. Tranquila —se anticipa a los pensamientos de su compañera—, está enterrado a varios kilómetros de aquí, libre de huellas y en una zona por donde nadie pasa. Si lo encuentran, no te podrán conectar con él.

—Estupendo, es un consuelo —responde Sheila con sarcasmo—. ¿Algo más que tenga que saber?

—Una última cosa. No sé si estás al corriente de la historia familiar de Serván.

—Sí, algo sí. Después de desenterrar el esqueleto en la finca de Castro, estuvimos indagando. Al parecer, su padre lo maltrataba. También mató a un chico de vuestra clase, Ramón Marlanga, cuando erais niños, ¿no?

—Sí y no. Esa es la versión oficial, pero hace unos días descubrí que lo hizo Serván. No conozco los detalles, pero se las arregló para inculpar a su padre, igual que está haciendo conmigo ahora.

Sheila emite un silbido.

—¡Menuda carrera la del tío! De todas formas, aunque podamos probarlo, el crimen ya ha prescrito.

—Lo sé. Es solo para que tengas claro a quién te vas a enfrentar si me ayudas. Serván es retorcido, previsor y muy inteligente. Si sumas eso a que asesinar no le supone problema, queda claro el peligro que supone.

—Con peores elementos he tratado, créeme. Ahora debo ir a comisaría. Supongo que, mientras tanto, puedes quedarte aquí. No salgas por nada del mundo. Espera a que yo vuelva. No te acerques a las ventanas. Aunque ya sabes cómo actuar en estos casos, prefiero recordártelo, por si acaso. Esas son las normas. Si te las saltas, te largas, ¿de acuerdo?

22

—De acuerdo. Sí, no te preocupes, estoy bien. Gracias, lo haré. Adiós.

Era su hija. Tras haber regresado él a España, se ha enterado de que la responsable de la desgracia familiar ha sido asesinada y lo ha llamado para saber cómo se encuentra. ¿Cómo se va a encontrar? De lujo. Por fin se ha hecho justicia.

El fuego de la chimenea crepita. Pocos sonidos son tan agradables y relajantes como ese, sobre todo en esta temporada tan fría del año. La leña cruje y libera humo con un olor que le recuerda a su infancia. La infancia, esa época en la que no tenía más preocupaciones que ayudar a sus padres a arar las tierras, cultivar legumbres y tubérculos, dar de comer a los animales y, por supuesto, aprobar las asignaturas de la escuela. Nunca se le dieron bien los estudios, pero no le quitaban el sueño. Él sabía que, de mayor, quería dedicarse a los quehaceres del campo.

Al morir, sus padres le dejaron en herencia la casa y las fincas. Encontró a una mujer maravillosa con la que casarse y vivir de forma sencilla y humilde. Tuvieron una hija, que no quiso seguir la tradición familiar y que se fue a estudiar y trabajar a San Diego, en California. Al principio le dolió, pero pronto comprendió que no podía decidir por ella. Aunque lo que más le escuece es que, a pesar de todo lo ocurrido, su hija sigue viviendo lejos de la familia. Bueno, de lo que queda de ella. Es decir, lejos de su padre.

Todo se remonta a una época feliz en la que vivía con su esposa, se levantaba con el gallo y labraba las tierras como modo de vida. Hasta que un buen día… No, nada de buen día. No fue de día y por descontado que no fue bueno. Hasta que una mala noche, a una yonqui se le ocurrió que aquella casa de pueblo podría esconder algún artículo de lujo o algún fajo de billetes con el que comprarse un chute de heroína. Ilusa. Entró por la ventana de la planta baja sin preocuparse siquiera por ser sigilosa. Los dos se despertaron con el ruido de un jarrón al estrellarse contra el suelo de piedra.

Le dijo a su esposa que no se moviera. Fue hacia el armario, cogió la escopeta y bajó las escaleras sin hacer ruido. Vio a la intrusa revolviendo en unos cajones. Avanzó hasta estar lo bastante cerca, sin dejar de apuntarla con el cañón del arma. Pero la yonqui también tenía una. Al verlo por el rabillo del ojo, desenfundó su pistola, que llevaba sujeta entre el cinturón y la espalda. Mientras se apuntaban, el dueño de la vivienda le dijo que se largase por donde había venido y así la Policía no llegaría a tiempo para apresarla. No le hizo caso. Disparó y él, por puro instinto, la imitó. La yonqui no acertó, pero terminó con varios perdigones incrustados en pleno abdomen.

A pesar del susto, llamó a la Policía para denunciar el robo. Lo que no esperaba era que, meses después, lo juzgasen y lo condenasen a cinco años de prisión, mientras que dejaron a la yonqui en libertad por actuar bajo los efectos de sustancias estupefacientes. No solo eso, sino que tuvo que pagarle a esa hija de puta una indemnización por daños físicos y, al parecer, también por los morales. Perdió sus tierras y si no perdió su hogar fue gracias al buen trabajo de su abogado. Aunque, con lo que cobró, quizá le habría salido a cuenta vender la casa.

Sin embargo, eso no fue lo peor. Mientras estaba en la cárcel, su esposa, sola y acosada por los medios de comunicación, no pudo soportar la pena y la presión psicológica. Su hija, ya en San Diego y ajena a aquel ambiente nocivo, solo la ayudaba dándole ánimos por teléfono. No fue suficiente. Decidió quitarse la vida. Cuando él se enteró de lo ocurrido, pensó en hacer lo mismo en su celda. Pero logró contenerse. Cumplió condena nada más que para poder vengar a su mujer y a sí mismo en cuanto saliese.

Una vez libre, investigó y descubrió que la puta yonqui que había hundido su vida andaba suelta y tenía un trabajo muy bien pagado. Padres fallecidos, sin marido ni hijos. Mejor, así no sentiría tantos remordimientos al acabar con su vida. Pasó muchos días pensando en cómo hacerlo. ¿Cuál sería la mejor manera? ¿Y el momento adecuado? De improviso, alguien arrojó respuestas a sus preguntas.

Recibió una carta postal sin remitente y con su dirección impresa en lugar de manuscrita. Quien la enviaba sabía muy bien cómo ocultar su rastro. El contenido podía resumirse en una sola frase: «Mata a quien quiero ver muerto y mataré a quien quieres ver muerta». El texto, también mecanografiado, era muy persuasivo, como si el remitente conociese su vida a la perfección. Le decía que, después de todo lo ocurrido, no tenía nada que perder. También que conocía sus ansias de venganza, pero que sabía que preferiría no volver a prisión. Y era cierto. Quería ver muerta a toda costa a aquella yonqui hija de puta, a pesar de que el precio a pagar fuese pasar el resto de sus días en la cárcel. Aunque, si podía evitar esto último, mejor. Sobre todo por su hija, que ya había perdido a su madre y no querría ver a su padre otra vez entre rejas las pocas veces que venía de visita a Galicia. La carta le pedía que, si aceptaba las condiciones del acuerdo, entrase en un determinado blog de cocina y publicase un comentario con el seudónimo Granjero-Cocinero, preguntando por alguna receta de cerdo con trufas. No necesitó pensarlo mucho para saber que le convenía, así que obedeció.

Pocos días después, recibió otra carta similar a la anterior, solo que esta contenía instrucciones específicas para asesinar a alguien. ¿Debía hacerlo? La yonqui aún seguía viva y no tenía garantías de que el desconocido fuera a cumplir su parte del trato. Tras pensarlo un poco, decidió aceptar. Quienquiera que fuese el remitente anónimo sabía cómo actuar en el mundo del crimen. Además de indicarle los datos del hombre que debía morir, le explicaba cómo, cuándo y dónde cometer el homicidio sin dejar el menor rastro. Siguió esas instrucciones al pie de la letra y acabó con la vida de un violador asesino. La Policía no lo ha molestado desde entonces, así que debió de hacerlo bien. Tras cometer el crimen, recibió una nueva carta anónima, que le daba las gracias y le pedía que tuviese algo de paciencia. Debían esperar un tiempo para matar a la ladrona yonqui y así evitarían que la Policía relacionase ambos casos.

Los últimos seis meses se le han hecho eternos. En algún momento pensó en mandarlo todo a la mierda y acabar con ella con sus propias manos, tal y como planeaba desde un principio. Cada vez que sentía el impulso, llamaba a su hija para tranquilizarse. Aunque ella no sabía nada del pacto, le servía de ayuda para aguantar.

Y, al final, su paciencia ha tenido la recompensa esperada.

El jueves de hace dos semanas, el 14 de diciembre, recibió una nueva carta postal anónima. En ella, su misterioso contacto le decía que debía marcharse del país desde el domingo 17 hasta el martes 26, al menos. Era crucial si quería ver muerta a la yonqui, así que aprovechó para pasar unos días con su hija. Anoche, al regresar, se encontró con que todos los medios de comunicación hablaban del asesinato de una mujer en un almacén del polígono industrial. Ocurrió el día de Navidad. Tras investigar un poco, descubrió que se trataba de la yonqui ladrona. También averiguó que el lunes 18 se había cometido otro asesinato, este entre Santiago y Milladoiro. Así le quedó claro por qué debía estar fuera del país en tales fechas. Hoy ha llegado a su buzón una nueva carta postal, en la que el remitente desconocido le ha confirmado que por fin ha cumplido con su parte del trato. Antes de quitarle la vida, hizo sufrir a la yonqui y le dijo en nombre de quién actuaba.

Ahora siente una paz interior que no había experimentado en años. Dicen que la venganza no cura las heridas. Es cierto, no hay nada que cure la herida por el suicidio de su esposa y por haber pasado varios años en la cárcel. Pero todo el malestar, la ansiedad, el enfado permanente y los impulsos asesinos que sentía cada vez que se acordaba de la mujer responsable de su desgracia se han esfumado.

Los nervios son una reacción natural del cerebro cuando esperamos algo que no llega. Tenerlos bajo control no solo es bueno, sino que, en este caso, para Yoel resulta también necesario. Se ha forzado a no permitir que su cuerpo actúe sin su consentimiento y dé vueltas interminables por el pasillo o se arranque los padrastros con los dientes. De vez en cuando, toma aire despacio y lo suelta a la misma velocidad. No está dispuesto a dejarse dominar de nuevo por las emociones. Ha aprendido la lección.

Mientras Sheila sigue fuera, se dedica a navegar por internet. Ha encontrado la clave debajo del router y, por suerte, estaba sin cambiar. Se ha conectado desde su tablet sin temor a que lo rastreen, ya que el dispositivo es nuevo y no tiene ningún vínculo con su antiguo móvil. Para registrarse y acceder a determinadas redes sociales, ha tenido que crear una cuenta de e-mail con datos falsos. Gracias a ello, ha podido mantenerse ocupado durante buena parte de la mañana. Se ha informado de lo que los medios han publicado acerca del crimen del almacén. Sobre su implicación en ello, no ha descubierto nada.

Sin embargo, no ha estado todo el tiempo navegando por internet. Al principio, cuando Sheila se marchó, se notaba desvelado. Sentado en el sofá, empezó a crear algunas cuentas y, en medio del proceso, se quedó dormido sin darse cuenta. No había descansado en condiciones durante las últimas cuarenta y ocho horas. Ahora se encuentra más despejado. Incluso se ha animado a comer algo de la despensa: un par de huevos revueltos con salsa de soja.

Sheila está de vuelta antes de lo esperado. En cuanto escucha la puerta, deja la tablet sobre la mesa y corre hacia allí como un perro que ha esperado todo el día a que su amado dueño regrese.

—¿Y bien? —le pregunta mientras ella cuelga el abrigo en el perchero de la entrada.

—Buenas y malas noticias. ¿Cuáles quieres primero?

—Por favor, las buenas. Ya estoy harto de las malas.

—Ángela está bien.

El alivio que siente Yoel es la mejor sensación de su vida.

—De hecho, no ha sido difícil seguir su rastro —continúa Sheila—. La he llamado y me ha respondido.

—Espera, espera un momento. ¿La has llamado al número que yo te he dado?

—Claro, ¿a cuál si no?

—¿Y te ha respondido ella?

—Sí.

—¿Estás segura de que era Ángela?

—Segurísima. Recuerdo su voz.

—¿Es posible que Serván la retenga y que la haya obligado a contestar?

—No, está a salvo. También he llamado a su empresa y hoy ha ido a trabajar.

—No lo entiendo. Cuando la llamé el día de Navidad, me saltó un mensaje automático diciendo que su número ya no existía. Y no puede ser que me bloqueara porque entonces daría señal de apagado o fuera de cobertura. No sé si será igual en todos los teléfonos, pero en el suyo, desde luego, es así. Hicimos la prueba en su día.

—No estoy al tanto de esas cosas, la verdad. Quizá haya variado y ahora sea ese el mensaje. O puede que Ángela lo haya personalizado si es posible.

Yoel no cree que sea tan sencillo. De todas formas, ahora que sabe que Ángela está a salvo, prefiere centrarse en otros temas.

—¿Y las malas noticias? ¿Cuáles son?

—La Policía ha estado en tu casa. Imagino que ya dabas por sentado que el juez emitiría una orden de registro.

—¡Cómo no!

—La cuestión es que han encontrado dos cosas que te lo ponen todo aún más difícil. Primera: han detectado que falta un cuchillo en el soporte de tu cocina que encaja con la herida mortal de Albor. Deduzco que será el mismo del que me has hablado, el que enterraste lejos.

El silencio es la respuesta afirmativa de Yoel.

—Segunda —continúa Sheila—: debajo de tu nevera había un pintalabios. Adivina a quién pertenecía.

Por el rostro de Yoel pasan tres gestos consecutivos. Ceño fruncido. Ojos y boca abiertos. Dientes mordiendo el labio inferior.

—¡No me jodas! ¿De Irene Escudero?

—Eso me temo —responde Sheila, con expresión de pesar.

—¡Qué cabrón! Lo ha tenido todo preparado desde hace a saber cuánto tiempo. Pudo robarle el pintalabios en cualquier momento y dejarlo bajo mi nevera cuando entró en mi casa. ¡Joder, me ha cargado con dos muertes en una sola jugada!

No puede evitar golpear la pared con el puño. El cuadro de al lado tiembla. Le duele, pero le da igual. Esa emoción sí necesitaba liberarla. Sheila no le reprende el gesto. Le coge el brazo con suavidad y lo lleva hasta el sofá del salón. Ambos toman asiento.

—¿Sabes algo acerca de quién era la mujer del almacén? —pregunta Yoel mientras se frota los nudillos con un pañuelo de papel. De tres de ellos emana sangre.

—Sí. Se llamaba Clara Albor. Trabajaba como secretaria en un bufete de abogados del centro. Algo bastante curioso, porque tuvo problemas legales en el pasado. Hace siete años, entró drogada en una casa para robar a punta de pistola. El dueño, un tal Sergio Antúnez, la descubrió y la encañonó con su escopeta. Ella disparó y él hizo lo mismo. Solo Albor recibió el impacto. Pasó varios meses en el hospital y, tras salir, empezó a llevar una vida más decente. No la condenaron debido a que actuaba bajo los efectos de las drogas y no era consciente de sus actos, o eso dice la sentencia. Antúnez, en cambio, no tuvo tanta suerte. Lo condenaron a cinco años de prisión, que cumplió enteros, y a pagarle una indemnización a Albor por daños físicos y morales. Mientras estaba en prisión, su mujer se suicidó.

—Entonces, si alguien tenía motivos para quererla muerta, es ese hombre.

—Eso parece, pero él no la ha matado. El forense ha dictaminado la fecha y hora aproximada de la muerte; fue el domingo a media tarde.

—¡Joder! Poco después de que yo entrase en casa de Serván. Lo tiene todo calculado al milímetro el cabrón.

—A ti casi te cazan el lunes en el almacén, pero ya sabes lo que se dice: el asesino siempre regresa al lugar del crimen. Hay quienes creen que podrías haber vuelto para comprobar que no habías dejado huellas o algo así.

—Ya, ya sé cómo funciona. Perdona, que te he interrumpido. Ibas a decirme cómo tienes tan claro que Antúnez no es el asesino.

—Porque estaba fuera del país, visitando a su hija, cuando Clara Albor murió.

—¿Alguna relación con Serván?

—Entre él y Antúnez no, no hay ninguna. Pero atiende, porque el almacén donde encontraste el cadáver de Albor lo alquiló Serván hace unos meses.

Yoel se pone en pie de un brinco.

—¡O sea, que está a su nombre! Entonces ¡ya lo tenemos! Eso demuestra que…

Se detiene. Mientras vuelve a sentarse, se da cuenta de lo que Sheila también sabe: ahora él es el principal sospechoso del asesinato de Albor, no Serván. Y, dada la obsesión que ha mostrado tener con el escritor, para la Policía todo apunta a que Yoel cometió el asesinato en el almacén para incriminarlo, precisamente por ser su arrendatario. Además, Sheila le informa de que, tras descubrir este dato, tomaron declaración al autor de best sellers. Este les aseguró que guardaba la llave del almacén en un cajón de su vivienda al que las cámaras no apuntaban, con lo cual Yoel podría haberla robado durante el allanamiento sin que quedase registrado en el vídeo que usó para la denuncia. Y así se explicaría por qué sus huellas estaban impresas en esa llave, que dejó el lunes en la cerradura del almacén. En ese mismo cajón, además, afirmó que guardaba un *pendrive* que contenía el borrador de su supuesta nueva novela centrada en una prisionera. Cierto o falso, lo utilizó para argumentar que Yoel debía de querer incriminarlo recreando sus escritos, igual que parecía haber hecho con *Un diente de oro* y con *Las dos menos diez*. Lo que significa que lo que le contó en su primera reunión, aquello de que siempre escribía tomando tantísimas precauciones y desde un ordenador sin conexión a internet, era mentira. O no, y que se lo dijese para condicionar su conducta si allanaba su vivienda. Con respecto a que las huellas dactilares de Yoel sí estuvieran en la llave del almacén y no en el *pendrive* tiene fácil justificación para sostener la versión de Serván: en el vídeo que usó para interponer la denuncia de allanamiento, se veía que Yoel se cubría las manos con unos guantes. De esta manera, no pudo dejar sus huellas en ninguno de los dos objetos. Sin embargo, al utilizar la llave para abrir el almacén, quizá no tuvo tanto cuidado porque se consideraba a salvo hasta descubrir, de algún modo, que la Policía se acercaba. Por ejemplo, al ver a un testigo anónimo hacer una llamada telefónica.

—No ha dejado ni un solo fleco suelto —comenta el frustrado expolicía—. Y seguro que se ha buscado una buena excusa para tener el almacén alquilado. Estudiar el ambiente para esa nueva novela o algo así.

—Sí, es justo lo que figura en su declaración.

—Claro. Si lo tiene alquilado desde hace meses y ha entregado a su editor algún borrador de una historia que transcurra en un almacén, es una buena forma de cubrirse las espaldas. Tenemos que tirar de otro hilo. Quizá investigar posibles conexiones entre Serván y Antúnez… ¡Mierda! Si tuviera delante todo mi trabajo, sería más fácil.

—¿Te refieres a lo que me dijiste por la mañana? ¿Ese cuarto donde lo tenías todo organizado y unido?

—Sí.

—Yo podría conseguírtelo. A ver, no puedo traerlo todo hasta aquí, claro. Pero, si crees que unas fotos pueden ayudarte, no tengo problema en sacarlas.

—¿Estás segura? ¿No te meterás en líos?

—Yoel, tu casa sigue bloqueada por la Policía. Estamos yendo allí para encontrar cualquier otra cosa que pueda vincularte con los crímenes. Créeme, me resultará más fácil ir y sacar unas fotos de tu cuarto que entrar en el baño de tíos de un bar. Y mira que lo he hecho veces, ¿eh?

—Pues sería de gran ayuda, la verdad.

—Entonces cuenta con ello.

Yoel se siente agradecido y así se lo transmite a su compañera. Se nota que ya cree y confía en él al cien por cien.

—Volviendo a lo de Serván y Antúnez —continúa Yoel—, suena a *quid pro quo*. ¿No te parece? Yo mato a alguien por ti y tú matas a alguien por mí. Serván mataría a Albor en nombre de Antúnez, y Antúnez mataría a alguien en nombre de Serván. ¿Qué me dices de Escudero? Serván me ha involucrado también en su muerte mediante el pintalabios, así que tenía motivos para asesinarla o para que alguien la asesinase por él.

—Tampoco es posible —responde Sheila—. Antúnez ha estado fuera del país desde antes del asesinato de Escudero hasta esta misma mañana. Lo hemos comprobado.

—Muy conveniente, ¿no te parece? Es como si Serván le hubiese dictado las fechas en las que ausentarse para disponer de una coartada sólida. Además, eso permitiría a Serván actuar con un margen de maniobra mucho más flexible que si la coartada se hubiese basado en irse de vinos con los amigos.

—Sea como sea, no parece un intercambio de favores.

—No. Siendo así, no lo…

Yoel se detiene. Una idea atraviesa su mente de parte a parte.

—Necesito papel y lápiz. ¿Dónde tienes?

Sheila señala la mesa central del salón, donde suele sentarse cuando se trae trabajo a casa. Yoel corre hacia allí antes de que se le olvide lo que ha pensado. Coge un lápiz y un folio, garabatea en él. Tacha, vuelve a escribir. Sheila se levanta del sofá y camina hacia él despacio, muy despacio. No quiere desconcentrarlo. Yoel continúa dibujando formas y flechas durante medio minuto.

—¡Es un triángulo! —exclama por fin.

—¿Qué? ¿Un triángulo? ¿A qué te refieres?

—Es una estrategia para no dejar rastros. No es habitual porque requiere la confianza previa de las tres personas implicadas, pero Serván es muy persuasivo y no veo descabellado que la haya usado. Fíjate.

Arruga el papel y coge otro sin estrenar. Dibuja un triángulo y, en cada uno de sus vértices, escribe los nombres de Serván, de Antúnez y de otra persona a la que decide llamar X.

—Antúnez quería matar a Albor. —Añade el nombre de Albor entre los de Serván y Antúnez—. Serván quería matar a Escudero para recrear su novela *Las dos menos diez* e involucrarme. —Ahora escribe el apellido de Escudero entre Serván y la X—. Y esta otra persona, X, también querría matar a alguien, llamémosle Y. —Agrega una Y entre la X y el apellido de Antúnez.

—Ya veo. Cada uno de ellos se encargaría del asesinato que quiere cometer uno de los otros dos. Serván mató a Albor, X mató a Escudero y Antúnez mató a Y.

—Exacto. Por eso Serván le pidió a Antúnez que se marchase del país mientras se cometían los asesinatos de Albor y de Escudero. Así alejaría de inmediato las sospechas contra él, sobre todo estando yo en el punto de mira de la Policía. Además, Antúnez ya ha debido de asesinar a Y en algún momento y estaría a la espera de que otra persona se cargase a Albor. Por eso obedeció sin pensar la orden de largarse al extranjero. Siendo así, debió de cometer el asesinato hace un tiempo. Pongamos tres meses como mínimo, quizá seis. Cuanto más transcurriese entre el asesinato de Y y los otros dos, más difícil sería relacionarlos.

—De modo que si descubrimos quiénes son X e Y…

—… podremos reunir las pruebas suficientes para cazar a Serván —termina Yoel la frase, como es habitual en él; se siente por fin centrado y optimista—. Bien, ese es uno de los dos frentes que debemos cubrir. Vamos con el otro. ¿Qué hay sobre la familia de la señora Navarro?

—¡Ah, cierto! También he podido averiguar algo interesante sobre ellos. Se llaman Rodrigo Valeo y Maite Suárez. Los he investigado y trabajan como nutricionistas para varias compañías privadas. Al rastrear a sus clientes, he descubierto que todos ellos tienen algo en común: son personas pudientes. Al parecer, les pagan unas mensualidades por el asesoramiento nutricional, pero estos movimientos no figuran por completo en sus cuentas ni en sus declaraciones de la renta.

—¿Quieres decir que están defraudando a Hacienda?

—Y en cantidades bastante elevadas si es cierto lo que he visto.

Yoel adopta una pose reflexiva.

—Es probable que Serván también lo averiguase y decidiera extorsionarlos. El anillo de compromiso y la copia de las llaves de Ángela a cambio de su silencio.

—Yo también lo creo.

Puede ser una buena oportunidad para recuperar el terreno que Serván le ha ido ganando. No bastará solo con esto para demostrar su inocencia en los asesinatos, pero ya es un buen comienzo. Se siente tan agradecido que coge a Sheila por los hombros y la besa en los labios.

En un primer momento, ella no sabe cómo reaccionar, pero tras un par de parpadeos se lo devuelve.

23

Se lo ha devuelto. Llevaba años guardándoselo y, por fin, se lo ha podido estampar en la cara. Le habría gustado quedarse a ver su expresión al descubrir que el cadáver del almacén no era el de Ángela, pero debía huir antes de que llegase la Policía.

Desde que lo amenazó en aquel botellón hace veinte años, no ha dejado de observarlo. Ha investigado sus redes sociales, los lugares que frecuenta, qué hace en sus ratos libres, cómo se comporta con su gente cercana… Las personas cambian con la edad y no podía arriesgarse a planificar su venganza tomando como referencia al Yoel adolescente. Logró trazar un perfil muy fiable de su personalidad.

Uno de esos tantos días en los que lo estaba siguiendo, a comienzos de este mismo verano, vio que entraba en una joyería. Salió veinte minutos después. Aparentemente, no había comprado nada. Sin embargo, un par de palmadas en el bolsillo del pantalón le dio a entender que había guardado algo en él. Quizá fuera un regalo para su novia, Ángela, con la que llevaba saliendo unos cuatro años. Pero ¿qué clase de regalo?

No le costó mucho atar cabos. Empezó a seguir también a Ángela y se fijó en que, a pesar de que hasta el momento sus manos siempre habían estado libres de cualquier tipo de joya, empezó a llevar un anillo. Estaba claro: Yoel le había pedido matrimonio. Y, aunque no fuese así y se tratase de un simple regalo, a Serván le resultaría útil para su plan de todas formas.

Continuó siguiendo a Ángela y descubrió que trabajaba como cuidadora de ancianos para distintas familias. La de la señora Navarro resultó la clave. Averiguó que su hijo, Rodrigo, y su nuera, Maite, habían defraudado a Hacienda con cantidades nada despreciables. No lo suficiente como para ir a prisión, pero sí podría caerles una buena multa. Los amenazó con denunciarlos si no hacían tres cosas por él. Primera, robar el anillo de Ángela. Segunda, sacar una copia de sus llaves de casa. Tercera, seguir sus instrucciones con respecto a una tarjeta que él mismo les facilitó. Los dos defraudadores, cobardes por naturaleza, obedecieron sin rechistar.

No contaba con que hablasen del asunto delante de la señora Navarro, eso es cierto. Y menos aún con que esta le dijera a Ángela lo que había oído. Por suerte, cuando Ángela se lo contó a Yoel, él la ignoró y lo achacó a los delirios habituales de la anciana. Serván respiró aliviado cuando, a través de las cámaras ya instaladas en su cuarto de pensar, vio que ni siquiera tomaba nota de ello. Pero ¿qué habría pasado si lo hubiese tenido en cuenta? Bueno, habría necesitado modificar su plan sobre la marcha como otras veces, y punto. Además de su excelente capacidad de anticipación a la psicología humana, tiene mucha experiencia en lidiar con imprevistos. Igual que cuando no contó con la presencia de Fernando en el lugar donde mató a Ramón hace veinticinco años; se amoldó y mantuvo la situación bajo control.

Una vez que el anillo de Ángela estuvo en su poder, comprobó que, en efecto, era de compromiso. Llevaba grabados los nombres de ambos en la parte interior. Por un lado, le sorprendió. Teniendo en cuenta lo que había observado al espiarlos (hasta el momento solo en la vía pública) e incluyendo las discusiones en plena calle, entre otras cosas, habría apostado más por la ruptura. En cambio, por otra parte, se alegró. Ese anillo le facilitaría aún más las cosas para que la Policía contactase pronto con Yoel llegado el momento.

Con la copia de la llave que Rodrigo Valeo le facilitó, entró en la vivienda de Yoel. Su primera incursión fue en agosto. No resultó difícil encontrar varias horas seguidas en las que tanto él como Ángela estuviesen trabajando. Instaló las cámaras y los micrófonos espía en distintos rincones, incluyendo el cuarto de pensar, del que tuvo que forzar la cerradura sin dejar rastro. Ni siquiera le dio vergüenza colocar una cámara en el baño, aunque en ese cuarto no pudo añadir más dispositivos, debido a que es un lugar donde se suelen limpiar todos los rincones y sí resultarían fáciles de localizar. Para el resto de las ubicaciones estratégicas, con el diminuto tamaño de los dispositivos y su color traslúcido era casi imposible que los encontrasen. Y así fue.

Con las cámaras y micrófonos ya instalados, vigiló a su enemigo durante varios meses para conocerlo en su entorno hogareño. También espió a Ángela, claro. No le resultó difícil darse cuenta de que, a pesar de la petición de matrimonio, su relación no era sana ni por asomo. En cualquier caso, se preocupaban el uno por el otro. Eso bastaba.

Cuando faltaba poco tiempo para el día clave, en pleno diciembre, volvió a allanar la vivienda. En esta segunda incursión, robó un cuchillo y unos pantalones rojos. También dejó un pintalabios oculto bajo la nevera. Un pintalabios que había robado una semana antes y que pertenecía a una sabandija llamada Irene Escudero. Solía dejar a sus hijos, de siete y nueve años, solos en casa por las noches mientras se largaba a beber y a follar con el primero que se cruzaba en su camino. Y no solo eso, sino que también los maltrataba. En el fondo, a Serván le recordaba a una mezcla entre su padre y su madre. Su padre, alguien que lo había maltratado tanto física como psicológicamente. Si se alegró cuando lo encerraron, al enterarse de su muerte en prisión le faltó poco para descorchar una botella de champán. Y su madre, una mujer que jamás había mostrado el menor interés ni afecto por él. Puro abandono. Cuando murió de cáncer, ni siquiera derramó una lágrima. Quizá dicha relación tuviese algo que ver, inconscientemente, con la elección de Escudero. Igual que con la de Abelardo y Mariano Mayo, dos personas que, haciendo uso de su fuerza física, abusaron de un débil e incluso acabaron con su vida. Salvo por este último punto, le recordaban a Ramón y a Fernando. En cualquiera de los casos, se trataba de pura escoria que estaría mejor muerta.

Porque Antonio Serván jamás le haría daño a un inocente. Jamás. Quizá sea un asesino, pero tiene principios. Y estos principios incluyen la firme creencia de que el mundo es un lugar mejor sin ciertos individuos que solo provocan sufrimiento a otras personas. Como su padre. Como Ramón. Como Mayo, padre e hijo. Como Bonachera. Como Escudero. Como Albor. Como Yoel.

Tras su segunda incursión en la vivienda, el siguiente paso del plan fue cegar a Yoel. Dado su perfil obsesivo y su tendencia a perder el control, algo que le obligó a realizar un curso de control de la ira hace años, no resultó difícil. Enterró el anillo de compromiso junto al esqueleto, esperó su llamada, se reunió con él en la cafetería y le lanzó unas palabras destinadas a despertar en su mente un recuerdo que parecía dormido: veinte años atrás, lo amenazó. Era lógico que lo hubiese olvidado, dado el estado de embriaguez que tenía en aquel momento. Sin embargo, la intuición del policía funcionó como Serván esperaba y llegó al punto de obcecarse. Cuando por fin el recuerdo de la amenaza acudió a su memoria, ya todo el mundo había percibido su obsesión. Su fama previa al respecto también le perjudicó. Al no tener forma de avanzar según los procedimientos de su trabajo, solo le quedaba actuar por su cuenta.

Serván había sopesado las distintas maneras en que Yoel podría saltarse la ley y se había preparado para todas y cada una de ellas. La opción elegida por el desesperado agente de policía fue el allanamiento de morada. Desde luego, si Serván hubiese tenido que apostar solo por una, habría sido esa. ¡Qué predecible! Sus cámaras lo filmaron todo. Lo siguiente fue pan comido: volvió a casa, recogió la grabación, acudió a comisaría, denunció el allanamiento de Yoel y así logró que le abriesen un expediente disciplinario y lo suspendiesen, al menos temporalmente. Ya estaba fuera de la Policía. Llegados a este punto, no necesitaba más las cámaras ni los micrófonos en casa de su enemigo, así que no le importó cuando los destruyó.

Sin embargo, no perdió acceso a toda la vigilancia furtiva que tenía desplegada. También estaba espiando a su exnovia. Tras haber dejado a Yoel, Ángela había acudido a casa de una amiga suya, Bea, que le ofreció cobijo. Estaba claro que, después de haber descubierto las cámaras y los micrófonos en su vivienda, Yoel iba a llamarla para ver si averiguaba algo más sobre el tema. Cuando lo hizo y le saltó un mensaje diciendo que el número no existía, su flujo de pensamiento fue por donde Serván pretendía: asoció a Ángela con aquella «persona importante» que moría en el folio impreso que encontró durante el allanamiento. Un folio que dejó ahí a propósito, claro.

Ahora bien, ¿qué habría ocurrido si Yoel hubiese llamado a Bea y esta le hubiera dicho que Ángela estaba con ella? Era poco probable, ya que a ninguna de sus amigas les caía bien Yoel. Esto Serván lo sabía gracias a sus sistemas de espionaje, que captaban todas las conversaciones privadas y personales. ¿O qué habría ocurrido si Ángela hubiese vuelto a casa por echarlo de menos o para recoger algo que se le hubiera olvidado? Bueno, en tales casos, Yoel no lo habría seguido hasta el polígono industrial. Pero eso no habría supuesto mayor problema porque la escena del crimen en el almacén ya estaba preparada. Que Yoel fuese hasta allí para dejar unas huellas adicionales en la llave y en el cadáver de Clara Albor era un paso deseable, aunque optativo. El plan habría seguido en marcha de todas formas y habría concluido de la misma manera.

Serván había secuestrado a la mujer unos días antes de que Yoel registrase su vivienda. Nadie la echó en falta. Vivía sola, no tenía familia y estaba de vacaciones por Navidad; así que en el trabajo tampoco notaron su ausencia. La mantenía con vida en el almacén del polígono industrial, a la espera de que llegase el momento adecuado para asesinarla e inculpar a Yoel. Ese momento fue la tarde de Nochebuena. Justo antes de denunciar el allanamiento, acudió al almacén y le arrebató la vida a Albor. Podría haberlo dejado así. Gracias al cuchillo con las huellas de Yoel, el anillo encontrado junto al esqueleto y el pintalabios oculto bajo su nevera, todo apuntaría a que Yoel quería incriminar a Serván, y no al revés. El escritor tenía un motivo perfecto para justificar el alquiler del almacén: la preparación de una novela de terror psicológico en la que una mujer despierta en un espacio cerrado sin saber quién la ha llevado hasta allí. Su editor podría corroborarlo. Sin embargo, en lugar de dejarlo así, decidió ir un paso más allá.

Estaba convencido de que, al sospechar que Ángela podía correr peligro, Yoel empezaría a seguirlo. La misma tarde en que asesinó a Albor, tras haber pasado por comisaría, hizo siete viajes con el coche desde su domicilio hasta el polígono industrial, ida y vuelta. Yoel no lo siguió en ninguno de ellos. A la mañana siguiente realizó otro más. Y en ese, en el octavo, el primero del día de Navidad, como si fuese un regalo de Papá Noel, ocurrió. Nada más detenerse frente al almacén, preparó el móvil desechable, igual que las veces anteriores. Un par de minutos después, vio el coche de Yoel entrando en la explanada. Pulsó el botón y llamó a la Policía para denunciar de forma anónima la aparición de un cadáver en la dirección en la que se encontraba. También se ocupó de facilitar una descripción de Yoel y la matrícula de su coche, diciendo que estaba aparcado allí. Yoel lo abordó cuando acababa de colgar. Y el resto es historia.

Por supuesto, dada la implicación de sus novelas en los recientes asesinatos y que él tenía alquilado el lugar del último, la Policía le tomó declaración. Entonces aprovechó para desvelar el borrador de la novela inspirada en el almacén. Lo guardaba en un *pendrive*, dentro de un cajón sin llave. Yoel podría haberlo visto al colarse en su casa. No fue así, ya que en aquel momento no estaba ahí guardado. Las cámaras tenían ángulos muertos y uno de ellos se encontraba, precisamente, en dicho cajón. Y, si había leído ese borrador, el asesinato en el almacén alquilado cobraría aún mayor sentido. Como estaba obsesionado con Serván, Yoel buscaba incriminarlo, igual que lo había intentado con *Un diente de oro* y con *Las dos menos diez*. Gracias a estas previsiones, todo salió según lo esperado y la Policía se lo tragó. La pregunta más incómoda que le hicieron fue por qué tenía cámaras en su propia vivienda, algo que no resultaba difícil de responder.

—Por si ocurren situaciones como esta y tengo que demostrar que alguien ha podido robarme una idea —les dijo—. Lo que no esperaba era que fuesen a usar mis ideas para cometer un crimen, agentes.

A partir de ahora, con Yoel fuera de juego, el resto saldrá rodado. Cuatro días más y Antonio Serván habrá desaparecido de la faz de la Tierra.

El timbre suena.

—Cariño, ¿esperas a alguien? —pregunta Rodrigo Valeo a su esposa.

A pesar de la respuesta negativa, se levanta del sofá para mirar de quién se trata. Echa un vistazo por la mirilla y ve a un policía de brazos cruzados. Abre la puerta.

—Hola, buenos días —dice el agente—. ¿Es usted Rodrigo Valeo?

—Sí, soy yo. ¿Qué ocurre?

—Soy el inspector Ángel Coronado —se identifica el policía, mostrando su placa y su carnet profesional—. Necesito hablar con usted y con su esposa.

Rodrigo Valeo duda.

—No es buen momento, me temo. Confío en que no se tratará de nada grave si viene usted solo y sin ninguna orden. Si me disculpa…

Se dispone a cerrar la puerta cuando las palabras del policía le impactan de lleno y frenan en seco sus movimientos.

—Creo que le convendrá escucharme. A no ser que quiera acabar en la cárcel por fraude fiscal.

Ambos se sostienen las miradas. El primero en hablar es Rodrigo Valeo.

—No sé de qué me está hablando.

—Lo sabe, señor Valeo. Por eso va a dejar que entre en su casa y va a escuchar el acuerdo que quiero proponerle.

Al propietario de la vivienda le cambia el semblante. De modo que quieren llegar a un acuerdo. Eso no será tan malo como lo que se temía.

—De acuerdo, pase.

Bajo la identidad ficticia de Ángel Coronado, Yoel se adentra en casa del matrimonio.

No viven con la señora Navarro, de modo que no le preocupa encontrarse con Ángela en su horario laboral. Tampoco hay rastro del hijo. Por lo que sabe, es un niño pequeño. Mejor que no esté; podría escuchar algo e irse de la lengua ante alguien indebido. Si los padres son tan indiscretos como para hablar delante de la anciana de asuntos delicados como el robo del anillo y de la llave, a saber lo que haría un niño con los mismos genes despreocupados.

Entran en el salón. Un abeto adornado con luces de colores

y guirnaldas le da un toque navideño que podría hacer pasar a esta familia por otra cualquiera. Pero Yoel sabe que no lo son. Ellos tienen la clave de todo y piensa sonsacarles la mayor cantidad posible de información. Se guarda su placa y su carnet en el bolsillo. O, más bien, la placa y el carnet de Sheila. Le ha costado convencerla para que se los prestase, falsificar la fotografía y ejecutar este paso del plan. El arma no ha habido forma de que se la diese, aunque cuenta con que no la necesitará. Son unos defraudadores, no unos asesinos. Sheila se ha ofrecido a visitarlos ella misma, pero habría tenido que mentir al matrimonio, que podrían ser unos testigos futuros, y Yoel no quiere ponerla en ningún aprieto.

—¿Qué ocurre, cariño? —pregunta Maite Suárez, asomando la cabeza por la puerta.

—Por favor, señora Suárez, acompáñenos —dice Yoel y la invita a sentarse en su propio sofá—. En realidad, debo hablar con los dos.

Su marido hace un gesto afirmativo con la cabeza y la mujer se une a ellos. Mientras se acomoda, Yoel se alisa la manga del disfraz. Sheila ha conseguido encontrar uno bastante realista y de su talla en una tienda. Un policía podría detectar a leguas que es un uniforme falso, pero confía en que este matrimonio no lo haga.

Cuando los tres están dispuestos, empieza el discurso que tiene preparado:

—Voy a ir directo al grano. Tengo pruebas de que han defraudado ustedes unas importantes cantidades de dinero, lo suficiente como para acabar en prisión.

Mentira. Lo que Sheila ha encontrado no se pueden considerar pruebas. Y, desde luego, duda mucho que todo el dinero que han cobrado en negro sea tanto como para que no se libren pagando una multa, por elevada que resulte. En realidad, no lo sabe; ni él ni Sheila son expertos en delitos fiscales. Pero no importa, confía en que la simple amenaza bastará. No pertenecen al crimen organizado. Son solo un par de civiles a los que se puede asustar con facilidad. Así lo observa en las expresiones de ambos mientras guardan silencio.

—Quiero ofrecerles un trato —continúa—. Estamos tras la pista de un hombre que nos interesa más que ustedes y que su dinero. Si nos ayudan a cazarlo, podremos arreglarlo para que todo se solucione con una pequeña multa.

Eso es, desde luego, lo que quieren oír. Ahora se están debatiendo entre la extorsión de Serván y el acuerdo al que quiere llegar el policía que tienen delante. Al verse contra las cuerdas por ambos lados, no es difícil adivinar a quién estarán más dispuestos a ayudar.

—¿Qué necesita saber? —se ofrece enseguida Rodrigo Valeo.

Por toda respuesta, Yoel extrae una fotografía de Antonio Serván de su bolsillo y se la enseña a la pareja.

—Conocen a este hombre, ¿verdad?

Se miran. Es ella quien responde:

—Sí, así es.

—Y, si no me equivoco, han sido víctimas de una extorsión por su parte. Cuéntenmelo todo.

—Ese hombre vino a vernos en agosto —continúa hablando Maite Suárez—. Amenazó con revelar lo de nuestros ingresos no declarados a no ser que le ayudásemos. Quería que le robásemos el anillo de compromiso a la mujer que cuida de mi suegra, que sacásemos una copia de sus llaves de casa y que conectásemos una tarjeta a su teléfono.

—Disculpe —la interrumpe Yoel—. ¿Una tarjeta?

—Sí, una de esas pequeñas. Micro SD, creo que las llaman. Nos dijo que debíamos conectarla al móvil durante veinte segundos, al menos. Después de eso, había que extraerla y destruirla.

—¿Y lo hicieron? ¿La destruyeron?

—Sí, la quemamos.

Conque era eso. Ahora queda claro por qué le salió el mensaje de número inexistente cuando llamó a Ángela desde su móvil la mañana de Navidad. La tarjeta debía de contener un virus que se liberó al sistema cuando la conectaron al teléfono. Desde ese instante, Serván ha podido controlar todo lo que ha entrado y salido de él: mensajes, llamadas e incluso conversaciones que no se mantenían mediante el teléfono, como si Ángela llevase encima un micrófono conectado con los aparatos de escucha del escritor (que, de hecho, es justo lo que ha ocurrido). Así, pudo escucharla también cuando se encontraba en la calle o cuidando a la señora Navarro.

—¿Qué más? —pregunta para que sigan contándole.

—No hay mucho más. —Rodrigo Valeo toma el turno de palabra—. Nos dijo que no hiciésemos preguntas, que nos limitásemos a seguir las órdenes y que, con ello, su silencio estaría garantizado. Por supuesto, le pregunté por qué deberíamos fiarnos de él y cómo podíamos asegurarnos de que no nos iba a delatar después. Nos dio la típica respuesta: «No lo saben, pero no tienen otra opción». Y era cierto. Lo que nos pedía no suponía demasiado riesgo, así que decidimos hacerlo. No hemos vuelto a saber nada de él.

—¿Saben quién es? ¿Su nombre, su profesión…?

—No, ni idea —niegan ambos.

Hasta cierto punto, resulta lógico. Por conocidos que sean los libros de Serván, aún hay muchas personas que nunca han visto su cara, sobre todo si no siguen la literatura de suspense. No se trata de un personaje público con un rostro tan famoso, como el de un actor, el de un humorista o el del hombre del tiempo. Por supuesto, Serván debió de investigar que fuese así antes de presentarse ante este matrimonio.

A pesar de lo que acaba de confirmar y descubrir, el testimonio de una pareja de defraudadores no basta para demostrar su inocencia ni la implicación de Serván en los crímenes. No con todo lo que este ha construido en su contra. Además, si

Valeo y Suárez testifican, saldrá a la luz que Yoel ha suplantado la identidad de un policía mientras estaba suspendido y como fugitivo, lo cual solo podrá justificar cuando ya haya demostrado su inocencia, y no antes. Tampoco quiere perjudicar a Sheila por haber usado su placa y su carnet.

De todos modos, es un comienzo. Ahora ya sabe que va por el buen camino.

—De acuerdo, ya tengo todo lo que quería saber —les dice—. Necesitaré mantenerme en contacto con ustedes. No se preocupen, conozco su número de teléfono. Si ese hombre los llama de nuevo o se presenta aquí, avísenme enseguida. Tomen mi tarjeta. —Les entrega un cartón, impreso en casa de Sheila, con el número de un teléfono de prepago obtenido de forma ilícita; da bastante bien el pego—. No hace falta que me acompañen, conozco la salida.

Mientras el compungido matrimonio lo sigue con la mirada, Yoel toma una decisión. Lo que acaba de descubrir le da las fuerzas necesarias para avanzar otro paso. Serván no solo lo ha espiado con las cámaras, sino que ha hackeado el móvil de Ángela. Ha tenido acceso a las conversaciones que los dos han mantenido por chat y a las llamadas que se han hecho, además de haber desviado la que Yoel realizó el día de Navidad y que provocó su viaje hasta el polígono industrial. ¡Qué rastrero!

Ya es momento de empezar a jugar con ventaja.

24

Sí, el momento es ahora. Mientras Sheila está cumpliendo con su parte, Yoel va a proceder con la decisión que tomó anteayer en casa de Rodrigo Valeo y Maite Suárez. Si quiere ganar la partida, debe vigilar de cerca a Serván. Va a copiarle la estrategia y observarlo a través de unas cámaras espía.

El primer paso implica otro allanamiento de morada. Gracias a las noticias locales, sabe que Serván tiene hoy, a las once de la mañana, una nueva entrevista, esta vez en el canal autonómico de televisión. Desde luego, los crímenes inspirados en sus novelas están causando furor. Su vecina también se encontrará fuera, ya que la entrevista coincide con su horario laboral. Por lo que Sheila ha podido averiguar, sus vacaciones de Navidad no empiezan hasta enero.

El obstáculo principal es que el camino no está tan despejado como pueda parecer. Sheila le ha informado de que, debido a su anterior allanamiento, la Policía ha destinado a dos agentes de incógnito para que mantengan vigilado el acceso al portal de Serván desde un coche normal y corriente. Por algún motivo, sospechan que Yoel regresará ahí. Y no se equivocan.

Debe andar con cuidado. Cualquier persona con la que se cruce podría ser uno de esos agentes y todos lo conocerán bien. Por eso ha decidido parar en una tienda de ropa y comprar tres prendas. Primera: el plumífero con capucha que lleva puesto. Segunda: una bufanda que se ha enroscado alrededor del cuello y que se ha subido hasta la nariz. Tercera: los guantes de lana en los que ha guarecido sus manos y que sirven como excusa perfecta para no dejar ninguna huella antes de entrar en la vivienda. Dada la temperatura del exterior, nadie sospechará de que un viandante se proteja así del frío invernal y él evitará que lo identifiquen desde lejos.

Si los agentes son externos a la comisaría, él no habrá visto nunca sus rostros, mientras que ellos habrán estudiado el suyo a la perfección, de modo que juega con desventaja. No quiere arriesgarse a encontrarse con ellos cara a cara y que lo reconozcan por la parte superior que queda al descubierto, así que la única opción que le queda es acceder desde el garaje subterráneo. La entrada se encuentra en la calle opuesta al portal, al otro lado del bloque, donde los policías vigilan. Aunque, claro, siempre existe la posibilidad de que se muevan.

Solo queda correr el riesgo.

La entrada al garaje crea una pendiente hacia abajo que Yoel aprovecha para ocultarse de los transeúntes. Allí espera, sin que nadie lo vea, hasta que uno de los vecinos abre desde dentro para salir con el coche. Fingiendo todo lo bien que puede y sin ocultar el maletín que lleva, saluda al conductor alzando las cejas y con unas llaves falsas en la mano. Ser natural resulta básico, aunque por ahora se deja puestas la capucha y la bufanda. Avanza antes de que la puerta se cierre.

Ya está dentro. Perfecto, parece que nadie más lo ha visto entrar. Ahora sí, por si acaso se cruza con alguien, se descubre el rostro. Es lo que haría cualquier persona al resguardo del gélido viento de diciembre, ¿no? En cambio, mantiene el plumífero y los guantes.

Investiga un poco y descubre que hay dos formas de acceder a las viviendas: por el ascensor o por unas escaleras. Pulsa el botón del ascensor. No funciona. Parece que hay que disponer de una llave para llamarlo. Intenta abrir la puerta de las escaleras. Otro tanto de lo mismo: cerrada. No cree conveniente forzar la cerradura, así que decide esperar de nuevo. Se trata de un edificio de varias plantas, por lo que deben de vivir bastantes vecinos en él a pesar de que solo haya dos puertas por piso. Confía en que alguno baje pronto al garaje. Mira el reloj. Han pasado quince minutos desde que Serván empezó la entrevista. Durará alrededor de una hora más.

Otros siete minutos de espera y escucha unos pasos tras la puerta que da a las escaleras. Al mismo tiempo, el ascensor se pone en marcha.

—No me jodas —susurra.

La parte temerosa de su mente piensa que son los agentes, que lo han descubierto y van a acceder al garaje a través de las dos únicas vías de escape que tiene, ya que la puerta por la que ha entrado también necesita llave.

Lo primero que se abre es el ascensor. Yoel pega el cuerpo contra una columna desde la que puede ver de quién se trata: un hombre vestido con traje azul y corbata amarilla. Un policía de incógnito habría elegido otra indumentaria menos llamativa, ¿no?

Se arriesga. Sale de su escondite y camina a paso ligero hacia la cabina. El hombre no se inmuta. Pulsa el botón del cuarto piso. Justo en ese momento, la puerta de las escaleras se abre. No espera a ver quién cruza el umbral.

Mientras el ascensor sube, expulsa el aire que ha aguantado durante los últimos segundos. ¡Qué mal trago!

La cabina no se detiene en ningún piso hasta llegar al cuarto. Una vez fuera de ella, llama al timbre de la vecina de Serván. Aunque a esas horas debería estar en el trabajo, conviene confirmarlo. La última vez regresó antes de tiempo. Tal y como esperaba, nadie acude a abrir la puerta. Perfecto. Ahora toca forzar la cerradura. Porque esta vez no va a entrar en casa del escritor. No puede, ahora que conoce la existencia de las cámaras que lo delataron la otra vez. Este nuevo allanamiento será justo enfrente.

En su anterior incursión, cuando la vecina llamó al timbre de Serván, Yoel había echado un vistazo por la mirilla. Vio a la mujer abrir su propia puerta y, en ese momento, descubrió que la cerradura no tenía protección *antibumping*. Lo supo al verla usar una llave dentada, de las clásicas y menos seguras. Si aplica el método con sutileza, evitará dejar rastro de su intrusión. Le lleva menos de un minuto acceder al interior. Sin embargo, antes guarda el plumífero, la bufanda y los guantes en una bolsa de basura. Después, cuando se encuentre a salvo, Sheila los quemará para que nadie pueda relacionar con esas prendas cualquier fibra o resto que haya podido caer en el garaje, el ascensor o el descansillo.

Cierra la puerta tras de sí y, con la cabeza gacha, antes de adentrarse en la vivienda, se viste con el resto del equipo que lleva guardado en el maletín. Es idéntico al que utilizó en casa de Serván: cubrecalzado, guantes y gorro. Sin embargo, en esta ocasión añade una mascarilla y un antifaz para que no se le reconozca en caso de que lo graben. Visto lo visto, Serván ha podido anticiparse también a este paso. Yoel se ha planteado la posibilidad de que, con su pico de oro, haya convencido a su vecina de poner cámaras en su casa, vendiéndoselas como una medida de seguridad indispensable en estos días que corren o con cualquier argumento similar. Si este es el caso, el plan que está llevando a cabo no servirá de nada. No podrán culparlo de un nuevo allanamiento gracias al disfraz, pero tampoco actuar contra Serván. De todos modos, ya ha hecho su apuesta y, aunque no tiene garantías de ello, duda que haya cámaras en esta casa. Tal y como ha comprobado, Serván es bastante reservado y sugerirle a su vecina que instalase dispositivos de videovigilancia habría sido como decirle indirectamente que él también dispone de ella.

Ahora le toca hacer cálculos y utilizar su excelente memoria fotográfica y espacial. Recorre la pared que separa este salón del de Serván. Cuando cree haber llegado al lugar exacto, deja el maletín en el suelo y extrae un taladro, una manta, un pequeño aspirador portátil que funciona con batería, unos alambres, una microtarjeta SD, una lima cilíndrica, un tubo de silicona y unas hojas con pegatinas circulares de una gran variedad de colores.

Elige la altura de una estantería para perforar. Rodea el taladro con la manta para hacer el menor ruido posible. Por lo que ha podido averiguar en estos dos días y de acuerdo con la estructura del edificio, la pared mide veinte centímetros de grosor. Al llegar a los diecinueve con noventa, retira el taladro y coloca sobre el agujero la boca del aspirador. Así logra atraer la arenilla restante y evitar que caiga en territorio de Serván. Si cae algo en su suelo y llega a llamarle la atención, podría fastidiar todo el plan. Después, limará el interior del agujero y lo rellenará con silicona para que nadie sepa desde qué lado de la pared se ha taladrado (esto es esencial). Por fuera, para que no se vea el orificio en casa de la vecina, colocará una pegatina cuyo color coincida con el de la pared. Aun así, si queda cubierto por el mobiliario, tanto mejor. Todo lo que implique ocultarlo a la vista es bueno.

Repite el proceso en otros tres lugares: en las paredes que dan al despacho, al dormitorio y al baño de Serván. Un total de cuatro agujeros.

Antes de dar el siguiente paso, mira el reloj. Tiene veinte minutos para salir de allí de forma segura. No puede perder ni un segundo. Introduce en el primer agujero una de las microcámaras que le permitirán espiar a Serván. Él no podrá detectarlas a simple vista. Dados el tamaño de los aparatos y su color (que coincide con el de las paredes de Serván), habría que saber lo que se busca para descubrirlas. Además, si ha elegido esos puntos estratégicos, ha sido porque, al otro lado de la pared, hay estanterías, mesitas o muebles que ayudarán a ocultar las lentes.

Esta vez, el Gran Hermano será Yoel.

El señor Antúnez apaga el fuego. Le gusta calentar el café sobre la superficie metálica de su cocina de leña. La base de la taza está impregnada de carbonilla, que ya resulta imposible de rascar, pero no la utiliza para nada más. La sujeta por el asa y sopla el humo que emana del líquido negro. Son las diez de la mañana, un poco tarde. Después de levantarse a las cinco para realizar las tareas matutinas en la finca de un vecino, se encuentra algo cansado. Cuenta con relajarse un rato mientras su cuerpo metaboliza la cafeína, pero alguien llama al timbre.

Deja la taza a un lado y acude a la puerta. Dado que no suele recibir visitas, primero prefiere comprobar quién es y echa un vistazo por la mirilla. Después de lo que ocurrió hace siete años, no está de más ser precavido.

Al otro lado hay una agente de policía.

—¿Sí? —se dirige a ella tras apartar la madera que los separa.

—¿El señor Sergio Antúnez?

—Sí, soy yo. ¿Qué ocurre?

—Soy la inspectora Artenia. —Se identifica con su placa y su carnet profesional—. Me gustaría hablar con usted si es posible.

Antúnez decide mostrarse reticente y seco en un primer momento.

—¿Hablar acerca de qué?

—Del asesinato de Clara Albor.

—Ya les dije a los compañeros suyos que me tomaron declaración que estaba fuera del país cuando la mataron.

—Tranquilo, no quiero interrogarle en calidad de sospechoso, solo hacerle unas cuantas preguntas más que nos han surgido tras el análisis de nuevos indicios. Quizá nos ayuden a encontrar al culpable.

—Oiga, inspectora. Si está usted aquí es porque conoce mi historia con esa mujer. No lamento su muerte en absoluto, pero eso no me convierte en culpable.

—Por supuesto que no. Como le he dicho, solo quiero hacerle unas preguntas que nos puedan ayudar a encontrar al asesino.

Ahora. Ahora es el momento de mostrarse flexible.

—Para serle sincero, no me hace ninguna gracia volver a hablar de ella y revivir malos recuerdos. Pero tampoco quiero que piense que tengo algo que ocultar. Pase, puedo responder sin problema a cualquier pregunta sin la presencia de mi abogado.

Los dos se adentran en la vivienda, toda una muestra de estructura rústica. Antúnez la invita a sentarse en un sofá de muelles cubierto con una funda antigua y le pregunta si quiere tomar algo caliente. La inspectora Artenia rechaza la invitación. Él se acomoda en una butaca y le presta toda su atención.

—Como usted bien ha dicho —comienza la mujer—, conozco su historia con Clara Albor. Hablando claro desde buen principio, es obvio que usted tendría un buen motivo para matarla. No estoy acusándole —añade al ver que Antúnez abre la boca—. Solo expongo lo que cualquier investigador podría pensar, sea yo u otra persona.

—Entonces no entiendo cómo puedo ayudarla.

—Respondiendo a una pregunta. ¿Conoce usted a alguien más con motivos para querer matar a Clara Albor?

Antúnez ríe.

—¿Bromea? Lo raro sería no tenerlos. Hablamos de una yonqui ladrona que le habrá jodido la vida a la mitad de los hombres que ha conocido y que le habrá pasado la gonorrea a la otra mitad. Cuando estuve en la cárcel, quise saber más sobre ella para tener claro adónde estaba yendo mi dinero, no sé si me entiende. Encima de que entró en mi casa a robar, tuve que indemnizarla. Descubrí que no fui el único que acabó en prisión por su culpa. Allí hablé con varios hombres que la conocían. Era una embaucadora, mentirosa, timadora y ratera. Sigo sin entender cómo es posible que no haya pisado la cárcel en su vida. Al final, parece que alguien se hartó de que saliese airosa de todos los asuntos turbios en los que estuvo metida y ha tenido los huevos para hacer lo que muchos deseábamos.

—Le recuerdo que Clara Albor llevaba años sin delinquir.

Antúnez siente cómo le hierve la sangre por todas las venas y arterias. ¿Debe contenerse? Bueno, a fin de cuentas, ¿para qué? Mejor estallar en voz alta para que vea que está siendo sincero con lo que piensa.

—¡Y yo le recuerdo que esa hija de puta es la responsable de mi pena en prisión y del suicidio de mi esposa! ¡Joder!

—No he venido a discutir, señor Antúnez. Lo que he querido decir es que, *a priori*, no tiene sentido que la asesinen cuando ya han transcurrido varios años desde su última implicación en asuntos ilegales.

—Inspectora, en primer lugar, no ha estado metida en temas turbios desde hace años… que usted sepa. Veo más probable que esa zorra aprendiese a burlar la ley. Y, en segundo lugar, que no haya infringido la ley desde hace tiempo no implica que no tuviese enemigos. Yo soy un hombre de bien y, si apreté el gatillo en su momento, fue en defensa propia. Imagino que ya conocerá los detalles. Pero no sería capaz de matar a sangre fría, ni siquiera a esa puta ladrona. Y ojo, con esto no estoy diciendo que no lo haya pensado. Por supuesto que he fantaseado mil veces con encontrarla y reventarle la cabeza con mi escopeta, para la que, por cierto, tengo un permiso; no como ella con su mierda de pistola. Y, al igual que yo he pensado en eso, le garantizo que también lo habrán hecho todos esos hombres a los que les arruinó la vida.

—¿Sería tan amable de decirme los nombres de las personas en quienes está pensando?

—De acuerdo, aunque le adelanto que la mayoría sigue en prisión o han muerto. Algunos, por accidente; otros, por sobredosis. Ninguno por homicidio, que yo sepa.

—Aun así, me vendrá bien conocerlos a todos.

Antúnez adopta una pose reflexiva mientras la inspectora abre una libreta y le quita el capuchón a un bolígrafo azul.

—Pues está el viejo Sarmiento. Óscar Sarmiento. Lo metieron en la cárcel por vender droga. Allí sigue. La zorra de Albor lo ayudaba con el negocio, pero las autoridades no la investigaron. A él sí.

—¿Cómo sabe entonces que colaboraban?

—Él me lo dijo. Sé que es solo su palabra, pero he creído entender que también les interesa conocer los nombres de a quienes no les queda más que eso.

—Sí, por supuesto. Lo preguntaba para aclararlo.

—Bien. Después están los hermanos Cabrales. También los conocí en prisión y también acabaron allí por culpa de ella.

Continúa diciéndole los nombres que le vienen a la mente, así como la relación que tenían con Clara Albor. Toda la información es cierta, al menos tal y como él la conoce. Facilitársela a la Policía no lo va a incriminar de ninguna manera. Todo lo contrario; al colaborar, les dará una mayor confianza.

—Ya está. Esas son las personas que guardan relación con ella y que podrían tener motivos para matarla, al menos por lo que yo sé.

—Se lo agradezco, es una lista bastante completa. También me gustaría preguntarle si ha tenido usted contacto con Clara Albor después de haber salido de prisión.

—En absoluto. Lo último que necesitaba era acercarme a ella. Considero que dispongo de un buen control de mis impulsos, pero si la llego a tener delante, no sé si habría sido capaz de evitar al menos darle un buen puñetazo en su asquerosa cara.

—Ha actuado usted de forma muy sensata. Una pregunta más y ya le dejo seguir con sus quehaceres: ¿está enterado de los demás crímenes que ha habido en la ciudad últimamente?

—¿Se refieren al esqueleto enterrado aquí cerca y a la mujer del callejón que colocaron como en el libro de ese escritor famoso?

—Exacto.

—Pues ya ve que sí, estoy enterado.

—Bajo su punto de vista, ¿cree que pueden guardar relación con el asesinato de Clara Albor?

—Mire, inspectora. Por lo que he leído en los periódicos, los muertos eran unos putos criminales. El esqueleto pertenecía a un hombre que acabó con la vida de un chaval cuando lo asaltó. La mujer del callejón maltrataba a sus hijos. ¿Quiere mi opinión? Tanto estas dos basuras como la zorra de Albor están mejor muertas. Si quien ha acabado con ellas es la misma persona, para mí defiende mejor la justicia que ustedes, los policías. Perdone que se lo diga así de claro, pero ha venido aquí a escucharme y es lo que pienso.

La mujer parece a punto de replicar algo, pero en el último instante le cambia el semblante y dice:

—Está bien, señor Antúnez, agradezco su sinceridad. No tengo más preguntas que hacerle. Gracias por su tiempo y le deseo que pase un buen día.

—¿Un justiciero? ¡Manda cojones!

Yoel no da crédito cuando Sheila le cuenta su conversación con Antúnez. Sabía que iba a estallar así.

—Yoel, intenta no tomártelo como algo personal y piénsalo con la cabeza fría. Conociéndote, si no has llegado antes a ciertas conclusiones, habrá sido por tener la sangre hirviendo.

Relájate y creo que podrás encontrar algo interesante en la opinión de Antúnez.

Yoel obedece y trata de calmarse. Sheila tiene razón: las emociones, sobre todo la ira, le han hecho tomar pésimas decisiones, permanecer ciego ante cuestiones evidentes y hundirse hasta donde se encuentra ahora mismo. Su fiel amiga, la lógica fría, ha dejado de tenderle la mano desde que Serván empezó a manipularlo. Toma un par de bocanadas de aire e intenta hacer las paces con ella. Entonces su hilo de pensamientos vuelve a ser el del antiguo Yoel.

—Vale, Antúnez no sabe nada de cómo me ha incriminado Serván. Se refería solo a los asesinatos de Albor, Escudero y Mayo. Para él, los tres están mejor muertos. Sí, es cierto. Ahora que lo dices, todos los crímenes de Serván de los que tenemos constancia han tenido como víctimas a personas que hicieron daño a otros. Su padre y Ramón abusaban de él y los mató. Abelardo y Mariano Mayo mataron a Efrén Pregón al asaltarlo. Escudero pegaba a sus hijos. Albor fue la causa de que Antúnez acabase en prisión y de que su esposa se suicidase. Incluso yo: para Serván, que me liase con Carol fue algo imperdonable. Y, en cambio, a Ángela no la ha tocado, a pesar de que tenerla retenida podría haberle resultado más sencillo para manipularme.

—Exacto. Y a Rodrigo Valeo y a su esposa los extorsionó en vez de quitarles la vida. Los puso contra las cuerdas usando como pretexto la evasión de impuestos, un delito que, con toda probabilidad, no es tan grave a su juicio.

Yoel se sorprende de que alguien como Serván tenga una escala moral de valores, por cuestionable que sea.

—Bien —dice—, entonces ya tenemos claro cómo dar el siguiente paso: hay que investigar todos los asesinatos ocurridos en los últimos seis meses, o quizá en el último año, cuyas víctimas cometieran algún tipo de crimen. Así podremos descubrir quiénes son X e Y para completar por fin el triángulo.

Si no encontramos nada, podemos retroceder más en el tiempo, claro.

—Me he adelantado. —Sheila le muestra una carpeta con unos papeles que no debería haber sacado de comisaría—. Y te aliviará saber que solo hay dos.

Yoel echa un vistazo a los informes. La primera víctima era un camello asesinado presuntamente por un narcotraficante con el que se disputaba el territorio. Cualquier otro miembro de la banda querría verlo muerto. La segunda víctima era un violador de apellido Bonachera, que asesinó a una mujer con pareja estable. El nombre del novio: Raúl Ulla.

—No sé tú qué dirás, pero yo apostaría por Ulla —dice Yoel.

Sheila asiente con la cabeza.

25

Sheila asiente con la cabeza. Desde el otro extremo de la calle, Yoel recibe la señal. Con la capucha calada, corre hacia la esquina. Justo al doblarla, tropieza con Raúl Ulla. Los dos caen sobre un charco de agua que ha dejado la lluvia de hace media hora.

—¡Eh, tío! —grita Ulla mientras se levanta—. Mira por dónde vas, ¿quieres?

Yoel se pone en pie de un salto y se encara con él.

—¿Buscas problemas? ¿Eh, gilipollas?

Tal y como va vestido, cualquiera lo confundiría con un yonqui problemático. Sudadera sucia con manchas de pintura y de alguna salsa que quedaría bien con unas patatas fritas. Los pantalones, rotos. Pero no como los que se venden ahora porque están de moda. Se ve con claridad que estos agujeros no vienen hechos de fábrica. Las botas, llenas de lodo. Un calcetín de cada color asomando por la caña para que se vean bien. Y, como colofón, una barba postiza rubia; una combinación perfecta para que, junto con la capucha, no se le identifique. Que ya sea de noche también ayuda. No se encuentran en una zona bien iluminada. La farola más próxima está a cincuenta metros.

Ulla retrocede con las manos alzadas, como si fuesen una protección segura contra un yonqui violento.

—No busco problemas, cálmate. Solo digo que deberías tener más cuidado.

—¡Ni mi madre me da consejos, capullo!

Sin mayor justificación, carga contra Ulla y le da un puñetazo en la mejilla izquierda. Ulla sale despedido hacia atrás. Para no caer de nuevo al suelo, se apoya contra la pared. Se lleva dos dedos a los labios. Un vistazo le basta para ver la sangre que ha emanado de su lengua. Antes de que pueda separarse del muro, Yoel lo empuja hacia atrás y le tapa la boca con una mano.

Suficiente. Antes de que nadie los vea, huye.

Sheila lo espera donde han acordado.

—Deberíamos largarnos —jadea Yoel.

—Espera, antes enséñame la mano —le dice su compañera de ilegalidades.

Yoel se la muestra. La palma está manchada de rojo. Sheila recoge la sangre con un hisopo y lo guarda dentro de un tubo.

—Listo. Vámonos.

Ahora sí, los dos corren en dirección contraria a Ulla, vigilando que este no los vea.

El reloj da las doce. Ya es 30 de diciembre. Falta poco, muy poco.

Dentro de treinta y seis horas, Antonio Serván habrá dejado de existir. Estará lejos, con una nueva identidad. Ni siquiera le ha dicho a su editor que se tomará una semana de vacaciones, que pasará Nochevieja en casa de unos amigos que viven en otro país ni nada parecido. Es un viaje secreto. Se largará al hemisferio sur para no volver. Tan pronto como suene la duodécima campanada y haya empezado el año nuevo de forma oficial, todo se pondrá en marcha.

Varias semanas antes de que la Policía encontrase el esqueleto, creó distintas cuentas de correo electrónico con diferentes dominios y envió a todas el archivo con su novela final adjunta. Cuando esté lejos, un abogado que ha contratado mandará las claves a los medios de comunicación. Podrán acceder a ellas y comprobar que todo lo ocurrido en la realidad es posterior a ese envío.

También firmó con dicho abogado doce copias de un documento confidencial, todas fechadas ante notario, para que, nada más comenzar el año nuevo, lo remita a determinados personajes públicos de internet que darían lo que fuera por conseguir más seguidores. Ese documento contiene, por supuesto, la novela final. Así, habrá distintas formas de comprobar que lo escribió todo antes de que ocurriese. Siempre quedará algún escéptico, pero resulta indudable que se hablará de él y de su obra.

Quiere terminar de cobrarse su venganza, sí, pero también desea que el mundo lo recuerde como el primer autor de una historia ficticia que terminó por convertirse en realidad. O, visto desde otra perspectiva, una novela basada en hechos reales escrita antes de que estos ocurriesen. Es su sueño desde hace mucho tiempo. En concreto, desde que redactó por adelantado el asesinato de Ramón y la incriminación de su padre. En aquella ocasión, tuvo que quemar los papeles. No quería hacerlo, pero no había otra opción si quería que su padre pasase el resto de sus días a la sombra.

Ahora es distinto. Ahora el mundo sabrá que todo lo orquestó él, esa es la idea. Y no podrán atraparlo. Cuando llegue a los ojos del primer lector, Antonio Serván ya habrá desaparecido.

Claro que no debe olvidar el factor Yoel. No ha vuelto a saber nada de él desde que lo dejó en el almacén con el cadáver de Clara Albor. Quizá haga algo antes de su huida, quizá no. Por si acaso, debe permanecer alerta. Tiene varias ideas de cómo podría actuar. Ha sopesado las distintas posibilidades y está convencido de que, si actúa, lo hará de acuerdo con una de ellas. Se ha preparado para todas, por supuesto.

Su novela final no llega a narrar hasta el momento actual, sino solo hasta el evento del almacén. Pero eso no le ha impedido anticiparse a un hombre que ha demostrado ser muy predecible. Aunque es cierto que Yoel ya no actúa bajo una placa policial, sus movimientos siguen limitados. Antes lo estaban por los procedimientos legales; ahora, por la orden de busca y captura emitida contra él. Y, si no actúa antes de mañana, tanto mejor. Cuando todo termine, será demasiado tarde y no podrá hacer nada.

Entra en su dormitorio para coger la documentación que le permitirá llevar a cabo su desaparición y cambiar de identidad. En algún momento ha sopesado sacarla antes, pero el lugar más seguro para ocultarla era ese. A pesar de que las cámaras lo filmaron la vez anterior, Yoel podría volver a allanar su vivienda en un ataque desesperado; aunque tuviese que destrozar la cerradura y dejar su rastro. Si encontraba esa documentación, sería el fin. Sin embargo, ahora que falta poco más de un día, ha llegado la hora de llevarla encima hasta el momento de la huida.

Gira a la derecha, camina hacia la pared y retira la estantería. Introduce la combinación en la caja fuerte que hay justo detrás y la abre mientras dice para sus adentros:

«¿Lo estás viendo, Yoel?».

Por supuesto, no es estúpido. Ha valorado la posibilidad de que el expolicía haya copiado su estrategia y, desde la vivienda de su vecina, haya instalado cámaras para vigilarlo. Si no lo ha hecho, perfecto. Y, si lo ha hecho, no habrá problema. Gracias a las grabaciones de sus propias cámaras, sabe que, durante su incursión el día de Nochebuena, Yoel descubrió la existencia de la caja fuerte. Lo importante es que ahora no vea los documentos falsos que está a punto de extraer de ella; así, su plan no correrá peligro. Verá lo demás, pero eso es inevitable si lo espía.

—¡Qué cabrón! —susurra Yoel.

En la pantalla de su tablet, ve a Serván hurgando en la caja fuerte oculta tras la estantería de su dormitorio. Aumenta el zoom y, gracias a ello, es capaz de vislumbrar una llave con forma rectangular. Es igual que la suya. Deduce que se trata de la copia que Rodrigo Valeo y Maite Suárez le entregaron para que pudiese instalar las cámaras y los micrófonos en su casa. De modo que la guardaba ahí. ¿Por qué no se habrá deshecho de ella? Quizá no quiera arriesgarse a que alguien la recupere cuando la tire a la basura, al río o la entierre en medio del monte. La caja fuerte es el lugar más seguro, por supuesto. Claro que también puede equivocarse y que se trate de otra llave parecida a la suya.

Serván guarda más cosas ahí dentro. Un montón de carpetillas con documentos, un ordenador portátil, varios fajos de billetes de cien y un revólver. ¿El ordenador y los documentos contendrán algo que lo delate? Quizá, pero no es eso lo que le preocupa. Tampoco el dinero, ni siquiera el arma. Lo que le importa ahora mismo es cómo cerrar su plan contra Serván.

Todavía hay un cabo suelto y no sabe cómo atarlo.

En el laboratorio, Sheila se prepara para analizar la muestra de sangre de Ulla. Si coincide con los restos de piel hallados en la herida mortal de Irene Escudero, la hipótesis del triángulo se confirmará. Tendrán un nuevo hilo del que tirar para demostrar que Serván está implicado. Claro que la sangre ha sido obtenida de forma ilegal y no hay forma de justificar la comparativa ante las autoridades, pero al menos sabrán con certeza cómo presionar a Ulla.

Mientras prepara el instrumental, alguien abre la puerta. Es el comisario Vermón. No trae cara de buenos amigos.

—Sheila, así que aún sigues aquí. He visto la luz encendida y me ha sorprendido. ¿Qué haces?

No sabe cómo responder. Aunque se encuentra en su lugar de trabajo, ya es de madrugada. ¿Vermón habrá descubierto algo de lo que ella y Yoel están haciendo? Decide evadir la pregunta.

—Creo que se me ha hecho tarde, comisario. ¿Qué hora es?

—Son más de las doce.

—¿En serio? —Sheila finge sorpresa—. Se me ha ido el santo al cielo. Ni siquiera he cenado.

—¿Qué estabas haciendo?

«Mierda, insiste», dice la mujer para sus adentros. Tiene justo delante el hisopo con la sangre de Ulla. Al lado, el instrumental necesario para analizarla.

Por suerte, antes de que pueda abrir la boca, Vermón ataja:

—Déjalo, da igual. Ahora mismo tengo demasiadas cosas en la cabeza. Te traigo una muestra para que la analices en cuanto te resulte posible.

—¿De qué se trata?

El comisario le tiende una bolsa precintada con un par de cabellos dentro. Sheila la coge y la observa de cerca, como si pudiese adivinar a quién pertenecen solo con mirarlos.

—Han matado a un hombre en los sótanos de la fábrica de papel, en las afueras —informa Vermón—. Ocurrió a las seis y media de la tarde. Aún estaba vivo cuando uno de los empleados de la planta lo encontró y llamó para pedir ayuda. La ambulancia no llegó a tiempo. Sé lo liada que estás, por eso mandé a Quiroga en tu lugar. Cabe la posibilidad de que este nuevo asesinato guarde alguna relación con los de Escudero y Albor. Han encontrado estos cabellos dentro del puño de la víctima, pero no pueden ser suyos porque era calvo. Están arrancados de raíz, imagino que debido a que forcejeó con su agresor. ¿Puedes comprobar si el ADN coincide con el de…? Bueno, con el de Yoel.

Ha pronunciado su nombre tras un suspiro. Aunque no se lo ha dicho, Sheila sabe que el comisario también confía en que su antiguo subordinado sea inocente y que le cuesta perseguirlo como si fuese un asesino en serie. Sin embargo, también tiene claro que Vermón jamás ocultaría a Yoel en su casa ni trabajaría con él a espaldas de la ley. Por un lado, porque es estricto y recto hasta el extremo. Respeta las normas a rajatabla y sin excepciones. Por otro, porque no ha tenido ninguna relación sentimental con él. Las emociones del comisario son de respeto y confianza, pero su carácter y su sentido del deber pueden más. Si llega a saber dónde se encuentra Yoel ahora mismo, tanto él como Sheila acabarían entre rejas, por mucho cariño que Vermón les tenga.

Desde que el juez emitió la orden para registrar la casa de Yoel, han tenido acceso a múltiples formas de obtener muestras de su ADN. Las más rápidas fueron mediante la extracción de su cepillo de dientes y su maquinilla de afeitar. Así podrán comprobar en cualquier momento si algún rastro, como por ejemplo estos cabellos que Vermón le ha dado, le pertenece. Es lógico que lo solicite, ya que coinciden con el color del de Yoel. «Bueno, y también con el de Serván, ¡qué cojones! ¡Como si el pelo castaño fuese lo más raro del mundo!», piensa Sheila, intentando mantener un semblante neutro.

—De acuerdo —responde con toda tranquilidad—. ¿Le parece bien si lo hago mañana por la mañana?

—Sí. Cuando tengas los resultados, déjalos en mi despacho, por favor. Ahora ve a descansar, que ya es tarde. Y recuerda pedirme un par de días libres cuando todo termine.

El comisario cruza la puerta y la cierra tras de sí. El cuerpo de Sheila, hasta ahora en tensión, se relaja al instante. Ya puede respirar con normalidad.

No ha tragado ni la primera bocanada cuando su imaginación estalla y le dice: «Espera un momento. Toma, te regalo esto».

«¿Qué es? ¡Vaya!». Es increíble lo que provoca un instante de relajación tras haber estado tensa. Se trata de una gran idea. Una idea que podría suponer la solución al problema de Yoel. Pero ¿debe ponerla en marcha, con todo lo que implicaría? ¿Le importa más Yoel que la ley y la ética? ¿Y qué hay de Vermón? ¿Aceptará cumplir con la parte que le toca en este descabellado plan que se le acaba de ocurrir?

Reflexiona acerca del rumbo que ha tomado su vida. Tiene a un fugitivo en su casa. Le ha cedido su placa y su carnet profesional para que pudiera usarlos contra Rodrigo Valeo y Maite Suárez. Ha contribuido a un asalto callejero en el que la violencia ha jugado un papel importante. Trata de convencerse de que actúa en pos de la justicia. Yoel es inocente y merece que así se demuestre. Si ella estuviera en su situación, querría lo mismo, ¿no? Querría tener a alguien con quien contar, a alguien en quien confiar, que la apoyase en momentos tan difíciles.

No, no puede engañarse a sí misma. Si fuese otra persona, habría actuado de forma muy distinta. Le habría dicho que se entregase y que aclararían las cosas sin saltarse la ley. Si está haciendo todo esto es, precisamente, porque no se trata de otra persona. Se trata de Yoel. Yoel, ese capullo que ha tenido su corazón preso durante años. Cada vez que ha estado con otro hombre en la cama, ha pensado en él. Bajo la luz tenue de la lámpara de noche, veía su rostro. Refugiaba la cara en el pecho de su cita y se imaginaba que era Yoel quien gemía de placer. Está claro que la emoción sigue mandando sobre la razón.

«¿Debo parar?», pregunta su parte racional. «Demasiado tarde», responde también su parte racional. «Tampoco es que me importe demasiado», interviene por fin su parte emocional.

¿Es así? ¿No le importa? Ha soñado mucho tiempo con que Yoel volviese junto a ella. A pesar de todo, estos días le están resultando placenteros. Física y emocionalmente. Lo tiene a su lado y él no puede huir como la vez anterior. ¿Y quién sabe? Si todo se arregla, quizá esto los una más y Yoel quiera ser su pareja.

El mismo plan vuelve a cruzar su mente. ¿Qué pensará Yoel acerca de ello? ¿Debería contárselo? Claro que sí, ¡qué estupidez! Quiere hacerlo ya, pero su parte racional aún guarda algo de control y se aguanta. Todavía no ha analizado la sangre de Ulla, aunque sospecha cuál será el resultado. Debe quedarse y realizar la comparativa antes de regresar a casa.

¡Y qué leches! Así Yoel estará pensando en ella mientras no regresa. Puede que eso avive sus emociones.

Son las tres de la madrugada. La espera se le está haciendo eterna. Aunque sabe que no es conveniente, quiere que lo llame, llamarla, enviarle un mensaje o lo que sea. Las emociones se están avivando de nuevo en él, pero no son peligrosas mientras las pueda controlar. Impaciencia, ansiedad, desasosiego. Son fuertes, pero no más que su voluntad. No va a cometer ninguna estupidez. Ha aprendido la lección. Seguirá mandando callar a todas esas emociones y esperará a que Sheila regrese.

Está deseando conocer los resultados del análisis. Si dan negativo, convendrá indagar algo más. Pero si dan positivo… Si la sangre de Ulla coincide con el ADN de los restos de piel que había en la herida mortal de Escudero… ¿Cómo completar la frase? Bueno, en ese caso, seguirá habiendo un cabo suelto en su plan. No se le ocurre cómo unirlo con el resto, a pesar de haber estado observando a Serván a través de las cámaras y repasando a conciencia su propia investigación, la de su cuarto de pensar. Ha podido hacerlo gracias a las fotografías que Sheila le ha traído. Las ha transferido a su tablet para verlas a un tamaño mayor y también para que su compañera no vaya con ellas en el móvil. Eso sí podría causarle problemas si alguien las descubriese. Por más que examina, estudia y analiza las imágenes, no se le ocurre cómo atar el maldito cabo suelto. Y, aunque lo consiga, siempre existirá el riesgo de que algo salga mal.

Lo que está claro es que, tanto si sale mal como si sale bien, necesitará datos con los que justificar sus acciones. Tiene grabada la conversación con Rodrigo Valeo y Maite Suárez. No podrán negar nada de lo que él afirme. Una grabación se considera legal si ha sido tomada por una de las partes que han participado en ella y se admite como prueba en cualquier juicio; pero puede que le caigan cargos por fingir ser un agente de la ley mientras estaba suspendido de empleo y sueldo. Solo le queda la esperanza de que un juez comprensivo entienda que actuó así para demostrar su inocencia. Aunque, comparado con el cargo de asesinato, eso no es nada.

Otra cosa que deberá justificar es el asalto a Ulla. Y, sobre ello, ¿qué hay de Sheila? Si el plan no sale bien, ¿hasta qué punto podrá evitar que se destape su complicidad? Si los resultados del análisis son positivos y Yoel actúa a partir de ahora como tiene en mente, al final se sabrá que contaba con un contacto en el laboratorio de la Policía. ¿Estará Sheila dispuesta a dar la cara por él? No, esa no es la pregunta correcta. La pregunta correcta es: ¿está dispuesto Yoel a permitir que Sheila dé la cara por él, que arriesgue su puesto de trabajo y puede que su libertad, después de toda la ayuda que le está prestando? No quiere involucrarla más. No puede permitir que nada de esto la salpique. Sheila le importa mucho, así que, llegado el momento, deberá encontrar otra forma de justificar ante la Policía el plan que tiene en mente.

Ese maldito plan al que aún le falta un cabo por atar.

«Espera, Yoel, te estás precipitando. Ni siquiera sabes aún si el ADN de Ulla se corresponderá con el que había en el cadáver de Escudero. Si no es así, no tendrás nada».

Sus dudas están a punto de resolverse. Se encuentra sentado en el sofá, mordiéndose una uña que ya ha formado una escalera de picos, cuando la puerta de la vivienda se abre. Como si estuviera sobre un asiento eyectable que se acaba de activar, se pone en pie y camina a zancadas hacia la entrada. Casi tropieza con Sheila, que corría hacia el salón sin haberse quitado siquiera el abrigo.

—Siento haber tardado tanto. Además de todo lo que tenemos encima tú y yo, Vermón me ha endosado un asesinato que han cometido cerca de la fábrica de papel.

—¿Ha sido Serván? —Es la primera pregunta que le viene a Yoel a la cabeza.

—En este caso, lo dudo mucho. Los resultados del análisis no coinciden. Sí, he hecho la comparativa con la saliva que le robaste, aunque aún no he redactado ningún informe para Vermón. Parece más probable que se trate de un ajuste de cuentas entre dos bandas. Habría que confirmarlo.

—¿A qué hora ha sido? ¿Lo sabes?

—Sobre las seis y media, según Vermón.

Yoel adopta una pose reflexiva.

—Antes de ir a por Ulla, he estado vigilando a Serván todo el día a través de las cámaras. Salió de casa a las cinco y no regresó hasta las siete, más o menos.

—Bueno, eso no lo convierte en culpable. Imagino que saldrá para más cosas que hacer entrevistas o matar.

—¿Pondrías la mano en el fuego?

—Ni de coña. No después de todo lo que he visto. Pero no tiene sentido. No creo que se arriesgue más después de haberte incriminado. Ya se ha vengado de ti, ¿para qué querría aumentar las probabilidades de que lo descubran?

—Sí, eso es cierto. Cuando lo vi regresar, tampoco es que

estuviera chorreando sangre. Y, hablando de sangre, ¿cuál es el resultado de la de Ulla?

—Su ADN coincide con los restos de piel que había en la herida mortal de Escudero.

El alivio se abre paso por el cuerpo de Yoel desde las puntas de los dedos hasta el centro de su pecho.

—Tenías razón, Yoel. Raúl Ulla asesinó a Irene Escudero. Tu hipótesis del triángulo era cierta. Quizá no resulte suficiente para demostrar la implicación de Serván, pero sí parte de tu inocencia. Ahora están investigándote no solo por el asesinato de Albor, sino también por el de Escudero. Si encontramos la forma de demostrar legalmente que fue Ulla quien cometió este último, se abrirán nuevas posibilidades para respaldar tu inocencia también en el de Albor y para probar la culpabilidad de Serván.

—El problema es que no podemos demostrar que Ulla se cargó a Escudero. No sin desvelar que lo hemos asaltado y que le hemos robado una muestra de sangre. Además de no poder usarlo como prueba, destaparlo podría ponerte a ti en apuros.

—Te equivocas. No has contado con mi red de contactos en los barrios bajos. Una vez que he sabido a ciencia cierta que Ulla es el asesino del callejón, he llamado a un tío que me debe un par de favores. Y no de los flacos, precisamente. Está dispuesto a declarar bajo juramento que vio a Ulla huyendo de la escena del crimen la noche que asesinaron a Escudero. Tranquilo, puede aportar bastante credibilidad. Además, como Ulla sí estaba allí, no tendrá coartada.

—Espera, espera un momento. ¿Estás hablando de pedirle a alguien que cometa perjurio? Podría salpicarte.

—No si nadie descubre que es mentira. Y, como ahora ya sabemos seguro que Ulla es el asesino de Escudero, todo encajará cuando la Policía analice su ADN de forma legal.

—Pero se preguntarán por qué ese tío no lo ha denunciado antes.

—Dirá que hasta ahora no ha llamado a la Policía porque no sabía quién era Ulla, pero que lo ha visto recientemente en un bar y lo ha reconocido.

—¿Crees que será suficiente para que se emita una orden judicial con la que obtener una muestra de saliva de Ulla?

—Ya sabes que eso depende mucho del juez, pero no perdemos nada por intentarlo.

Dos emociones contrapuestas chocan en el interior de Yoel. Por un lado, el agradecimiento que siente hacia Sheila, que cada vez es mayor. Por otro, la culpabilidad y el miedo a involucrarla más de lo que ya está.

—Oye, Sheila, te agradezco todo lo que estás haciendo por mí, de verdad que sí. Pero ¿no crees que esto que me estás contando puede perjudicarte? ¿Y si ese tipo decide chantajearte a cambio de su silencio?

—Yoel, nadie me chantajea. Puede que te cueste creerlo, pero en ciertas zonas de la calle se me tiene respeto. Recuerda el ambiente en el que crecí. Mis contactos son de fiar, no te preocupes. Eso sí, me debes mil pavos. Este tío va a hacerme el favor, pero no gratis.

—¡Vaya favor! De todas formas, si todo sale bien, será suficiente para exculparme solo por el asesinato de Escudero. Todavía queda el de Albor. He estado pensando y no se me ocurre cómo cerrar el plan. Ese cabo suelto sigue estando ahí.

—Que es donde entra mi plan B. Lo que te acabo de contar es por si no aceptas este otro.

Ahora es Sheila quien le cuenta a Yoel sus pensamientos. Entre los dos, consiguen unir ambos planes y formar uno solo completo, sin resquicios. No pueden decir que será infalible al cien por cien, pero sí que han avanzado de un treinta a un noventa por ciento de garantías de éxito.

—Y así no sería necesario depender de que un juez emita o no una orden para analizar la saliva de Ulla —concluye Yoel.

—Entonces ¿te parece bien? —pregunta Sheila, que quiere

asegurarse de cómo ve su compañero la ausencia de ética que implica su segunda propuesta.

—Sí. No es que haya muchas más alternativas. Y, con respecto a Vermón, ¿crees que hará lo que vas a pedirle?

—Tú no lo has visto, Yoel. Antes, en el laboratorio, mencionó tu nombre y lo hizo con pesar. Se nota que quiere creer en tu inocencia, aunque está claro que va a respetar la ley hasta el final. Sin embargo, lo que le pediré no implica saltarse ninguna ley, así que no hay motivo para que se niegue.

—No, pero tendrá que usar como argumento un procedimiento ilícito que ha llevado a cabo un sospechoso de varios asesinatos.

—Yoel, ¿tú confías en mí?

—¿Qué clase de pregunta es esa? ¿Estaría aquí si no lo hiciese?

—Vale, entonces no te preocupes. Haré que Vermón cumpla con su parte dentro del plan. Te lo garantizo.

Y, sin dejarle replicar, lo rodea con sus brazos. Yoel la imita. Por ahora, ya no pueden hacer más. No hasta mañana, al menos. Tienen toda la noche por delante. Quizá deberían dormir algunas horas.

26

No han dormido. Son las siete de la mañana y han hecho el amor cinco veces. Con una mano bajo la almohada y la otra acariciando el hombro desnudo de Yoel, Sheila reflexiona en cómo las emociones pueden lograr que una persona haga cosas que jamás había pensado.

Nunca se habría planteado ayudar a un fugitivo, por muy inocente que lo creyese. Tampoco se imaginaba que ese fugitivo pudiera ser Yoel. Con él, todo cambia. Hace años que está enamorada y eso no va a cambiar ahora por arte de magia. Por supuesto que cree en su inocencia; todas las piezas encajan de acuerdo con su versión. Pero no se trata de eso. Se trata de que, si la descubren, se meterá en un buen lío. Lo preocupante es que no le importe. Mientras pueda hacer algo para tener a Yoel cerca, valdrá la pena.

A veces se plantea si verá en él la figura paterna que perdió de niña. De eso, los psicólogos entienden mucho. Ella no. Ella no tiene ni idea. En cualquier caso, su filosofía de vida la empuja a vivir el momento. Piensa en el futuro, claro está, pero también es consciente de que se deja arrastrar por el presente algo más de lo que debería. Y, si Yoel la acompaña, bastante. Mucho. ¿Qué hay de malo en ello? Al margen de estar saltándose la ley y arriesgándose a acabar en prisión, todo lo demás es positivo. El mejor sexo que ha tenido en su vida ha sido con él. También los sentimientos que más la han llenado. En ocasiones, se siente sola, aislada del mundo, vacía, pero todo desaparece en el momento en que Yoel está cerca. La vida debe ser placentera. Si no, ¿qué sentido tiene vivirla? Se convence de que no está haciendo nada malo. Todo lo contrario. Ayudar a exculpar a un inocente es algo bueno y encaja con toda moral. A pesar de que conlleve ciertos riesgos.

—Yoel, ¿qué piensas hacer si no sale bien?

Yoel lleva un rato mirándola sin pestañear. Quizá estaba perdido en otro mundo o quizá solo en el cabello de la mujer que tiene delante y con el que sus dedos juegan. Al escuchar la pregunta, dos parpadeos rápidos contraen sus pupilas.

—Menuda pregunta para después del sexo, ¿no? ¿No se supone que debe ser un momento relajante?

—Aun así, me gustaría que la contestaras. Creo que, con todo lo que estoy haciendo por ti, me merezco saberlo.

Yoel suspira antes de responder:

—No lo sé. Supongo que huir. Intentar cruzar la frontera y refugiarme en otro país con una nueva identidad. Lo típico que se ve en las películas y en las novelas, vamos.

—¿En serio?

—¿Qué otra alternativa tendría?

Esa pregunta también es un misterio para Sheila.

—Si tú tienes que huir, es posible que yo me vea obligada a hacer lo mismo.

—No, de eso nada. Estamos haciéndolo todo con cuidado para que no te veas involucrada si no sale bien.

—Pero ¿tan malo sería? Me refiero a tener que irte conmigo.

—No estoy diciendo eso, Sheila.

—Bueno, pues dime lo que piensas. ¿Te gustaría escapar conmigo?

Yoel se toma su tiempo, pero termina respondiendo con un rotundo:

—Sí.

—¿Me lo dices porque es lo que quiero oír?

—Te lo digo porque es lo que pienso. De hecho, me habría gustado que ocurriese hace tiempo. No huir, pero sí estar contigo.

—¿Y por qué no lo hiciste? ¿Por qué estabas con Ángela?

Antes de responder, Yoel se incorpora en la cama y mira hacia la pared. Quiere sincerarse con Sheila, pero debe encontrar las palabras adecuadas.

—A Ángela la quería mucho. La quiero mucho. Me importa y me preocupo por ella, pero creo que ya hace tiempo que no estamos enamorados. A raíz de lo que pasó con mi familia, ya sabes la historia, me sentía solo y Ángela era lo único que tenía. Ella pensaría lo mismo, teniendo en cuenta las cosas horribles por las que tuvo que pasar. Supongo que por eso nos aferramos a la relación como a un clavo ardiendo. Si me pides sinceridad, admitiré que me habría gustado estar contigo en su lugar, pero me guardabas tanto rencor que me resultaba imposible acercarme a ti.

Sheila también se incorpora. Se coloca a su altura y lo obliga a mirarla a los ojos.

—Si te guardaba rencor era, precisamente, porque empezaste a salir con Ángela en vez de seguir conmigo.

—¿Seguir? —repite Yoel, frunciendo el ceño sin dar crédito—. ¿Seguir el qué, Sheila? Si casi me habías retirado la palabra antes de que yo te dijese que era mejor dejarlo.

—No me encontraba cómoda. Me daba la sensación de que todo el mundo en comisaría sabía que nos habíamos acostado.

—¿Cómo iban a saberlo?

—No lo sé. ¿Tú no se lo contaste a nadie?

—¿Yo? ¿El borde y obseso de la comisaría hablando de su vida privada con los compañeritos? ¿En serio?

—Pues es la sensación que yo tenía. Llámame paranoica.

—Paranoica. Si me lo pides así…

Sheila sonríe. Es ese encanto de Yoel lo que la vuelve loca. Desde fuera, puede parecer una persona seca y huraña. En cambio, una vez que conoces su corazón, te das cuenta de que es todo bondad y justicia. Haría lo que fuera por proteger a los suyos y también a otras personas. Por eso decidió hacerse policía. Y Sheila ha logrado ver todo eso, todo lo que esconde bajo su coraza. Así se enamoró de él.

—Entonces ¿por eso empezaste a salir con Ángela?

—No, empecé a salir con Ángela porque me caló hondo. Ya sabes que la conocí cuando su madre se suicidó. Poco después, me la encontré en un bar por casualidad, la invité a tomar algo y acabamos liados. Fue más o menos cuando tú me retiraste la palabra. Si no te hubieras comportado de esa forma tan extraña, puede que ni siquiera la hubiese invitado a aquella copa. Y quizá ahora tú y yo llevaríamos varios años juntos como pareja, ¿quién sabe?

—Sí. —Sheila apoya la cabeza en el hombro de Yoel—. ¿Quién sabe?

Él le acaricia el pelo. Siente algo muy fuerte, pero no está enamorado. ¿O sí? Le cuesta mucho evaluar ese tipo de emociones; se ha acostumbrado a convivir con otras mucho más dañinas. Con Sheila, todo es más fácil. Sabe que puede confiarle su vida. No se arrepiente de nada de lo que han hecho. Ni siquiera de haberle sido infiel a Ángela. En un primer momento se sintió mal, pero más por el daño que les podía haber causado a ambas que por otro motivo. Culpabilidad, lo llaman. Ese sentimiento se ha ido. Después de todo lo ocurrido en los últimos días y de saber que Ángela se encuentra a salvo, ha decidido que debe vivir el presente. En cualquier momento pueden encontrarlo y detenerlo, a pesar de no haber hecho nada ilegal. Bueno, sin contar el allanamiento de morada en casa de Serván. Y haber fingido ser policía en acto de servicio ante Rodrigo Valeo y Maite Suárez. Y la agresión a Ulla. Aunque nada de eso cuenta porque todo estaba justificado. Lo hizo por buenos motivos. Lástima que quizá un juez no lo vea igual.

Ese ha sido su problema principal desde que todo comenzó: la ley. Mientras los criminales como Serván se saltan las reglas, los policías deben respetarlas a rajatabla. No se trata de un juego justo. Ya no es policía y piensa aprovecharse de ello. Se acabaron los procedimientos, los protocolos, la burocracia y las obligaciones legales. A partir de ahora, se guiará solo por su moral, su juicio y su criterio. Está dispuesto a hacer lo que sea necesario para demostrar su inocencia. El plan que ha trazado con Sheila va más allá de lo que muchos llegarían a asumir, pero no le importa. La ley le ha obligado a comportarse de forma previsible y Serván ha demostrado ser muy bueno anticipándose a los pensamientos y a las conductas de los demás. No puede seguir actuando de manera que se vean sus intenciones a la legua.

Ha comprendido que, si quiere ganar, debe volverse impredecible.

El agua hierve y empieza a salirse de la olla. Raúl Ulla corre para apagar el fuego. Estos días tiene la cabeza en otra parte. Se lleva un dedo a la boca. La herida de la lengua vuelve a sangrar. No ha denunciado lo de anoche por motivos obvios. Ni siquiera ha ido al hospital. De haberlo hecho, podrían haber identificado la herida como fruto de una agresión y no quiere arriesgarse a que la Policía asome sus narices, ni siquiera ante la sospecha de una pelea callejera. No sabe si, en estos casos, los médicos suelen llamar a las autoridades. Mejor no correr el riesgo.

Con cuidado, echa parte del agua hirviendo en una taza. A continuación, introduce una bolsita de té. Necesita despejar la cabeza para pensar con claridad y esta bebida caliente seguro que lo ayuda. Se rasca una ceja y unos diminutos trozos de piel seca caen sobre la encimera. Mientras el agua se colorea de verde, suena el timbre. Es extraño. No espera a nadie.

A través de la mirilla, comprueba quién es. Se sorprende al descubrir a un hombre vestido con uniforme de policía.

—¿Sí? —pregunta sin abrir, como si no hubiera visto nada.

—¿El señor Ulla? —pregunta a su vez el policía al otro lado de la puerta.

—Sí, soy yo.

—¿Puede abrir, por favor?

Ulla duda.

—Ahora estoy algo ocupado, ¿podría venir más tarde?

—Me temo que no. Le conviene escuchar lo que tengo que decir.

¿Debería insistir en que se vaya y que vuelva con una orden? No, no le conviene enfadar a las autoridades ni darles a entender que tiene algo que ocultar. Total, si este hombre sabe algo, ya está perdido.

—Hola —saluda tras abrir la puerta.

—Soy el inspector Ángel Coronado —se identifica Yoel, de nuevo con su traje falso, y muestra muy deprisa la placa y el carnet de Sheila—. ¿Le importa que pase? Creo que preferirá oír sentado lo que tengo que decirle.

No hay alternativa. Ulla le permite pasar y reza para sus adentros.

Son las diez de la noche y sigue sin haber noticias de Yoel. Quizá lo ha sobreestimado y todas sus elucubraciones se queden esta vez en el terreno de la ficción.

¿Lo estará viendo ahora? Si ha decidido observarlo mediante cámaras espía, las habrá colocado en distintos lugares. No importa. Jamás se olerá que quiere desaparecer, eso es seguro.

Por eso no ha preparado ningún equipaje. No quiere alertar a su enemigo. Tampoco ha tocado el dinero de la caja fuerte por el mismo motivo. Si Yoel lo viese guardándolo todo en una bolsa, podría sospechar e ir hasta ahí para retenerlo por la fuerza. Son unos doce mil euros, pero no le importa abandonarlos. El grueso de sus ahorros está a salvo en una cuenta bancaria extranjera que nadie podrá rastrear ni relacionar con él. Así que, con tal de que Yoel no vea la documentación con su nueva identidad, será suficiente para evitar que sospeche. Por eso la ha extraído con tanto cuidado de la caja fuerte, camuflada entre otros papeles, y la ha guardado en el bolsillo con cremallera de la chaqueta que lleva puesta desde entonces. Incluso ha dormido con ella puesta. Es imposible que Yoel la haya visto.

No siente lástima por abandonar ninguna de sus pertenencias. Sus libros, sus utensilios de cocina, sus muebles, sus aparatos electrónicos… Son objetos, nada más que eso. Ya comprará otros nuevos cuando esté asentado en su nuevo hogar. Tiene dinero suficiente ahorrado, además de que cuenta con encontrar otro trabajo. Dentro de catorce horas tomará un vuelo, viajará sin dejar rastro y nadie sabrá más de él. Esfumarse es clave. Su última novela despertará un furor nunca visto y los medios de comunicación multiplicarán su difusión debido a la desaparición del autor. Sí, así será. Tras haber dejado ese legado, podrá disfrutar del resto de su vida alejado de todo y de todos. Algo que desea desde que era un niño y que aún no ha logrado cumplir.

Ahora debe ir a comprobar el coche. Quiere asegurarse de que todo funciona sin problemas para llegar mañana a tiempo al aeropuerto, no vaya a fallar justo en el momento clave. Coge las llaves, abre la puerta para salir a las escaleras y se lleva un susto.

Una sombra surge de la pared lateral del rellano.

Lo empuja de vuelta hacia dentro. Serván cae de espaldas al suelo. Sus gafas salen volando.

Raúl Ulla cruza el umbral y, con el pie, cierra la puerta tras de sí. Agarra a Serván por el pelo y tira hacia arriba para obligarlo a levantarse.

—En las cartas decías que no me descubrirían —le susurra entre dientes, con ira contenida.

Con lágrimas de dolor en los ojos, Serván trata de liberarse sin recurrir a la violencia. Cuando al fin lo logra, responde:

—Creo que se equivoca. No lo conozco de nada, no sé quién es usted.

«¡Puto Ulla! Tenía que aparecer justo ahora. Casi en el último momento». Serván reza para que no lo cachee. No debe encontrar la documentación falsa que guarda en el bolsillo.

—Claro que me conoces. Y yo a ti también. No esperaba que, detrás de este plan de venganza, se escondiese un escritor de best sellers. Si hubiera leído *Las dos menos diez*, lo habría podido intuir por el asesinato que me encargaste.

«Menudo paripé», piensa Serván. No van a engañarlo. Enseguida se da cuenta de lo que está ocurriendo. Al fin Yoel ha descubierto la estrategia del triángulo y ha enviado a Ulla en lugar de acudir él mismo. Sonríe para sus adentros porque estaba previsto. Parece que tienen la intención de que Serván diga algo que lo incrimine y que las cámaras espía lo graben. Eso significa que disponen de micrófono integrado. «Yoel, sigues siendo igual de predecible». No va a delatarse y, aunque lo hiciera, ningún juez admitiría esas grabaciones como prueba.

—Le repito que no lo conozco a usted de nada —continúa fingiendo—. Soy Antonio Serván, sí, autor de *Las dos menos diez*. También estoy al corriente de que se están cometiendo crímenes basados en mis libros, pero le juro que no estoy involucrado de ninguna forma.

Ulla saca una pistola de su espalda y apunta con ella a Serván, que da un paso atrás sin poder evitarlo. Por mucho dominio que tengas sobre tus emociones, el instinto de supervivencia es más fuerte.

—Un policía ha venido a verme y me lo ha contado todo —continúa Ulla—. Estoy en un grave aprieto por tu culpa.

—Es imposible que le hayan contado nada porque no tienen pruebas que me incriminen. Al contrario, hace unos días descubrieron que uno de sus agentes es el responsable de los crímenes. Además, si es verdad que un policía ha ido a verle y lo creen a usted responsable de uno de los asesinatos, ¿cómo es que lo han dejado libre para venir aquí?

—Tampoco tienen pruebas contra mí. De momento. Vinieron para proponerme un trato: cazarte a cambio de mi libertad. Los despaché y les dije que, si querían acusarme y detenerme, que volvieran con una orden.

Muy forzado. Serván no se traga nada de esta milonga.

—Y, suponiendo que eso fuese cierto, ¿por qué no aceptó el trato?

—¿Estás de broma? Has demostrado ser más listo que toda la Policía junta como para que sean capaces de darte caza ahora, ni siquiera con mi ayuda. No estoy hecho para esto, yo solo quería vengar a Elena. —Una lágrima aflora en su ojo derecho—. La única opción que tengo es huir y desaparecer. Y tú vas a ayudarme por haberme metido en esta mierda. Camina.

Hace un ademán con la pistola para indicarle a Serván que se adentre en la casa. Llegan hasta el salón. Sin dejar de apuntarle, Ulla empieza a fisgonear, abriendo cajones y mirando detrás de los muebles. «Raúl, vamos —piensa Serván—. Está claro que conoces la existencia de la caja fuerte y que ya sabes dónde se encuentra. ¡Qué mal actor!».

En efecto, tras haber terminado con el salón, se dirigen hacia el dormitorio. Allí, tras abrir armarios y cajones, Ulla retira la estantería y deja al descubierto la caja fuerte empotrada.

—Abre esto —dice, encañonando de nuevo a Serván.

Este suspira para sus adentros. Menos mal que ha sacado a tiempo la documentación falsa. Obedece mientras se alegra de ser tan previsor. «Yoel, si pretendes que este tío te lleve la copia de tu llave para demostrar que mis huellas están impresas en ella, me temo que te vas a llevar un chasco. Como si fuese tan tonto para no haberlas limpiado».

La puerta de la caja fuerte se abre y Ulla se saca una bolsa de basura del bolsillo.

—Métela todo aquí.

«¿O quizá quieres que las deje ahora ella? —aventura Serván—. Vamos a comprobarlo».

Abre la bolsa y empuja la llave hacia su interior con ayuda de una de las carpetas que también se encuentran dentro. Ulla no dice nada. «Vaya, creí que me pediría que la volviese a coger. Mejor así». Aunque las cámaras hayan grabado ese momento, no les servirá de nada. Primero, porque el dibujo de la llave no se podrá identificar con claridad por mucho que amplíen las imágenes. Sin huellas dactilares en su superficie, nadie logrará demostrar que ha salido de esta caja fuerte. Y segundo, porque son grabaciones obtenidas de forma ilegal. Ningún juez las aceptará como prueba y esto Yoel lo sabe. «¿Qué pretenderá?».

—¡Más deprisa! —lo apura su «invitado».

«¿Ahora me metes prisa? ¿Para que me sienta presionado y deje huellas en algo de lo que queda? No servirá de nada».

Faltan por extraer el revólver, el ordenador portátil, varios fajos de billetes y unas carpetas con documentos. Todo lo ha obtenido de forma legal. Tiene permiso de armas para guardar el revólver en su casa y, como es obvio, no ha cometido ningún crimen con él. El portátil es en el que escribe sus novelas y que jamás ha conectado a internet. Le habló de él a Yoel durante su primera reunión. Ahora mismo, en el disco duro solo se encuentra la novela que está trabajando con su editor y que nunca terminará, así como algunos archivos encriptados que ocultan crímenes pasados y que narró en forma de relatos. Que se lo lleve si quiere; total, si alguien logra desencriptarlos, será cuando él ya se encuentre muy lejos. El dinero lo ha extraído de sus cuentas bancarias y lo ha ganado pagando sus impuestos. Por último, los documentos no contienen nada incriminatorio. Además, haga lo que haga Yoel con cualquiera de estas cosas (por ejemplo, dejarlas en la escena de un crimen), Serván también tiene cámaras grabando lo que está ocurriendo. Sería muy sencillo demostrar que le han robado. De todos modos, no hay que olvidar que mañana ya habrá desaparecido. Cualquier camino que siga Yoel será más largo que el de su huida.

Tras llenar la bolsa de basura con todo el contenido de la caja fuerte, Serván se la entrega de vuelta a su asaltante. Ulla le propina un golpe en la cabeza con la culata de su pistola. No le hace perder el conocimiento, pero sí lo deja mareado el tiempo suficiente para huir antes de que el escritor de best sellers pueda llamar a la Policía.

27

No ha llamado a la Policía. Ha preferido aplicarse hielo en la zona del golpe y esperar a que el mareo desapareciera por sí solo. Teniendo en cuenta sus planes, lo ha considerado mejor así. No quería correr el riesgo de que, por el motivo que fuese, la Policía lo obligara a quedarse sin coger su vuelo. No puede permitirlo, no con los últimos detalles del plan ya en marcha.

Los agentes del coche patrulla que aún sigue abajo han debido de ver a Ulla salir del portal, pero no existen motivos para sospechar de un hombre con una bolsa de basura. Es una escena que habrán presenciado docenas de veces desde que están ahí. A estas alturas, Ulla ya se habrá reunido con Yoel, le habrá dado los objetos robados y Yoel seguirá con su plan, sea el que sea. Da igual. No puede frenar su huida.

Mira el reloj. Es casi medianoche. En unas doce horas, Antonio Serván habrá desaparecido.

Yoel se prepara una tila. No puede evitar que el pulso le tiemble como si tuviese una afección nerviosa. Y no debido al frío, precisamente. El final se aproxima y le está resultando muy difícil controlar sus emociones. Aun así, lo hace. No se deja llevar. No después de lo que ya ha aprendido. Si por él fuese, saldría corriendo de su escondite y abordaría a Serván para molerlo a palos. Debe contenerse. Dentro de muy poco, ese hijo de puta estará en prisión. Y él, absuelto.

Su plan transcurre como esperaba. Ulla le ha traído lo acordado. Se lo ha dado a Sheila y ella lo ha llevado a comisaría para colocarlo donde debe estar. Una vez hecho esto, hablará con Vermón. Si logra convencerlo, todo habrá acabado. Si no… Bueno, si Vermón no hace lo que esperan, tendrán que encontrar otra manera.

Por suerte, no hay ninguna prisa. ¿No?

Bebe un sorbo de la infusión caliente. Le gustaría comprobar qué está haciendo Serván ahora mismo, pero no puede. Dada la proximidad del desenlace, ha tenido que romper su tablet y anular cualquier conexión con las cámaras. No conviene que, al llegar el momento clave, la Policía las descubra y rastreen la señal.

Cuando no tenemos la información completa, nuestro cerebro rellena los huecos con la imaginación, y la de Yoel ahora mismo se está desbordando. ¿Hará Serván algún movimiento imprevisto, ahora que no lo observa? «No, Yoel, tranquilo. No puede hacer nada; no se huele ni de lejos lo que va a ocurrir. Es la ventaja de ser impredecible».

Ya va por la segunda taza de tila cuando Sheila regresa. Esta vez, en un alarde de paciencia fría, la espera en el salón. Ella entra, lo mira y le dice:

—Vermón ha aceptado.

Yoel suspira de alivio.

—¿Cuándo hablarán?

—A primera hora. A las ocho de la mañana.

Vaya, parece que toca resignarse a esperar un poco más.

Son las ocho y media. Vermón inicia la videollamada que acordó hace treinta minutos con el secretario del juez de instrucción Esteban Morales.

—Buenos días, juez Morales. Gracias por atenderme.

—Buenos días, comisario. Me han dicho que se trata de un caso urgente y excepcional.

—Lo es. Soy consciente de que está usted al tanto del caso Serván. El esqueleto desenterrado, los asesinatos basados en sus obras, uno de nuestros hombres involucrados…

—Sí, lo estoy. ¿Qué ocurre con ello?

—Lo que voy a pedirle puede resultarle extraño, pero necesitamos una orden de registro para la vivienda de Antonio Serván.

La sorpresa del juez se percibe a través de la pantalla de plasma.

—¿En base a qué?

—Hemos descubierto cabellos suyos en la escena de un crimen. Concretamente, en la mano del cadáver.

De nuevo, sorpresa por parte del juez.

—Debo advertirle —continúa el comisario Vermón— de que la comparativa hemos podido realizarla gracias a una muestra que ya disponíamos de su saliva. Dicha muestra fue obtenida por el agente acusado de los asesinatos, Yoel Garza. No siguió ningún procedimiento ni orden para recogerla. Actuó por su cuenta, pero la obtuvo sin coacción. La inspectora Sheila Artenia la analizó en nuestro laboratorio, creyendo que Garza había seguido la cadena de custodia y el traslado entre departamentos. La engañó con documentación falsificada; él mismo me lo confesó el día de su suspensión.

—No me gusta nada el cariz que está tomando esto, comisario.

—A mí tampoco, señor. Pero creo que la única forma de aclararlo todo es mediante una orden de registro. No tenemos pruebas contra Serván, pero eso no significa que no existan.

Hay cuestiones que juegan en su contra: es el arrendatario del almacén en el que encontramos el cadáver de Clara Albor y ahora aparecen unos cabellos suyos en el puño de otro hombre asesinado.

—Según tengo entendido, Garza intentaba incriminarlo en todo lo ocurrido. Es probable que también lo haya hecho con este último homicidio.

—Contamos con algo más que los cabellos. Ayer por la mañana, un testigo ocular vino a hacer una consulta. Decía no saber si debía interponer una denuncia o no. La cuestión es que aseguró ver a Antonio Serván huyendo de la escena del crimen en la fábrica de papel alrededor de las seis y media del día anterior, justo a la hora en que se cometió el asesinato. Lo reconoció por la fotografía impresa en las solapas de sus libros. Al verlo, se preguntó por qué corría, pero no tenía motivos para hacer nada más. La mañana siguiente, vio una noticia que hablaba del asesinato y entonces sí creyó conveniente acudir a comisaría para saber qué hacer. Sobre todo, debido a todo lo que ha estado ocurriendo en relación con las novelas, según sus palabras.

El juez Morales muestra cada vez más interés.

—Continúe.

—Hay otros detalles que no terminan de encajarnos ni a mí ni a la inspectora jefa Espinosa, que está al frente del caso, ni tampoco a la inspectora Artenia, que nos ha señalado un par de aspectos adicionales.

—¿Qué detalles?

—Por ejemplo, el día de Navidad recibimos una llamada anónima que nos advirtió de que una persona que encajaba con la descripción de Yoel Garza se encontraba en el almacén donde apareció el cadáver de Clara Albor. Esa llamada se realizó desde un móvil desechable y no hemos podido rastrearlo. Y, en la escena del crimen, solo había dos huellas recientes de neumáticos: unas coincidían con las del vehículo de Yoel Garza; las otras, con las del de Antonio Serván.

—Es lógico que las del coche de Serván estuviesen ahí. Alquiló el almacén, como usted mismo ha dicho. Y, volviendo al tema de los cabellos, sabe tan bien como yo que, tal y como se ha obtenido la comparativa de ADN, esta no sirve como prueba.

—Lo comprendo, señor. Pero, aunque no sirva como prueba, sí podemos interpretarla como indicio, junto a la denuncia del testigo ocular. También hay otra cuestión que a Espinosa, a Artenia y a mí no termina de convencernos. En su declaración tras haberse hallado el cadáver de Albor, Serván dijo que guardaba, en un cajón hacia el que sus propias cámaras no apuntaban, un *pendrive* con el borrador de una historia centrada en una mujer prisionera.

—Sí, ese es justo el motivo por el que, supuestamente, Garza cometió el asesinato de Albor en el almacén alquilado por Serván.

—Sin embargo —continúa Vermón—, en su declaración figura lo siguiente. Cuando nuestros agentes le preguntaron por qué tenía cámaras en su propia vivienda, su respuesta fue, y leo literalmente: «Por si ocurren situaciones como esta y tengo que demostrar que alguien ha podido robarme una idea». Entonces ¿por qué deja un *pendrive* con su trabajo más reciente en el lugar exacto que no cubre la videovigilancia? No es coherente.

—Puede que se debiera a un despiste, comisario. Eso no sirve de nada, son simples especulaciones.

—Lo sé, pero reconocerá que, sumado a todo lo demás, da para sospechar. No le estoy pidiendo que detengamos a Antonio Serván, solo que dos de mis hombres puedan entrar en su vivienda y comprobar que no tiene nada que ocultar.

—Sabe tan bien como yo que la privacidad de las personas es importante.

—Lo sé. Por eso mismo se lo pido. Si hacemos caso de mi última conversación con Yoel Garza, su privacidad también ha sido violada. Según él, Antonio Serván instaló cámaras y micrófonos en su vivienda y lo mantuvo vigilado durante semanas, lo que le permitió obtener información y tenderle las trampas necesarias para incriminarlo en los asesinatos.

—¿Tiene pruebas de ello?

—No, señor, no las tengo. Confío en su palabra. No sé si está al corriente de sus logros dentro del cuerpo: ha resuelto numerosos casos de homicidios, ha detenido a asesinos en serie, ha colaborado con gobiernos extranjeros y nuestras relaciones diplomáticas con sus países han mejorado gracias a ello, ha obtenido medallas al mérito policial, ha…

—Es suficiente, comisario. Conozco la trayectoria de Yoel Garza. Cuando el caso Serván llegó a mis manos, lo investigué por mi propia cuenta.

—Entonces estoy seguro de que opina como yo y no quiere que uno de nuestros mejores hombres sea inculpado sin motivo.

—Para serle sincero, no sé bien qué pensar de Garza. No debemos olvidar que casi fue expulsado del cuerpo por agredir a un detenido.

—Sí, señor, pero eso ocurrió hace cinco años. Realizó un curso de control de la ira, se sometió a terapia y los expertos decidieron que podía continuar desempeñando sus funciones dentro del cuerpo. Y lo ha hecho de forma encomiable, como le comentaba. Últimamente, ha realizado algún movimiento al margen de la ley, como allanar la vivienda de Serván, es cierto. Pero, si confiamos en su palabra, fue para protegerse de la venganza que Serván estaba ejecutando contra él. Se trata de un caso excepcional y confío en que usted actuará de acuerdo con las circunstancias.

El juez se tapa la boca con una mano. Desliza los dedos hacia abajo y termina por frotarse la barbilla en una actitud reflexiva.

—Sabe que confío en usted y en su criterio, Vermón. Lo que me pide se sale de lo que suelo estar dispuesto a hacer, pero confieso que es un caso que apesta a leguas. Voy a emitir esa orden de registro, a pesar de no disponer de ninguna prueba palpable contra Serván. Dentro de una hora la tendrá a su disposición. Espero que no se equivoque.

Serván mira el reloj. Son casi las diez de la mañana. Convendría ir saliendo. Siempre que vuela, llega al aeropuerto con una hora de margen por lo que pueda pasar.

El mareo provocado por el golpe ha desaparecido y solo siente escozor en el cuero cabelludo. Haría falta mucho más que eso para impedirle coger su vuelo final. Dentro de muy poco tiempo, estará a doce mil metros de altura, lejos de esta ciudad. Se siente tentado de saludar en voz alta a Yoel y despedirse para siempre a través de las cámaras, pero sabe que no es conveniente. No debe realizar ningún movimiento sospechoso. Como si fuese cualquier otro día, se dirige hacia la puerta con la documentación falsa en el bolsillo de una chaqueta típica de invierno.

Justo entonces, suena el timbre.

¿Quién será? ¿Otro asaltante? Lo duda. Ulla no llamó ni pidió permiso para entrar. Echa un vistazo a través de la mirilla.

Es la Policía.

¿Qué querrán? Si no llamó ayer, fue para evitar este tipo de interrupciones. No puede perder el vuelo. Abre y se prepara para despacharlos lo más rápido posible.

—Hola, agentes —saluda a la mujer y al hombre uniformados que hay al otro lado del umbral—. ¿Qué desean?

—Somos la inspectora jefa Espinosa y el oficial Saboya —se identifica ella en nombre de los dos, y ambos muestran sus placas y carnets profesionales—. Es usted Antonio Serván, ¿correcto?

—Sí, así es.

El oficial muestra un papel.

—Tenemos una orden de registro.

Los ojos de Serván se abren como dos agujeros negros. La sorpresa no es una de las emociones que está acostumbrado a sentir. ¿Una orden de registro? No es posible.

—No lo entiendo —dice, tratando de mantener la calma y comprobando que la orden es, sin lugar a dudas, auténtica—. ¿Por qué quieren registrar mi propiedad?

—Se le acusa de haber cometido un homicidio. Hemos encontrado cabellos suyos en la mano de un cadáver. También hay un testigo ocular que afirma haberlo visto en la escena del crimen en el momento en que se cometió. Hágase a un lado, por favor.

Entre el estupor y la incredulidad, a Serván no le queda más remedio que obedecer. No tiene ningún sentido. Desde el de Ramón, ha cometido varios asesinatos en los que ha basado sus relatos y novelas, es cierto; pero siempre ha tenido un cuidado extremo de no dejar rastros. Y, para que toda la venganza contra Yoel saliese bien, la única persona a la que ha matado con sus propias manos en el último año ha sido Clara Albor. Está más que seguro de haberlo hecho todo a la perfección con todos y cada uno de ellos. Además, por la forma en la que ha hablado la tal Espinosa, parece indicar que se trata de algo reciente.

¿Qué está ocurriendo?

«Bueno, mantén la calma —se dice a sí mismo—. Aquí no podrán encontrar nada que me incrimine. La documentación falsa la tengo guardada en el bolsillo de la chaqueta que llevo puesta. No creo que lleguen al extremo de cachearme. ¿O sí?».

Por si acaso lo hacen, tiene que inventarse algo convincente que justifique la existencia de esos papeles. Su cabeza está tan ocupada en ello que no advierte lo realmente importante.

—Saboya, mira esto —le dice la mujer a su subordinado.

Se encuentra agachada, buscando a ras de suelo. Introduce una mano por detrás de un mueble de patas cortas y extrae una microtarjeta SD que estaba pegada contra la pared.

«¿Qué cojones es eso?», se pregunta Serván en silencio.

Mientras Espinosa se levanta y la conecta al ordenador portátil que Saboya le tiende, Serván se siente tentado de avisar de que esa tarjeta no es suya. Logra callarse a tiempo. Decir eso será motivo de mayor sospecha si contiene algo raro. Empieza a sentir nervios. «¿Qué coño es esa tarjeta? ¿De dónde ha salido? ¿La habrá dejado Ulla? Imposible, no tuvo ocasión de acercarse a ese mueble».

—¿Algún problema? —pregunta el oficial Saboya al ver la expresión de Serván.

—Esa tarjeta —responde este, ahora sí debe decirlo—. No tengo ni idea de quién es, pero mía no.

—Saboya, ven aquí —lo llama Espinosa de nuevo.

El aludido se acerca al ordenador. Lee con atención lo que hay en la pantalla y se vuelve hacia el sospechoso.

—Ponga las manos en la espalda.

—¿Perdone? —exclama Serván.

—He dicho que ponga las manos en la espalda.

Mientras el agente lo esposa y le lee sus derechos, Antonio Serván alcanza a leer lo que muestra la pantalla del ordenador: un texto que tiene toda la pinta de tratarse de un relato de suspense. En él se narra, con todo lujo de detalles, un asesinato cometido en un almacén del polígono industrial y que involucra a un policía llamado Yoel Garza. En otra ventana del monitor, puede ver una fotografía del cuarto de pensar de Yoel. Está abierta en modo galería, así que habrá más.

Esto le basta para encajar todas las piezas. Entiende que, dado el punto en el que se encuentran, ya no podrá salvarse. Entiende que no le servirá de nada llamar al mejor de los abogados para evitar su condena, teniendo en cuenta lo que va a ocurrir a medianoche. Quizá hasta renuncie a uno por dignidad. Y, sobre todo, entiende cómo Yoel ha trazado un plan en dos partes que se retroalimentan entre sí de forma brillante.

Primera parte del plan: instalar las cámaras desde la casa de su vecina. Esto le ha permitido observar los movimientos de Serván y descubrir la existencia de la caja fuerte, claro que sí. Pero no solo eso, sino que ha servido para algo más importante. Al instalar las cámaras, creó un agujero en la pared. Este agujero le sirvió también para introducir detrás de aquel mueble, seguramente con ayuda de unos alambres finos y largos, una microtarjeta SD (libre de huellas, por supuesto). Como es lógico, las cámaras de Serván no apuntan hacia las paredes, así que no pudieron filmarlo. Además, habrá limado y tapado el orificio para que no se sepa desde qué lado de la pared actuó el taladro, lo que significa que el propio Serván podría haberlo hecho. Aunque ahora encuentren las cámaras de Yoel, este ya las habrá desconectado del sistema y no podrán rastrear la señal.

Por otro lado, queda descartada la posibilidad de que Yoel dejase ahí la microtarjeta durante su primer allanamiento de morada, ya que la grabación que Serván entregó al denunciarlo muestra todos sus movimientos en la casa y ninguno de ellos llega hasta esa zona. En otras palabras: para la Policía, hasta que se demuestre lo contrario, quien ha colocado esas cámaras es el propio Serván, un hombre que ya ha demostrado tener un sistema de videovigilancia bien montado. Es paradójico que lo que una vez inculpó a Yoel en un delito de allanamiento ahora le ayude a librarse de toda responsabilidad. ¡Qué bien ha sabido aprovecharlo a su favor!

Sin embargo, esto no habría sido suficiente para que la Policía detuviese a Serván. Para encontrar la microtarjeta, tendrían que registrar su vivienda. Y, para eso, haría falta una orden judicial. ¿Cómo la ha logrado? Yoel ha aprovechado su otra gran ventaja, una ventaja que Serván, gran genio previsor, no habría podido anticipar ni aunque quisiera. Ahí es donde entra la segunda parte del plan.

Segunda parte del plan: usar a Raúl Ulla. Estaba claro que Yoel descubriría la estrategia del triángulo. A partir de ese momento, existía la posibilidad de que extorsionase a Antúnez o a Ulla. Esto entraba en las previsiones de Serván, aunque no así el detalle más importante. Ahora recuerda que, tras entrar en su casa, Ulla lo agarró del pelo. En ese momento, debió de arrancarle algún cabello y guardarlo para después dárselo a Yoel. Este, sin duda, le ofreció una cuantiosa cantidad de dinero, además de la que el propio Ulla robó de la caja fuerte. Ante la perspectiva de ser encarcelado por el asesinato de Irene Escudero, la opción de enriquecerse y huir le pareció mucho más provechosa.

Con el cabello de Serván en su poder, Yoel se los pasó a un contacto de la Policía científica. Esa persona no tuvo mayores problemas a la hora de introducirlo entre las pruebas de un homicidio que nada tiene que ver con todo lo demás. Además, han comprado a un testigo ocular falso para que declarase haberlo visto en la escena del crimen. Este es el motivo real por el que no ha podido prever la jugada maestra de Yoel: Serván no tiene acceso a los archivos policiales ni contactos en la Policía científica. Aunque hubiese oído hablar del crimen en las noticias, le habría resultado imposible averiguar a tiempo que lo habían vinculado con él. Cuando lo descubriese, sería demasiado tarde.

Pero ¿cómo ha podido Yoel demostrar, sin desvelar su jugada, que los cabellos que le había arrancado Ulla le pertenecían a él? Necesitaría una muestra con la que realizar la comparativa. Entonces recuerda las reuniones en la cafetería. La taza de té, una servilleta usada o cualquier objeto que hubiera tocado podrían haber servido como base. Una base obtenida sin consentimiento y una comparativa realizada sin informarle, pero que, junto con la declaración del testigo ocular falso, han bastado para que un juez que se olía algo raro en el caso haya emitido esa orden de registro. Así, la segunda parte del plan de Yoel ha desembocado en la primera, con estos agentes encontrando la microtarjeta. Eso era lo que realmente pretendía porque es lo que lo exculpará.

«Muy bien cerrado, Yoel —habla Serván para sí mismo—. Has echado por tierra todos mis planes de desaparecer».

Yoel ha abierto una brecha con la esperanza de resultar exonerado, al menos en parte. Pasaría de considerarse el único culpable a poder defenderse en un juicio en el que Serván sería su adversario. En otras palabras: se enfrentarían en un duelo en los tribunales. Y, en ese terreno, Yoel tendría todas las de ganar porque es inocente de todo lo que se le acusa. Nada de lo que Serván ha anticipado, nada de lo que ha preparado le servirá para contrarrestar a tiempo esta trampa que le ha tendido. Y todo sin saber nada acerca de su plan de huida, ya que desconocía la existencia de la documentación falsa. O, si la conocía, no la ha necesitado para darle el jaque mate.

Lo que Yoel no intuye aún es que ese duelo en los tribunales no llegará. Porque, aunque Serván hablase ahora con un abogado que lograse sacarle las castañas del fuego en lo relativo al homicidio de la fábrica de papel, ya no existe forma de detener lo que ocurrirá a partir de la medianoche.

El error principal de Antonio Serván, gran genio de la anticipación, ha sido no prever hasta dónde estaría dispuesto a llegar un hombre acorralado. Jamás creyó que alguien tan justo como Yoel sería capaz de algo así. Alguien que lo defendió de sus acosadores en el colegio, aun a costa de su propia integridad física. Alguien que decidió convertirse en policía para velar por la justicia. Aunque, claro, lo que es justo para unos es injusto para otros. Y Yoel se ha atrevido a borrar la fina línea que hay entre lo correcto y lo incorrecto para trazar otra mucho más allá, donde a él le ha convenido. Ha llegado al extremo de involucrarlo en un homicidio ajeno y liberar de toda culpa al verdadero asesino. Es decir, le ha pagado con la misma moneda.

No preverlo ha sido el mayor error que ha cometido en toda su vida.

28

En toda su vida, jamás pensó que estaría en este lado de la mesa de interrogatorios.

Se ha entregado. No tenía otra opción. Tras caer Serván de lleno en la telaraña y ser detenido, ha borrado todas las huellas que pudiesen quedar en casa de Sheila y ha acudido a comisaría. Sus antiguos compañeros no esperaban verlo entrar de ese modo; se lo imaginaban esposado. Con paso decidido, ha pedido ver a Vermón. Lo han detenido al instante y lo han llevado a la sala en la que ahora se encuentra.

Bebe un sorbo del vaso de plástico. El agua está fría. Y eso que la ha pedido templada. Desde luego, se ha ganado algún que otro enemigo en el cuerpo. Si ya su fama no era buena, ahora lo será mucho menos. Espera que eso cambie cuando todos escuchen lo que tiene que decir. Obviamente, no cuenta con que lo liberen de inmediato. Hará falta una investigación exhaustiva del caso. Ahora que ha logrado equilibrar la balanza y le ha pagado a Serván con la misma moneda, se enfrentará a él en los tribunales. Allí, con ayuda de un buen abogado, logrará demostrar quién es el auténtico asesino.

Para poder llegar a este punto, debían detener al autor de best sellers tras descubrir su probable implicación en un homicidio y el sistema de espionaje que había montado contra Yoel. A pesar de haberse valido del engaño, no puede estar más satisfecho con el resultado. La verdad que no logró demostrar con pruebas reales ha podido fabricarla con elementos manipulados. Quizá le caigan cargos por allanamiento de morada o por saltarse los procedimientos policiales y lo echarán de la Policía casi seguro; pero lo importante es que, con una buena defensa, lo exonerarán de los asesinatos. Si tiene un poco de suerte, ni siquiera pisará la cárcel.

El comisario entra en la sala. Yoel se levanta y lo saluda con respeto. Si no fuera por este hombre y por la confianza que siempre ha tenido en su inocencia, Serván seguiría libre.

—Siéntate, Yoel —le pide Vermón, y él obedece—. Seré yo quien te tome declaración, tal y como has pedido. Nadie entrará aquí hasta que yo lo ordene, pero sabes que no puedo desconectar las cámaras y que tengo que grabar toda la conversación.

—Lo sé, no se preocupe.

Vermón extrae una grabadora digital del bolsillo interior de su chaqueta y la deposita sobre la mesa en la que ambos están sentados. Pulsa el botón de *rec* y, tras pedirle que se identifique para que quede constancia, hace la primera pregunta:

—Según me han comunicado, renuncias a la presencia de un abogado, ¿es correcto?

—Sí, señor. Voy a contar todo tal y como ha sucedido, sin ocultar nada.

Esto es mentira, por supuesto, pero confía en que no llamar a un abogado le dé mayor credibilidad a sus palabras. A fin de cuentas, tiene ensayado su discurso y ningún mediador le haría cambiar nada en él, por mucho que le recomendase decir tal cosa o callar tal otra. Ya echará mano de uno más adelante, en el juicio.

Vermón inicia el interrogatorio:

—Vamos a ir por orden cronológico. Conoces a Antonio Serván desde que ibais juntos al colegio, ¿verdad?

—Así es. Estudiamos en la misma clase los últimos años de primaria y toda la ESO.

—¿Cómo era vuestra relación por aquel entonces?

—Nos llevábamos bien, sin más. No éramos amigos del alma, ni mucho menos. Él vino en alguna ocasión a hacer algún trabajo o los deberes a mi casa. Conmigo y con mi hermana, Tamara. Creo que yo era una de las pocas personas que lo trataba bien. Sufría bullying y lo ayudé a librarse de sus acosadores en más de una ocasión. Sin recurrir a la violencia, claro. Ya sabrá que en su casa le pegaban. A él y a su madre. Su padre acabó en prisión; no por los malos tratos, sino por asesinar a Ramón Marlanga, uno de nuestros compañeros de clase y que precisamente se trataba de uno de los que más acosaba a Serván. Hace poco, antes de mi suspensión temporal en la Policía, descubrí que no fue el padre quien mató a Ramón, sino Antonio Serván.

—Sí, ya llegaremos a eso. Vamos a continuar por orden cronológico, por favor. ¿Cuándo perdiste el contacto con él?

—Cuando finalizamos la ESO. Estudiamos bachillerato en institutos diferentes. A pesar de seguir viviendo en el mismo barrio, no volvimos a vernos. En parte, supongo, debido a que él apenas salía de su casa. Transcurrieron varios años hasta que nos reencontramos una noche, durante un botellón. Allí fue cuando Serván me amenazó porque yo mantenía una relación con la mujer de quien él estaba enamorado: Carolina Puertas. Me dijo que se las pagaría por habérsela robado a traición. Interpreto que él me veía como alguien en quien confiar y que, por eso, le dolió más que si hubiese sido otra persona. Esto ocurrió hace unos veinte años.

A pesar de estar grabándose la conversación, el comisario toma nota del nombre de Carol en su libreta. Apunta con la cubierta hacia Yoel, quien no ve las hojas; pero el movimiento del bolígrafo le ha permitido averiguar lo escrito.

—Si ese es el motivo por el que insistías en que Serván era

el culpable de los crímenes recientes, ¿por qué no se lo contaste a tus superiores?

—Bueno, al principio no lo recordaba. Fue hace mucho tiempo y la noche que me amenazó yo había bebido unas cuantas copas. Sin embargo, en las reuniones recientes que mantuve con Serván, tras el hallazgo del esqueleto de Mayo, él se encargó de ir soltando comentarios para activar mi memoria. Era parte de su plan, ya que así podría manipularme a través de las emociones.

—¿Cuándo lo recordaste?

—La noche del 20 de diciembre, al día siguiente de que descubrieran el cadáver de Irene Escudero y de haberme vuelto a reunir con Serván. Una parte de mí sabía que era el culpable de los crímenes, pero no encontraba la forma de demostrarlo. Fui a un bar, me bebí un par de copas y eso debió de activar mi memoria a partir de un estado mental de embriaguez, igual que el de aquella vez hace veinte años. Así fue como recordé su amenaza y cuando comprendí que lo que realmente quería era vengarse de mí.

No menciona que esa fue la noche que se acostó con Sheila. Nadie debe saberlo. Los únicos que están al corriente de su relación personal son ellos dos. Ni siquiera Ángela sabe que fue Sheila la mujer con la que le puso los cuernos, no se lo especificó. Si se descubre que los une más que un vínculo profesional, ella podría tener problemas. En cuanto al lío que tuvieron antes de empezar a salir con Ángela, no importará mucho que ella lo revele, llegado el momento. Dirán que solo se trató de una noche de sexo (Ángela no sabe que fueron algunas más). Lo importante es que no se descubra cómo es su relación en la actualidad.

—Para entonces —continúa—, muchas personas creían que estaba obsesionado con Serván, así que preferí no comentar nada sobre lo que había recordado. Todos lo verían muy conveniente. Decidí esperar a reunir pruebas. Al final no pude hacerlo, ya que usted me abrió un expediente disciplinario y me suspendió temporalmente.

—Volvamos atrás de nuevo —dice Vermón, sin tomarse las últimas palabras de Yoel como un reproche, ya que no lo son—. La siguiente vez que Serván y tú os visteis después de que te amenazase hace veinte años, ¿cuándo fue?

—Hace unas dos semanas, el 16 de diciembre, después de que encontraran el esqueleto de Abelardo Mayo en la finca de Tomás Castro. Lo hablé con usted y acordamos que me reuniría con él de forma extraoficial para ver cuánto sabía.

—Entendido. Nos situamos entonces en estas últimas semanas. Comencemos por el anillo de compromiso de Ángela Guzmán, tu prometida.

—Exprometida.

—De acuerdo, exprometida. ¿Sabes cómo llegó al lugar donde estaban enterrados los huesos de Mayo?

—Serván lo colocó allí. Lo sé gracias a Rodrigo Valeo y Maite Suárez. Son el hijo y la nuera de Milagros Navarro, una anciana a la que Ángela cuida. Valeo y Suárez me contaron que Serván los amenazó con destapar que están evadiendo impuestos si no se lo robaban a Ángela. Ocurrió en agosto de este año. En ese momento, también les pidió que sacasen una copia de la llave de nuestra casa y que conectasen una tarjeta a su móvil. He traído una grabación que demuestra todo esto que acabo de decir. Puede pedírsela a Ortiguera, me la ha confiscado antes de entrar aquí.

—¿Significa eso que…?

—Así es, fui a hablar con ellos. ¡Oh, disculpe! Termine la pregunta, por favor.

Lo ha hecho sin darse cuenta. Vermón lo mira muy serio. No es buen momento para jugar a «a ver si adivinas lo que voy a decir».

—¿Fuiste a hablar con ellos? —formula el comisario la pregunta inacabada.

—Sí. Hace cuatro días, el 27 de diciembre. Me presenté con un uniforme y una placa falsos bajo la identidad ficticia de Ángel Coronado.

Debe decir esto, ya que interrogarán a Valeo y a Suárez y ellos lo desvelarán. Es mejor anticiparse y mostrarse sincero desde el principio. Sincero en todo lo que la Policía pueda descubrir, claro.

—¿Sabes por qué quería Serván una copia de la llave de vuestra casa y conectar esa tarjeta al móvil de Ángela?

—Sí. La copia de la llave la quería para tres cosas. Primera: instalar cámaras y micrófonos que le permitieran vigilarnos a mí y a Ángela en todo momento, algo que descubrí al allanar su vivienda. Segunda: robar el cuchillo con el que él mismo asesinó a Clara Albor y así poder incriminarme a mí. Tercera: sustraer unos pantalones de Ángela, que después le servirían para vestir el cadáver de Albor y hacerme creer que se trataba del cuerpo de Ángela. Por eso había una peluca en la escena del crimen, ya que no tienen el mismo color de pelo y Serván la necesitaba para engañarme.

En realidad, fueron cuatro cosas, no tres. La cuarta es el pintalabios de Irene Escudero, el que Serván escondió bajo su nevera para incriminarlo. Pero no puede mencionarlo. No sin delatar a Sheila. No ha tenido ninguna forma de obtener esta información salvo por ella. No importa. La Policía atará por sí misma los cabos restantes.

—En cuanto a la tarjeta —continúa—, cuando Valeo y Suárez la conectaron al móvil de Ángela, instalaron en él, sin saberlo, un virus que permitió a Serván controlar las llamadas, los mensajes y todo lo que saliese o entrase en su línea. Si analizan el aparato, verán que es cierto.

Vermón apoya el codo en la mesa y se frota la frente varias veces con la misma mano.

—Volvamos a los huesos de Mayo. Tú no estabas al frente de la investigación, así que no participabas en ella de forma oficial. Sin embargo, sí trataste de encontrar pistas por tu cuenta. ¿Podrías hablarme sobre ello?

—El anillo de Ángela había aparecido junto al esqueleto por algún motivo. Si Serván era el culpable, quería involucrarnos a ella sola, a mí solo o a los dos. Por entonces, yo aún no había recordado su amenaza de hace veinte años. Quizá me obsesioné, pero también es cierto que Serván me espiaba de cerca gracias a las cámaras y a los micrófonos que había en mi casa. Así supo dónde presionar para conseguir que todos percibiesen mi obsesión y que Ángela me dejase. Esto es importante, enseguida hablaré sobre ello.

Continúa narrando la segunda reunión que mantuvo con Serván tras haberse descubierto el cadáver de Irene Escudero. Confiesa que se hizo con la muestra de su saliva y miente al decir que engañó a Sheila, usando documentación falsificada, para que la analizase y la comparase con los restos de piel hallados en la herida mortal de Escudero. Así a ella no podrán acusarla de nada.

—Luego, a causa de mi obsesión, ya pública, Sheila sospechó, me preguntó si la saliva era de Serván y no pude negárselo, así que fue a contárselo a usted.

—Entiendo —dice Vermón; comprende que esa declaración libra a Sheila de toda culpa—. Háblame ahora sobre el allanamiento en la vivienda de Serván.

—Todos me tomaban por obseso y, como ya había recordado sus palabras de amenaza, temía que Serván me tendiese una trampa para cargarme los asesinatos basados en sus obras. Me dejé llevar por el miedo y entré en su casa para ver si descubría algo que lo incriminase. Lo que hice allí puede apreciarse en la grabación que el propio Serván entregó al denunciarme. Si él no ha borrado nada, comprobarán que accedí a su ordenador. En la pantalla vi distintos lugares del interior de mi vivienda, aunque imagino que el ángulo de la grabación no permitirá verificar esto. Así fue como descubrí que había instalado las cámaras para espiarme. En la grabación se verá también que hay un momento en el que cojo un papel del suelo y lo leo. Le saqué una foto y la imprimí. Ortiguera también me la ha confiscado antes de entrar aquí. Permítame un segundo, por favor.

De tanto hablar, se le seca la garganta. Bebe unos sorbos de agua y continúa con su declaración:

—Ese papel mencionaba a una persona importante que moría a causa de un veneno. Era una trampa que me había tendido. De algún modo, Serván sabía que iba a colarme en su casa. Al darme cuenta de ello, entendí que quizá el destinatario del papel fuese yo mismo y que la persona importante a la que se refería podía tratarse de mi padre, quien no respondía a mis llamadas desde hacía un tiempo. En ese momento intenté contactar con él y tampoco respondió, con lo que mis nervios aumentaron. Poco después, usted me llamó para suspenderme tras la denuncia de Serván. Fue entonces cuando le comenté que él podía haberle hecho algo a mi padre, como recordará.

—Sí, lo recuerdo.

—Sin embargo, enseguida me planteé otra posibilidad. Por aquel entonces, Ángela ya me había dejado. La mañana de Navidad la llamé por teléfono para preguntarle si había permitido entrar a algún desconocido en casa durante las últimas semanas. Un técnico de la compañía telefónica o alguien así. No respondió, claro, porque Serván había bloqueado mi número mediante el virus que Valeo y Suárez le habían instalado en el móvil. El problema es que yo até cabos de forma incorrecta y caí en la trampa. Tras haber descubierto que Serván me había estado espiando en mi propia casa y como Ángela no respondía a mis llamadas, mis miedos cambiaron y creí que la persona a la que se refería el papel que leí durante el allanamiento era ella. Seguí a Serván en coche hasta el polígono industrial. Allí lo abordé, le cogí la llave del bolsillo, abrí la puerta del almacén que él mismo me indicó y descubrí el cadáver de Clara Albor. Creí que era Ángela, ya que se encontraba de espaldas a mí, y corrí hacia ella. Iba vestida con su ropa, la que Serván había robado al entrar en nuestra casa, y la peluca que ya he mencionado también ayudó a confundirme. Por eso el cuerpo de Albor tenía mis huellas. El cuchillo con el que Serván la asesinó era también mío y estaba clavado en su vientre. Antes de huir, lo extraje y me lo llevé, supongo que por instinto. Le diré dónde lo escondí.

Llega el momento de las mayores mentiras. Cuenta que, después de eso, estuvo varios días oculto bajo un puente de las afueras. No menciona a Sheila. Tampoco revela nada de la agresión a Raúl Ulla. Ahora, Ulla está ya muy lejos. Si ha seguido sus consejos, nunca lo encontrarán. Ha desaparecido. No gracias al dinero que le robó a Serván, que era muy poco, sino al que Yoel le dio. Medio millón de euros en metálico. ¿De dónde lo sacó? De la única persona que podía proporcionárselo: su padre. Ayer dio un salto de fe y, como creía que su padre no delataría a alguien sangre de su sangre, lo llamó a través de un móvil de prepago obtenido de forma ilícita. Le contó toda la situación y su padre dijo, aliviado y casi llorando:

—Sabía que mi hijo no podía ser el responsable de esos horribles crímenes.

Mediante un intermediario y en tiempo récord, le hizo llegar en metálico la suma de dinero que necesitaba para convertir a Ulla en un aliado. Este aceptó ir a casa de Serván y fingir un robo para conseguir unos cabellos suyos. Las cámaras de Serván lo filmaron todo, claro, pero no importa. No podrá explicar cómo acabaron sus pelos en la escena de un crimen, dentro del puño del cadáver de la fábrica de papel.

Y es que no estaban allí.

Gracias a Sheila, que intercambió en el laboratorio los cabellos de Serván con los del auténtico asesino, nadie sabrá nunca la verdad. Ha sido una suerte que ambos tuvieran el pelo castaño. Además, el contacto de Sheila que en un principio iban a usar contra Ulla (aquel cuyos «favores» cobraba a mil euros), finalmente lo han aprovechado contra Serván. El hombre acudió a comisaría el sábado por la mañana para denunciar que lo había visto huir de la escena del crimen justo a la hora en que se cometió. Mentira, por supuesto. Yoel no tiene ni idea de si el escritor dispondrá de una coartada. Solo sabe, gracias a las cámaras con las que lo ha vigilado estos días, que no estaba en su casa en el momento del asesinato. Si no tiene coartada, tanto mejor; el contacto de Sheila está dispuesto a sostener su mentira ante el juez. Y si la tiene, no importa. El hombre dirá que ha cometido un terrible error y que quizá no viese a Serván, después de todo. Total, por el momento solo ha interpuesto una denuncia y aún no ha cometido perjurio ante un juez. El objetivo principal del plan era conseguir una orden de registro y que la Policía descubriese la microtarjeta y su contenido. Gracias a ello, podrán enfrentarse en los tribunales.

Al principio, Yoel se preguntó si debería hacerlo. ¿Era capaz de inculpar a Serván en un crimen que no había cometido y exculpar así al verdadero asesino? No necesitó más que unos segundos para tomar la decisión de seguir adelante. Y el motivo resultaba muy sencillo: consideraba a Serván mucho más peligroso que cualquier otro homicida. Era preferible que acabase en prisión, al precio que fuese. Y eso, al mismo tiempo, ayudaría a demostrar la inocencia de Yoel.

¿Quién iba a decir que el cabrón pensaba largarse con una documentación falsa para no volver? Esto no lo descubrió hasta llegar a comisaría al escuchar por casualidad una conversación entre oficiales. Serván lo había ocultado muy bien, a pesar de las cámaras espía de Yoel. Lo que significa que sabía, o al menos sospechaba, que lo estaba vigilando. Se había preocupado de no dejar resquicios que captasen el contenido de los documentos que llevaba encima cuando los agentes lo detuvieron. Debe admitir que, en este aspecto, la suerte ha jugado a su favor. Un poco más y se habría largado.

Pero ¿por qué querría desaparecer? Si consideraba que su plan de incriminar a Yoel estaba bien cerrado, y no hay duda de que así lo creía, ¿por qué no quedarse en el país? ¿Temía un ajuste de cuentas por parte de Yoel mientras las autoridades no daban con él?

Es inútil plantearse estas cuestiones. Solo puede esperar a ver si la Policía descubre algo más, pero por ahora aún queda mucho interrogatorio por delante.

La casa de Serván está repleta de agentes. Sheila encabeza el operativo. Tratan de encontrar cualquier rastro que vincule al escritor con los crímenes.

Nada más llegar, le han dado la microtarjeta hallada en el primer registro. Es la que Yoel introdujo por los mismos huecos de las cámaras. Nadie más lo sabe, solo ellos dos. Serván quizá lo ha deducido, pero no tiene forma de probarlo.

Sus compañeros le han contado que el escritor llevaba documentación falsa en el bolsillo de la chaqueta y, por lo que parece, intenciones de huir y desaparecer. Desde que lo ha sabido, Sheila no deja de hacerse la misma pregunta: «¿Por qué ahora?». Si pensaba que siempre iría un paso por delante de Yoel, ¿por qué no quedarse donde estaba? Quizá no confiase tanto en sí mismo y en sus planes como les ha hecho creer a todos. O puede que haya algo más. No le gusta esta sensación que recorre su cuerpo. Aún hay algo que se le escapa.

Fuera suenan las campanadas. ¿Ya es medianoche? El tiempo ha pasado volando. Acaban de entrar en el Año Nuevo. No puede distraerse. Continúa analizando todo lo que encuentra a su paso. Lo hace con suma atención. No solo para reunir más pruebas que apunten a que Serván es el culpable, sino también para demostrar la inocencia de Yoel.

Lo que no se espera es que la mayor de todas las sorpresas va a provenir del exterior.

—Inspectora —la llama Saboya desde la puerta—, tiene que ver esto.

Deja el ordenador que está analizando y se dirige hacia allí. Saboya le enseña un vídeo en el móvil. Es una retransmisión en directo de un importante canal de internet.

—Esto es… —dice, pero no encuentra la forma de terminar la frase.

El último encuentro.

Yoel Garza abandona la sala de interrogatorios. Antonio Serván dobla la esquina del pasillo. Los dos van esposados, custodiados por un agente. Los separan unos cincuenta metros. Detienen sus pasos y sus miradas se cruzan.

Durante unos segundos breves y, al mismo tiempo, eternos, se dedican unas palabras solo con la mirada. Palabras de odio. Palabras de miedo. Palabras de desprecio. Palabras de triunfo. Palabras de humillación. Palabras de hostilidad. Palabras de sarcasmo. Palabras de frustración. Palabras de furia. Palabras de satisfacción. Palabras de vergüenza. Palabras de vulnerabilidad. Palabras de admiración. Palabras de conmoción. Palabras de arrogancia. Palabras de resentimiento.

El problema es que, al no ser telépatas, no saben cuáles son las palabras que le ha dedicado el otro.

Día 2 de enero, ocho y media de la tarde. Hace un frío que pela. El cielo está despejado. Las calles, casi vacías. Muchos aún se estarán recuperando de la resaca de Fin de Año.

Yoel sale de comisaría. Es libre, al menos de manera provisional, pero no puede evitar cierta sensación de amargura. Si se hubiera quedado quieto, si no hubiera hecho nada por demostrar su inocencia, el resultado habría sido el mismo.

Hace dos noches, nada más sonar las campanadas, diversos

periódicos, emisoras de radio, cadenas de televisión y canales de internet tuvieron acceso a un documento que se ha convertido en el hito del nuevo año. Y, cómo no, ya está a disposición de cualquiera que desee leerlo de forma gratuita. Las autoridades no han podido controlar su difusión. En poco más de dos horas, se extendió como un reguero de pólvora.

El documento cuenta cómo un inspector de la Policía judicial llamado Yoel Garza se reúne con el famoso escritor de best sellers Antonio Serván después de que se hallara un esqueleto con un diente de oro y el anillo de compromiso de su prometida al lado. También habla de cómo Yoel lo investiga, cómo discute con Ángela, cómo analiza la escena del crimen basado en *Las dos menos diez*, cómo allana la vivienda de Serván, cómo descubre las cámaras y los micrófonos ocultos en la suya… Al final, huye de un almacén en el polígono industrial tras caer en una trampa preparada por el propio escritor. El hombre que se identificó de forma pública como abogado de este último ha declarado que el documento se firmó el pasado verano ante notario y ha aportado pruebas de ello. Es decir, que fue redactado antes de que los sucesos narrados en él ocurriesen. Ante tal revelación, equivalente a una confesión escrita, no han tenido más remedio que aceptar la versión de Yoel. Todo encajaba de acuerdo con el contenido del documento, que se difundió posteriormente a su declaración grabada ante Vermón.

El juez, en un proceso fugaz y poco habitual, le ha concedido la libertad bajo fianza. En general, estos procesos conllevan un mínimo de tres meses (con suerte), pero la influencia y la posición económica y social de su padre han sido dos armas muy valiosas para acelerarlo todo, pagar la fianza y que Yoel no llegase a la prisión preventiva. Por suerte o por desgracia, está claro que el dinero mueve el mundo. Más adelante lo juzgarán por otros delitos, como el allanamiento de morada, haber falsificado documentación oficial o haber fingido ser policía mientras estaba suspendido. Su padre ya ha contactado con los mejores abogados y se muestra optimista con respecto a la situación. Nadie se ha cuestionado las mentiras que hay en la declaración de Yoel y, dada la situación, es probable que no lo hagan.

Resulta increíble ver que Serván ha logrado anticiparlo todo. Ciertos detalles de su escrito son inexactos, pero, aun así, solo un genio podría haberlo hecho. Lástima que decidiese emplear mal su talento. Aunque, claro, seguro que para él no ha sido emplearlo mal. Para Serván, su venganza contra Yoel estaba justificada. La traición que sufrió era motivo suficiente para montar todo su plan. Las personas que ha matado y las que ha mandado matar habían cometido algún crimen. Tal y como dijo Antúnez en su momento, eso es justicia para mucha gente. Yoel no comparte la misma opinión.

Pero la cuestión no es esa. No importa lo que Yoel piense. Importa lo que piense el mundo. ¿Cómo verá la gente a Antonio Serván a partir de ahora? ¿Como un justiciero? ¿Como un perturbado? ¿Como un vidente? ¿Como un genio? Solo el tiempo lo dirá. A eso hay que sumarle los archivos encriptados que la Policía ha encontrado en uno de sus ordenadores, que quizá narren algún otro crimen real del que no existe constancia. Tienen mucho trabajo por delante porque, tal y como el propio Serván le dijo a Yoel en su primera reunión: «Nunca escribo desde un ordenador con conexión a internet. Y, para abrir el archivo en el que escribo, es necesario introducir una contraseña formada por trece letras mayúsculas y minúsculas, números y signos, todos elegidos al azar. Un hacker tardaría bastantes años en descubrirla». Al parecer, en eso no mentía y, así como la historia de Yoel sí ha decidido darla a conocer al mundo, otras preferirá llevárselas consigo. Les toca a los interrogadores profesionales hacer su trabajo y descubrir el motivo. Ojalá el trato al que lleguen con Serván no resulte peligroso.

De lo que no cabe duda es de que el cabrón ha logrado lo que pretendía. Ha sido el primer hombre capaz de hacer pública una historia basada en hechos reales y escrita antes de que estos se desencadenasen. Es el legado que quería dejar. Así es como deseaba que lo recordasen. Su plan consistía en desaparecer, quizá para disfrutar de su fama desde el anonimato. Ahora tendrá que hacerlo desde prisión.

Aunque, conociéndolo, para él habrá merecido la pena.

Tras salir libre, Yoel se dirige hacia la plaza del Obradoiro, aprovechando que se encuentra a menos de medio kilómetro.

Aunque en verano muchos peregrinos que recorren el Camino de Santiago tienen ese lugar como objetivo final, dada la época actual del año se encuentra casi vacía. Después de pasar días, quizá semanas, sudando por todo tipo de senderos, con ampollas en los pies, deteniéndose en iglesias y monasterios construidos en el medievo gracias a la influencia del propio Camino, la visión de la inmensa catedral les hace experimentar plenitud y otro tipo de emociones que no son capaces de describir con palabras. Algo similar a lo que le ocurre a Yoel ahora mismo mientras contempla el monumento que se alza ante sus ojos.

Existen distintas rutas para realizar el Camino de Santiago. Algunas, incluso, comienzan en Francia. Y, al contrario de lo que se suele conocer, Compostela no siempre es el final del trayecto. Hay quienes lo continúan hasta un lugar que se encuentra a unos ochenta kilómetros al oeste y que se conoce con el nombre de Fisterra, denominado Finisterre en el resto de España, del latín *finis* y *terrae*. Literalmente, el «fin de la tierra». ¡Sí, esas son las palabras exactas! Así es como podría describir Yoel ahora mismo sus emociones. Después del infierno que ha vivido durante las últimas semanas, por fin ha llegado al «fin de la tierra» tras haber recorrido un durísimo

Camino. Lo pronuncia en voz alta y, sin motivo racional alguno, experimenta plenitud.

En realidad, ha ido hasta la plaza del Obradoiro para despedirse de Ángela. No es un adiós definitivo, por supuesto. Solo
quieren poner punto final a lo que tenían, ya que no llegaron
a hacerlo de manera oficial en su momento. Han elegido este
lugar porque fue donde formalizaron, en su día, su relación de
pareja. Les parece simbólico terminarla también aquí.

La ve aparecer por la entrada que da a la plaza de la Inmacu-
lada. Yoel no espera a que llegue a su altura. Se van acercando
el uno al otro y, tan pronto como la distancia se lo permite, se
dan el abrazo más fuerte que ambos recuerdan. Un abrazo de
amor puro, aunque no sea romántico. Yoel nota que algo hú-
medo se desliza por su mejilla hasta sus labios. Ya no recordaba el sabor de las lágrimas.

Él le pide perdón por su conducta y por todo lo que le ha
hecho pasar. Ella se disculpa por permitir que Serván la haya
utilizado. Sin embargo, ambos tienen muy clara una cosa: no
funcionan como pareja. Ángela confiesa que ya llevaba un
tiempo sintiéndose incómoda y Yoel tiene a otra mujer en la
cabeza. Sin rencores, pueden seguir siendo amigos. Nunca de-
jarán de preocuparse el uno por el otro.

Nunca.

Yoel regresa a su casa. Han quitado todo el material policial y
puede entrar con normalidad. En el portal, ve dos cartas en su
buzón. Han debido de llegar hoy. Por lo que sabe, le han confiscado todo el correo recibido hasta el 29 de diciembre, el
último día hábil antes de la detención de Serván. Luego, a raíz
de lo ocurrido, han tenido que dejar de hacerlo y pronto le
devolverán la correspondencia retenida. De modo que, por lógica, estos dos sobres han llegado hoy. Abre el buzón y coge
ambos. El primero, publicidad. El segundo, una carta de su

hermana. ¡Vaya, se ha dignado a responder! Contaba con que tardaría más, dadas las fechas. Luego la leerá. Quiere hacerlo con atención y ahora está muy cansado. Lo de comunicarse de esta manera le parece arcaico, pero es un primer paso hacia la reconciliación. Así se lo aconsejó su padre.

Lo primero que hace al entrar en su cómodo piso es dejar las cartas a un lado y sentarse en el sofá. Su querido y amado sofá. Mucho más cómodo que el de Sheila. Respira. Ni siquiera se preocupa por si la Policía ha armado un caos en el cuarto de pensar. Respira. Tampoco le preocupa el resto de la casa. Vuelve a respirar. Toma y expulsa el aire, sintiendo algo que no experimenta desde hace tiempo: tranquilidad. Sus músculos se relajan y, sin darse cuenta, se queda dormido.

Sueña con Sheila. Serván la retiene en su casa. Amenaza con matarla si no cumplen con sus demandas, como si fuera un vulgar secuestrador. Quiere dinero y que le devuelvan los documentos de su caja fuerte. Yoel consigue entrar evitando las cámaras de vigilancia, que se ven a la perfección en los rincones de la pared. Llega hasta el dormitorio, plagado de dientes de oro. Ve a Sheila maniatada encima de la cama. Pero ya no es Sheila. Es Ángela. La libera y ella le cuenta que Serván ha salido para asesinar a varias personas e involucrarlos a ambos. Yoel le dice que no se preocupe, que están analizando el ordenador de Serván. Pero Ángela ya no es Ángela. Ahora se convierte en su hermana, Tamara, que se enfada, le grita y le lanza un anillo de compromiso a la cara. Yoel lo esquiva, pierde el equilibrio. Intenta apoyarse en la ventana abierta. Calcula mal, tropieza y se precipita hacia la calle.

Despierta cuando sus piernas se convulsionan en un movimiento involuntario. Ha sido una pesadilla. En realidad, todo lo vivido desde que desenterraron el esqueleto ha sido una pesadilla. Por suerte, la del mundo real se ha solucionado y ya no tiene nada que temer. Se frota la frente y retira un dedo lleno de sudor. Ha pasado un mal rato, aunque no tanto como los de las dos últimas semanas. ¿Se volverán recurrentes ahora las pesadillas, después de lo vivido? ¿Podrá volver a descansar tranquilo? Solo el tiempo lo dirá.

¿Cuánto ha dormido? Consulta la hora en su móvil. Son las diez de la noche. Ve que tiene una llamada perdida de Sheila. Se la devuelve. Ella le pregunta, de una forma codificada que ellos mismos han inventado, para que nadie detecte su relación personal si la línea está pinchada o si en el futuro analizan el móvil de Yoel, si va a cambiar algo ahora que ya no es sospechoso de asesinato. Yoel le responde que no y le propone dormir juntos esta noche. Sheila acepta, lo espera a las once en su casa.

Quiere ducharse y cambiarse de ropa, pero antes echa un vistazo a las cartas que ha recogido del buzón. Se siente más despejado y le pica la curiosidad por saber qué le cuenta su hermana después de tanto tiempo sin hablar y, sobre todo, después de todo lo ocurrido estas semanas. ¿Le habrá dado tiempo a enterarse de su condición de fugitivo antes de enviar la carta? El correo ordinario puede llegar en dos días hábiles, así que resulta factible. Aunque, claro, si se hubiese enterado de que su hermano era un fugitivo, no tendría sentido que le escribiese a su vivienda. Lo más probable es que la enviase el día después de Navidad, como muy tarde. La mejor forma de descubrirlo es leer el contenido. Abre el sobre como siempre: rasga uno de los lados cortos y sopla para separar las dos tiras de papel.

El polvo que hay dentro forma una nube blanca que asciende hasta su cara.

Tose. Casi al instante, siente cómo el veneno recorre sus conductos respiratorios. Desde los pulmones pasa al corazón y, desde el corazón, al resto de los órganos.

No es una carta de su hermana.

Enseguida comprende qué ocurre.

¡El cabrón de Serván lo estaba escuchando y observando cuando su padre le pidió que contactase con Tamara y cuando él le escribió la carta! Lo ha organizado todo para que esta correspondencia falsa, con el veneno oculto, llegase a él el 2 de enero. Es decir, el siguiente día hábil a la huida prevista. Lo que reafirma que, además de ser un genio de la anticipación, Serván es también un genio de la improvisación. Resulta imposible que, antes de que todo diese comienzo, antes de que se desenterrase el esqueleto, supiese que Yoel iba a enviarle una carta a su hermana. Lo más probable es que tuviese un plan previo pero que, al ver la situación, decidiese aprovechar la oportunidad por ser más conveniente y sutil. Hacerse pasar por su hermana a través de una carta es mejor que cualquier plan que pudiese tener trazado de antemano.

Las cámaras también le han servido para descubrir la costumbre que tiene Yoel de abrir los sobres. Una forma mediante la que inhalaría, sin duda, cualquier polvo del interior tras haber soplado.

Ha copiado a la perfección la letra de Tamara en el exterior del sobre. Claro, la vio muchas veces durante la etapa escolar, cuando hacían juntos los deberes en su casa. Para alguien como Serván, no ha debido de ser difícil observar y recordar los trazos más característicos de su caligrafía. Quizá incluso guardase algo escrito por ella.

Duele.

Duele mucho.

A pesar del escozor que siente en todos y cada uno de sus órganos internos, como si los hubiesen rociado con ácido, logra reunir fuerzas y atar los cabos restantes.

Esta es la venganza real de Serván. Es el motivo por el que no le importaba que Yoel saliese en libertad tras desvelar su novela final ante todo el mundo. No, no es solo que no le importase. Lo necesitaba. Necesitaba que lo soltasen. Solo así podría abrir la carta y aspirar el polvo tóxico. No resultaba difícil de prever, sabiendo quién es su padre. En tan solo dos días logró que se revocase la orden de detención, que acelerasen la declaración ante el juez y la audiencia y que le concedieran la libertad provisional. Y estaba claro que, tras revelarse el contenido del documento de Serván, la Policía tendría que dejar de incautar al instante el correo postal de Yoel. Con lo cual, las cartas que recibiese el 2 de enero quedarían en su buzón, aunque a él lo liberasen más tarde.

El desenlace de esta historia, el verdadero «fin de la tierra», estaba escrito en el papel que Yoel tuvo en sus manos el día que allanó la vivienda de Serván. Ese papel no era solo una treta para llevarlo hasta el almacén donde había asesinado a Clara Albor. Iba mucho más allá. Hablaba de una persona importante, ¿no?

Claro.

Ahora se da cuenta: él también es, para Ángela, Sheila y su padre, entre otros, «una persona importante. Y, como persona importante que es, muchos harían cualquier cosa para preservar su vida. El problema: que su vida ahora pende de un hilo.

Se gira para actuar antes de que sea demasiado tarde. Tropieza y cae al suelo».

Y el resto es historia.

Agradecimientos

Esta es mi primera novela y, con ella, mis primeros agradecimientos. He estado pensando varias formas de redactarlos, porque todas y cada una de las personas que me han ayudado en el proceso han aportado granos de arena importantísimos. Al final, he decidido optar por la más objetiva: el orden cronológico acerca de cómo estas personas fueron entrando en contacto con *El manipulador*.

A Patri, mi mejor amiga, por haber sido la primera en leer la novela y por haberme dado el primer impulso para pulirla y publicarla.

A mi hermana, por sus valiosísimos comentarios y su apoyo. Si no llega a ser por ella, algunos personajes habrían actuado, en algunas escenas, de forma algo incoherente.

A mi madre, también por su comentarios sobre el texto, sus ánimos y su apoyo incondicional.

A mi hija, por haber cambiado la iluminación del despacho del comisario, lo que condujo a una cadena importante de reajustes.

A Roger, por todas sus lecciones y por sus recomendaciones personalizadas que, sin duda, me ayudaron a llegar a este punto.

A esa persona que ella ya sabe, por prestarme su ayuda y su tiempo con la documentación más importante de la novela.

A Lucía, mi primera correctora, que revisó el texto original y lo adecuó de forma magistral. Sin su ayuda, el resultado habría sido muy distinto. Si algún autor novel me lee, le recomiendo encarecidamente que, antes de enviar su manuscrito a alguna editorial, lo pase por manos de una persona especialista en corrección literaria. Si queréis el contacto de la mía, escribidme.

A la agencia Silvia Bastos en general y a Pau en particular, por haber creído en mí y en *El manipulador* y por toda la ayuda que me ha brindado, me sigue brindando y, sin duda, me brindará.

A todo el equipo de Penguin Random House en general y a Gonzalo y a Carol en particular por haber creído también en mí y en *El manipulador*. Y a Carol, sobre todo, por sus acertadísimos comentarios que, sin duda, contribuyeron a mejorar el ambiente de la novela y sus personajes.

A Patri, a Camilo, a Álvaro, a Malvina, a Lucía y a Almu por haber leído el prólogo, sin conocer nada más sobre la novela, y haberme dado un *feedback* que ha logrado convertirlo en lo que es ahora, algo mucho mejor de lo que era en un inicio.

Y, por supuesto, a ti, lector, que has elegido *El manipulador* para dedicarle parte de tu valioso tiempo. Espero que lo hayas disfrutado. Si quieres enviarme tus comentarios, puedes escribirme a elmanipulador@franciscolorenzo.es. Sin duda, me ayudarán en futuras obras.

Espero no haberme dejado a nadie sin nombrar. Estoy tan abrumado por la cantidad de personas que me han apoyado en todo el proceso que quizá mi memoria me haya fallado con alguien. Si así fuese, quiero que sepas que también te estoy enormemente agradecido.

¡Gracias, gracias, gracias!

ESTE LIBRO UTILIZA EL TIPO ALDUS, QUE TOMA SU NOMBRE
DEL VANGUARDISTA IMPRESOR DEL RENACIMIENTO
ITALIANO ALDUS MANUTIUS. HERMANN ZAPF
DISEÑÓ EL TIPO ALDUS PARA LA IMPRENTA
STEMPEL EN 1954 COMO UNA RÉPLICA
MÁS LIGERA Y ELEGANTE DEL
POPULAR TIPO
PALATINO.